Gambettas Kurier

Torstein Bjaaland · Per Paaske Gulbrandsen

Gambettas Kurier

Roman

Aus dem Norwegischen
von Günther Frauenlob

Fretz & Wasmuth

Die Originalausgabe erschien 1996 unter dem Titel
«Gambettas kurér» bei H. Aschehoug & Co., Oslo

Erste Auflage 1998

Ebenso plötzlich, wie die Gondel auf dem Meer aufgesetzt hatte, wurde sie auch wieder hochgerissen, und das Wasser schoß aus dem Korb. Die beiden Männer hatten sich auf dem Boden zusammengekauert. Léon war als erster auf den Beinen, er schielte über den Korbrand und sah mit Schrecken, wie knapp sie über die Spitzen der Wellen hinwegfegten. Eisig biß der Polarwind in seinem nassen Gesicht, und das Salzwasser brannte in seinen aufgesprungenen Lippen. Ihm war klar, daß es bloß eine Frage der Zeit war, bis die durchnäßten Kleider auch den letzten Rest von Wärme aus seinem Körper gesaugt haben würden. Er schaute auf seine blutende Hand hinab. Die Haut war abgeschürft, und eine hellrote Mischung aus Blut und Salzwasser rann durch seine Finger, doch vor lauter Kälte empfand er keinen Schmerz. In diesem Moment wußte Léon, Gott hatte sie verlassen, und alle Hoffnung war vergebens.

Die Vorgeschichte

Der Coup

Léon Bézier kontrollierte erneut seine Taschenuhr und steckte sie dann vorsichtig zurück in die Westentasche, dabei mit souveräner Geste den Kellner zu sich rufend: «Seien Sie so gut, bringen Sie mir noch ein Glas Cidre! Aber bitte eisgekühlt!»

Er hätte etwas Stärkeres gebrauchen können, doch galt es jetzt einen klaren Kopf zu behalten. Obwohl es noch früh am Vormittag war, stach die Julisonne unerbittlich, und die Luft flimmerte über dem Straßenpflaster. Paris würde einen weiteren heißen Tag erleben.

Léon hatte sich in einem überdachten Straßencafé niedergelassen und starrte träge auf den Strom von Menschen, der sich hastig an ihm vorbei über die Trottoire der Rue de Rivoli schob. Es war ein hektisches Gewimmel von Handwerkern, von Dienstmädchen mit großen Bastkörben, Hüften schwingenden Straßenmädchen, von Krämern und Soldaten. Inmitten von ihnen allen promenierten gemächlich die wohlhabenden Bürger der Stadt, Arm in Arm mit ihren in weite Krinolinen gehüllten Damen. Léon lächelte vergnügt vor sich hin. Bald würde auch seine Zeit kommen. In ein paar Stunden war alles überstanden, und noch ehe der Tag zu Ende ging, war er ein steinreicher Mann.

Er spürte den merkwürdigen Druck im Magen und nahm einen tiefen Schluck des kalten, säuerlichen Getränks. Was würde das nur für ein Glück sein! Nie mehr wäre Schmalhans Küchenmeister für die junge Familie Bézier! Was würden die Menschen draußen in Vitry für Augen machen, wenn er gemeinsam mit seiner gepflegten Frau und den herausgeputzten Kindern in einer nagelneuen Karriole über den Marktplatz gefegt kam und triumphierend vor seinem Elternhaus vorfuhr? Und sein Vater, würde er nicht verblüfft dreinschauen?

Léon wurde abrupt aus seinen süßen Träumen gerissen, als zwei Zeitungsjungen um die Wette schrien: «Der Kaiser droht Preußen mit dem Krieg! Lesen Sie über die Kriegsgefahr!»

Aber Léon kümmerte sich nicht um das Säbelgerassel von Napoleon III. Auch ein Krieg konnte ihn jetzt nicht mehr aufhalten. Monate genauester Planung waren endlich überstanden, und er war gleichermaßen stolz und verblüfft über das Resultat. Aus dem Straßenjungen aus Vitry-sur-Seine hatte er den weltgewandten Kunsthändler L. J. F. Bézier, den französischen Repräsentanten einer außerordentlich renommierten englischen Kunsthändlerfirma erschaffen. Nichts konnte jetzt mehr schiefgehen. Er war sich vollkommen sicher, daß der alte Graf d'Espagnac eine leichte Beute würde. Trotzdem konnte er es nicht sein lassen, ein weiteres Mal den Ablauf durchzugehen, und obgleich es bereits recht voll in dem kleinen Café geworden war, riskierte er es, seine Aktentasche zu öffnen, den Inhalt herauszunehmen und ihn auf dem Bistrotisch vor sich auszubreiten. Auf zwei Blättern hatte er sich mögliche Erwiderungen notiert, je nachdem, welche Richtung das Gespräch mit dem Grafen nehmen würde. Er konnte sie auswendig. Fast schon nonchalant blätterte er durch das dicke Kunstlexikon, wiederholte für sich im stillen die Aussprache der Namen einiger italienischer Maler, warf einen letzten Blick auf die gefälschten Expertisen und packte dann das Ganze sorgsam zurück in seine Tasche. Léon Bézier war bereit.

Im gleichen Moment landete eine zerzauste Taube vor ihm auf dem Tisch. Mit wehmütigem Lächeln streckte Léon dem gurrenden Vogel die Hand entgegen, beinahe als wolle er ihn begrüßen, denn er erinnerte ihn an die kleine Taubenschar, die er als Junge draußen in Vitry sein eigen genannt hatte. Plötzlich kam der Kellner angerauscht und schlug mit einem Handtuch nach der Taube, so daß diese fast zu Boden gestürzt wäre, hätte sie nicht rechtzeitig die Flügel ausgebreitet und wäre verängstigt davongeflattert. Léon starrte erschrocken auf den Kellner. Er spürte, wie Wut in ihm anschwoll. Wie konnte man nur so etwas einem armen, unschuldigen Tier antun? Aber es gelang ihm, sich zu beherrschen. Jetzt war nicht die Zeit, eine Szene vom Zaun zu brechen. Der Kellner verschwand, und Léon schaute ein weiteres Mal auf seine Taschenuhr. Es war soweit.

Er ergriff seine Aktentasche, bezahlte, ohne Trinkgeld zu geben, zog die Bügelfalten zurecht und ging mit festem Schritt und unruhigem Herzen in Richtung des neuen Viertels hinter dem Place de l'Etoile davon. Kaum fünfzehn Minuten später stieg er die breiten Marmortreppen von Graf d'Espagnacs Stadtvilla empor. Er verharrte einige Sekunden auf der obersten Treppenstufe, nahm das Taschentuch heraus, trocknete die klammen Hände und wischte sich sorgsam den Schweiß von der Stirn. Dann klopfte er an die schweren Eichentüren.

«Der Graf erwartet Sie, Monsieur.»

Das erste Nadelöhr war passiert. Der Diener führte Léon höflich in einen großen, dunklen Raum, in dem dicke Samtgardinen einen Großteil des Sonnenlichts abschirmten. Hinter einem langen Rokokotisch saß eine kleine, zusammengesunkene Gestalt und musterte Léon über eine winzige Lesebrille hinweg.

«Der Kunsthändler Léon Bézier, mein Herr!» verkündete der Diener.

Der Alte nickte und wies auf einen tiefen Ledersessel.

«Nehmen Sie Platz, Herr Bézier.»

Léon war überrascht, wie ein so mumienhaftes Wesen eine derart kräftige Stimme haben konnte. Der Graf rief dem Diener nach: «Bringen Sie uns etwas Erfrischendes, Pierre, vielleicht einen Chablis. Irgend etwas, Hauptsache es ist kalt. Na, was meinen Sie, Herr Kunsthändler?»

Léon wurde unruhig und betrachtete den Grafen mit fragendem Blick.

«Über meine Sammlung natürlich. Was dachten Sie denn? Ich würde Ihre Meinung zu den kaiserlichen Krinolinen hören wollen?»

Er lachte leise. «Nein, die Emporkömmlinge dort interessieren mich ebensowenig wie der hitzige Junker in Berlin. Diese Verrückten lassen bald noch ein Unglück über uns hereinbrechen, beide gleichermaßen.»

Léon musterte die Wände, die mit Ölgemälden aller Größen vollgehängt waren. Noch bevor er etwas erwidern konnte, fuhr der Graf fort: «Nun gut. Sie sind ja nicht gekommen, um meine Kunstschätze zu bewundern. Lassen Sie uns zur Sache kommen. Eines sage ich Ihnen gleich, mich von meinen geliebten Malereien trennen zu müssen schmerzt mich. Aber ich weiß ja, daß sie in guten Händen sein werden.»

«Verehrter Herr Graf, ich kann Ihnen nur noch einmal versichern, sowohl der Herzog d'Aumale als auch die Königin von England sind weiterhin höchst interessiert an Ihren Bildern und Autographen. Königin Victoria hat meiner Firma gegenüber höchstpersönlich ihren Wunsch zum Ausdruck gebracht, das Porträt von Oliver Cromwell zu erwerben.»

Léon setzte ein freundliches Lächeln auf. Er hatte in dem gefälschten Brief, den er Graf d'Espagnac geschickt hatte, recht dick aufgetragen, und das hatte offensichtlich seine Wirkung nicht verfehlt.

«Welch eine Ehre, mein guter Bézier!»

Der Graf sah etwas verschämt aus.

«Aber lassen Sie mich Ihnen die Stücke zeigen.»

Er zog eine aufgerollte Leinwand hervor und breitete auf dem Schreibtisch ein dunkles Bild aus. «Ich kann Ihnen die Echtheit dieses Gemäldes garantieren, aber Sie mögen sich bestimmt selbst davon überzeugen.»

Léon hatte diese listige Prüfung erwartet und wußte genau, was er zu antworten hatte. In aller Ruhe erhob er sich und zog, ohne um Erlaubnis zu fragen, ein Stück weit die Gardinen beiseite, so daß ein wenig Sonnenlicht ins Zimmer fiel. Dann holte er aus seiner Jackentasche eine Lupe hervor und begann sorgfältig die Malerei zu studieren.

«Sie machen es mir wirklich nicht leicht, verehrter Herr Graf. Bei einem Giorgione ist es alles andere als einfach, die Echtheit zu bestimmen. Aber das wissen Sie ja selbst am besten. Keines seiner Gemälde ist signiert, und in seinem Haus gab es viele tüchtige Kopisten.»

«Sie verstehen Ihr Handwerk gut, junger Mann», sagte der Alte anerkennend, «ich selbst war aber nie im Zweifel, daß es sich bei diesem Bild um ein Original handelt. Nun, was glauben Sie?»

Steckte da nicht eine Spur von Unsicherheit in des Grafens Stimme? Léon spürte, der Sieg war in Reichweite.

«Soweit ich weiß, verehrter Herr Graf, sind bisher nur drei seiner Werke als echt anerkannt worden.»

Léon beugte sich tiefer über das Gemälde und studierte es eingehend, wobei er einige auswendig gelernte technische Phrasen von sich gab.

«Ganz sicher kann man ja nie sein, aber soweit ich das beurteilen kann, darf ich dieses Gemälde dem Herzog d'Aumale mit bestem Gewissen anvertrauen.»

Léon hatte den Eindruck, als atmete der Graf erleichtert auf. Auf jeden Fall wurde er mit einem Mal äußerst eifrig und holte freudestrahlend die übrigen Kunstwerke hervor. Der Raffael war nicht zu verwechseln, das Porträt von Cromwell glücklicherweise signiert, und die Autographen, die kostbaren Handschriften der früheren Königsfamilie Orléans waren mit Siegeln und Stempeln und mit soliden Expertisen versehen.

Jetzt stand nur noch das Praktische aus. Léon war von seiner eigenen Selbstsicherheit überrascht, zog ein Bündel Dokumente aus seiner Tasche und reichte sie dem Grafen. Das war der kritische Augenblick.

«Die Versicherungspapiere, verehrter Herr Graf. Sie werden mich wohl kaum aus dem Haus spazieren lassen wollen, ohne daß ich Ihnen die Garantien unserer Firma gegeben habe?»

Beide lächelten, und der Graf forderte Léon auf, mit ihm anzustoßen: «Sie gefallen mir, junger Mann. Sie werden es sicher noch weit bringen. Ich werde Sie und Ihre Firma meinen Freunden empfehlen!»

Draußen auf der Straße überkam Léon eine merkwürdige Stimmung. Vor Freude hätte er in die Luft springen mögen, aber bei dem Gedanken, daß Monate genauester Prüfung und Vorbereitung nun ihre Erfüllung gefunden hatten, befiel ihn ein Gefühl der Leere, in das sich ein Gespür einschlich, als sei alles umsonst gewesen. Im letzten Moment würde ihm bestimmt noch jemand die Schätze entreißen. Er schaute sich mißtrauisch um, preßte die Gemälderollen fest an den Körper und hastete in östlicher Richtung auf die Rue Lamartine zu. Zum ersten Mal seit Monaten zog ein eisiger Hauch durch die Straßen von Paris.

Das abgesprochene Treffen mit dem Hehler gestaltete sich als eine einzige Katastrophe. Zuerst hatte Léon geglaubt, der Mann wolle ihn zum Narren halten, als er die Gemälde abwies und sich weigerte, die ausgemachte Summe zu bezahlen, doch nach und nach begann er, die grausame Wahrheit zu erfassen. Der Hehler erklärte ihm, die Unterwelt von Paris sei in Anbetracht des Kriegsausbruches in völlige Lethargie verfallen. Niemand wolle in derart unsicheren Zeiten das Risiko auf sich nehmen, Diebesbeute zu verschachern. Wie sehr Léon auch bettelte und flehte, es half nichts. Der Hehler ließ sich nicht erweichen. Blind vor Verzweiflung packte Léon den Fremden zu guter Letzt am Kragen. Doch da war die Geduld des anderen am Ende. Er zerrte Léon brüsk aus dem verkommenen Büro und fauchte: «Verstehen Sie nicht, Mann?! Wir haben Krieg! Werfen Sie die Bilder in die Seine, oder verbrennen Sie sie! Verbrenn das Zeug, zum Teufel noch mal!»

Vollkommen verzweifelt verharrte Léon einen Augenblick lang draußen auf der Straße, bevor er wie ein Betrunkener von dannen taumelte. Noch lange war ihm, als vernehme er die barschen Worte des Hehlers, während in ihm die Übelkeit anschwoll. Er hielt an und lehnte sich an einen Laternenpfahl. Langsam wurde er auf all die Menschen aufmerksam, die an ihm vorbeiströmten und ihn neugierig musterten. Er hätte in den Erdboden versinken können, doch dann riß er sich zusammen und bahnte sich einen Weg durch die Menschenmenge. Nach einer Weile setzte er sich in einem verlassenen Park unter einer großen Linde auf eine Bank und sank in sich zusammen.

Doch dann kochte die Wut wieder in ihm hoch. Am liebsten

hätte er die Malereien in tausend Fetzen zerrissen und sie über das vertrocknete Gras verstreut. Entschlossen packte er die Leinwandrolle, aber der Mut verließ ihn, und er stieß sie von sich, als habe sie sich plötzlich in eine Schlange verwandelt. Wie ungerecht diese Welt doch sein konnte! Wie durch einen bösen Zauberspruch hatte sich der kostbare Schatz in eine unerträgliche Bürde verwandelt. Er spürte bittere Tränen. Hätte der verdammte Kaiser nicht noch eine oder zwei Wochen mit dem Angriff auf Preußen warten können? Über Jahre hinweg hatte Léon den perfekten Coup vorbereitet, und jetzt sollte alles umsonst gewesen sein? Es war, bei Gott, nicht einfach gewesen, aber Léon Bézier, dem Sohn des kleinbürgerlichen Rathaussekretärs von Vitry, war es geglückt. Hatte sich nicht Graf d'Espagnac völlig täuschen lassen? Er starrte voller Traurigkeit auf die braune Rolle am Boden, während er in Gedanken noch einmal die langen Monate der Qualen und Entbehrungen durchlebte. Mehr als drei Jahre lang hatte er Geneviève und die drei Kinder hinters Licht geführt. Während sie glaubte, er sei auf seiner täglichen Suche nach Arbeit, hatte er, sooft es sich ermöglichen ließ, die städtischen Bibliotheken aufgesucht. Für jemanden, der zuvor kaum jemals mit Büchern in Berührung gekommen war, bedeutete es äußerste Anstrengung, sich durch die Stapel von Fachliteratur zu arbeiten, um hinter die Geheimnisse der Kunstmalerei zu kommen. Noch schwerer war es ihm gefallen, sich die ungeschriebenen Verhaltensregeln der besseren Gesellschaft anzueignen, aber die Rolle eines mondänen Kunsthändlers verlangte von ihm, sich in Worten und Gesten wie ein Mann der gebildeten Schicht zu präsentieren. Von all den Handlangertätigkeiten, die er in der Zwischenzeit hatte annehmen müssen, hatte er einen Teil des Lohnes abgezwackt, so daß er regelmäßig in die Hauptstadt fahren konnte, um dort die Pariser Oberschicht zu studieren, wie sie ihren sorglosen Reichtum zur Schau stellte.

Bei dem Gedanken, wie sehr er Geneviève und die Kinder in ihrer Armut allein gelassen hatte, während er selbst seine Vormittage in Pariser Cafés verbracht hatte oder er wie irgendeiner der Reichen über die Boulevards promeniert war, ergoß sich eine

Welle der Schuld über ihn. Arme, unschuldige Geneviève, die er so rücksichtslos in sein falsches Spiel mit einbezogen hatte! Aber um seinen Plan durchführen zu können, war es absolut notwendig, in Paris zu wohnen. Als die Zeit reif war, hatte er ihr erzählt, er habe einen Büroposten in der Hauptstadt erhalten, und sie gebeten zu packen. Lag es wirklich erst drei Wochen zurück, daß sie in die schäbige Hinterhauswohnung in der Rue Lamartine Nr. 21 eingezogen waren?

Im Park begann es kühl zu werden. Er schaute auf und erblickte eine Militärpatrouille, die auf der Straße am Rande des Parks vorbeimarschierte. Die eisenbeschlagenen Stiefel schlugen im Takt auf das Straßenpflaster und klangen wie Salven von Gewehrschüssen. Mit einem Mal wurde er von einer merkwürdigen Angst gepackt, hob die Gemälde auf, hastete durch den Park fort von den Soldaten und ließ sich erneut von der Menschenmenge auf den Trottoiren schlucken.

Er versuchte, einen klaren Kopf zu behalten. Höchstwahrscheinlich hatte Graf d'Espagnac bereits Kontakt mit der Firma in London aufgenommen und dabei den Schreck seines Lebens bekommen. Sicher hatte er bereits Alarm geschlagen. Es war unwahrscheinlich, daß die Obrigkeit Soldaten auf einen Schwindler ansetzte, aber würde die Polizei nicht eine solche Sache unmittelbar verfolgen, auch wenn Krieg war? Léon hatte plötzlich den Eindruck, als sei ihm die gesamte Polizei der Stadt auf den Fersen.

Er fühlte sich unendlich einsam. Ihm schien, als ziehe er durch eine fremde Stadt, in der ihn alle mit abschätzigen, fremden Augen musterten. Léon klemmte die Rolle mit den Gemälden noch fester unter seinen Arm. Jetzt galt es, das Diebesgut loszuwerden, bevor es zu spät war. Er konnte sich ja noch an die legalen Pfandleiher wenden.

Das ging aber nicht so glatt, wie er sich vorgestellt hatte. Léon wußte nicht mehr, wie viele Pfandleiher er bereits aufgesucht hatte. Die meisten hatten die Gemälde gescheut wie der Teufel das Weihwasser. Zu guter Letzt konnte er jemanden in einer lausigen Bude im Quartier Latin überreden. Die Ausbeute war schmählich. Knappe tausend Francs! Es war zum Heulen. Erst später begriff er, wie unbeholfen er sich aufgeführt hatte. Ebensogut hätte er die Gemälde mit vollem Namen in der Boulevardpresse anbieten können. Er setzte sich in ein abseits gelegenes Café und durchdachte die Situation. Nach einer Weile faßte er einen neuerlichen Entschluß, bezahlte, ging auf die dunkle Straße hinaus und schlug den Weg nach Hause ein.

In der Rue Lamartine schliefen bereits alle. Er ging zu Bett, lag aber lange wach und betrachtete das bleiche Gesicht von Geneviève. Was sollte er ihr erzählen? Schließlich fiel er in einen unruhigen Schlaf. Am nächsten Morgen stand er in aller Frühe auf, ließ seine Bürokleider hängen, zog Alltagskleider an und packte eine kleine Tasche. Als Geneviève aufwachte, erklärte er ihr mit leiser Stimme, er habe sich für den Kriegsdienst gemeldet. Zu seiner großen Überraschung sagte sie kein Wort, aber niemals mehr würde er ihre traurigen Augen vergessen.

Er warf die Tasche über die Schulter, legte den Briefumschlag mit Geld auf den Tisch und warf einen Blick auf die drei schlafenden Kinder, bevor er sich wie ein Dieb durch die Tür schlich. Unten im dunklen Treppenhaus meinte er den Umriß einer Gestalt zu erkennen. War das nicht Vater, der ihn mit seinem höhnischen Grinsen betrachtete? Léon schüttelte den Kopf und ging ohne aufzublicken an dem Fremden vorbei. Säuerlicher Dunst von Alkohol stieg ihm in die Nase, und er beeilte sich, nach draußen zu kommen.

Als er den Innenhof überquerte, konnte er sich nicht enthalten, zum Fenster hochzuschauen. Doch niemand winkte ihm zum Abschied. Draußen auf dem Trottoir verharrte er einen Augenblick, als habe er etwas vergessen. Es war still auf der Rue Lamartine. Nur eine Schar Tauben stolzierte gurrend umher. Auf der anderen Straßenseite öffnete gerade die kleine Bäckerei. Der dicke Eigentümer unterhielt sich mit zwei Männern in Anzügen. Als Léon auftauchte, überquerten sie zielbewußt die Straße. Er wollte fortlaufen, doch wäre er dabei fast über eine herumtrippelnde Taube gestolpert, so daß er stehenblieb. Mit einem Klatschen erhob sich die Taubenschar und flatterte erschrocken in alle Richtungen. Im gleichen Moment spürte er eine Hand an seinem Arm. Eine kräftige Stimme sagte: «Herr Kunsthändler Léonard Bézier, nicht wahr?»

Die Isolation im Gefängnis war schrecklich. Léons Gedanken kreisten ständig um den mißglückten Betrug. Schließlich aber wurde sein Selbstmitleid von einer Art Reue abgelöst. Er versuchte, sich darüber klarzuwerden, was ihn zu einem Verbrecher hatte werden lassen. Geldgier war es auf keinen Fall. Alles, was er sich auf dieser Welt wünschte, war nichts als eine respektable Stellung in der besseren Gesellschaft! War das falsch? Léon hatte sich nie dafür geschämt, nach den Sternen zu schielen. Doch jetzt waren alle seine Träume zerplatzt.

Immer mußte er an Geneviève und die Kinder denken. Was sollte aus ihnen werden? Was würde mit ihm selbst geschehen? Die Tage vergingen. Warum wurde er nicht endlich vor ein Gericht gestellt?

Die Wochen voller Ungewißheit waren kaum auszuhalten, und zwischendurch war Léon, als verlöre er den Verstand. Es gelang ihm nicht mehr, die einzelnen Tage auseinanderzuhalten, und er spürte, wie seine Sinne abstumpften. Schließlich roch er nicht einmal mehr den ekelerregenden Gestank von Erbrochenem und Urin, der wie eine Glocke über dem ganzen Gefängnis lag. In den schlaflosen Nächten sah er ganz deutlich: Die Obrigkeit hatte ihn vergessen. Oder hatten sie sich schon längst entschlossen, ihn in diesem widerwärtigen Loch verrotten zu lassen? Am anderen Morgen ließ ihn das durchdringende Knallen von zufallenden Stahltoren und Zellentüren glauben, man würde ihn holen, ihm in aller Eile einen summarischen Prozeß machen und ihn noch am gleichen Tag mit Kurs auf die Strafkolonien abschieben.

Léons einziger Trost waren die wenigen Worte, die er mit den Wachen wechseln konnte, wenn diese ihre Runden machten. Sie hatten nicht viel zu erzählen, aber das, was sie über den Krieg berichteten, ließ ihn auf andere Gedanken kommen. Wie die meisten Franzosen war er davon überzeugt gewesen, der Feldzug Kaiser Napoleons gegen die Preußen würde sich geradewegs zu einem Parademarsch bis nach Berlin entwickeln, und Léon war gleichermaßen entsetzt wie zornig, als er erfuhr, daß, ganz im Gegenteil, die deutschen Truppen in Frankreich einmarschiert waren und große Teile besetzt hielten. Anfang September geschah etwas, das Léon tief erschütterte. Ein älterer Wächter erzählte von der blutigen Schlacht bei Sedan und behauptete, Napoleon III. habe kapituliert. Kapituliert! Léon weigerte sich, das zu glauben, doch am nächsten Tag kam der Wächter mit einer Zeitung, in der nicht nur bestätigt wurde, daß der Kaiser die Waffen niedergelegt hatte, sondern darüber hinaus stand, er wäre in preußische Gefangenschaft geraten. Quälende Angst kroch in ihm hoch. Was bedeutete es, der Kaiser hat sich ergeben? Hieß das, Frankreich würde jetzt von den Deutschen regiert? Würden die dann auch die Kontrolle über das Gefängnis übernehmen, und was würde dann mit ihm geschehen? All diese offenen Fragen machten ihn ganz wirr im Kopf.

Einige Tage später zog draußen am Gefängnis eine aufgeregte Menschenmenge vorbei. Er konnte durch das Guckloch in seiner Zellwand nichts sehen, es ging zum Hinterhof hinaus, doch ganz deutlich konnte er sowohl Gesänge als auch Sprechchöre hören. Die Gefängniswächter machten an diesem Tag ernste Gesichter, und keiner wollte ihm sagen, was dort draußen vor sich ging. Wieder sah Léon eine schlaflose Nacht voller verwirrender Mutmaßungen auf sich zukommen.

Der nächste Tag begann mit einer Überraschung. Zum ersten Mal durfte Léon in den Hof des Gefängnisses, wo er mit beinahe hundert Mitgefangenen zusammengepfercht wurde. Die Stimmung war aufgeheizt, die Gespräche laut.

Ihm war, als musterten ihn die düsteren Gestalten feindlich. Eine Wache mahnte sie zur Ruhe. Dann erschien auf der Galerie über ihnen ein breiter, uniformierter Mann mit goldenen Abzeichen auf dem Kragen. Er war umgeben von bewaffneten Männern. Léon glaubte zuerst, der Mann sei ein Deutscher, und sein

Magen schnürte sich zusammen, doch einige Gefangene flüsterten, es sei der Gefängnisdirektor. Zu Léons großer Überraschung war die Stimme des Direktors piepsig und schüchtern. Er verkündete, er habe große Neuigkeiten, die die Gefangenen aber nicht überbewerten sollten. Schlagartig wurde es still. Alle Augen waren auf den uniformierten Mann gerichtet. Er breitete eine Zeitung aus, holte eine Brille hervor und las laut, jedoch ohne Begeisterung: «Kaiser Napoleon III. hat kapituliert. Doch in Paris weigert sich das Volk, die erniedrigende Niederlage anzuerkennen. Gestern drängte sich eine wütende Menschenmenge zum Palais Bourbon vor, wo es zu gewalttätigen Auseinandersetzungen kam. Deputierte, Revolutionäre, Nationalgardisten in Uniform, Menschen in Arbeitskleidern, Bürger und fanatische Studenten schlugen sich um einen Platz in der Deputiertenkammer.»

Der Direktor wurde von begeistertem Gebrüll, das zwischen den hohen Mauern des Innenhofes widerhallte, unterbrochen. Er wartete einen Moment, bat dann vorsichtig um Ruhe und fuhr fort: «Während des wüsten Tumultes ergriff der rhetorisch begabte Advokat Léon Gambetta das Wort und hielt eine flammende Rede, in der er der Versammlung vorschlug, Napoleon III. und seine Nachkommen ein für allemal vom Thron zu stoßen.»

Die Zuhörer waren jetzt vollkommen still. Léon spürte, wie seine Angst wieder aufkeimte. Revolution! Diese Verrückten! Der Direktor senkte die Zeitung und sagte: «Um es gleich zu sagen, Gambettas Vorschlag wurde ohne Abstimmung angenommen. Die Republik Frankreich ist ausgerufen.»

Er hob den Arm zum Gruß, rief ohne jede Begeisterung «Vive la France», machte auf dem Absatz kehrt und verschwand. Zurück blieb eine sprachlose Versammlung des schlimmsten Gesindels von Paris.

Léon Bézier interessierte sich nicht für Politik, doch immer wenn von Revolution die Rede war, lief ihm ein Schauer über den Rücken. Das Wort «Republik» klang in seinen Ohren vollkommen unnatürlich. Sein Vater hatte ihm schon früh die Monarchie als die von Gott gewünschte und eingesetzte Regierungsform gepriesen, die deshalb auch auf der ganzen Welt praktiziert würde. Einzige Ausnahme seien die Amerikaner, hatte er gesagt, aber die wüßten es ja wohl nicht besser.

Léon war sich bewußt, daß in Zeiten einer Revolution die Zukunft völlig ungewiß war, und er dachte mit Grauen daran, was geschehen würde, wenn der Zufall die Stadt regierte. Waren nicht bei der anderen Revolution alle Gefangenen vom Pöbel niedergemetzelt worden? Trotzdem war seine Furcht irgendwie geringer als zuvor. Auf gewisse Weise war er jetzt nicht mehr allein, sondern teilte sein Schicksal mit all den anderen Insassen. Das machte es leichter, sein Los zu tragen.

Léon betrachtete die «Nationale Verteidigungsregierung», wie sich die revolutionären Führer nannten, mit großer Skepsis, doch als er vernahm, sie hätten General Trochu zum Präsidenten und obersten Heerführer ernannt, beruhigte er sich. Léon achtete und bewunderte niemanden mehr als diesen populären General, einen Soldaten der alten Schule, der vom Volk für seine militärischen Heldentaten geliebt wurde. Doch seinem unbekannten Namensvetter, Léon Gambetta, der einen herausragenden Platz in der neuen Regierung einnahm, begegnete Léon mit großer Skepsis. Er hatte gehört, der junge Advokat sei ein schwärmerischer Hitzkopf, dem vieles an Frankreich nicht paßte. Wie konnte man einem Mann, der kaum älter als er selbst war, eine solche Verantwortung überlassen? Léon war sich sicher, daß die Republik in einer Katastrophe enden würde. Trotzdem bewunderte er Gambetta auf eine gewisse Weise für dessen Mut und das Versprechen, das Vaterland mit allen Mitteln zu verteidigen.

In den folgenden Tagen schien es, als habe die Revolution Léons Schwermut kuriert. Mehr und mehr beschäftigte ihn der Krieg, und er verwendete seine ganze Geschicklichkeit und all seine Energie, sich Informationen über die Geschehnisse an der Front zu verschaffen. Wenn er ein seltenes Mal eine Zeitung in die Finger bekam, las er sie in einem Zug, Wort für Wort. Doch die schlechten Neuigkeiten betrübten ihn. Er verfluchte diesen preußischen Fürsten Bismarck, der seine siegreiche Armee gnadenlos bis vor die Tore von Paris kommandiert hatte und dem es in nur wenigen Wochen gelungen war, die ganze Stadt einzukesseln. Voller Aggressivität drohte Bismarck, die zwei Millionen Einwohner von Paris skrupellos zu belagern, bis Hunger und Kälte sie zur Kapitulation zwingen würden. Léon glaubte gar, den Druck des eisernen Ringes, den die dreihunderttausend deutschen Soldaten um die Stadt legten, am eigenen Leibe zu spüren. Doch er war begeistert, richtiggehend gerührt, wenn er von dem enthusiastischen Willen der Pariser Bevölkerung las, ihre Stadt bis zum letzten Mann, ja bis zur letzten Frau zu verteidigen. Es machte ihn stolz, Franzose zu sein. Wieder und wieder las er die markigen Pamphlete Émile Zolas, die auch den Weg in seine Zelle gefunden hatten: «Europas Herz schlägt in Paris. Paris, die Stadt der Städte! Paris, die Stadt der Menschlichkeit! Die Welt hatte Athen und später dann Rom – jetzt hat sie Paris! Kann es wirklich ein Volk geben, barbarisch genug, um die Hauptstadt der Kultur anzugreifen?»

Léon war beinahe besessen vom Krieg, und wie die meisten Pariser war er sicher, daß es nur eine Frage der Zeit sein konnte, bis General Trochu sich den aufgeblasenen Junker vornahm und ihn und sein Heer bis nach Berlin zurückfegte. Léon begann wieder zu träumen. Mal sah er sich selbst in der heroischen Gestalt eines Frontsoldaten, mal sah er, wie General Trochu dem Kriegshelden Bézier den Ruhm und die Ehre zuteil werden ließ, die dieser schon immer verdient hatte.

Ende September sollte er endlich die Chance erhalten, auf die er so lange gewartet hatte.

Die schwere Gefängnistür schlug mit lautem Krachen hinter ihm zu. Léon stand in der kühlen Herbstluft und atmete ein paarmal tief durch. Zufrieden blinzelte er die leere Straße hinunter. Doch er war nicht ruhig genug, den Rausch der Freiheit richtig auszukosten, und die Angst, der Richter könne sich doch noch anders entscheiden, trieb ihn zur Eile.

Er konnte kaum glauben, was geschehen war: Freigang unter der Bedingung, Kriegsdienst zu leisten! Sicher, er war nicht begnadigt worden, und der Obrigkeit stand es frei, die Sache wieder gegen ihn vorzubringen, wenn der Krieg erst einmal vorbei war. Aber warum sollte er sich darüber bereits jetzt Sorgen machen? Er hatte die Gelegenheit erhalten, sich einem Pariser «Corps de Francs-Tireurs» anzuschließen, und er hatte nicht einen Augenblick gezögert. Der Richter hatte ihm auferlegt, sich unmittelbar beim Kommandanten der sogenannten Seine-Kundschafter zu melden.

«Éclaireurs de la Seine.» Léon ließ sich den Namen auf der Zunge zergehen. Er gefiel ihm. Viel wußte er nicht über seine Abteilung, außer, daß sie einem verbissenen Hitzkopf namens Pierre Deschamps unterstand und die ganze Truppe nur dreißig Mann zählte. Zu ihren Aufgaben gehörte es, militärische Botschaften aus der Stadt durch die feindlichen Linien zu schmuggeln. Das Ganze paßte Léon ausgezeichnet. Endlich würde er Geneviève wieder in die Augen sehen können! Er schaute auf die Adresse, die man ihm auf einem Zettel aufgeschrieben hatte, reckte sich und eilte mit langen Schritten davon.

Der Auftakt

Trochus großer Plan

Im November wurden die Zustände in Paris immer kritischer. Die Lebensmittelvorräte schrumpften, und die Menschen begannen zu hungern. Aber die Pariser hielten durch. Sie stürzten sich auf alles, was man essen konnte, und Federvieh und Vierbeiner jedweder Art fristeten ein unsicheres Dasein. Vögel, Pferde, Hunde, Katzen und Ratten wurden geschlachtet, verkauft und mit gesundem Appetit verzehrt. Alle waren festen Willens, dem Feind zu widerstehen, koste es, was es wolle, und während sie auf die große Entscheidungsschlacht warteten, vertrieben sie sich die Sorgen, indem sie sich einem hektischen Dolce vita in den Theatern und Cafés der Stadt hingaben, wo Rotwein und Champagner in wahren Strömen flossen. Doch man war sich darüber im klaren, daß es nur eine Frage der Zeit war, bis die Essensvorräte vollends aufgebraucht sein würden. Außerdem prahlte Bismarck, von Ingenieur Krupp neue Kanonen mit größerer Reichweite bekommen zu haben. Die Preußen drohten nun ganz offen, die Hauptstadt in Schutt und Asche zu legen.

Auch wenn sich in Paris nie Hoffnungslosigkeit breitmachte, so wuchs die Unruhe doch mit jedem Tag. Die Bevölkerung wartete ungeduldig auf den entscheidenden Schlag, wenn Trochu die Deutschen bis nach Berlin zurückjagen würde. Trochu wußte inzwischen, daß die in Paris verbliebenen Kräfte nicht stark genug waren, um den Belagerungsring zu zerschlagen. Ohne militärische Unterstützung von außen würde ein Ausfall aus der Hauptstadt in einem fürchterlichen Blutbad enden. Bereits am 8. Oktober hatte deshalb Kriegsminister Gambetta die Stadt in einem Ballon verlassen und von seinem Hauptquartier in Tours aus in Rekordzeit ein neues französisches Volksheer aus dem Boden gestampft. Jetzt wartete er ungeduldig auf ein Zeichen von Trochu, um der Hauptstadt zu Hilfe eilen zu können. Der Präsident erzählte oft und gerne von seinem großen Plan, doch immer wieder wurde der Angriff ausgesetzt, und Mißmut breitete sich in den Straßen aus. Am 30. Oktober kam es zu gewalttätigen Demonstrationen in der Stadt, bei denen lautstark Taten gefordert wurden.

Trochu hielt auch Mitte November den Zeitpunkt noch für verfrüht, und während der Belagerungsring immer stärker befestigt wurde und die Preußen ihren Druck erhöhten, schickte Gambetta Brieftaube auf Brieftaube und flehte den Präsidenten an, endlich den entscheidenden Schlag anzugehen. Die Zeit begann, Frankreich durch die Finger zu rinnen.

Kommandant Deschamps und Leutnant Bézier kamen in den öden, vom Krieg verwüsteten Regionen südlich von Paris gut vorwärts. Auch wenn sie schon vor einer ganzen Weile die französischen Sperren bei Fort Ivry passiert hatten, den letzten Außenposten hatten sie noch lange nicht erreicht. Die Kälte ließ ihre Gesichter erstarren, und weiße Atemwolken standen um die Gesichter der beiden Offiziere. Es war fünf Uhr morgens, die Landschaft schimmerte in dem schwachen, fast gespenstischen Licht eines von Nebel umgebenen Mondes. Auf beiden Seiten der Front schwiegen die Kanonen, und weder Gewehrschüsse noch Trompetenklänge waren zu hören. Das einzige Geräusch, das die Stille durchbrach, war das gleichförmige Knirschen der Stiefel der beiden Männer auf dem bereiften Gras.

In der letzten Woche hatten die Seine-Kundschafter mehrere Erkundungstouren entlang der Frontlinie unternommen. Seit die Preußen Paris noch enger umschlossen hielten, war es für Deschamps' Männer beinahe unmöglich, die feindlichen Linien zu durchqueren. Gleichzeitig wurde der Ruf des Generalstabs nach neuen Kurierrouten lauter. Beide, Deschamps und Bézier, waren sich klar, daß sie dringend eine sichere Lücke in den deutschen Sperren finden mußten.

Als es zu dämmern begann, lichtete sich der Morgennebel. Auf der anderen Seite der gefrorenen Ländereien konnte Bézier in der Ferne die Umrisse seines Geburtsortes erkennen. Nicht ein einziges Licht schimmerte in dem verlassenen Dorf. Die zwei Kundschafter wurden immer vorsichtiger. Sie hatten jetzt das lichte Wäldchen südlich von Villejuif erreicht. Ab hier kamen sie nur noch langsam voran. Bis zum letzten französischen Außenposten konnte es nicht mehr weit sein, und die Wahrscheinlichkeit, in dieser Gegend bereits auf feindliche Soldaten zu treffen, war groß. Bézier hatte Herzklopfen.

Da entdeckten sie nur ein paar Schritte vor sich einen kleinen, kreisrunden, von Sandsäcken umgebenen Schutzwall. Sie warfen sich zu Boden und brachten ihre Gewehre in Stellung. «Warten Sie mit dem Entsichern!» raunte ihm Deschamps zu, «ich rufe jetzt das Paßwort.»

Niemand konnte wissen, wie nervös die Männer dieses Außenpostens waren, und schon einige französische Soldaten waren in diesem gefährlichen Niemandsland durch die eigenen Truppen erschossen worden. Plötzlich sahen sie einen Mann von der deutschen Seite zum Posten herüberlaufen. Er trug eine französische Uniform, hatte aber keine Waffe. Statt dessen hielt er ein kleines Bündel in Händen. Die Franc-Tireure schauten sich fragend an. Im gleichen Moment richtete sich ein anderer französischer Soldat auf. Deschamps rief das Paßwort und wollte zum Posten hinübergehen, als der Soldat verschreckt zusammenzuckte und seinen unbewaffneten Kollegen warnte: «Paß auf!»

Verwirrt entsicherten Deschamps und Bézier ihre Waffen. Der Unbewaffnete hatte den Posten noch nicht erreicht, und als er das Klicken der Waffen hörte, warf er sich zu Boden, wobei ihm das Bündel aus den Händen rutschte. Sekundenlang schauten sich alle an. Dann mußte Deschamps lachen: «Steh auf und komm her! Und bring die Sachen mit, damit wir den Tausch sehen können, den du gemacht hast!»

Der Soldat kroch heran und hielt dabei ein Stück Trockenfleisch und eine dicke Rolle Tabak hoch. Als er Deschamps' Rangabzeichen auf dessen Kragen bemerkte, riß er verängstigt die Augen auf: «Monsieur Capitaine, vergeben Sie mir! Es ist das erste Mal!»

Deschamps lächelte. Er wußte von den Verbrüderungen zwischen den feindlichen Soldaten und beruhigte die Männer. Er gehöre nicht zur mobilen Garde und werde keinen Bericht geben. Ganz im Gegenteil hatte er Interesse daran, das Vertrauen der beiden zu gewinnen. Längst hatte er gelernt, sich den unerlaubten Kontakt zwischen den jeweiligen Vorposten zunutze zu machen, um sich Informationen über die preußischen Stellungen zu verschaffen.

Und die Soldaten waren gut informiert. Zur großen Enttäuschung der beiden Kundschafter berichteten sie, die deutschen Linien bei Chevilly wären vollständig befestigt und zudem seien noch neue, frische Truppen angekommen. Die französischen Wachsoldaten vertrauten Deschamps voller Scham an, das Angebot an Tabak sei lange nicht mehr so gut gewesen.

Im gleichen Augenblick erklang in weiter Ferne ein dumpfes Dröhnen. Die Männer achteten kaum darauf. Doch plötzlich wurde die Stille von einem schrecklichen Knall zerrissen. Eine große Feuersäule erhellte den Wald ringsherum, und auf der Wiese hinter dem Waldrand explodierte plötzlich etwas, so daß Erde, Steine und Lehm in alle Richtungen geschleudert wurden. Die Männer warfen sich in der kleinen Vertiefung des Postens übereinander und versuchten sich die Ohren zuzuhalten, während sie auf eine Fortsetzung des Spektakels warteten. Es wurde still. Sie schauten wieder hoch. Nichts geschah.

Nach ein paar Minuten hörten sie die Kanonenbatterie oben bei Ivry und fast gleichzeitig auch aus dem Süden. Die Wachsoldaten zeigten auf einen steinernen Pferch für Schweine, der ein Stück entfernt lag, und die vier Männer rannten zu ihm hinüber. Sie starrten in den hell erleuchteten Himmel, an dem sich deutlich die langen Bahnen der Granaten abzeichneten. In weiter Ferne hörten sie auf beiden Seiten das Dröhnen der Einschläge.

«Glauben Sie, daß die Preußen auch die Infanterie angreifen lassen?» fragte Bézier ruhig.

«Wohl kaum», erwiderte ihm Deschamps. «Das ist nur wieder das übliche Säbelrasseln. Ich denke, wir sollten die Gelegenheit nutzen, unsere Vorschriften zu brechen, und unsere netten Krämergesellen ein wenig am Tabak zupfen lassen.»

Die Soldaten gaben ihnen nur allzugern etwas ab, und gemeinsam stopften sie ihre Pfeifen und rauchten. In dieser Wartestellung verblieben die Männer eine ganze Weile, wobei sie das seltsame Spiel am Himmel beobachteten.

Hin und wieder warf Deschamps einen Blick hinüber zu Bézier. Der neue Franc-Tireur hatte ihn nicht enttäuscht. Eine verschlossene Natur, aber arbeitsam, pflichtbewußt und vor allem von mustergültiger Loyalität. Auch die anderen Kerle der Abteilung waren gute Soldaten, aber doch von sehr wechselhaftem Charakter. Bézier hingegen war ein Mann, auf den man bauen konnte. Knastbruder hin oder her, Deschamps bereute es nicht, ihn zum Leutnant und Vize-Kommandeur ernannt zu haben.

Eine Granate heulte hoch über ihren Köpfen. Deschamps klopfte seine Pfeife aus, nickte zum Himmel und sagte leise zu Bézier: «Oberst Usquin hat wieder Kontakt mit uns gesucht. Er besteht darauf, den Luftweg zu nutzen, und hat mich für Montag zu einem neuen Treffen beordert. Da hätte ich ihm gerne berichtet, daß die Kurierdienste problemlos funktionieren und wir am Boden zurechtkommen. Leider sieht die Sache ganz anders aus, Leutnant. Wie gefällt Ihnen der Gedanke an luftige Aufträge?»

Ohne auf eine Antwort zu warten, fügte er hinzu: «Doch glücklicherweise ist so eine Idee ebenso wirklichkeitsfremd wie abscheulich. Der Chef der militärischen Ballonfahrerabteilung wird wohl auf jeden Fall ohne uns auskommen müssen. Niemals wird ein Seine-Kundschafter vor einer von Bismarcks Kanonen herumbaumeln!»

Bézier schaute zu seinem Vorgesetzten hinüber. Eine ganze Menge hätte er dazu sagen können, doch er schwieg. Das Gespräch war beendet, und die Kanonen waren verstummt.

Bei Oberst Usquin

«Was zahlen Sie, verehrter Kommandant, für ein Kilo Elefantenrüssel? Fünfzig Franc? Achtzig? Oder bevorzugen Sie vielleicht Alligatorsteaks?» Der kleine, runde Jacques Philippe Usquin beugte sich weit über seinen Schreibtisch und lächelte hintergründig. Capitaine Deschamps, der auf der gegenüberliegenden Seite des Schreibtisches auf dem Rand eines Stuhls Platz genommen hatte, starrte den Oberst fragend an. Nicht im Traum hatte er einen Disput über die Preise für exotische Fleischsorten erwartet, und zum ersten Mal empfand er, daß diesem fetten Mann, wie er in seiner Felduniform dasaß und sich seinen zottigen Bart kraulte, etwas Lächerliches anhaftete. Doch der Oberst fuhr in seinem originellen Thema fort. «Sie wissen nicht zufällig, wie die zwei Elefanten im Akklimatisationsgarten heißen?»

«Jedes Kind kennt doch Castor und Pollux!» Langsam begann die Situation peinlich zu werden.

«Um so bedauerlicher ist es, verehrter Capitaine, daß Castor nicht mehr unter uns ist. Die Regierung hat soeben ihre Einwilligung erteilt, alle Tiere des Zoos dürfen geschlachtet werden.» Er starrte den Kundschafter an. Im Zimmer war es eiskalt. Der kleine Gasofen lief auf Sparflamme, denn selbst in den militärischen Räumen waren Licht und Wärme rationiert. Deschamps räusperte sich und warf einen ungeduldigen Blick auf die Ausgangstür. Der Oberst bemerkte es und holte zwei Schnapsgläser hervor, die er mit Calvados füllte. «Welche militärischen Schlüsse ziehen Sie aus einer solchen Entscheidung unserer Regierung, Capitaine?»

Er leerte das Glas, und Deschamps tat dasselbe. Beinahe wäre ihm das Glas aus den glatten, wollenen Handschuhen gerutscht.

«Es heißt wohl, daß die Versorgungslage mehr als prekär ist. Wir alle wissen, der Belagerung muß endlich ein Ende gemacht werden.» Deschamps spürte seine eigene Verwirrung.

«Richtig, Capitaine. Wenn wir nicht bald die Blockade durchbrechen, ist es nur noch eine Frage der Zeit, wann wir uns ergeben müssen!»

Der Oberst lehnte sich zurück und schlug einen vertraulicheren Ton an: «Castor und Pollux. Wie Sie vielleicht wissen, sind unsere beiden unglücklichen Freunde nach den zwei größten Gestirnen im Sternbild Zwilling benannt. Hat Sie der Himmelsraum wirklich noch nie fasziniert, Capitaine?»

Erst jetzt begriff Deschamps, auf was der Oberst hinauswollte. Er mußte lächeln und antwortete mit einem fast unmerklichen Hauch von Resignation: «Sie müssen mich entschuldigen, Herr Oberst, aber meine Leute und ich sind stolz auf unseren Infanterie-Status, und ich kann mich nicht an den Gedanken gewöhnen, meine Mannschaft wie Trapezkünstler über den preußischen Stellungen hängen zu sehen. Da sollen sie doch lieber auf dem Montmartre auftreten!»

«Ich fürchte, keiner von uns ist der geborene Balletttänzer, Capitaine. Aber Ihr Hinweis auf den Zirkus ist wirklich treffend, denn unsere Freunde, die Trapezkünstler, haben nur ein kurzes Gastspiel als Ballonfahrer gegeben. Wie Sie wissen, haben sie sich als höchst treulose Piloten erwiesen. Kaum hatten sie die preußischen Pickelhauben hinter sich und waren mit heiler Haut aus Paris herausgekommen, nutzen sie ihre Fähigkeiten aus der Manege dazu, sich an den Seilen herabzulassen, ohne sich weiter um den Ballon oder die Passagiere, geschweige denn um die Brieftauben oder die Post zu kümmern!»

Usquin wurde jetzt ernst. Lange hatte er sich davon verwirren lassen, daß die zivile Regierung ihm nicht genehmigen wollte, eine Mannschaft für den Ballonverkehr abzukommandieren. Warum sollte Trochus Respekt für die bürgerlichen Rechte ausgerechnet jetzt, in der Schicksalsstunde der Nation zum Tragen kommen? Schließlich hatte auch niemand danach gefragt, mit welcher rechtlichen Grundlage es Gambetta gelungen war, aus ein paar Beamten ein Volksheer zu machen!

Im Zimmer begann es langsam dunkel zu werden. Usquin seufzte: «Lassen Sie mich Klartext reden, Capitaine. Noch nie zuvor haben wir so händeringend eine vertrauenswürdige Mannschaft für die Aerostaten gesucht wie heute. Leider ist Ihre Ansicht über unsere Luftfahrzeuge weit verbreitet, auch unter unseren Offizieren. Trotzdem bin ich der Meinung, daß Paris seinen Kampf ohne diese Ballone längst hätte aufgeben müssen, und als Verantwortlicher für die militärische Luftfahrt weiß ich wirklich, wovon ich rede!» Die Worte hingen im Raum. Er kramte Streichhölzer hervor und entzündete mit zitternden Fingern eine Paraffinlampe.

Deschamps starrte betroffen zu Boden. Er mußte sich eingestehen, daß der Oberst recht hatte. Die privaten Ballongesellschaften, die mit dem Militär zusammenarbeiteten, waren ein großer Erfolg. Bereits zu Beginn der Belagerung hatten sie mit dem Einverständnis der Obrigkeit in den wuchtigen, aber völlig nutzlosen Hallen der Eisenbahn Einzug gehalten, und die Bahnhöfe Gare du Nord und Gare d'Orléans wurden innerhalb kürzester Zeit zu Fabriken, in denen in immer größerem Ausmaß Ballone hergestellt wurden. Jede Woche wurden mit Hilfe der Ballone Tonnen von Briefpost aus der Stadt befördert. Sie waren zu einer Art Nabelschnur zwischen Paris und dem übrigen Frankreich geworden und trugen damit zweifellos dazu bei, die Kampfmoral hochzuhalten.

Ganz überraschend nahm Usquin eine rote Ledermappe aus der Schreibtischschublade. Daraus zog er einen Briefumschlag hervor und reichte ihn über den Tisch. Deschamps öffnete ihn. Er konnte beim Lesen seine Überraschung nicht verbergen. Das Schreiben war an ihn, Deschamps, gerichtet und von Präsident Trochu persönlich unterzeichnet. Der Präsident bat ihn, aus dem Corps de Francs-Tireurs Freiwillige zu rekrutieren, deren Aufgabe es sein würde, Kriegsminister Gambetta wichtige Meldungen zu überbringen. Die Kuriere sollten anschließend zu Fuß nach Paris zurückkehren und «so viele Informationen wie nur möglich» mitbringen.

Deschamps schaute verblüfft hoch, blickte auf sein leeres Schnapsglas, schluckte und sagte vorsichtig: «Da steht nichts über die Art der Kommunikationslinie, Herr Oberst.»

Zum ersten Mal im Laufe des Gespräches verlor Usquin die Beherrschung: «Stellen Sie sich nicht dümmer, als Sie sind, Mann! Die Rede ist von den Ballonen, verdammt noch mal! Von heute an gibt es nur noch die Ballone! Und sagen Sie mir eins, Capitaine, wie vielen Ihrer Kuriere ist es in den letzten drei Wochen gelungen, die deutschen Sperren zu durchbrechen?»

Deschamps konnte sich nicht des Gedankens erwehren, der Oberst gleiche einem kleinen, wütenden Wildschwein. Usquin rang nach Atem: «Sie brauchen nicht zu antworten. Wir beide kennen die Wahrheit! Keinem ist es gelungen, Capitaine!»

Deschamps wollte etwas sagen, doch der Oberst kam ihm zuvor: «Alles haben wir probiert. Hundekuriere – erschossen und von den Unseren aufgefressen. Das Telegrafenkabel, das wir durch die Seine geleitet haben, haben sie sofort durchtrennt. Die Zinnkapseln, die wir den Fluß haben hinabtreiben lassen, sind alle in preußischen Netzen gelandet. Und Sie wissen selbst, wie viele von unseren Jungs liquidiert wurden, als sie versuchten, ein unterirdisches Telegrafenkabel zu legen! Und Brieftauben, die darauf trainiert sind, von Paris wegzufliegen, gibt es nicht! Aber vielleicht haben Sie noch einen anderen Vorschlag, Herr Kommandant?»

Deschamps spürte den Schweiß auf der Stirn. Er wußte nicht, was er antworten sollte. Fast unterwürfig stotterte er: «Ich verspreche Ihnen, gleich morgen das Anliegen des Präsidenten meinen Leuten kundzutun, Herr Oberst!»

«So lautet der Befehl an Sie!» Usquin versuchte einen autoritären Ton. Er hatte sich wieder zurückgelehnt, und Deschamps sah, daß seine Antwort dem Oberst neue Hoffnung machte.

Im Unterschied zu den meisten höheren Offizieren, die die aus dem Volk rekrutierten Kundschafter und deren selbsternannten Befehlshaber verachteten, hatte Usquin schon früh Respekt für den widerborstigen Kommandanten Deschamps empfunden. Dem Oberst war klar, der kleine, muskulöse Mann war kein Kriegsgewinnler, sondern ein seriöser Patriot und ein guter Vorgesetzter für seine Leute. Nicht zuletzt sprach es für Deschamps, daß sein Corps als eines der ersten formell von der militärischen Leitung in Paris anerkannt und dieser untergeordnet worden war.

«War es das, Herr Oberst?» Deschamps wollte sich erheben.

«Noch einen Augenblick, Capitaine.» Usquin wies ihn an, sich wieder zu setzen, und füllte noch einmal die Gläser. Seine Hand zitterte noch immer. Mit gedämpfter Stimme sagte er: «Wenn ich Sie jetzt an einem militärischen Geheimnis teilhaben lasse, dann nur, weil ich die Hoffnung habe, daß Sie erkennen, welch ungeheure Verantwortung Ihnen auferlegt wurde.» Nach einer Pause fuhr er fort: «General Trochu hat heute den Generalstab informiert, daß der gemeinsame Angriff kurz bevorsteht.»

Deschamps starrte ihn entgeistert an.

«Sie müssen das natürlich für sich behalten, aber es vergeht kein Tag, an dem Trochu nicht eine Brieftaubenbotschaft von Gambetta erhält, endlich einen Termin für einen gemeinsamen Angriff im Südosten der Stadt festzulegen. Vielleicht in ein paar Wochen, vielleicht noch eher.» Usquins Augen leuchteten. Er erhob sein Glas und sagte ruhig: «Wie Sie sicher verstehen, hängt der Plan des Präsidenten davon ab, daß Gambetta möglichst bald eine Antwort erhält. Unsere einzige Hoffnung sind die Ballone, und ohne militärische Kuriere, die die Depesche nach der Landung sicher weiterleiten, sind wir verloren.»

Deschamps erhob sich und leerte das Glas in einem Zug. Das tat ihm gut. Sein Atem kondensierte in der Kälte des Raumes sofort.

«Sie werden meine Antwort erhalten, Herr Oberst. Ich verspreche Ihnen, alles, was in meiner Macht steht, zu unternehmen, um meine Leute zu überzeugen.» Er schlug die Hacken zusammen.

«Frankreich wird es Ihnen danken, Capitaine!»

Im Hauptquartier der Franc-Tireure

Nichts deutete darauf hin, daß der 24. November für Leutnant Bézier etwas anderes als ein gewöhnlicher, grauer Arbeitstag werden sollte. Mit einem leichten Seufzer legte er den Stift beiseite, ordnete die Papiere auf seinem Schreibtisch zu einem ordentlichen Stapel und drehte den Docht der rußenden Petroleumlampe ein wenig kleiner. Noch immer war es draußen dunkel. Das Signal zum Wecken war noch nicht gegeben worden, aber Léon war mit den täglichen Mannschaftslisten bereits fertig. Müde lehnte er sich auf seinem spartanischen Stuhl zurück und massierte seine vor Kälte starren Finger. Auf seiner Stirn zeigten sich tiefe Falten. Eine Woche war vergangen, seit Deschamps in aller Eile das ganze Corps zusammengetrommelt und jeden einzelnen inständig aufgefordert hatte, sich für den Dienst als Luftkurier für Trochu zur Verfügung zu stellen. Léon war über die plötzliche Kehrtwendung des Kommandanten überrascht, doch er hatte sich von Deschamps' Enthusiasmus für diesen Auftrag mitreißen lassen und sich als erster zur Verfügung gestellt. Mit Enttäuschung mußte er feststellen, daß nur vier weitere seinem Beispiel gefolgt waren. War es denn keine Ehre, direkt für den Generalstab zu arbeiten?

Je mehr Zeit verging, desto größer wurden seine Zweifel. Er dachte an die Gefahren einer möglichen Luftfahrt und was mit seiner Familie geschehen würde, wenn etwas schiefging. Draußen peitschten heftige Böen den Regen gegen die Fenster, der in Strömen an ihnen herablief. Er wußte, der Tag, an dem es ernst wurde, rückte immer näher, er tröstete sich aber mit dem Wetter, das so schlecht war, daß in der nächsten Zeit nicht von einer Ballonfahrt die Rede sein konnte. Léon schob die düsteren Gedanken von sich, spitzte den Bleistift und nahm sich einen neuen Stapel Papiere vor.

Da ertönte das Wecksignal, und es wurde lebendig in der Kaserne. Er kannte das Geräusch der schweren Schritte unten auf dem Kasernenplatz gut. Die einfachen Soldaten gingen jetzt verschlafen zwischen der Kaserne und der langen Reihe von Latrinen hin und her. Bald würde das Tageslicht die einfache Schreibstube erhellen. Léon legte den Stift beiseite, ging zum Fenster hinüber und schaute gedankenverloren hinaus. Der Regen hatte aufgehört, und zum ersten Mal seit vielen Tagen lag ein Anflug von Morgenrot über den Dächern der Stadt. Doch noch immer wehte ein heftiger Wind, und dicke, dunkle Wolken fegten mit beängstigender Geschwindigkeit über den Himmel. Auf dem großen Kiesplatz unter ihm begann eine Truppe der mobilen Garde mit dem Exerzieren.

Léon war nervös. Der Kommandant hätte schon längst kommen sollen. Am Abend zuvor hatte man ihn zum Präsidenten beordert, und Léon war gespannt, um was es bei dem Treffen gegangen war. Im gleichen Moment sah er Deschamps mit energischen Schritten an den Wachen vorbeigehen und in der Tür verschwinden. Lag da eine Spur von Gereiztheit in diesen raschen Schritten? Kam er direkt vom Louvre? Trochu war berüchtigt für seine oftmals stundenlangen nächtlichen Sitzungen. Léon beeilte sich, wieder an den Schreibtisch zu kommen, und nahm die Arbeit an seinem Papierkram wieder auf.

Wenige Minuten später stand ein keuchender Deschamps im Raum. Léon sprang sofort zum militärischen Gruß auf, doch Deschamps bat ihn nur irritiert, sich wieder zu setzen. Ohne seinen Gruß zu erwidern, ging Deschamps zu einem Schrank hinüber, nahm ein kleines, schmutziges Glas und eine Flasche Calvados heraus und goß sich ein. Er leerte das Glas in einem Zug. Noch im Mantel setzte er sich auf einen Stuhl und wedelte mit der Flasche. «Sie müssen entschuldigen, aber ich gehe doch wohl recht in der Annahme, daß Sie keinen wollen?»

Léon wehrte höflich lächelnd mit einer Handbewegung ab.

«Nein, Capitaine, aber danke!»

Deschamps nickte vor sich hin, schenkte sich nach und erhob sein Glas. «Zum Wohl, Leutnant Bézier! Auf Präsident Trochu!»

Léon war verwirrt. Klang da nicht ein sarkastischer Unterton in der Stimme des Kommandanten? Deschamps kippte den Schnaps hinunter und verstaute die halbvolle Flasche zögerlich im Schrank. «Sie verstehen vielleicht nicht, Leutnant, aber der Präsident hat sich endlich entschlossen. Der Termin für den Ausfall steht fest!»

Léon streckte sich. Der große Schlag war also anberaumt! Würde er endlich die Chance zu einem ehrenvollen Auftrag erhalten? Erwartungsvoll schaute er den Kommandanten an.

Mit einem Mal platzte es aus Deschamps heraus: «Verflucht noch mal, Leutnant! Da fordern die Menschen in den Straßen seit Wochen konkrete Handlungen, von unserem Kriegsminister ganz zu schweigen, doch das alles hat kaum sonderlichen Eindruck auf Trochu gemacht. Und das Wetter, Leutnant? Ja, das Wetter hätte in der ganzen Zeit nicht besser sein können. Ballon auf Ballon ist, vollgepackt mit Liebesbriefen von irgendwelchen in der Stadt verbliebenen Bauernmädchen, in den Himmel gestiegen. Und wenn sich unser ach so belesener Präsident ‹Trop Lu› endlich entschließt, stürmt es mit Orkanböen!»

Léon war erschreckt über die Dreistigkeit des Capitaines. Er kannte zwar das beim Volk beliebte Wortspiel mit dem Namen des Präsidenten, aber niemals hatte er den loyalen Deschamps diesen Spitznamen aussprechen hören. Andererseits fühlte er sich aber auch geschmeichelt, daß sein Kommandant ihn in seine Wut auf Trochu einweihte. Léon ergriff das Wort: «Aber bei einem solchen Unwetter ist es doch wohl völlig unmöglich, einen Kurierballon zu starten?»

«Stehen Sie gut? Sturm oder nicht, noch heute nacht soll ein Ballon mit unseren Männern die Stadt verlassen. Der Wind hat also noch zwölf Stunden, um abzuflauen. Und noch etwas: Nachdem unsere Freunde Bienbar und Chapouil am Sonntag zu einer

Erkundung aufgebrochen sind, bleiben nur noch drei freiwillige Aeronauten, darunter auch Sie.»

Léons Neugierde war kaum mehr zu zügeln.

«Bleiben Sie ruhig, Leutnant.» Deschamps lächelte zum ersten Mal an diesem Morgen. «Da der Auftrag von solch lebenswichtiger Bedeutung für die Nation ist, hat Trochu darum gebeten, daß Sie alle drei gemeinsam aufbrechen, und das bereits heute abend. Wohlgemerkt, im selben Ballon. Der Ballon wird von einem von Nadars Ballongesellschaft gefahren.»

Plötzlich erkannte Léon den Ernst der Lage. Doch innerlich jubilierte er auch. Endlich! Der Auftrag war erteilt. Er streckte sich und bellte förmlich: «Und wer wird die Depesche tragen, Capitaine?»

Deschamps mußte wieder über die Diensteifrigkeit des Leutnants lächeln. Was trieb nur diesen merkwürdigen Provinzburschen an? «Um ehrlich zu sein, Oberst Usquin brauchte ein paar Minuten, um sich über Ihren Charakter ein Bild zu machen. Aber es war kein Problem, den Generalstab davon zu überzeugen, daß Sie mein bester und zuverlässigster Mann sind. Den Widerspruch zu Ihrer zivilen Akte konnten wir natürlich nicht übersehen, aber erfreulicherweise hat der Präsident nicht allzuviel Gewicht darauf gelegt. Schließlich waren wir uns einig, daß einzig Sie die Depesche tragen sollen. Mein Glückwunsch, Leutnant Bézier!»

Léon war keine Komplimente gewöhnt und errötete.

«Also», fuhr Deschamps fort, «hören Sie jetzt gut zu! Trommeln Sie sofort die ganze Abteilung zum Appell zusammen! Geben Sie allen den Befehl, sich um fünfzehn Uhr am Garde du Nord zum Dienst zu melden, und geben Sie ihnen bis dahin frei. Fordern Sie Morel und Billebault auf, sich auf die Ballonfahrt einzurichten und sich spätestens um Punkt achtzehn Uhr am gleichen Ort bereitzuhalten. Und was Sie selbst betrifft», Deschamps machte eine kleine Pause, «Sie sollten bereits um zwölf Uhr bereit sein. Wir treffen uns hier und gehen dann zusammen zum Louvre. Der Präsident hat darauf bestanden, seinen Kurier persönlich kennenzulernen. Er wird Ihnen eigenhändig die Depesche überreichen. In der Zwischenzeit, Sie entschuldigen das wohl, werde ich mir ein wenig Schlaf gönnen.»

Deschamps war so schnell verschwunden, daß Léon nicht einmal mehr salutieren konnte. Das Durcheinander in seinem Kopf war riesengroß, und er ließ sich rücklings auf einen Stuhl fallen. Audienz beim Präsidenten! Sekunden später stand er wieder auf den Beinen, räumte seine Papiere zusammen und schlüpfte durch die Tür. Er hastete über den matschigen Exerzierplatz, auf dem die mobile Garde mit schlurfenden Schritten hin und her marschierte. Der makabre Gesang der Soldaten war nicht zu überhören:

Wir marschier'n in Reih' und Glied,
Glied, Glied,
und nehmen brav Abschied,
'schied, 'schied,
dann lassen wir uns schlachten und berauben
von Bismarcks wilden Pickel', Pickelhauben!

Léon lief ein kalter Schauer über den Rücken, und er beeilte sich, in die Kaserne der Franc-Tireure zu kommen.

Der Auftrag

Bei Trochu im Louvre

Als die beiden Franc-Tireure gegen halb zwölf eilig nebeneinanderher zum Hauptquartier des Oberkommandos marschierten, waren trotz des kalten und ungemütlichen Wetters die Straßen von Paris voller Menschen. Deschamps schaute immer wieder besorgt zum Himmel. Die Wolken fegten förmlich über ihre Köpfe hinweg. Léon war guter Dinge, und seine Füße schienen das matschige Trottoir kaum zu berühren. Seine Stimmung wechselte zwischen nervöser Spannung und kindlichem Stolz, und fast glaubte er, das anerkennende Lächeln seines Vaters sehen zu können.

Die zwei Offiziere wechselten nicht ein einziges Wort. Als sie sich dem Zentrum näherten, mußten sie sich einen Weg durch die Menschenmassen bahnen. Der Krieg hatte wirklich seine Spuren hinterlassen. In nur wenigen Wochen hatte sich die Stadt in ein einziges, riesiges Militärlager verwandelt. Durch alle größeren Straßen marschierten Truppen der mobilen Garde, und die Parks und unbebauten Grundstücke dienten als Exerzierplätze, auf denen brüllende Offiziere unerfahrene Zivilisten trainierten. Aus den öffentlichen Kutschen, die über die großen, neuen Boulevards klapperten, ragten Gewehrmündungen. Fast konnte man meinen, die Pferde zögen überdimensionale rollende Nadelkissen. Das Volk von Paris war fest entschlossen, seine Stadt zu verteidigen, und der Soldat war zum Idealbild aller Menschen geworden. Nur selten hatte die Geschichte soviel Einfluß auf die Mode gehabt. Auch die Männer, die nicht zu den Waffen gerufen worden waren, rasierten sich die Backenbärte, setzten sich ein Käppi auf den Kopf und ließen sich blanke Knöpfe an die Jacken und rote Streifen an die Hosen nähen.

In der Menschenmenge war es den beiden Offizieren nicht mehr möglich, Seite an Seite zu gehen, und Deschamps opferte sich, einen Weg durch das Gewühle zu bahnen, während Léon ihm dichtauf folgte. Léon meinte, in jedem zweiten Gesicht der eng an ihm vorbei passierenden Menschen einen Verräter zu erkennen. Das Oberkommando hatte die Kuriere ermahnt, auf der Hut vor Verrätern und Spionen zu sein, und Léon nahm diese Warnung ernst, obwohl er die Behauptungen der Sicherheitsoffiziere, auch bei den ärmsten Bettlern könne es sich um Verschwörer handeln, nicht so recht glauben konnte. Doch welch ein Aufsehen hatte es erst vor wenigen Tagen gegeben, als die Polizei einen Pfarrer verhaftet hatte, der sich als preußischer Spion entpuppt hatte. Man war ihm aus purem Zufall auf die Schliche gekommen. Unter seinem Talar hatte er einen Revolver getragen, aus dem sich schließlich auf offener Straße ein Schuß gelöst hatte. Der Unglückliche hatte sich selbst in den Fuß geschossen.

Als sie in die Rue de Rivoli einbogen, brach Léon plötzlich das Schweigen: «Capitaine, leider muß ich Sie informieren, daß heute morgen weder Morel noch Billebault aufgetaucht sind. Ich weiß weder, wo sie stecken, noch wie wir sie über den heutigen Auftrag informieren sollen. Glauben Sie, das wird Einfluß auf die Pläne haben, den Ballon zu starten?»

Deschamps blieb einen Augenblick stehen und fluchte: «Das ist alles ein verdammter Mist, Leutnant!» Dann ging er noch schneller weiter als zuvor und hüllte sich in Schweigen, bis sie vor einem prachtvollen Portal anhielten: «Hier hinein, Leutnant!» Er packte Léon am Arm und zerrte ihn durch eine fast undurchdringliche Mauer von Männern und Frauen. Nach einigen Mühen standen sie schließlich im Innenhof des großen Palastes. Der Hof ähnelte am ehesten einem samstäglichen Marktplatz, er war geradezu vollgestopft mit Menschen. An den Wänden ringsherum lehnten Wachsoldaten, die müde das lebhafte Treiben beobachteten, während ihre Waffen ganz unvorschriftsmäßig an der Wand abgestellt waren. Léon schüttelte über die Disziplin der Nationalgarde entsetzt den Kopf. Deschamps nickte und schob ihn durch die lange Reihe der Wartenden, die um eine Audienz beim Präsidenten anstanden. Einige trugen dicke Papierrollen unter dem Arm, andere kleine Figuren aus Holz oder Zinn, die wie Miniaturapparate aussahen. «Die täglichen Erfindungen!» rief ihm Deschamps mit einem spöttischen Blick zu.

Léon hatte in der Zeitung gelesen, daß täglich unzählige Erfinder um eine Audienz beim Präsidenten nachsuchten, um ihm ihre fantasievollen Beiträge zur Lösung des Krieges zu präsentieren. Entwürfe für revolutionäre Panzeruniformen, Gasgranaten, Torpedos und Steuerungssysteme für Heißluftballone, ganz zu schweigen von unzähligen Varianten eines infernalischen Feuers à la Archimedes. Doch in der langen Reihe von Menschen befanden sich auch verzweifelte Mütter, die ihre vermißten Söhne suchten, wohlsituierte Pariser, die der Obrigkeit Geschenke brachten, und auch selbstbewußte Bürger, die Klagen über Schäden oder das allgemeine Unbehagen, das die Belagerung mit sich brachte, vorbringen wollten.

Die Kundschafter gingen souverän an der Schlange der Wartenden vorbei zu einer bewachten Sperre. Deschamps zeigte einen von Trochu persönlich unterzeichneten Passierschein vor, und sofort wurden sie hineingelassen. Ein Wachsoldat zeigte ihnen den Weg die Treppe hinauf, öffnete eine schwere Tür und geleitete sie durch eine ganze Reihe von Vorzimmern, bevor sie in eine reich ausgeschmückte Halle kamen.

«Der grüne Saal», raunte Deschamps Léon ehrfürchtig zu, während sie durch den Raum schritten. Léon schaute sich verblüfft um. Alles hier war grün, die goldbesetzte Tapete, die dick gepolsterten Rokokomöbel, ja sogar die weichen persischen Teppiche. Plötzlich wurde ihre Aufmerksamkeit von einem Zwischenfall ganz hinten im Saal geweckt. Auf beiden Seiten einer großen Eichentür standen zwei Schreibtische, an denen zwei jüngere Offiziere saßen. Vor ihnen stand ein großer, magerer Bürger, der wild mit den Armen herumfuchtelte und aus vollem Hals brüllte: «Ja, verstehen Sie denn nicht? Wenn Trochu meinen Plan befolgt, können wir die Preußen vernichten!»

Seine Augen sprühten förmlich vor Eifer. Einer der Offiziere erhob sich und rief entschlossen nach der Wache, die augenblicklich kam: «Bringen Sie diesen Mann hinaus!» Unter lautem Protest wurde er schließlich über den grünen Läufer in Richtung der Ausgangstüre gezerrt. Während sich der Offizier wieder hinter seinen Schreibtisch setzte, sagte er laut zu seinem Kollegen: «Mein Gott, Graf d'Herrison, wie viele Verrückte gibt es denn in dieser Stadt? Das war schon der fünfte in dieser Woche, der den Krieg dadurch gewinnen will, daß er den preußischen König ermordet! Und die Attentatspläne werden wilder und wilder.»

Mit herablassender Miene musterte er Deschamps und Léon. «Und was können wir für Sie tun?» Die Stimme klang abweisend. Deschamps zog mit versteinerter Miene den Passierschein heraus, doch bevor er ihn über den Tisch reichen konnte, hörten sie von draußen plötzlich das laute Geschrei einer aufgebrachten Menschenmenge. Einer der Offiziere ging zum Fenster, und auch Deschamps und Léon erlaubten sich, ein paar Schritte auf das Fenster zuzugehen, um einen Blick auf das Treiben dort unten werfen zu können. Auf der Place Carrousel schlug eine wütende, durcheinanderschreiende Menschenmenge wild auf eine arme alte Frau ein: «Er ist ein preußischer Spion! Wir wissen es! Tod allen Verrätern!»

Graf d'Herrison riß resolut das Fenster auf und brüllte zu den Soldaten in der Nähe hinunter: «Bringt sie, Herrgott noch mal, zur Ruhe! Und schickt mir dann augenblicklich diese Frau hoch!»

Als der Offizier Deschamps' Passierschein gelesen hatte, schlug er sofort die Hacken zusammen und sagte höflich: «Entschuldigen Sie die Unterbrechung, Capitaine, aber die Nerven unserer Mitmenschen dort draußen sind wirklich bis zum Zerreißen gespannt. Der Präsident erwartet Sie.» Der Graf schob die dicke Eichentür auf. Sie führte in Trochus Vorzimmer.

Auch Léon wollte den Raum betreten, wurde aber von Deschamps zurückgehalten. «Warten Sie hier, Leutnant. Ich lasse Sie holen, sobald der Präsident bereit ist.»

Léon schaute sich um und suchte nach einer Sitzgelegenheit. Dabei entdeckte er einen alten Mann, der zusammengesunken auf einem tiefen Stuhl am Fenster saß. Hätte Léon nicht das Schnarchen gehört, er wäre überzeugt gewesen, der Mann sei tot. Im gleichen Moment platzten die Soldaten mit der verwahrlosten Marktfrau herein. Ihnen folgte eine aufgebrachte Menschenmenge.

«Bürger, Ruhe!» bellte Graf d'Herrison und hatte seine liebe Mühe damit, die Gemüter zu beruhigen. Er wandte sich abrupt an einen der Soldaten: «Was soll das Ganze bedeuten, Korporal?»

«Die Leute behaupten, sie sei eigentlich ein Mann, Capitaine!»

Jetzt mischten sich wieder lauthals die Zivilisten ein. «Das ist so sicher wie das Amen in der Kirche!» Plötzlich sprang einer von ihnen, ein junger Mann, vor, packte die weinende Frau im Schritt und kniff mit aller Kraft zu. Sie schrie laut auf, fiel auf den Boden, krümmte sich zusammen und zog zuckend die Beine an. Léon erhob sich überrascht und ging näher heran. Der Quälgeist hatte einen Fuß brutal auf die Hüfte des Transvestiten gestellt und rief triumphierend: «Na, was habe ich gesagt, ich wußte es doch!»

Graf d'Herrison lief rot an und schubste den jungen Zivilisten beiseite: «Wachen! Bringt die Zivilisten sofort hinaus und schließt alle Türen! Bittet Polizeipräfekt Pollet her!»

Plötzlich kam auch in den Alten an der Wand wieder Leben, und aus der Ecke, in der er gelegen hatte, drang eine schwache, krächzende Stimme herüber: «Capitaine d'Herrison! Lassen Sie mich hinein! Verstehen Sie doch!»

Der Offizier lächelte verlegen: «Es tut mir leid, Marquis de Gadauval, aber Sie wissen doch, wie beschäftigt General Trochu ist. Wollen Sie es nicht an einem anderen Tag versuchen?»

Der Capitaine hatte vergeblich versucht, den Marquis abzuweisen, der trotz seines hohen Alters von achtundsiebzig Jahren verlangte, ins Heer aufgenommen zu werden, um als Frontsoldat gemeinsam mit seinem Sohn kämpfen zu können.

In diesem Moment platzte der Polizeipräfekt in den Raum. Kaum daß er den Verkleideten erblickte, breitete er die Arme aus, lächelte entwaffnend und rief: «Mein Gott, Mutter Alphonse, Sie schon wieder. Aber was treiben Sie denn hier?»

Das Geheimnis war schnell erklärt. «Sie oder besser er ist

vollkommen harmlos, meine Herren», versicherte Pollet. «Alphonse liebt es, in Frauenkleidern herumzulaufen. Immer wieder wird er angezeigt, aber es gibt kein Gesetz, das so etwas verbietet! Doch in Zeiten wie den unsrigen geht er dabei ein hohes Risiko ein. Ein deutscher Spion ist er jedenfalls ganz sicher nicht. Dafür lege ich meine Hand ins Feuer!»

Deschamps tauchte in der Tür auf, musterte die merkwürdige Szene und warf einen fragenden Blick auf Bézier, der mit den Schultern zuckte und seinem Chef zuzwinkerte, während der Polizeipräfekt dem Transvestiten auf die Beine half, ihn unterhakte und gemeinsam mit ihm den grünen Saal verließ.

«Das erklären Sie mir später einmal, Leutnant», amüsierte sich Deschamps. «Jetzt wartet Frankreichs Präsident!» Voller Hochachtung ließ sich Léon in Trochus großes Arbeitszimmer führen. Er schlug die Hacken zusammen und grüßte die Anwesenden in der korrekten Reihenfolge, zuerst den Präsidenten selbst, dann General Fleury und zum Schluß Oberst Usquin. Trochu saß hinter einem beeindruckenden Schreibtisch. Mit der Meerschaumpfeife und seiner berühmten halb zivilen, halb militärischen Lieblingskleidung, bestehend aus einem zivilen Frack über roten Uniformhosen der Nationalgarde, sah er genau so aus, wie Léon ihn sich vorgestellt hatte. Auf dem Kopf trug er ein merkwürdiges schwarzes Käppchen. Böse Zungen behaupteten, er wolle damit seinen kahlen Schädel verbergen. Das Grüßen war überstanden, und Léon wurde gestattet, sich zu setzen. Mit steifem Rücken und stumm vor Bewunderung starrte er den Präsidenten an. Er wußte, daß der Präsident in den letzten Wochen beim Volk viel von seiner Popularität verloren hatte, doch für Léon war er noch immer der unbestrittene Herr der Republik.

Trochu machte eine Geste mit der Hand. «Ich freue mich, Sie begrüßen zu können, Leutnant. Sie wissen vermutlich, daß ich Sie persönlich hergebeten habe?» Léon streckte sich noch ein wenig mehr. Trochus Stimme war bestimmt, aber freundlich. «Für mich ist es nämlich von höchster Bedeutung, in die Augen des Menschen schauen zu können, dem ich eine solch große Verantwortung für die Zukunft der Nation auferlege! Und ich sehe, daß Sie ein Mensch sind, dem man trauen kann, Leutnant! Gott weiß, wie sehr Frankreich in dieser schweren Stunde Soldaten wie Sie braucht.» Léon lief ein Schauder über den Rücken. Der Präsident schwieg einen Augenblick, und dann fügte er leise hinzu: «Wir werden Sie nicht vergessen, Leutnant Bézier.» Dann hob er wieder seine Stimme: «Gut, dann können Sie ihm jetzt die notwendigen Anweisungen geben, Oberst Usquin!»

Wenig später standen Deschamps und Bézier wieder draußen auf der Rue de Rivoli. Es waren jetzt weniger Menschen auf den Straßen. Léon spürte, wie seine Beine ihn kaum mehr trugen, und er fürchtete, ohnmächtig zu werden. Deschamps schaute ihn besorgt an: «Leutnant, stimmt etwas nicht?»

«Alles in Ordnung, Kommandant. Ich habe heute nacht nur nicht richtig schlafen können», log er. Er war so überwältigt von dem Erlebnis beim Präsidenten, daß er kurz davor war, die Kontrolle über sich zu verlieren. Alles schien so unwirklich. Die Übergabe der militärischen Depesche war fast wie ein rituelles Schauspiel vor sich gegangen.

Noch immer klang ihm Oberst Usquins Ermahnung in den Ohren: «Sie müssen Ihr Leben für diese Depesche einsetzen! Vernichten Sie sie, wenn Sie in Gefangenschaft geraten sollten! Sonst ist alle Hoffnung vergebens. Haben Sie verstanden? Und Sie dürfen die Depesche nur an Gambetta persönlich übergeben. An niemanden sonst!»

Der Oberst hatte das Dokument in einen dünnen, ölgetränkten Stoff eingeschlagen, und während ein Sekretär die Depesche in die Innenseite von Léons Uniformhemd einnähte, hatte Usquin ihm weitere Anweisungen gegeben. «Wenn Sie im Hauptquartier in Tours angekommen sind, müssen Sie, wie abgesprochen, sofort mit den neuesten Informationen von Gambetta hierher zurückkehren.»

Léon war ganz blaß geworden. Was würde dieser ehrenvolle Auftrag für ihn bedeuten? Wie sehr würde seine Chance für eine Amnestie oder Begnadigung steigen? Und was für ein Risiko ging er ein?

«In der heutigen Zeit ist es nicht leicht, in die Hauptstadt zu kommen. Das wissen wir», hatte der Oberst ruhig hinzugefügt. «Aber es ist von größter Bedeutung, daß Sie die Bewegungen des Feindes und seine Stellungen genau beobachten und sich alles merken, wenn Sie den Belagerungsring durchbrechen. Sie können sich ja denken, solche Informationen haben für uns im Hinblick auf die Entscheidungsschlacht einen unschätzbaren Wert.»

Léon hatte nur genickt. Daraufhin hatte man ihm einen Spezialpaß ausgestellt, der ihm Zugang zu allen militärischen Anlagen verschaffte und mit dem er sicher alle französischen Sperren passieren konnte. Beschämt hatte Léon die sechshundert Franc, die man ihm als Handgeld hatte geben wollen, abgelehnt und sich statt dessen mit zweihundert begnügt.

Einer nach dem anderen hatten ihm die militärischen Stützen der Republik die Hand geschüttelt und ihn verabschiedet, und die letzten Worte von Oberst Usquin hatten Léon so tief bewegt, daß er schlucken mußte: «Das Glück sei mit Ihnen, Leutnant Bézier! Das Schicksal der ganzen Nation lastet nun auf Ihren Schultern. Möge Gott uns allen gnädig sein!»

Léon Bézier atmete in der Rue de Rivoli tief die kalte Novemberluft ein und bemerkte, wie Pierre Deschamps ihn wie einen Kranken von oben bis unten musterte.

«Sind Sie sicher, daß alles in Ordnung ist, Leutnant?» Seine Stimme klang besorgt.

Léon erwachte aus seinen Träumen und beeilte sich, ihm noch einmal zu versichern, er sei in guter Form.

«Sicher haben Sie bemerkt, daß sich das Wetter gebessert hat und der Wind abgeflaut ist», sagte Deschamps. «Dartois, der Chef der Ballongesellschaft, wird persönlich den fähigsten seiner Leute als Ballonfahrer auswählen. Ich weiß nicht, wer der Auserwählte sein wird, aber ich bin sicher, Sie werden in guten Händen landen, Leutnant.» Deschamps zögerte einen Moment und fügte dann mit ernster, fast gereizter Stimme hinzu: «Der Präsident ist darüber informiert worden, daß Morel und Billebault heute morgen nicht erschienen sind. Auf Befehl von Trochu sollen Sie auf jeden Fall heute abend starten, auch wenn die beiden nicht mehr auftauchen. Der Postdirektor soll zusätzliche Postsäcke als Ballast herbeischaffen, um das Gewicht der zwei treulosen Kumpane zu ersetzen. Sie haben eine schwere Zeit vor sich. Ja, und dann trennen sich also hier unsere Wege erst einmal. Nehmen Sie den Nachmittag frei, Leutnant. Essen Sie noch einmal richtig. Trinken tun Sie ja nicht. Und vor allem: Passen Sie gut auf die Depesche auf, und verlieren Sie sie bloß nicht!» Er räusperte sich verlegen. «Ich klinge schon wie ein Schulmeister.»

Léon lächelte, und Deschamps gab ihm einen freundschaftlichen Klaps auf die Schulter. «Also, um fünf Uhr am Gare du Nord, und bereiten Sie sich auf die Reise Ihres Lebens vor!»

Ratlos blieb Léon auf dem Trottoir stehen. Sollte er nach Hause gehen und sich von seiner Familie verabschieden? Er wußte nicht, was tun, und fühlte sich plötzlich unbeschreiblich einsam. Im gleichen Moment wurde er von einem Passanten heftig angerempelt, so daß er fast gestürzt wäre, doch ohne ein Zeichen von Bedauern verschwand der Fremde in der Menschenmenge. Léon erstarrte und faßte sich nervös an die Brust. Die Depesche! Er konnte nichts fühlen und knöpfte sich mit zitternden Fingern die Uniformjacke auf. Die Depesche war noch da. Léon schüttelte den Kopf und begann einfach aufs Geratewohl am prachtvollen Zaun des Rathauses entlangzugehen. Ein paar Minuten weilte er bei den Ochsen, die genügsam die Reste der gefrorenen Wiese abweideten. Was würde die Kaiserin sagen, wenn sie wüßte, daß die lebenden Fleischreserven der Stadt zu Tausenden ihre Parks und Gärten übernommen hatten?

Léon begann zu frieren. Nebel stieg aus der Seine auf. Er schaute hinüber nach Notre-Dame, wie um dort Trost und Mut zu suchen. Sollte er wirklich der Retter der Nation werden? Immer weniger Menschen waren auf den Straßen, und niemand wußte, wer er war. Schließlich entschloß er sich doch, nach Hause zu gehen, und eine halbe Stunde später schloß er die Tür der Wohnung in der Rue Lamartine auf. Niemand war dort. Er nahm fünfzig Franc von seinem Reisegeld, legte sie auf den Küchentisch und verließ die Wohnung wieder, ohne eine Nachricht zu hinterlassen. Es begann zu dämmern, als er wieder auf dem Trottoir stand.

Ein Essen in Paris, November 1870

Paul Rolier schlug den Mantelkragen hoch und hielt ihn mit der einen Hand vor dem Hals geschlossen. Der eisige Wind fegte in unbarmherzigen Böen durch die fast menschenleeren winterlichen Straßen. Aus den zahlreichen Cafés drangen Gelächter und Gesänge. Doch er hatte wenig Zeit und beeilte sich, zur Rue de Rivoli zu kommen. Wie ein Kind freute er sich auf die abendliche Gesellschaft. Schon lange war er nicht mehr ausgegangen. Die Arbeit in Nadars Ballongesellschaft hatte ihn fast rund um die Uhr beschäftigt. An der Place des Vosges blieb er plötzlich wie entgeistert stehen. Eine Gruppe junger Männer kam auf ihn zugeschlurft. Sie trugen lange Stöcke über den Schultern, und einer wedelte mit einem langen Aalspieß mit großen Widerhaken an den Zinken herum. Die Männer sahen auf den ersten Blick furchteinflößend aus, doch Paul hatte solche Gruppen schon des öfteren gesehen und ging ihnen ruhig entgegen. Er wußte, daß es diese Kerle nicht auf sein Portemonnaie abgesehen hatten, sondern auf vierbeinige Kreaturen, in erster Linie Kanalratten, um sich so das Essen für den nächsten Tag zu sichern. Er nickte ihnen freundlich zu, aber bei dem Gedanken an die vielen tausend Pariser, die Not litten, während er selbst zu den wenigen Auserwählten gehörte, die den Hunger nicht spürten, wurde ihm schwer ums Herz. Ja, noch dazu war er in diesem Augenblick auf dem Weg zu einem guten Essen mit wohlsituierten Freunden. Doch was konnte er an dem Zustand ändern? Es war doch nicht seine Schuld, daß es Arm und Reich gab? Das war doch die soziale Ordnung, und daran war nicht zu rütteln.

Bald schon überquerte er die Rue Saint-Honoré und betrat erwartungsvoll das renommierte Café Voisin, eines der vier Pariser Restaurants, dem es auch während der Belagerung gelungen war, die vornehme Kundschaft zu halten. In der Garderobe stieß er auf einen großen Mann von aristokratischem Aussehen, der, wie er selbst, gerade ablegte. Paul bemerkte den teuren Kamelhaarmantel des Fremden und nickte ihm, als sich ihre Blicke kreuzten, freundlich zu. Doch der Fremde wich seinem Blick aus, so als kennte er Paul und wünschte keinen Kontakt. Gleich darauf verschwand er im Café. Paul stutzte einen Augenblick über dieses merkwürdige Benehmen, doch dann wies er es als zufällige Begebenheit von sich und reichte der Garderobiere seinen dicken Wintermantel. Die kleine, zur Uniform gehörende Mütze behielt er auf. Mit dem Anker und den weißen Streifen ähnelte sie den Mützen der französischen Marineoffiziere. Das Oberkommando der Marine hatte dagegen protestiert, daß die Aeronauten das Symbol der Seestreitkräfte verwandten, und Nadar hatte daraufhin den Anker schräg versetzen und ein paar Vogelschwingen auf den Mützenschirm sticken lassen. «So können wir die Admiralität beruhigen und trotzdem der Luftfahrt ein Emblem von Bestand geben, Monsieur Paul», hatte Nadar ihm schelmisch zugeflüstert. Paul bewunderte uneingeschränkt seinen Arbeitgeber, doch in diesem Moment hatte er, lächelnd über die übertriebene Vorstellung des selbstbewußten Pionieres, den Kopf schütteln müssen.

Im Restaurant war es kalt, denn selbst in den exklusivsten Lokalen wurden Gas und Kohle rationiert. Die Menschen saßen dicht gedrängt um die Tische, um so die Wärme zu halten, und es dauerte ein paar Minuten, bis Paul seine Freunde erblickte. Bereits in guter Stimmung, begrüßten sie ihn überschwenglich, reichten ihm ein Champagnerglas und machten Platz für ihn und seine Aeronautenmütze. Sie waren schon beim zweiten Gang und bestellten noch einmal nach. Der Wein zeigte bei ihnen allen bereits deutlich Wirkung, und sie versuchten, sich gegenseitig in ihren Prahlereien über das Essen zu übertreffen, als wenn davon ihre Männlichkeit abhinge. «Das Känguruhragout ist wirklich ausgezeichnet, Herr Aeronaut! Und von dieser Elefantenbouillon können Sie gar nicht genug bekommen! Wer hätte gedacht, daß Katze garniert mit Ratten wie Chateaubriand schmeckt!» Ein Witzbold ließ sie alle laut herausprusten. «Hören Sie nicht auf sie, Monsieur Paul. Der gefüllte Eselskopf muß für Sie das richtige sein!»

Paul errötete, lächelte aber dennoch. «Danke, danke, aber ich werde mich mit gebratenen Seinefischchen und mariniertem Kamel begnügen!» Er reichte die Karte dem Kellner zurück und fügte souverän hinzu: «Bitte einen Latour Blanche 1861 zum Fisch und zum Fleisch einen Mouton Rothschild 1846!» Der Kellner verbeugte sich und zog sich zurück.

Das Gegröle verstummte einen Augenblick, und alle am Tisch schauten Paul imponiert an. «Nur das Teuerste ist gut genug, sage ich», rief der Witzbold. «Feierst du vielleicht dein baldiges Wiedersehen mit Madame Louise!» Alle lachten über den Spaß, schließlich prahlte Paul schon seit Wochen damit, Paris bald in einem Ballon zu verlassen. Er versuchte gar nicht erst, sich zu verteidigen, sondern ließ seine Freunde das Glas auf seine junge Frau erheben und stieß mit ihnen an.

Nach etlichen Flaschen Rotwein und einer nicht zu übersehenden Dezimierung des zoologischen Gartens bemerkte Paul eine junge, hübsche Frau an einem Sechsertisch ganz in der Nähe. Die dunkle Schönheit hatte sich erhoben und mit einer dramatischen Geste den schlanken Arm gehoben, der in einem langen, schmalen Zeigefinger endete. Während sie theatralisch auf einen jungen Mann auf der anderen Seite des Tisches zeigte, rief sie mit schriller Stimme: «Paß bloß auf, Michel, sonst bekommst du den preußischen Finger zu spüren!» Der Mann wich verschreckt zurück, wobei sein Stuhl nach hinten umkippte und mit Krachen zu Boden stürzte. Die Episode hatte die Aufmerksamkeit des ganzen Restaurants auf sich gezogen, und alle lachten Tränen.

Auch Paul lachte, aber er hatte etwas nicht verstanden und bat die anderen um eine Erklärung. Was meinte die Frau mit dem «preußischen Finger»?

Wieder schüttelten sich die angetrunkenen Freunde vor Lachen. Einer von ihnen erhob sich und belehrte ihn mit lauter Stimme: «Mein Gott, wo warst du denn in den letzten Wochen? Weißt du denn nicht, daß die Pariser Frauen erneut auf die Barrikaden gegangen sind? Das ist schon fast wie damals. Die fantasievollsten Methoden, die Preußen zu erledigen, sollten sie es wagen, die Stadt zu betreten, kommen doch von den Frauen!» Paul starrte ihn erstaunt an, und sein Kamerad fuhr fort. «Das war bestimmt eine Nonne, die auf die Idee mit dem preußischen Finger gekommen ist. Das ist ganz einfach ein spitzer Fingerhut, der in Blausäure getunkt wird. Damit wollen unsere Damen Bismarcks Jungs, wenn sie ihnen zu nahe kommen, in die Weichteile pieken, so daß sie dann alsbald an Zyanidvergiftung dahinscheiden. Die armen Preußen! Erheben wir das Glas auf die Frauen von Paris! Santé!»

Er ließ sich wieder auf seinen Stuhl fallen, und nun ging das Gespräch über zivile Verteidigungsmethoden rege weiter. Ein Vorschlag war wilder als der andere, aber Paul konnte sich dennoch nicht von einer gewissen Bewunderung für den Erfindungsreichtum seiner Mitmenschen freisprechen.

«Eine Geschichte noch, Paul! Vor ein paar Tagen wurde in der Zeitung der Vorschlag eines Schulmeisters abgedruckt. Er riet, die Raubtiere des zoologischen Gartens, soweit sie noch nicht verzehrt worden sind, auf die Feinde loszulassen. Natürlich wurde ihm von anderen Einsendern sofort widersprochen, die seinen Vorschlag als völligen Blödsinn bezeichneten und wissen wollten, wie ein Krokodil den Unterschied zwischen Bismarck und Trochu erkennen solle. Aber paß auf! Die Geschichte geht noch weiter!» brüllte er unter Lachen. «Gestern stand ein neuer, verbesserter Vorschlag in der Zeitung. Jetzt halt dich fest. Bevor wir die Raubtiere loslassen, sollen wir preußische Uniformen anziehen und die Biester dann so richtig vermöbeln, damit sie eine höllische Wut auf unsere Feinde bekommen. Wenn die dann kämen, dann wüßten die Tiere schon, wie sie es ihnen heimzahlen könnten!» Die Gesellschaft grölte vor Lachen.

«Aber der Volkswille, Jungs! Ihr vergeßt den Volkswillen!»

Ein früherer Kommilitone, der aber nie einen Abschluß gemacht hatte, sondern von seinem reichen Vater in Lyon unterhalten wurde, wußte noch mehr zu erzählen: «Ein alter Jakobiner hat vorgeschlagen – das stand heute in der Zeitung –, die ganze Bevölkerung der Stadt solle auf ein bestimmtes Signal hin mit leeren Händen und ohne Waffen auf den feindlichen Belagerungsring losstürmen. Er meinte, eine solche Welle, eine solch dichte Masse und so ein kollektiver Mut würden es den Preußen, selbst mit Waffengewalt, unmöglich machen, sie aufzuhalten. Das nenn ich eine demokratische Kampagne, Monsieur Paul!» lachte er. «Auf den Volkswillen!»

Die Gesellschaft jubelte, leerte ihre Gläser, verließ lärmend das Café Voisin und machte sich auf den Weg zu anderen Freuden.

Gare du Nord am Morgen des 24. November

Paul Rolier kletterte von dem provisorischen Gerüst herunter, das in der Halle des Gare du Nord aufgestellt worden war. Er war so müde, daß er sich konzentrieren mußte, um nicht ins Leere zu treten. Schon seit sechs Uhr morgens war er damit beschäftigt, das neue Ballonventil, bei dessen Entwicklung er selbst mitgewirkt hatte, zusammenzusetzen. In den letzten Wochen hatte er unter einem fast unmenschlichen Druck gestanden, aber nicht eine Sekunde bereute er es, sich Nadars Ballongesellschaft angeschlossen zu haben. Er wußte, welche Bedeutung das für seine Ingenieurkarriere haben würde, wenn der Krieg erst vorbei war.

Er kam mit heiler Haut hinunter zum Gleis, wischte sich Fett und Öl von den Fingern und ging mit schweren Schritten in einen kleinen, grün angestrichenen Schalterraum, der seit dem Beginn der Ballonproduktion als eine Art Aufenthaltsraum für die Ingenieure diente. Aus einer Tasche, die er unter der Bank verstaut hatte, kramte er ein Brot hervor, ein Stück Käse und eine halbvolle Flasche Rotwein. Er setzte sich hin und genoß das wertvolle Essen, wobei er durch die Schalterluke hinausschaute. Vier junge Ballonnäherinnen kamen in ihren langen Kleidern vorbeigetrippelt. Er erkannte sie wieder. Sie gehörten zu den dreißig besten Näherinnen des Modehauses Fany-Sœurs. Nadar war so dreist gewesen, einfach dort hineinzuspazieren und sie allesamt abzuwerben. Der Krieg hatte ganz offensichtlich alles verändert. Die vier Mädchen warfen Rolier verstohlene Blicke zu, steckten die Köpfe zusammen und liefen kichernd weiter.

Er schnitt eine Grimasse, zog den Korken aus der Flasche und packte den Rest seines Essens wieder ein. Wenn er doch endlich Louise wiedersehen würde. Er dachte an die wenigen glücklichen Tage, die sie bis zum Beginn der Belagerung hatten miteinander erleben dürfen, an ihr Lächeln, an die herrlichen Essen, das schöne, gepflegte Heim und den geregelten Tagesablauf. Damals hatten sie geglaubt, der Rest ihres Lebens würde so sein.

Paul Rolier erwachte mit einem Ruck. Er mußte eingenickt sein. Außerhalb der Schalterluke sah er das schelmische Gesicht von Henri Dommartine, einem der Begründer von Nadars Ballongesellschaft, der ihn anrief: «Zweimal dritter Klasse nach Nizza! Das wäre schön, nicht wahr, junger Mann?» Er räusperte sich und wurde wieder ernst. «Im übrigen ist es verboten, im Dienst zu schlafen, Herr Ingenieur, bei der Ballongesellschaft ist das auch nicht anders als bei der Eisenbahn!»

Paul schob verlegen den Beutel mit dem Essen unter die Bank und ging zu Dommartine auf das Gleis hinaus.

«Ich habe große Neuigkeiten für Sie, Monsieur Paul. Wir hatten soeben Besuch von Oberst Usquin, der uns bat, einen Ballon mitsamt Piloten für das Oberkommando zur Verfügung zu stellen.»

Paul nahm Haltung an: «Darf ich fragen, was jetzt zu tun ist?»

Der andere schwieg einen Augenblick, schaute sich vorsichtig um und beugte seinen Kopf näher zu Paul hinüber. Mit leiser Stimme sagte er: «Das ist streng geheim. Es geht darum, einen äußerst wichtigen Bescheid der Heerführung zu Gambetta zu bringen. Noch heute abend!»

«Heute abend? Bei dem Wetter?» Pauls Stimme wurde von den Wänden der Halle zurückgeworfen.

«Pst, Rolier! Das ist nicht für aller Leute Ohren bestimmt!» Dommartine wirkte erregt. «Wir brauchen einen tüchtigen Piloten, aber wie die Dinge stehen, sind nur wir Alten noch hier, und wir werden in der Stadt gebraucht. Es sieht so aus, als wenn Sie an der Reihe wären. Sie haben noch nie zuvor einen Ballon gefahren, das wissen wir, aber man kennt Sie als einen der besten Ingenieure. Den Besten, um genau zu sein! Ich zitiere Nadar. Sie haben an der Konstruktion der Ballone mitgearbeitet und wissen deshalb, wie alles funktioniert.» Dommartine schwieg einen Augenblick, dann sagte er ruhig: «Der Auftrag ist natürlich freiwillig. Niemand kann Sie zwingen.»

Paul war vollkommen ratlos. Da war sie plötzlich, die lang ersehnte Chance, aus der Stadt zu kommen und Louise wiederzusehen. War der Auftrag erst ausgeführt, könnten sie dem Krieg und der Kälte den Rücken zuwenden und weitab jedweder Kampfhandlungen ihre Zweisamkeit pflegen, bis der Krieg schließlich ein Ende finden würde. Aber bei diesem Wetter? Er legte seinen Kopf in den Nacken und schaute zu den Dachfenstern der Eisenbahnhalle hoch. Graue Wolken zogen mit beängstigender Geschwindigkeit am Himmel entlang. Der kräftige Wind könnte die ganze Luftfahrt zu einem einzigen Debakel werden lassen. Er wußte, was geschehen würde, wenn sie auf Abwege gerieten und in feindlichem Territorium havarierten. Aber würde sich ihm noch einmal eine solche Chance bieten? Er faßte einen schnellen Entschluß. «Es wäre wenig patriotisch von mir, einen solchen Auftrag abzulehnen, Monsieur Dommartine. Völlig undenkbar! Sie können mit mir rechnen.»

Dommartine schüttelte Paul herzlich die Hand. Er schien wirklich erleichtert zu sein. «Danke, ich wußte, daß ich auf Sie bauen kann. Wir haben den Ballon übrigens ‹La Ville d'Orléans› getauft, ein passender Name, nicht wahr?»

Paul lächelte und nickte. Orléans war eine der wenigen Städte, die Gambetta den Preußen wieder hatte abnehmen können.

«Nehmen Sie sich für heute frei, Monsieur Paul, und seien Sie heute abend pünktlich um acht hier. Das wird reichen. Und reden Sie mit niemandem über Ihren Auftrag! Haben Sie verstanden? Denken Sie daran, sich gut und warm anzuziehen, das ist nichts für Sommergarderobe und Lackschuhe!»

Beide lachten sie, mußten sie doch an die zahlreichen zivilen Passagiere denken, die sie im Laufe der Belagerung aus der Stadt geschafft hatten. «Es ist wohl nicht nötig, Sie an Nadars Handbuch für Aeronauten zu erinnern. Das kennen Sie wohl auswendig?»

Paul spürte, daß er rot wurde, und nahm sich vor, das achtseitige Pamphlet gleich anschließend zu lesen. Plötzlich wurden sie von lauten Rufen und klappernden Geräuschen unterbrochen. Über die Gleise von Bahnsteig drei rannte eine Gruppe von jungen Arbeitern, die mit Brecheisen bewaffnet waren. Alle schrien sie durcheinander: «Los, laß sie nicht entkommen!»

Rolier und Dommartine ahnten nichts Gutes und hielten Ausschau nach dem menschlichen Opfer dieser Aggression. Da erblickten sie eine dicke Ratte, die über die Schwellen sprang. Jetzt versuchte sie, seitlich am Bahnsteig hochzuspringen, aber ihre Krallen fanden an den Granitblöcken keinen Halt, so daß sie wieder hinunter auf die Gleise fiel. Ein Fehler, der ihr das Leben kostete, denn inzwischen war einer der Männer herangekommen und zerschmetterte mit einem wohlgezielten Schlag den Schädel des verschreckten Tieres. Er hob das Eisen noch einmal an, um ein weiteres Mal zuzuschlagen, doch ein anderer rief ihm zu: «Halt! Sie ist tot! Du machst nur das Fleisch kaputt!»

Der glückliche Jäger ließ sein Brecheisen sinken, packte seine Beute am Schwanz und hielt sie stolz hoch, so daß alle in der Bahnhofshalle sie sahen. Paul dachte an das Essen im Café Voisin vor einigen Tagen, und ihm wurde übel.

Paul musterte sich in dem großen Rokokospiegel, doch sein Aussehen mißfiel ihm. Sein Gesicht war noch blasser als sonst, und mit den traurigen Ringen unter den Augen und dem struppigen Bart machte er einen jämmerlichen Eindruck. Er fuhr sich mit einer Bürste durch sein dichtes Haar. Seine Hand zitterte. Resigniert seufzte er. Der Nachmittag war lang, und der Gedanke an den Besuch bei seinen Eltern vermochte ihn auch nicht gerade aufzuheitern.

Seine Mutter war beinahe hysterisch geworden, als sie erfahren hatte, was an diesem Abend geschehen sollte. «Paul Rolier, wie kannst du? Das Leben riskieren für ein Mädchen?»

Er war sich wie ein ungezogener Schuljunge vorgekommen. Der Vater hatte ruhiger reagiert und ihm geraten, zur Sicherheit sein Testament zu machen und dafür zu sorgen, daß sich jemand um seine Wohnung kümmerte.

Er hatte den Rat des Vaters befolgt, doch in den langen Stunden danach wuchsen seine Bedenken, auf was er sich da eingelassen hatte. Seine Mutter hatte recht. Der Krieg war doch bald vorbei. Warum nicht auf den Frieden warten? Schließlich wußte Paul besser als die meisten anderen, welche Gefahren eine solche Luftfahrt beinhaltete. Noch in der letzten Woche waren zwei Aeronauten verschwunden, entweder waren sie abgeschossen worden oder hatten über feindlichem Gelände landen müssen. Ihm schauderte bei dem Gedanken, und er versprach sich selbst, alles nur Erdenkliche zu tun, um nicht in die Hände der Preußen zu fallen. Er warf einen Blick auf die abgedeckten Möbel, sie sahen aus wie schlafende Gespenster. Dann drehte er die Gaslampe aus, griff den fertig gepackten Reisesack, verschloß die Wohnungstür sorgfältig hinter sich und ging.

Der Wind hatte nachgelassen. Es gab also keinen Weg zurück. Er biß die Zähne zusammen und ging in Richtung des Gare du Nord davon. Hätte er doch bloß nicht seine Freunde und die ganze Familie zum Abflug eingeladen!

Die Luftfahrt

Gare du Nord am Abend des 24. November

Das Gelände rund um den Gare du Nord glich einem Hexenkessel. Hunderte neugieriger Menschen drängten sich zu den Sperren vor, um einen Blick auf den Ballon und die tapferen Aeronauten zu werfen. Jeder wußte, worum es ging.

Die Stimmung war gut, alle redeten wild durcheinander und spekulierten lauthals über den kurz bevorstehenden Sieg über die Deutschen. Auch innerhalb der Absperrungen, auf dem offenen Platz vor der Eisenbahnhalle, herrschte reges Treiben. Dutzende Arbeiter und Soldaten eilten hektisch zwischen Unmengen von Seilen und unterschiedlichen Apparaten hin und her. Aus den Kohleöfen trieben schwarze Rauchwolken über den Platz, und das gelbliche, flackernde Licht der großen Gaslampen gab der Szenerie etwas Düsteres. Die Vorarbeiten liefen schon seit einigen Stunden und kamen jetzt in die kritische Phase. Die Gasbefüllung des Ballons war gut vorangeschritten, und die große, auf mehr als zwanzig Metern ausgestreckte Ballonhülle war bereits beträchtlich angeschwollen. Jetzt ging die Mannschaft aufmerksam um den Ballon herum und überprüfte, ob die Hülle überall dicht war. Das Gas war sehr leicht brennbar, und schon eine undichte Stelle konnte zu einer Katastrophe führen. Die obersten Stücke der die Ballonhülle umgebenden Hanfseile schlängelten sich auf dem Boden bis zum Äquatorring, der noch ruhig auf dem Kopfsteinpflaster lag. Von dort aus führte das Tauwerk hin zu einem geflochtenen Korb, der im Schatten des eigentümlichen Gebildes unglaublich klein aussah. Verlief alles nach Plan, würde die «Ville d'Orléans» in wenigen Stunden bereit sein.

Kommandant Deschamps beobachtete den Himmel. Zufrieden stellte er fest, daß immer mehr Sterne zu sehen waren und die Bewölkung immer dünner wurde. Er rief Leutnant Bézier zu sich, der augenblicklich das Tau, das er in den Händen hielt, fallen ließ und zu seinem Vorgesetzten eilte. Gemeinsam mit dem Rest des Corps mühte sich Léon schon seit Stunden, den Ballon vorzubereiten. «Es sieht gut aus, Leutnant. Der Wind ist deutlich abgeflaut. Das kann eine schöne Reise werden, aber wir wollen hoffen, daß sie nicht zu lange dauert.»

Er legte Léon die Hand auf die Schulter und spazierte mit ihm über den Platz. Léon fühlte sich geschmeichelt, auch wenn ihn dieses ungewohnte Verhalten des Kommandanten irritierte. Das Publikum feuerte sie an und rief ihnen aufmunternde und lustige Bemerkungen zu. Léon faßte sich an die Brust und überprüfte, ob die Depesche noch da war. Sie war es. Aber wer hatte all diese Menschen darüber informiert, was geschehen sollte? Doch weil auch Deschamps strahlte und sich offensichtlich über den Menschenauflauf freute, sagte Léon nichts. Als sie aber an einer Gruppe Handwerker vorbeikamen, die eine niedrige, provisorische Tribüne aufstellten, konnte er sich nicht länger beherrschen und fragte barsch: «Ist das alles nicht ein bißchen viel Aufmerksamkeit, Monsieur Capitaine?»

Deschamps antwortete kurz: «Ich versichere Ihnen, mein lieber Leutnant, es ist nicht die Heerführung, die Tribünen bauen läßt, um einer geheimen militärischen Aktion beizuwohnen! Es ist ein Skandal!»

Lautes Geschrei in der Nähe lenkte sie ab. Ein vornehm gekleideter älterer Herr mit angegrauten Haaren fuchtelte mit den Armen und schrie zwei der Heizer an: «Was, zum Teufel, macht ihr da?»

Deschamps und Bézier gingen näher. Der Kommandant faßte den Leutnant am Arm und flüsterte ihm zu: «Das ist Dartois, Nadars Kompagnon!»

Der berühmte Ballonfahrer hatte kein Mitleid mit den zwei Unglücklichen, die nicht bemerkt hatten, daß der Wind die wabernde Ballonhülle zu nahe an den Ofen herangeweht hatte.

Zwischen Ballonnetz und Äquatorring waren bereits einige Seilverbindungen abgeschwelt. Dartois zischte: «Fast hättet ihr den ganzen Ballon in Brand gesteckt! Wer hat euch eingestellt, ihr nutzlosen Dummköpfe?» Doch plötzlich änderte er seinen Ton und sagte fast freundlich: «Gut, ich schicke ein paar Seilmacher her, um die versengten Maschen zu ersetzen. Macht mit der Gasbefüllung weiter, aber erspart uns in Herrgottsnamen eine Katastrophe!»

Die zwei Arbeiter baten höflich um Entschuldigung und setzten beschämt ihre Arbeit fort.

Jetzt hatte Dartois Bézier und Deschamps entdeckt und lächelte ihnen zu: «Da haben Sie gerade einen prächtigen Salut verpaßt, liebe Freunde! Guten Abend, Capitaine!» Er schaute zu Léon hinüber und fügte freundlich hinzu: «Und hier haben wir vermutlich denjenigen der drei jungen Männer, der bei dem Gedanken an mein kleines Fahrzeug keine kalten Füße bekommen hat.»

Léon lächelte vorsichtig, grüßte respektvoll und sagte: «Meine Kollegen Morel und Billebault sind leider verhindert.»

Nervös starrte er auf die versengten Seile und die glühenden Öfen, wie um den Abstand zwischen dem Feuer und der Ballonhülle, die gefährlich auf und ab flatterte, zu messen. Er rang mit den unterschiedlichsten Gefühlen. Wie lange würde der Abflug wegen dieses Unglücks verschoben werden müssen? Mußten sie womöglich einen ganzen Tag warten? Verstohlen schielte er zum schwarzen Nachthimmel hoch. In der Ferne knatterte wie üblich die preußische Artillerie. Die populäre Kanone «Josephine» antwortete mit wohlbekanntem Dröhnen. Gab es einen Weg zurück?

Als hätte er Béziers Gedanken gelesen, fragte Deschamps Dartois: «Ist es möglich, den Ballon noch heute nacht wieder in Ordnung zu bringen, Monsieur?»

Dartois rieb sich Ruß und Öl von den Händen. «Aber natürlich, da können Sie ganz beruhigt sein. Die Taugenichtse sollen voranmachen, und wenn es das letzte ist, was sie tun. Eine Stunde Verspätung, höchstens!»

Léon spürte, wie ihm eine Last vom Herzen fiel, als Dartois hinzufügte: «Es wird jetzt auch langsam Zeit, den Korb zu beladen. Leutnant Bézier hat vielleicht ein wenig persönliches Gepäck?»

Die Gondel war kaum größer als ein großer Bastkorb. Léon konnte sich nicht vorstellen, wie sie vier Mann samt Material, Post und Ballast dort hineinstopfen wollten, und er war richtiggehend froh, daß die zwei anderen nicht gekommen waren. Doch wenn sie noch auftauchten? Sie hatten ja nichts von sich hören lassen, und schließlich gab es keinen Befehl, die beiden jetzt nicht mehr mitzunehmen. Auch wenn Morel und Billebault wenig Bedeutung für den Kurierauftrag hatten, für Trochu mußte es doch wichtig sein, so viele Kundschafter wie möglich hinter die feindlichen Linien zu bringen? Er schaute hinüber zu den Absperrungen, als erwartete er, die beiden dort jeden Augenblick auftauchen zu sehen. Doch als die Franc-Tireure begannen, den Korb zu beladen, mußte er an andere Dinge denken. Er holte die Materialliste und einen Bleistift hervor und begann abzustreichen. An die Außenseite der Gondel wurden zehn Sandsäcke und ein kleiner Schiffsanker mit einem fünfzig Meter langen Seil gehängt, ein dickes, aufgerolltes, mehr als einhundertachtzig Meter langes Schlepptau und ein zehn Meter langer und zehn Zentimeter breiter Papierstreifen. In einem speziellen Kästchen verstauten sie Messer, Streichhölzer, Gummiriemen und auch einen Höhenmesser, außerdem Karten, ein nautisches Teleskop, Päckchen mit Zigarettenpapier und eine moderne elektrische Lampe. Am Äquatorring, der sich nun bereits schräg über ihre Köpfe erhob und mit Holzstützen gehalten wurde, befestigten sie ein ganz neues Gerät, eine Art Höhenpfeil, das Guichard, der bekannte Aeronaut, entwickelt hatte. Der Pfeil, der in einer speziellen Stahlhalterung befestigt und genau justiert war, sollte die vertikalen Bewegungen des Ballons in der Luft anzeigen. Zum Schluß kam der Proviant an Bord. Jetzt fehlte nur noch der Käfig mit den sechs Brieftauben. Léon hatte darum gebeten, die Tiere zu schonen und sie bis zum letzten Augenblick in der Eisenbahnhalle zu belassen.

Während Léon mit der Gondel beschäftigt war, erschien Paul Rolier. Auch er war überrascht von dem Volksauflauf und all dem wilden Durcheinander auf dem Bahnhofsplatz. Er ging zu Dartois hinüber, der die Reparatur des Ballonnetzes argwöhnisch begutachtete.

«Überprüfen Sie zur Sicherheit noch einmal die Gondel, Monsieur Paul. Bei diesen Franc-Tireuren bin ich immer etwas skeptisch.»

Er rief eine Näherin zu sich, zeigte auf etwas und gab ihr ein paar kurze Anweisungen, bevor er sich wieder an Rolier wandte: «Ich habe übrigens einen wichtigen Bescheid für Sie von Oberst Usquin. Der Finanzminister wartet zusammen mit dem Postmeister in der Eisenbahnhalle auf Sie. Es dreht sich bestimmt um die wichtige Depesche.»

Als ihm plötzlich aufging, welche Verantwortung da auf seinen Schultern ruhte, spürte Paul mit einem Mal seine ganze Unsicherheit. Übertrieben nonchalant schritt er zur Gruppe der Franc-Tireure hinüber, die die Gondel umschwärmten, und mit selbstsicherer Stimme wandte er sich an den Mann mit der Materialliste: «Es liegt in meiner Verantwortung, daß Sie nichts vergessen, Korporal.»

«Leutnant, Monsieur», berichtigte ihn Léon, «nicht Korporal.» Er überreichte Rolier die Liste und musterte ihn genau. Der junge Zivilist trug einen dicken, knöchellangen Mantel. Die Knöpfe waren offen. Die Kopfbedeckung ähnelte einer Art Matrosenmütze mit Schirm und hing respektlos schräg auf dem Kopf. Über der Schulter trug er einen kleinen Reisesack.

«Gut, Leutnant, weitermachen! Aber Dartois hat mich gebeten, nicht den geringsten Schlendrian zu dulden.» Daraufhin warf er seinen Reisesack in die Gondel und verschwand ohne ein weiteres Wort. Léon faltete die Materialliste zusammen und schaute nachdenklich seinem zukünftigen Reisegefährten nach. Gut, daß die Reise nur ein paar Stunden dauern würde!

In der Bahnhofshalle wurde Paul Rolier von Postmeister Rampert erwartet. Er stand mit einem anderen Mann zusammen, den er ihm als Finanzminister Picard vorstellte. Der Minister öffnete eine Dokumentenmappe und zog ein kleines ledernes Kuvert heraus, das er dem Aeronauten feierlich überreichte. «Es handelt sich hierbei um eine Depesche des militärischen Oberkommandos, die von mir persönlich gegengezeichnet wurde. Sorgen Sie dafür, daß diese sicher an Kriegsminister Gambetta übergeben wird. Es ist von größter Wichtigkeit. Mehr kann ich Ihnen nicht anvertrauen.»

Paul nahm das Kuvert respektvoll entgegen und steckte es sogleich in die Innentasche seines Mantels.

Die beiden Amtspersonen wünschten ihm noch kurz «Gute Reise» und verschwanden dann in der Eingangshalle. Paul ging hinaus und fühlte sich in dem hektischen Treiben auf dem Platz plötzlich einsam und ruhelos. Der Ballon war zu einer dicken Halbkugel angewachsen, doch er sträubte sich, zur Gondel hinüberzugehen und auf die Franc-Tireure zu stoßen. Statt dessen schlenderte er ziellos über den Platz und versuchte seine Eltern zu erblicken, aber die waren nirgends zu sehen. Plötzlich spürte er wie aus dem Nichts eine Hand auf seiner Schulter. Paul schrak zusammen und drehte sich schnell um. Vor ihm stand ein großer, magerer Mann in einem Kamelhaarmantel. Paul meinte, diesen Mann schon einmal gesehen zu haben, doch er konnte sich nicht mehr an den Anlaß erinnern.

«Monsieur Rolier, vermute ich?»

Paul nickte unverbindlich.

«Haben Sie keine Angst, junger Mann, ich arbeite selbst im Kriegsministerium und kenne natürlich die Sicherheitsvorschriften. Wollen Sie meine Papiere sehen?» Er zog ein kleines Dokument hervor, doch Paul hob freundlich abwehrend die Hand.

«Sie sind sicherlich äußerst angespannt, Monsieur Rolier, wo Sie solch ein ehrenvoller Auftrag erwartet.» Paul starrte den Fremden nervös an. «Bleiben Sie ruhig, Monsieur Rolier. Ich habe, wie Sie sehen, Zugang zu Staatsgeheimnissen. Leider sind noch viele andere in dieser Situation.» Dann setzte er eine vertrauliche Miene auf und fragte: «Kann ich Sie, bevor Sie aufsteigen, auf einen beruhigenden Schluck einladen, um Ihnen meine

Ehrerbietung für Ihren patriotischen Einsatz für unser Vaterland und unsere junge Republik darzubringen?»

Paul errötete bei all diesen Huldigungen. Der elegante Mann mit dem aristokratischen Aussehen wirkte gebildet und vertrauenswürdig. Sein Französisch war etwas lässig, aber korrekt. Paul hielt das Risiko für kalkulierbar. Bis zum Start dauerte es noch eine ganze Weile, und er konnte einen kleinen Muntermacher gebrauchen. Fast niemand bemerkte sie, als sie auf die Sperren zugingen und in Richtung auf das Hôpital Lariboisière in der Menschenmenge verschwanden.

Doch ein Mann beobachtete das merkwürdige Paar. Léon Bézier war soeben aus der Gondel gestiegen, um den Taubenkäfig aus der Eisenbahnhalle zu holen, und hielt nach einem Franc-Tireur Ausschau, der Wache halten sollte, als er auf die zwei aufmerksam wurde. Verblüffung und Wut ließen ihm das Blut in den Kopf schießen. «Das kann doch nicht wahr sein!» sagte er zu sich selbst. Sollte er Deschamps über diesen offensichtlichen Verstoß gegen die Vorschriften informieren? Er dachte einen Augenblick lang darüber nach, wies es dann von sich und ging in die Halle.

Paul fühlte, daß ihm der kräftige Schluck gutgetan hatte, und er meinte, ihm liege die ganze Welt zu Füßen, als er zum Gare du Nord zurückkam und sich durch die Menschenmassen zum ersten Kontrollposten durchkämpfte. Der Fremde, der sich als Monsieur Herluison vorgestellt hatte, hatte sich als ein ausnehmend sympathischer Mann erwiesen. Paul bereute das Treffen nicht, und er war sehr dankbar für all die guten Ratschläge, die ihm der vornehme Mann gegeben hatte.

Da wurde er von einem kleinen Jungen entdeckt, der enthusiastisch losbrüllte: «Schaut dort! Das ist doch der eine, der heute abend in dem Ballon fliegt? Sie sind doch einer der Aeronauten?»

Spontan überschütteten ihn die Menschen mit Hurrarufen, spendeten herzlich Beifall und machten eine Gasse für ihn frei. Da sprang eine junge, kräftig geschminkte Frau vor und versperrte ihm mit herausfordernd schwingenden Hüften den Weg.

Sie war ganz offensichtlich angetrunken. Mit der einen Hand hob sie ihren Rock hoch, so daß ein perlenbesetztes Strumpfband zum Vorschein kam. «Nimm mich mit, kleiner Aeronaut! Du wirst es nicht bereuen!» Die anderen Zuschauer zogen sie wütend zur Seite, worauf sie mit barschen Flüchen reagierte. Paul sah beschämt zu Boden und beeilte sich weiterzukommen. Er schob sich am Wachposten vorbei und atmete hinter der Absperrung erleichtert auf.

Der Ballon war nun vollständig gefüllt, und die «Ville d'Orléans» erhob sich majestätisch in ihrer ganzen Größe vor ihm. Gut verankert zerrte sie an den Seilen und wogte im Wind sachte hin und her. Erhellt durch die zahllosen, ringsherum aufgestellten Gaslampen, wirkte die Szene gespenstisch. Der obere Teil des riesigen, birnenförmigen Ballons lag im Dunkeln und verschwamm mit dem schwarzen Novemberhimmel. Über dem ganzen Platz hing schwer der Geruch von Leinöl, Pech und Hanf.

Paul Rolier näherte sich der Gondel. Die Franc-Tireure hatten sich mittlerweile zurückgezogen, doch an der Gondel stand eine Gruppe von Männern, die er zu kennen glaubte. Unter ihnen befanden sich Dartois und Capitaine Deschamps. Sie sprachen angeregt mit dem Leutnant der Franc-Tireure, der zuvor die Materialliste durchgegangen war. Plötzlich begriff Paul, dieser Mann würde sein Reisegefährte sein. Er spürte, daß er ein Glas zuviel getrunken hatte, und wäre am liebsten umgekehrt. Vorsichtig ging er näher. Dartois nahm ihn herzlich in Empfang und stellte ihn Leutnant Léonard Bézier vor, dem freiwilligen Kurier der Francs-Tireurs Sédentaires. Bézier nickte ihm kurz zu.

Rolier blieb einen Augenblick unschlüssig stehen. Schließlich warf er einen Blick über die Kante der Gondel, versicherte sich, daß sein Reisesack eingeladen worden war, und stieg dann selber ein. Noch einmal versuchte er in dem Dunkel ringsherum seine Eltern zu erblicken, doch sie waren nirgends zu sehen. Auch Bézier kletterte jetzt in den Korb. Eine Equipage des Postministeriums rollte heran, und vier große Postsäcke wurden an der Außenseite des Korbes festgebunden. Schließlich wurde noch über hundert Kilo Ballast, bestehend aus Säcken mit Zeitungen und alten Wochenblättern, geladen, um das fehlende Gewicht der zwei nicht erschienenen Kuriere auszugleichen. Der Boden der Gondel wurde vollgepackt, so daß sie sich kaum mehr bewegen konnten. Bézier schaute fragend zu Rolier, doch der zuckte nur mit den Achseln.

Die zwei Aeronauten fingerten unsicher an den straffen Seilen, die sie umgaben, als suchten sie einen sicheren Halt. Jetzt ging die Bodenmannschaft zu den Vertäuungen. Plötzlich schauten die zwei Männer im Korb in die weit aufgerissenen Augen eines blassen, kleinen Wesens. Einer jungen Frau war es gelungen, zum Ballon vorzudringen, und bevor jemand reagieren konnte, beugte sie sich über die Kante des Korbes und flehte sie an: «Bei meiner Seele, nehmt mich mit, sonst gehe ich in dieser Hölle zugrunde. Bitte, bringt mich nach Hause nach Brest!»

Der bretonische Akzent war nicht zu überhören, und ganz offensichtlich schämte sie sich für das, was sie tat. Bézier schaute verwirrt zu den bewaffneten Wachen hinüber. Vermutlich hatten sie geglaubt, die Frau sei eine Bekannte. Er gab den Soldaten ein Zeichen, und diese kamen angerannt und packten die Frau. Sie griff nach Léons Hand und wisperte ihm mit angsterfüllten Augen zu: «Bitte, Monsieur, mein Vater wird Sie reich belohnen!»

Léon riß sich los und schüttelte den Kopf. Mit einem Mal packten ihn aber Zweifel, und er schaute zu Rolier, doch da waren die Wachen mit der Frau bereits in der Dunkelheit verschwunden.

Auf dem Platz wurde es jetzt ganz still. Das Publikum hatte gesehen, daß die Bodenmannschaft bereit war, die Vertäuung zu lösen, und hielt den Atem an. Deutlich hörten die zwei Männer in der Gondel die Brieftauben über ihnen. Die Vögel gurrten munter. Sie ahnten nichts von dem, was bevorstand. Auf den Tribünen hatten sich die prominenten Zuschauer erhoben. Es war 23.40 Uhr. Da hörten sie Dartois' Stimme. «Achtung! Leinen los!» Augenblicklich hing der Ballon frei einen halben Meter über dem Boden. Rolier starrte Bézier mit zusammengekniffenen Lippen an. Dann öffnete er einen der Säcke und ließ etwas

Sand herausrieseln. Der Ballon reagierte sofort, indem er sich gleich um mehrere Meter hob, und die Menge begann zu brüllen. Die Fahrt wurde immer schneller. Sie starrten in die Tiefe, und kaum ein paar Sekunden später war der hell erleuchtete Platz vor dem Gare du Nord nur mehr ein kleiner, gelber Fleck inmitten des Dunkels. Südwind ergriff den Ballon und trieb ihn über die Hausdächer, so daß der Bahnhof schon bald vollends aus dem Blickfeld verschwand. Das letzte, was die beiden Aeronauten aus der Tiefe hörten, war ein fernes, einstimmiges *«Vive la France!»*. Binnen weniger Minuten würden sie sich direkt über den preußischen Stellungen befinden.

Die Luftfahrt

Die «Ville d'Orléans» stieg immer schneller, und im Laufe weniger Minuten hatten sie achthundert Meter Höhe erreicht. Rolier und Bézier hatten noch kein Wort miteinander gewechselt. Sie klammerten sich an die Halteseile und starrten entgeistert ins Dunkel. Keiner von ihnen hatte so etwas je erlebt, und nichts war so, wie sie es sich vorgestellt hatten. Hilflos trieben sie durch eine fremde, verbotene Welt. An dem schwarzvioletten Himmel über ihnen strahlten die Sterne wie ein Meer funkelnder Diamanten, und in der Tiefe glühten die Lichter der Stadt wie Tausende von Glühwürmchen. Doch schließlich verschwanden die Lichter am Boden, und die zwei waren bald vollends dem unsagbar großen Himmelsraum überlassen.

Die ganze Zeit hatten sie aufmerksam auf preußisches Artilleriefeuer gelauscht, aber nicht ein einziger Gewehrschuß war zu hören. Statt dessen tauchten in der schwarzen Ferne unter ihnen erneut vereinzelte gelbe Lichter auf. Sie meinten, es handele sich um kleine Provinzstädtchen, die sie überflogen, und begannen ruhiger zu werden. Das Sperrfeuer der Feinde konnte sie jetzt nicht mehr gefährden.

Nach einer halben Stunde hörten sie plötzlich ein dumpfes Dröhnen. «Was war das?» platzte Rolier ängstlich heraus und schrak beim Klang seiner eigenen Stimme zusammen. Sie wirkte so fremd. Er drehte sich um und starrte fragend zu Bézier hinüber, als sei er überrascht, nicht allein an Bord zu sein.

«Wahrscheinlich Kruppsche Kanonen! Hoffentlich nur preußische Gewehre», antwortete Bézier trocken. Er mochte den

Gedanken nicht, daß der Ballon beschossen werden könnte. Immer deutlicher wurden die Geräusche. Sie kamen mit merkwürdiger Regelmäßigkeit und ähnelten eher einem fernen Donnern als Kanonenfeuer.

Rolier schaute nervös zur Ballonhülle hoch und versuchte zu hören, ob irgendwo Gas entwich. Er konnte nichts feststellen, meinte aber trotzdem irgend etwas tun zu müssen. «Ich glaube, wir sinken, Bézier. Wir sollten sicherheitshalber eine Höhenmessung machen. Glauben Sie, es wird bei dem wenigen Licht gehen?»

Ohne auf eine Antwort zu warten, warf er eine Handvoll Zigarettenpapier in die Luft. Die Männer konnten deutlich erkennen, daß die Papierschnipsel nach oben in die Dunkelheit verschwanden. Auch ein langer, dünner Papierstreifen, den sie über Bord warfen, entschwand nach oben, und der Höhenmesser zeigte zum Boden. Alles deutete darauf hin, daß der Ballon an Höhe verlor. Rolier entschloß sich, ein paar Sandsäcke über Bord zu werfen, und bald schon stieg der Ballon wieder. Der Höhenmesser zeigte zwölfhundert Meter über dem Meeresspiegel an. Man konnte sich nicht ganz darauf verlassen, aber wenn die Angaben stimmten, befanden sie sich jetzt etwas über der idealen Reisehöhe und waren damit außerhalb der Reichweite der preußischen Artillerie.

Léon schaute zum Käfig hoch. Die Tauben flatterten unruhig hin und her, schienen aber in Ordnung zu sein. Es war eiskalt, und Léon wagte es, sich auf einen der Postsäcke am Boden des Korbes zu setzen. Seine Nervosität hatte sich gelegt, und er starrte ruhig auf die dunklen Umrisse von Rolier. Wie sollte es weitergehen? Seine Zukunft so eng mit diesem arroganten Dandy, der ihn noch auf dem Gare du Nord gedemütigt hatte, verbunden zu sehen war ein seltsamer Gedanke. Lange saß er einfach da und beobachtete mit ein wenig böswilliger Freude jede noch so kleine Bewegung des jungen Ingenieurs. Plötzlich bemerkte er, wie deutlich sich die Luft abgekühlt hatte, und ihm war nicht wohl dabei. Waren sie in kühlere Luftschichten geraten? Aber dann würde der Ballon ja sinken. Rolier hatte die moderne elektrische Lampe an einen Haken neben der Bleibatterie auf der Innenseite des Korbes gehängt. Léon erhob sich, griff, ohne zu fragen, nach der Lampe und leuchtete den Höhenpfeil an. Dieser zeigte deutlich, daß sie stiegen, nicht schnell, aber kontinuierlich.

«Was erlauben Sie sich», herrschte ihn Rolier an. «Sind Sie wahnsinnig? Machen Sie auf der Stelle das Licht aus! Unter uns halten Tausende von deutschen Soldaten nach uns Ausschau, haben Sie das vergessen?»

«Nur eine routinemäßige Kontrolle, Monsieur, und außerdem sind wir längst außerhalb der Reichweite deutscher Gewehre!»

«Gut, aber denken Sie daran, hier an Bord habe ich das Kommando.»

Bézier schaute, ohne eine Miene zu verziehen, zu dem Ingenieur. Aber seine Unruhe blieb. Er dachte an die kurze, theoretische Einführung, die ihre Abteilung erhalten hatte.

«Das Prinzip der Ballonfahrt ist ganz einfach», hatte Dartois doziert, «Ballast und Gasmenge müssen auf Temperatur und Luftdruck abgestimmt werden. Wenn sich das Gas abkühlt, beginnt der Ballon zu sinken. Soll er wieder steigen, muß man berechnen, wieviel Ballast über Bord geworfen werden muß. Rein theoretisch läßt sich das bei Kenntnis aller physikalischen Eckdaten berechnen. Natürlich können wir nicht alle notwendigen Instrumente für solche Daten an Bord mitführen, so daß die Aeronauten auch eigene Erfahrungen mit einbeziehen müssen.»

Léon Bézier war überzeugt, daß die «Ville d'Orléans» noch immer stieg. Was hatte in Nadars kleinem Handbuch gestanden? «Für unsere Zwecke ist eine Reisehöhe zwischen tausend und tausendzweihundert Metern ideal. Sind wir nicht hoch genug, laufen wir Gefahr, von Bismarcks Sperrfeuer erreicht zu werden, und kommen wir zu hoch, entfernen wir uns möglicherweise zu weit vom vorgesehenen Landeareal. Besonders nachts ist es nicht leicht, die Windverhältnisse in großer Höhe zu berechnen, da es nur wenig Referenzpunkte gibt. Bei starkem Wind kann man schnell über feindliches Territorium kommen, und dann ist alle Hoffnung vergebens. Deshalb rate ich Ihnen: Machen Sie häufig Höhenmessungen!»

Aber all das wußte Rolier doch wohl? Mit Nadars Ermahnungen im Hinterkopf sammelte Bézier wieder all seinen Mut zusammen, erhob sich ruhig im Korb und fragte: «Monsieur Rolier, sollten wir nicht vielleicht eine neue Höhenmessung vornehmen?»

«Aber verehrter Herr Leutnant», zischte Paul bissig, «wir haben doch gerade erst die Höhe gemessen. Auch wenn Sie sicher ein guter Franc-Tireur sind, so haben Sie doch keine Ahnung, was ein Ballon ist. Seien Sie so gut und überlassen Sie diese Sachen mir, und ich versichere Ihnen, in drei oder vier Stunden werden wir in der Nähe unseres Bestimmungsortes sicher landen.»

Paul war sich klar, daß sie sich, ausgehend von den geltenden Anweisungen, in zu großer Höhe befanden, doch er vertraute Monsieur Herluison, der besser informiert zu sein schien als Dartois und die anderen zivilen Aeronauten. «Wir haben sichere Hinweise aus dem Kriegsministerium», hatte sich Herluison ihm anvertraut, «daß einige der umliegenden Stellungen bereits die neuen Kruppschen Kanonen erhalten haben, und diese Kanonen haben eine Reichweite von über zwölfhundert Metern! Also steigen Sie schnell und steigen Sie hoch, Monsieur Rolier! Sehr hoch!»

Bézier dachte bei sich, sie müßten sich bereits weit hinter den feindlichen Linien befinden, aber um sicher zu landen, brauchten sie Tageslicht. Rolier beging einen fatalen Fehler, oder er ließ es an der nötigen Aufmerksamkeit mangeln, davon war er überzeugt, aber er wollte es nicht auf einen Streit anlegen. Statt dessen setzte er sich demonstrativ auf den Boden des Korbes und verschränkte die Arme vor der Brust. Was wäre, wenn sie die Kontrolle verlören und über feindlichem Gebiet niedergingen? Sollte er dann sofort die Depesche vernichten, oder sollte er versuchen, sie sicher durch die feindlichen Linien zu bringen? Das einzige, was Léon wußte, war, sie durfte nicht in die Hände der Deutschen gelangen. Hatte er nicht sogar versprochen, sie mit seinem Leben zu schützen? Er faßte sich an die Brust, und der zerknitterte Brief schien beinahe zu brennen.

Rolier packte die Halteseile, stellte sich breitbeinig an den Korbrand und schaute hinunter. Er war mit sich selbst zufrieden. Die Angst war überwunden, nicht zuletzt weil er es diesem kleinen Partisanen gezeigt hatte, und er hatte das Gefühl, dieses Fahrzeug meistern zu können, als habe er nie etwas anderes getan. Er schielte zu Bézier hinunter, dessen Gesicht er in der Dunkelheit kaum mehr erkennen konnte. Es fiel ihm nicht leicht, den Leutnantsgrad des Franc-Tireurs zu übersehen, denn die Rangordnung im Ballon war alles andere als eindeutig. Aber Rolier unterstand schließlich keinem militärischen Kommando! Es handelte sich zwar um einen Auftrag vom Kriegsministerium, aber das Postministerium verwaltete die Ballone, und als Pilot war er damit doch wohl die oberste Instanz an Bord. Im Laufe des nächsten Vormittages würden sich ihre Wege so oder so für immer trennen. Außerdem war es ganz offensichtlich, dieser Soldat war ein Mann aus dem Volk, ein ziemlich einfacher Geselle zudem noch, der sich gerne in der besseren Gesellschaft zeigte, wahrscheinlich ein Bauernsohn oder das Kind einer kleinbürgerlichen Familie. Paul Rolier entschloß sich, den anderen für den Rest der Zeit, die sie noch miteinander zu verbringen hatten, so gut es ging zu übersehen.

Dann nahm er die elektrische Lampe vom Haken, hockte sich am Boden der Gondel hin, holte seine Taschenuhr hervor und leuchtete auf das Zifferblatt. Es war weit nach Mitternacht. Großspurig verkündete er Bézier, alles liefe nach Plan.

Léon war alles andere als überzeugt, aber er behielt seine Gedanken für sich und versuchte, ein wenig zu schlafen.

Nach einigen wenigen Minuten knipste Paul die Lampe erneut an, dieses Mal, um das Thermometer zu kontrollieren. Er war überrascht, wie kalt es war. Das Thermometer zeigte minus achtzehn Grad Celsius. Er hängte die Lampe zurück, rieb sich die kalten Finger und richtete sich auf. Sein ganzer Körper schmerzte. Mit ernster Stimme sagte er: «Stehen Sie auf, Leutnant! Es ist gefährlich zu schlafen. Sie müssen sich bewegen!»

Aber er war es nicht gewohnt, Befehle zu erteilen, und hörte selbst, wie schwach und unsicher seine Stimme klang. Schon der bloße Anblick des Soldaten ließ ihn ärgerlich werden. «Ich meine, Leutnant, es ist schrecklich kalt. Wir müssen uns bewegen, um nicht auszukühlen, sonst können wir noch erfrieren!»

Er ließ die Halteseile los und begann, mit den Armen um sich zu schlagen. Ohne eine Miene zu verziehen, folgte Bézier seinem Beispiel, aber es war so wenig Platz im Ballon, daß sie ihre Armbewegungen aufeinander abstimmen mußten. Auch waren die Außenwände des Korbes nicht höher als achtzig Zentimeter, so daß sich beide, die Arme zwischen den Halteseilen hin und her schlagend, in die Mitte drängten, um nicht plötzlich Übergewicht zu bekommen. Als hätten sie beide gleichzeitig das Komische an der ganzen Situation erkannt, mußten sie plötzlich lachen.

In diesem Augenblick verlor Bézier plötzlich das Gleichgewicht, der Ballon bekam starke Schlagseite, und Léon wurde mit voller Wucht gegen die Gondelkante geworfen, so daß sein Oberkörper weit über den Rand hinaushing. Rolier schrie auf und warf sich über den anderen, wobei er versuchte, sich mit einer Hand am Halteseil festzukrallen. Jetzt schwang der Korb wieder zur anderen Seite zurück. Den zweien gelang es, auf dem Boden der Gondel Fuß zu fassen, und der Ballon richtete sich auf. Vor Aufregung schwer keuchend, hockten sie nebeneinander.

«Da hat nicht viel gefehlt, Leutnant!» rief Rolier.

«Ich muß mich bei Ihnen bedanken, Monsieur Rolier. Das war sehr unvorsichtig von mir. Es wird nicht wieder vorkommen.»

Keiner sprach weiter über das Geschehene, und wenig später hatten beide herausgefunden, daß es das sicherste war, aufrecht im Korb zu stehen und sich dabei mit beiden Händen an den Halteseilen festzuhalten. Bézier verfluchte sich selbst für seine Unachtsamkeit.

Rolier hingegen war froh, dem anderen aus einer Notsituation geholfen zu haben. Das stärkte seine Autorität als Führer des Ballons. Daß sich der Leutnant bei ihm bedanken würde, hatte er nicht erwartet. Er warf einen verstohlenen Blick auf Bézier und fühlte zu seiner Verwunderung eine Spur von Sympathie für den schweigsamen, kleinwüchsigen Mann mit dem verschlossenen Gesicht.

Unter ihnen zogen im schwachen Licht der Sterne eilig langgezogene graue Wolken dahin. Sie glaubten, diese Wolken befänden sich in einer Luftschicht mit ganz anderen und stärkeren Windbewegungen als die, in der sie sich aufhielten. Schlagartig wurde Rolier klar, daß sich ebensogut die «Ville d'Orléans» mit größerer Geschwindigkeit bewegen konnte als die unter ihr dahinziehenden Wolken. Er wußte, daß man den Wind bei einer Luftfahrt kaum spüren würde. Wie beim Segeln auf dem Meer reisten sie ja mit dem Wind. Aber wie schnell waren sie eigentlich? Und wie lange waren sie schon mit dieser Geschwindigkeit unterwegs? Plötzlich hüllte sie grauer, feuchter Nebel vollständig ein. «So ein Mist!» rief Rolier. Eine dichte Wolkendecke ließ eine sichere Landung in offenem Gelände beinahe unmöglich werden.

Aber ebenso schnell, wie der Nebel gekommen war, verschwand er auch wieder. Als der Mond am östlichen Horizont aufging, bot sich den beiden ein abenteuerlicher Anblick. Auch wenn sie beide froren und der Hunger sich deutlich meldete, freuten sie sich über das wunderbare Naturschauspiel, das sich vor ihren Augen abspielte. Unter ihnen waberten große weiße Wolkenberge, die einem unendlichen Meer von Baumwolle glichen. Direkt vor ihnen erhob sich wie eine Revuekulisse die große, fast runde Mondscheibe. Doch dieser beeindruckende Anblick wurde durch ein Geräusch getrübt, das sie noch nie zuvor gehört hatten. Sie starrten sich in dem fahlen Mondlicht an.

«Was glauben Sie, Leutnant?» Rolier legte den Kopf zur Seite, um besser zu hören. Das Geräusch drang ganz ohne Zweifel aus der Tiefe irgendwo unter dem Baumwollmeer zu ihnen empor.

«Ich habe nicht die geringste Ahnung, Monsieur, aber für mich klingt das wie ein fahrender Zug.»

Rolier dachte über diese Möglichkeit nach. «Vielleicht haben Sie recht, aber warum hören wir dann keine Signalpfeifen, sondern nur dieses ewige, dumpfe Dröhnen?»

Rolier wurde plötzlich klar, was es bedeutete, sollte Bézier recht haben. Wenn es sich um einen Zug handelte, mußten sie sich weit im Norden Frankreichs befinden, wenn nicht sogar schon über Belgien. Aber ebensogut konnten sie sich schon weit über deutschem Gebiet befinden. Er führte eine weitere Höhenmessung durch. Auch wenn den Instrumenten nicht mehr recht zu trauen war, denn sie waren auf den Luftdruck von Paris eingestellt, so gaben sie doch einen klaren Anhaltspunkt. Die Messung ergab eine Höhe von ungefähr tausend Metern. Das merkwürdige Dröhnen begleitete sie weiterhin.

«Ich glaube, das Dröhnen wird lauter», sagte Bézier und schaute besorgt zu Rolier hinüber. «Wenn es Zuglärm wäre, müßte sich dann nicht die Lautstärke ändern, nachdem wir einander passiert hätten? Es ist jetzt drei Uhr morgens, und zu dieser nächtlichen Stunde werden dort unten wohl nicht ununterbrochen irgendwelche Züge fahren, wenn Sie verstehen, was ich meine.»

Rolier begriff, was Léon sagen wollte, aber das Ganze war so rätselhaft, daß er einen Vorschlag machen mußte: «Vielleicht ist es die ganze Zeit derselbe Zug, und wir sind genau über ihm?»

Beide glaubten nicht an diese Theorie, und beide lauschten weiter in die Tiefe. Die ganze Zeit stand der Mond wie ein drittes, ratloses Antlitz am Himmel.

Nach einer Weile fuhren sie wieder in eine dichte Wolkendecke hinein. Ihre Unruhe wurde immer stärker. Rolier maß noch einmal die Höhe. Er war verzweifelt. Was nützte es ihnen, zu wissen, die Messung war unzuverlässig, wenn sie nicht wußten, in welche Richtung die Abweichung ging? Sicherheitshalber bat er Bézier, zwei Ballastsäcke abzuwerfen, worauf der Ballon sofort wieder an Höhe gewann. Bézier war weiterhin sehr skeptisch, aber er sagte nichts.

Es war jetzt nicht mehr so grausam kalt, obgleich das Thermometer noch immer Minusgrade anzeigte. Ratlos setzten sie sich am Boden des Korbes auf die dicken Postsäcke. Rolier litt unter Léons Schweigen. Ganz offensichtlich war der Ballon auf Abwege geraten, aber er wußte nicht, was er tun sollte. Um seine eigene Unsicherheit zu verbergen, spielte er wieder den selbstsicheren Piloten. «Ja, lieber Leutnant, vieles deutet darauf hin, daß wir schon lange hätten landen sollen, aber bevor es nicht hell wird, können wir kaum etwas machen. Es sind nur noch drei Stunden bis zum Sonnenaufgang. Wenn wir mittlerweile unseren geliebten französischen Boden verlassen haben, so lassen Sie uns mit Gottes Hilfe hoffen, daß wir uns über Belgien befinden! Vielleicht sollten wir ein wenig essen?»

Rolier war von dem lakonischen Ton, der seinem Gefühl so gar nicht entsprach, fast selbst imponiert. Ihm lief ein Schauder über den Rücken, als er den Sack mit der Verpflegung hervorholte, eine Flasche Wein, etwas Brot und ein Päckchen mit aufgeschnittenem Gänsefleisch herausnahm. Sie lehnten sich an den Rand des Korbes, die Beine auf Postsäcken und Stapeln von Zeitschriften, und es wurde beinahe gemütlich in dem kleinen schaukelnden Käfig aus Flechtwerk. Doch unablässig hörten sie dieses dumpfe Dröhnen aus der Tiefe. Sie begannen, sich an das Geräusch zu gewöhnen und versuchten gar nicht mehr es zu erklären.

Nachdem sie gegessen hatten, ergriff Rolier das Teleskop aus dem Instrumentenkasten und stand auf, aber es war noch zu dunkel, um etwas zu sehen. Bézier beobachtete, wie Rolier das Teleskop zusammenschob, und erhob sich. Mit heiserer Stimme sagte er: «Die Wolken unter uns sind verschwunden. Warum sehen wir dort keine Lichter mehr?»

Rolier drehte sich um und schaute ihn verwirrt an. Auch er hatte sich diese Frage gestellt, wagte es aber nicht, daraus irgendwelche Schlüsse zu ziehen. Fast schon unhöflich antwortete er: «Woher soll ich das wissen? Wahrscheinlich überfliegen wir gerade einen großen Wald, nicht wahr, Leutnant?» Sie wußten beide, wie unwahrscheinlich diese Erklärung war, aber sie klammerten sich an diesen Rest von Hoffnung.

Bézier fragte spontan: «Sollten wir nicht einen Versuch unternehmen zu landen? So bald als möglich, meine ich!»

Rolier glaubte, der Leutnant würde langsam die Beherrschung verlieren, und erwiderte ihm verwundert: «Reißen Sie sich zusammen, Leutnant. Zum letzten Mal, ich bin der Pilot dieses Ballons. Sie müssen doch einsehen, daß es Unsinn ist, in dieser Dunkelheit zu landen!»

Bézier sank entmutigt auf den Postsäcken zusammen und verschränkte trotzig die Arme vor der Brust. Über eine halbe Stunde lang sagte keiner ein Wort. Dann erhob sich Bézier und stellte sich neben Rolier, wobei er sich an den Halteseilen festhielt. Fast eine Stunde standen sie so da und starrten in das große, dunkle Nichts, als hofften sie, jemand könne ihnen von dort zu Hilfe kommen. Wieder lagen Wolken unter ihnen, und ab und an waren auch sie selbst von Nebelschwaden umgeben, so daß sich Rauhreif auf ihre Haare und Bärte legte. Die Kälte quälte sie immer stärker, ja, sie glaubten, niemals zuvor in ihrem Leben so gefroren zu haben.

Auch gegen sechs Uhr morgens zeigte der Höhenmesser noch immer ungefähr tausend Meter an. Langsam wurde es hell, doch die Sonne war noch nicht aufgegangen. Als die Wolkendecke unter ihnen aufriß, versuchten beide gleich zu erkennen, was sich in der Tiefe unter ihnen befand. Rolier griff nach dem Teleskop, doch er brauchte gar nicht erst hindurchzuschauen, die grausame Wahrheit ging ihnen beiden fast gleichzeitig auf. So weit das Auge reichte, war unter ihnen nichts anderes zu sehen, als eine ebene, blaugraue Fläche mit schmalen, flaschengrünen Streifen und vereinzelten weißen Schaumbergen.

«Mein Gott!» schrie Rolier. «Wir sind über dem Meer! Wir sind schon seit vielen Stunden über dem Meer!» Hektisch suchte er mit dem Teleskop nach Land. Ganz in weiter Ferne konnte er etwas Weißes erkennen, wahrscheinlich Brandung, die gegen graue Klippen schlug. Das regelmäßige, ferne Dröhnen war noch immer zu hören. Rolier begriff sofort, daß es das Geräusch der Wellen war, die sich unter ihnen brachen, ein Geräusch, das die «Ville d'Orléans» schon seit vielen Stunden begleitete. Das hieß mit anderen Worten, sie waren schon weit über dem Meer. Rolier spürte, wie ihn Verzweiflung übermannte. Am liebsten wäre er am Boden der Gondel zusammengesunken und hätte laut geweint, aber als er Béziers verschrecktes Gesicht sah, richtete er sich in seiner ganzen Länge auf.

«Das Meer! Wie meinen Sie das? Welches Meer?» Léon war leichenblaß. Er hatte von den großen Weltmeeren gehört, sie aber nie gesehen. Ihm wurde die ungeheure Gefahr, in der sie sich befanden, bewußt, Rolier sah aus, als wolle er zusammenbrechen, was die Sache nicht besser machte.

«Um ehrlich zu sein, Leutnant, ich weiß es nicht. Wir haben keine Instrumente an Bord, mit denen wir unsere Position bestimmen könnten.»

Der Soldat starrte Rolier entgeistert an. Was, zum Teufel, redete der Mann da? Seine Stimme überschlug sich: «Sie wissen also nicht, wo wir sind? Was soll das heißen?»

«Ruhig, Leutnant! Ich gehe davon aus, daß wir uns über der Nordsee befinden. Wenn wir Glück haben, dreht der Wind, und wir kommen wieder über Land.»

Rolier glaubte nicht einmal selbst daran, und er wunderte sich, noch immer so ruhig zu wirken. Vielleicht war es Béziers verzweifeltes Gesicht, das ihn dazu zwang, seine Nerven im Zaum zu halten. Aber es fiel ihm schwer. Seine Finger waren gefühllos, und er zitterte am ganzen Körper. Seine Lippen fühlten sich dick und geschwollen an, und er hatte Schwierigkeiten, deutlich zu sprechen.

Sie sahen, wie sich die Wellenberge großen weißen Walen gleich aus der Masse des Wassers emporhoben. Plötzlich schaukelte die Gondel kräftig. Eine Windbö hatte den Ballon ergriffen und mit großer Wucht weitergetrieben. Gleich darauf ebbte der Wind wieder ab, um sodann neuerlich aufzubrisen. Die Ballonhülle änderte mit jedem Angriff des Sturms ihre Form, und es knackte im Flechtwerk. Die Männer starrten nach oben und schauten sich dann entsetzt an. Aber ihre Aufmerksamkeit wurde schon gleich wieder von etwas anderem in Anspruch genommen. Die unregelmäßige Geschwindigkeit hatte die Gondel in heftige Pendelbewegungen versetzt. Während der Ballon vom Sturm über das Meer gepeitscht wurde, schlug der Korb wie eine Schiffschaukel von einer Seite zur anderen. Hilflos hockten sich die

Männer auf den Boden der Gondel und warteten, bis diese sich wieder stabilisieren würde, aber immer neue Böen warfen sie hin und her. Rolier war mit einem Mal klar, die Halteseile würden diese ungleiche Belastung kaum lange aushalten, aber er sagte nichts davon. Gelähmt vor Schreck glaubte er, sich übergeben zu müssen.

Doch auch Bézier fühlte sich für das Gelingen der Mission verantwortlich und versuchte mit äußerster Anstrengung sich zusammenzureißen. Er erhob sich, doch als er etwas sagen wollte, platzte Rolier heraus: «Wir müssen Gambetta Meldung machen, Leutnant!»

Bézier ahnte, wie Rolier die Chancen für ihr Überleben einschätzte, doch trotz allem war er froh, eine Aufgabe zu haben. «Ja, Monsieur, ich bereite eine Taube vor.»

Rolier holte das Schreibzeug aus einem kleinen Kästchen und verfaßte eine kurze, ernste Mitteilung, die er Léon vorlas: «Wir befinden uns über der offenen See. 6.30 Uhr. Keine Hoffnung auf Rettung. Gott sei uns gnädig. Ballon ‹La Ville d'Orléans›, Rolier.»

Bézier sagte kein Wort. Er fand, der Ingenieur hätte sehr wohl auch seinen Namen in dieser letzten Botschaft der Todgeweihten an ihre Mitmenschen erwähnen können. Schließlich war er es, der die lebenswichtige Depesche an seinem Körper trug. Aber statt zu protestieren, konzentrierte er sich darauf, eine der Tauben aus dem Käfig zu holen. Doch der Käfig hing hoch über ihnen, und noch immer schaukelte die Gondel hin und her. Auf einem der wackeligen Postsäcke stehend, mußte er sich ganz ausstrecken und dabei mit einer Hand an einem Halteseil festklammern. Mit der freien Hand öffnete er den Käfig, und nach vielen vergeblichen Versuchen gelang es ihm, einen der Vögel zu pakken. Mehrere Male hätte er dabei fast den Halt verloren, doch schließlich gelang es ihm, mitsamt der Taube hinunter in die Gondel zu kommen. Rolier reichte ihm den sorgsam zu einer kleinen Papierrolle zusammengedrehten Brief, den Bézier in einem Röhrchen am Bein des Vogels befestigte. Gerade als er die Taube loslassen wollte, umgab sie plötzlich wieder dichter

Nebel. Léon zögerte, und Rolier schrie ihn an: «Laß die Taube los, Mann, laß sie fliegen!»

Léon schaute ihn an. Rolier wirkte völlig hysterisch. Fast konnte man meinen, er glaube, dieser kleine Vogel könne ihm Rettung bringen, ja, daß er ihre letzte Hoffnung verkörperte. «Der Nebel ist zu dicht. Sie wird sich verfliegen und sicher umkommen!»

Rolier schrie zurück: «Herrgott noch mal! Das Risiko müssen wir eingehen! Wirf sie hoch!»

Aber Léon war fest entschlossen, den Vogel nicht in dieses große Nichts zu entlassen. «Es ist nutzlos! Wir müssen warten, bis sich der Nebel lichtet.» Er strich der Taube liebevoll über den Rücken, kletterte auf den Postsack, und mit Mühe und Not gelang es ihm, die Taube wieder in den Käfig zurückzusetzen.

Am liebsten wäre Rolier jetzt auf Bézier losgegangen, aber plötzlich wurde er von Weinkrämpfen übermannt und sank willenlos am Boden der Gondel zusammen.

Léon traute seinen Augen nicht. Hatte der junge Luftschiffer wirklich aufgegeben? Er begriff, daß es keine Hoffnung mehr gab, ließ sich neben Rolier auf den Boden der Gondel sinken, und resigniert begrub er sein Gesicht in den Händen.

Über dem offenen Meer

Rolier schlug die Augen auf. Wie lange er eingenickt war, wußte er nicht. Vielleicht ein paar Minuten. Er hatte jegliches Gespür für Zeit und Raum verloren, und Tausende von Gedanken schossen durch seinen Kopf. Doch als er versuchte, sich aufzurappeln, wußte er plötzlich wieder, was geschehen war. Es war, als stieße er die Tür zu einem Alptraum auf. Verzweifelt schaute er zu Bézier hinüber, der neben ihm am Boden der Gondel kauerte, doch der Anblick seines Reisegefährten entsetzte ihn nur noch mehr. Paul konnte keine Spur von Leben in den weitaufgerissenen, glasigen Augen des anderen erkennen, auch wenn dieser schwer, aber gleichmäßig atmete.

Plötzlich bemerkte er, wie völlig durchnäßt sie beide waren. Eine neuerliche Regenbö klatschte so kräftig in die Gondel, daß Paul einen Augenblick lang glaubte, eine Welle sei über ihnen zusammengeschlagen. Er spürte sein Herz hämmern und versuchte, sich in dem eiskalten Regen, der ihm ins Gesicht schlug, aufzurappeln. Sein tauber Körper wollte ihm kaum mehr gehorchen, doch schließlich gelang es ihm, sich so weit hochzuziehen, daß er über den Korbrand schauen konnte. Der dichte, klebrige Nebel war verschwunden, und trotz des Regens konnte er erkennen, daß sie noch immer hoch genug über der gierigen See waren. Wie hoch sie flogen, war schwierig einzuschätzen, aber er konnte deutlich erkennen, wie die Wellenkämme aufgerissen wurden und weiße Wasserspritzer mit dem Wind über die Meeresoberfläche schossen.

Plötzlich hörte er ein kurzes Knallen, fast wie ein Peitschenknall, das dann immer häufiger kam. Was war das jetzt? Er schaute zur Ballonhülle hoch. Sie hatte ihre stramme Form verloren, und an manchen Stellen flatterte die Hülle wie eine losgerissene Zeltplane im Wind. Paul wußte augenblicklich, was das zu bedeuten hatte, und ohne nachzudenken schrie er: «Mein Gott! Der Ballon leckt! Wir müssen das Appendix schließen! Los, Leutnant, helfen Sie mir!»

Fieberhaft zerrte er an den unterschiedlichsten Schnüren. «Das Ventil hat sich geschlossen!»

Paul spürte, wie seine Angst immer größer wurde, und er trat ärgerlich gegen den leblosen Körper von Bézier, doch dieser zeigte keine Reaktion. Unerbittlich verlor der Ballon an Höhe, ohne dabei allerdings sein Tempo zu verlieren. Paul sah, wie gefährlich schnell sich die aufgewühlten Wassermassen näherten. Wieder warf er einen verzweifelten Blick auf die Ballonhülle. Der unterste Teil flatterte völlig schlaff in den Böen.

Wenn es ihnen nicht gelang, die Öffnung im untersten Teil des Ballons zu schließen, würde es nicht mehr lange dauern, bis sie havarierten und von den Wellen geschluckt würden. Es gab nur eine Chance, dafür mußten sie aber Kopf und Kragen riskieren. Paul beugte sich zu seinem apathischen Kollegen hinunter, packte ihn am Kragen und schüttelte so kräftig, daß die Gondel Schlagseite bekam. Er schrie ihn an: «Aufwachen, Leutnant! Ich brauche Ihre Hilfe! Wir müssen das Appendix schließen!»

Langsam kam wieder Leben in die Augen von Bézier. Wie aus einem tiefen Schlaf wachte er auf und schaute sich verwundert um. Als er auf einmal begriff, wo sie waren, schaute er Rolier flehend an. Sein Blick schien Rolier zu bitten, ihn von hier wegzubringen.

«Verdammt! Reißen Sie sich zusammen! Ich brauche Sie!»

Wie ein alter Mann kam Bézier, gestützt von Rolier, wieder auf die Beine. Unversehens begegneten sich ihre Blicke, und eine Sekunde lang blieben sie reglos stehen, während der Regen über ihre Gesichter rann. Sie sahen aus wie zwei unglückliche, weinende Kinder. Rolier riß sich los und zeigte zum Ballon hoch. «Sehen Sie diese Öffnung dort? Ich weiß nicht wie, aber irgendwie muß ich da hochkommen.»

Drei Meter über ihnen klatschte die Ballonöffnung wie ein nasses Hemd hin und her. Sie schlug gegen den großen Äquatorring, der sich zwischen Korb und Ballon befand und an dem die Halteseile befestigt waren. Béziers Blick zeigte, daß er die Situation verstanden hatte, und er stotterte: «Klettern Sie auf meinen Rücken!»

Rolier ließ es darauf ankommen. Er packte die Halteseile so hoch wie nur möglich und zog sich zitternd in die Höhe, wobei er versuchte, mit den Füßen Halt auf Béziers gekrümmtem, nassem Rücken zu finden. Dann richtete sich Bézier langsam auf, während Roliers Hände immer weiter nach oben griffen. Eine kräftige Windbö zerrte unvermittelt an der Gondel. Bézier spürte, wie er das Gleichgewicht verlor, und versuchte blitzschnell den drohenden Sturz auszugleichen, doch dort, wo er seinen Fuß hätte hinsetzen müssen, stand ein Postsack. Er verlor die Balance, stürzte gegen die Wand des Korbes und schlug mit der Stirn auf die Reling. Dieses Mal fiel er in die Sicherheit zurück und landete auf dem Boden der Gondel, während Rolier, den einen Arm in der Luft, hin und her baumelte und aus vollem Hals schrie. Es fehlten nur noch wenige Zentimeter bis hinauf zum Äquatorring, und verzweifelt schwang er seinen Unterkörper in einem heftigen Ruck vor, griff mit der rechten Hand um und erreichte den Ring. Bézier, der verstört in der Ecke der Gondel lag, beobachtete das Geschehen über ihm. Erleichtert sah er, daß Rolier auch den linken Arm an den Ring zu bringen schien. Aber der war naß vom Regen. Rolier verlor plötzlich mit beiden Händen den Halt und kam, die Hände über dem Kopf, heruntergesaust. Die Gondel hatte jetzt starke Schlagseite, und Rolier drohte, die Füße voran, seitlich durch die Halteseile ins Leere zu stürzen. Im Fallen schlug er instinktiv mit den Armen um sich, und diese fanden schließlich an der Innenseite der geflochtenen Korbwand, unmittelbar über Bézier, Halt. Rolier hing halb über der Reling, er schrie und strampelte wild mit den Beinen. Bézier sprang auf, packte Rolier an der Jacke, und schließlich gelang es ihm, die Halteseile zur Seite zu schieben und Rolier vorsichtig mit dem Oberkörper voran in den Korb zu zerren.

Rolier hatte seinen Kampfesmut noch nicht verloren. Er bürstete sich den Schmutz von seiner nassen Jacke, schlug Bézier hart auf die Schulter und rief erneut: «Kommen Sie, Leutnant! Wir haben keine Zeit zu verlieren! Wir müssen es noch einmal versuchen! Kommen Sie!»

Bézier war jetzt wach. Fast wie eine Marionette ließ er sich von dem anderen steuern. Er fühlte keine Angst und war einzig bestrebt, seinen Auftrag korrekt auszuführen. Dieses Mal banden sie Rolier eine Sicherheitsleine um, und nach zwei vergeblichen Versuchen gelang es Bézier schließlich, Paul hoch genug anzuheben, so daß dieser ein Tau um das Appendix schlingen konnte.

Léons Schultern schmerzten, seine Beine begannen zu zittern, und er spürte, er würde Rolier nicht mehr lange halten können, doch jetzt war Paul erst richtig auf den Geschmack gekommen. Er hatte bemerkt, daß sich die Seile, mit denen man das Auslaßventil steuern konnte, durch den Wind verheddert hatten, und ging mit vollem Eifer daran, diese zu entflechten.

«Beeilen Sie sich! Ich kann nicht mehr!» rief Léon. Er spürte Blut auf den Lippen. Die Kraftanstrengung, in der wackligen Gondel mit Rolier auf den Schultern das Gleichgewicht zu halten, war unbeschreiblich.

«Fertig! Lassen Sie mich hinunter, Leutnant.» Pauls Stimme klang fast triumphierend. Erleichtert gelang es Léon, ihn sicher im Korb abzusetzen. Beide sanken ermattet auf die Postsäcke und lächelten sich einmal sogar kurz an. Noch immer dröhnte unter ihnen der gierige Hexentanz der peitschenden Wellen. Viele Meter konnten es nicht mehr sein.

«Haben wir eine Chance, Rolier?»

Der Ingenieur war verwirrt über Béziers mutlose Stimme und antwortete freundlich: «Um ehrlich zu sein, Leutnant, wir haben viel Gas verloren, jetzt können wir nur noch hoffen, daß es, so Gott will, reicht!»

Léon schaute ihn enttäuscht an, faßte an den Korbrand und zog sich hoch. Es war schwer zu sagen, aber ihm war, als sei die «Ville d'Orléans» nur noch vierzig bis fünfzig Meter über der Meeresoberfläche. Roliers Zurechtweisung saß noch tief, dennoch nahm er all seinen Mut zusammen und fragte mit untertäniger Stimme: «Wie wäre es, wenn wir ein wenig Ballast abwerfen würden?»

Rolier spürte, wie ihm das Blut in den Kopf schoß. Natürlich, er hatte in seinem Eifer, den Gasverlust zu stoppen, die elementarsten Regeln der vertikalen Bewegung übersehen! Trotzdem starrte er Bézier beleidigt an, erhob sich aber dann und schaute beinahe gleichgültig über die Kante des Korbes. Vor seinen Augen spritzten Schaum und Wasser, als stünde er an der Reling eines Bootes. Entsetzt und voller Scham sah er Bézier in die Augen. Er wußte, daß ihn der andere durchschaute, als er mit zitternder Stimme sagte: «Der Ballast muß so lange wie eben möglich gespart werden, Leutnant, denn man kann ihn nie mehr zurückbekommen. Trotzdem bin auch ich der Meinung, daß es jetzt gilt, das Gewicht des Ballons zu verringern.»

Doch dann konnte er sich nicht länger beherrschen und schrie mit tränenerstickter Stimme: «Verdammt, Bézier! Los! Es eilt!»

Léon zog sein Messer und wollte die Leinen, an denen die Sandsäcke hingen, kappen.

«Nein, warten Sie! Wir müssen die Postsäcke nehmen! Von dem Sand trennen wir uns erst, wenn es wirklich nicht mehr anders geht!»

Verwirrt steckte Léon das Messer wieder ein und starrte Rolier, der sich über den kleineren der beiden Postsäcke hermachte, an. Nur mit Mühe gelang es ihnen, den Sack auf die Reling zu hieven und dann über Bord zu rollen. Er fiel wie ein Stein und wurde unmittelbar von den wütenden Wellen geschluckt. Keuchend schauten sich die beiden Männer an. Stiegen sie wieder?

Ohne abzuwarten, ging Rolier auf den zweiten Postsack los. Das Siegel des Postministers leuchtete ihnen entgegen, und Bézier war nicht wohl dabei. Hatten sie das Recht dazu? Galt es nicht, einen Auftrag zu erfüllen? Wieviel tausend Briefe befanden sich in einem solchen Sack?

«Los, Leutnant! Der eine reicht noch nicht!»

Aber sie schafften es nicht, den Sack anzuheben. Wütend zerrte Rolier an dem durchnäßten Sack, aber seinen kalten, nassen Händen gingen langsam die Kräfte aus. Da zog Léon wieder das Messer hervor und schnitt den Sack auf. Umschläge, Päckchen und Zeitungsrollen quollen hervor, und sie begannen gierig alles über Bord zu werfen. Wie zwei Verrückte wühlten sie blindwütig in der Post und genossen den wilden Vandalismus. Briefe und Postkarten der belagerten Pariser an Freunde und Bekannte in der Provinz segelten durch die Luft, um dann ein paar Sekunden wie Möwen dem Ballon zu folgen, bevor sie von der aufstiebenden Gischt eingefangen wurden. Zusammengebundene Zeitungsrollen fielen wie Holzstücke aus dem Sack. Tausende an die Feinde gerichtete, demoralisierende Flugblätter flatterten durch die Luft. Sie würden kaum die preußischen Angreifer erreichen.

Da geschah etwas Eigenartiges, und die beiden Aeronauten schöpften für einen kurzen Moment neue Hoffnung. Rolier bemerkte es zuerst.

«Sehen Sie, Leutnant, hier! Rolier hatte eine Zeitung aus der Luft gefischt. Die Titelseite zierte das Porträt einer Frau. Ein Heiligenbild. Mit zitternden Händen hielt er es vor Léon hoch. «Verstehen Sie denn nicht? Das ist unsere Erlöserin, Notre Dame de Recouvrance!»

Bézier klammerte sich begierig an diesen Hoffnungsschimmer und lächelte Rolier anerkennend zu. Dieser riß das Bild resolut aus der Zeitung heraus und heftete es knapp über der Korbkante an die Halteseile, so daß die Frau auf dem Bild schützend zu ihnen herunterstarrte. Spontan knieten sich die beiden hin, falteten die Hände und beteten im Angesicht des milden Gesichtes lauthals um Vergebung und Hilfe. Doch gleich darauf wurde das Heiligtum von einer Bö ins Meer gerissen. Wie zwei zum Tode Verurteilte, die sich mit ihrem Schicksal abgefunden hatten, starrten sie mit fernem Blick nach Süden, und viele Minuten lang sagte keiner der beiden ein Wort.

Rolier sprach nicht darüber, aber er dachte, im Laufe ihrer wilden Jagd in den Norden würden sie in nur wenigen Stunden ein Opfer der Kälte werden. Der Ballon aber würde mit seiner letzten Ladung, den zwei steifgefrorenen Leichen, weiter in die Polarnacht treiben, wenn er nicht zuvor im nassen Grab verschwände. Er verfluchte den charmanten Monsieur Herluison, der sich ihm auf dem Gare du Nord so angebiedert hatte. Was wußte dieser Mann überhaupt von Ballonen und deutschem Sperrfeuer? Warum hatte Paul nicht auf seine eigenen Kenntnisse vertraut? Herluison, dieser Scharlatan, dachte er voller Verachtung.

Ein plötzlicher Aufschrei von Bézier riß ihn aus seinen bitteren Gedanken: «Da, ein Schiff! Viele! Gott sei Dank!»

Die Aeronauten schrien und ruderten mit den Armen, doch schon bald mußten sie einsehen, wie unnütz das alles war. Die zwei vordersten Schiffe waren Viermaster, und die Männer im Ballon konnten erkennen, wie die Wellen lang über das Deck der Schiffe schlugen. Erst jetzt wußten sie, wie hoch der Seegang war. Bald war der Ballon auf Höhe der Schiffe. Die Aeronauten winkten und schrien, so laut sie nur konnten, aber niemand sah sie. Der Abstand zu den Schiffen vergrößerte sich schon wieder, und Rolier wurde es schwer ums Herz. Er fragte sich, ob er Gas aus dem Ballon lassen sollte, um so in der Nähe der Schiffe zu havarieren, doch der Abstand zum ersten Schiff war schon gefährlich weit, und das Risiko zu ertrinken, bevor sie gerettet würden, war einfach zu groß. Jetzt verschwanden die Schoner am diesigen Horizont und mit ihnen die Hoffnung der beiden Männer. Durchnäßt bis auf die Haut, zitterten sie vor Kälte. Es war jetzt bald elf Uhr vormittags. Sie schauten einander mit abgestumpftem und traurigem Blick an.

Doch noch einmal schien in Roliers Augen so etwas wie Hoffnung aufzuflackern. Er begann an der dicken Seilrolle auf der Außenseite des Korbes herumzuhantieren. «Los, Bézier, lassen Sie uns das Schlepptau herablassen!» Die Augen des Ingenieurs glänzten.

Bézier war einen Moment lang eingenickt, doch jetzt tat er automatisch, was Rolier angeordnet hatte, und gemeinsam ließen sie das lange, dicke Seil herab, so daß es wie ein langer Schwanz hinter dem Ballon hergezogen wurde. Bézier verstand nicht, wozu das gut sein sollte, und murmelte: «Was soll uns das nützen, Monsieur?»

«Das ist unsere letzte Chance, Leutnant! Jetzt kann uns ein Schoner erreichen. Es gibt noch Hoffnung!»

Léon war sicher, Rolier war nicht mehr richtig bei Verstand, aber er selbst war so niedergeschlagen, ihm war alles egal. Beide standen sie an der Reling und suchten den Horizont nach Schiffen ab. Minuten später hörten sie im Norden ein gewaltiges Dröhnen.

«Gewitter!» schrie Rolier. «Bleibt uns denn wirklich gar nichts erspart?»

Jetzt war es Bézier, der zu neuem Leben erwachte. Mit scharfer Stimme bellte er Rolier an: «Reißen Sie sich zusammen, Rolier! Wir haben doch keinen Blitz gesehen! Das muß ein Kanonenschuß gewesen sein. Wir müssen nach Schiffen Ausschau halten!» Bézier war über seinen eigenen Befehlston ebenso erschrocken wie über die Tatsache, daß Rolier offensichtlich auf diese Rüge reagierte! «Schauen Sie, Rolier! Ein Schiff!» Er hob das Teleskop vom Boden des Korbes auf und reichte es loyal Rolier, der wieder zu hoffen begann, nach dem Teleskop griff, es ans Auge setzte und in die Richtung starrte, in die Bézier gezeigt hatte.

«Eine Brigg! Ich glaube, es ist eine Brigg, Bézier! Moment mal, ‹Ida›. Sie heißt ‹Ida›! Ich kann den Namen erkennen! Eine Kanone qualmt noch! Aber was nützt uns das? Sie ist zu weit weg!» Entmutigt ließ er das Teleskop sinken.

«Haben die auf uns geschossen? Was meinen Sie? Kann das ein deutsches Schiff sein? Aber nein, schauen Sie, die Trikolore!»

Bézier glaubte, Rolier sei kurz davor zusammenzubrechen. Er hing über der Reling und schien überhaupt nicht zu bemerken, daß der Ballon gefährlich schnell an Höhe verlor. Der Franc-Tireur packte ihn an den Schultern und schüttelte ihn. «Rolier! Das Schlepptau! Wir müssen es wieder hochziehen. Es klatscht ständig ins Meer und beginnt zu vereisen! Das wird immer schwerer!»

Paul schaute wie gelangweilt nach hinten zum Tau und ließ den Blick dem langen Bogen folgen, der in einem weißen Streifen unten auf den Wellen endete. Der Leutnant hatte recht. Aber spielte das noch eine Rolle? So oder so war es um sie geschehen.

Doch je gleichgültiger Paul wurde, desto mehr gewann Bézier an Autorität: «Rolier! Verdammt noch mal, hören Sie mir zu! Das Tau wiegt sicher schon viele hundert Kilo, und es wird uns ganz bald ins Meer ziehen!»

Rolier erkannte das Katastrophale der Situation, doch er war wie gelähmt.

«Los, Rolier! Packen Sie mit an und ziehen Sie!» Ohne auf Hilfe zu warten, begann Bézier das schwere, grobe Tau Meter für Meter aus dem Meer hochzuziehen. Schlinge auf Schlinge rutschte über die Reling und legte sich auf den Korbboden. Rolier saß nur stumm da und verfolgte mit immer entsetzteren Augen das Geschehen, als hätte er seine letzte Hoffnung an dieses Tau geknüpft gehabt. Jetzt war alles verloren.

Bézier holte weiter mit rhythmischen Bewegungen das Tau ein. Seine Kräfte ließen aber schon bald nach, und das Tau fühlte sich immer schwerer, nasser und kälter an, und plötzlich verloren seine Finger den Halt, und das Seil schoß durch seine Hände zurück in die Tiefe. Verzweifelt versuchte er es festzuhalten, doch das Tau schnitt ihm nur tief in die Innenseite seiner rechten Hand. Mit einem Schrei ließ er es los. Windung um Windung schlängelte sich laut knirschend über den Korbrand. Léon fiel, vor Schmerzen aufheulend, auf den Boden des Korbes zurück. Da entdeckte er, daß Roliers Beine in einer der Schlingen steckten. Er warf sich über den anderen, um ihn vor dem wilden Tanz des Seiles in Sicherheit zu bringen.

Als die letzte Schlinge des Taus über die Reling verschwunden war, wollte er Rolier erleichtert zulächeln, doch in diesem Moment schien der Boden unter ihnen nachzugeben. Er hörte ein lautes Knirschen, als die Gondel plötzlich auf einer Seite nach unten gerissen wurde. Es war, als habe sich ein riesiges Meeresungeheuer den Korb wie eine reife Frucht gepflückt. Léon begriff schnell, daß das Tau jetzt in seiner ganzen Länge herunterhing und am Korb zerrte. Er schaute ängstlich zu den Halteseilen und zum Äquatorring empor. Das Tauwerk und die Ballonhülle mußten bei diesem Ruck stark beansprucht worden sein. Aber noch schlimmer war, daß sie noch immer sanken. Er zog das Messer, kappte das Schlepptau und schaute gebannt zu, wie es wie ein großer, häßlicher Wurm in die Tiefe taumelte. Rolier, der das Ganze wortlos beobachtet hatte, schaute ihn entgeistert an und sank mit einem Seufzer auf den Boden der Gondel.

Im selben Moment ging ein Ruck durch die Gondel. Der Ballon stieg wieder und stabilisierte sich schließlich in einer neuen Höhe, doch noch immer konnten sie die mächtigen Wellenberge gut erkennen.

Eine halbe Stunde verging. Léon sah, wie Rolier vor Kälte am ganzen Körper zitterte. Er lag zusammengekrümmt auf dem Boden der Gondel und sah aus, als hätte er sich mit seinem Ende abgefunden. Léon beugte sich zu ihm hinunter und sagte ruhig, aber bestimmt: «Ingenieur Rolier, wir steigen wieder. Noch gibt es Hoffnung. Ich erinnere Sie daran, daß Sie es sind, der für den Ballon verantwortlich ist.»

Tief in sich mobilisierte Rolier den letzten Funken Verantwortungsgefühl, rappelte sich mühsam auf und schaute zum Meer hinunter. Verwirrt blickte er Bézier an. In kurzer Zeit waren sie auf gut tausend Meter Höhe gestiegen, und jetzt waren von der aufgewühlten See nur noch die weißen Schaumberge zu erkennen. Auch die Luftfeuchtigkeit war deutlich zurückgegangen, aber es war kalt wie an den kältesten Januartagen daheim in Paris, und Bézier bemerkte, wie ihre Kleider langsam gefroren. Er versuchte den einen Arm zu biegen, und dabei hörte er ein deutliches Knacken in dem gefrorenen Stoff.

«Leutnant!» sagte Rolier mit weinerlicher Stimme. «Alle Hoffnung auf Kontakt mit Schiffen ist vergebens. Der Ballon steigt und steigt, und wir werden erfrieren.»

«Ich habe gehört, es sei der Ballonfahrer, der die Reisehöhe bestimmt, Monsieur», erwiderte Léon.

In diesem Moment erblickte Rolier weit unter sich wieder einen Schoner. Trotzig riß er an der provisorischen Ventilschnur. Es mußten große Mengen Gas ausgeströmt sein, denn der Ballon verlor augenblicklich an Höhe. Das Manöver erwies sich als fataler Fehler. Sie sahen, daß es sich bei dem Schiff um einen Frachter handelte, der sich schnell entfernte, während sie selbst in beängstigendem Tempo sanken und schon bald von den Spritzern der Gischt erreicht wurden.

Bézier schrie verzweifelt: «Was, zum Teufel, haben Sie gemacht, Mann!?»

In der nächsten Sekunde schlug eine riesige Welle über der Gondel zusammen, und als der Korb mit einem kräftigen Ruck auf dem Wasser aufschlug, wurden beide an den Korbrand geworfen. Das Wasser schoß durch das Flechtwerk, doch als das Seewasser durch ihre Kleider drang, fühlte es sich auf ihren verfrorenen Körpern fast angenehm warm an. Der große Postsack schwamm plötzlich auf dem Wasser im Korb, und Léon sah, wie sich Rolier in seiner ganzen Verzweiflung auf den Sack warf, sich an ihm festklammerte und flehend zu ihm herüberschrie: «Leutnant! Ich kann nicht schwimmen! Retten Sie mich! Ich ertrinke!»

Ebenso plötzlich, wie die Gondel auf dem Meer aufgesetzt hatte, wurde sie auch wieder hochgerissen, und das Wasser schoß aus dem Korb. Die beiden Männer hatten sich auf dem Boden der Gondel zusammengekauert. Léon war als erster auf den Beinen, er schielte über den Korbrand und sah, wie knapp sie über die Spitzen der Wellen hinwegfegten. Eisig biß der Polarwind in seinem nassen Gesicht, und das Salzwasser brannte in seinen aufgesprungenen Lippen. Ihm war klar, daß es bloß eine Frage der Zeit war, bis die durchnäßten Kleider auch den letzten Rest von Wärme aus seinem Körper gesaugt haben würden. Er schaute auf seine blutende Hand hinab. Die Haut war abgeschürft, und eine hellrote Mischung aus Blut und Salzwasser rann durch seine Finger, doch vor lauter Kälte empfand er keinen Schmerz.

Er spürte einen neuerlichen Ruck, als der Korb noch einmal auf einem der Wellenberge aufsetzte. Léon konnte kaum noch klar denken, doch eines war sicher: Gelang es ihnen nicht, schnell genug möglichst viel Ballast abzuwerfen, um sich aus dieser tödlichen Umarmung des Meeres zu befreien, würde es keine Rettung mehr geben! Er zerrte das Messer hervor und ging auf die am Rand des Korbes hängenden Sandsäcke los. Doch bevor er einen von ihnen losschneiden konnte, schlug erneut eine Riesenwelle über der Gondel zusammen. Wieder schoß das Wasser hinein. Er verlor den Boden unter den Füßen, und im gleichen Moment hörte er Roliers verzweifelte Schreie, bis sie von den Wassermassen erstickt wurden. In diesem Moment wußte Léon, Gott hatte sie verlassen, und alle Hoffnung war vergebens.

Ein Buch aus den Lüften

Als sie havarierten, waren Rolier und Bézier über tausend Kilometer weit durch die Luft gereist, obwohl erst zwölf Stunden seit ihrem Start in Paris vergangen waren. Niemand sonst auf der Welt hatte jemals zuvor eine derartig lange Luftfahrt unternommen oder so rasch eine so lange Strecke zurückgelegt. Was die zwei unglücklichen Aeronauten nicht wußten, sie waren nur noch zwei Seemeilen von der Südspitze Norwegens entfernt und befanden sich ganz in der Nähe der Hafenstadt Mandal. Sie hätten das Land sehen können, wenn sie zum Zeitpunkt ihrer Havarie nach Norden geschaut hätten, doch beide glaubten, sie befänden sich inmitten der Nordsee und fern jeder Rettung.

An der norwegischen Südküste herrschte in jenem November schon seit einigen Tagen ein kräftiger Südstrom, doch im Laufe des Freitagvormittags war der Wind beträchtlich abgeflaut. Die See war noch rauh, und noch immer lagen wegen des Wetters viele Schiffe im Hafen von Mandal fest. Wohl deshalb haben so viele Seeleute an Bord der unterschiedlichsten Schiffe den birnenförmigen Gegenstand, der in wilder Fahrt durch die dicken Wolken gepflügt war und dann, bevor er von der Bildfläche verschwand, fast senkrecht auf das aufgewühlte Meer herabgesunken war, gesehen. Ein paar Skipper meldeten ihre Beobachtungen den Behörden und der Zeitung, und die Neuigkeiten breiteten sich rund um Mandal in Windeseile aus. In nur wenigen Tagen wußte das ganze Land von diesen merkwürdigen Vorfällen.

Niemand wußte, wo dieses unbekannte Ding hergekommen

war, doch einige mutmaßten, es könne sich um einen Ballon aus dem Krieg zwischen Frankreich und Deutschland handeln, wenn sich das auch höchst abenteuerlich anhörte. Ein Matrose behauptete zu allem Überfluß, er habe mit seinem Teleskop ein lebendes Wesen an Bord des Ballons erkennen können, doch dieser Geschichte schenkten nur die wenigsten Glauben.

Aber das waren nicht die einzigen Absonderlichkeiten, mit denen die Gegend um Mandal in diesen Wintertagen konfrontiert wurde. In den Dörfern und Siedlungen ringsumher fanden die Menschen schon am Freitag vormittag Unmengen frankierter Briefe, ausländischer Zeitungen und anderer Post, die auf unerklärliche Weise überall verstreut lag. Am meisten aber wurden zwei Fischer aus Omland überrascht, die sich am Freitag morgen trotz des Unwetters zwischen Skjernøy und Mandal auf das Meer hinausgewagt hatten. Ohne Vorwarnung fiel plötzlich ein großes Buch aus den Wolken und klatschte direkt neben ihrem Boot ins Wasser. Verschreckt hatten sie es herausgefischt. Es erwies sich als ein vierhundertachtzig Seiten starkes französisches Lexikon. Ein paar Tage später fand man in der Nähe von Skjernøy, nicht weit vom Hof Berge, zwischen den Ästen eines kahlen Baumes eine französische Illustrierte.

Sonntag vormittag wurden auf offener See zwei Säcke entdeckt. Beide waren randvoll mit Post, die sofort zum Lehnsmann nach Mandal gebracht wurde. Es zeigte sich, daß dieser Fund, der zudem gut belohnt worden war, zu ernsten diplomatischen Verwicklungen führte. Niemand wußte, wie man mit dieser Sache umzugehen hatte, und der Draht zwischen der Postmeisterei in Mandal, den Behörden in Christiania, dem französischen Konsulat und Postdirektor Steenackers in Tours glühte.

Selbst wenn es keine Augenzeugen dafür gab, so rechnete man damit, daß der Ballon ins Meer gestürzt war, und unterließ jede Suche. Wenn der Aerostat, wie angenommen werden mußte, gesunken war, gab es nichts mehr zu tun, und wenn er wider Erwarten noch schwamm, würde er ja doch bald an Land treiben.

Doch es trieb kein französischer Ballon an Land, und so glaubten alle, er sei für immer verschwunden.

Der Katastrophe entgegen

Paul Rolier verschwand an Bord der «Ville d'Orléans» unter den hereinbrechenden Wassermassen. Er schrie vor Angst und Entsetzen und schluckte dabei große Mengen Wasser. Er wußte, er mußte vom Boden der Gondel wegkommen, um nicht zu ertrinken, und ruderte fieberhaft mit den Armen, bis er schließlich ein Seil zu fassen bekam und sich hochziehen konnte. Nach Atem ringend, versuchte er, sich noch höher zu ziehen, während das Wasser fast ungehindert durch das Flechtwerk schwappte. Der eiskalte Wind war kaum mehr zu ertragen.

Plötzlich fiel sein Blick auf seine Uniformmütze, die zwischen seinen Beinen auf dem Wasser trieb. Ohne nachzudenken ließ er eine Hand los und griff nach der Mütze, schlug sie hart gegen ein Halteseil und setzte sie auf. Salziges, brennendes Meerwasser rann ihm in die Augen. Nun bemerkte er mit Schrecken, daß das Wasser an den Tauen und an der Kleidung zu gefrieren begann. Die Ballonhülle war gefährlich schlapp geworden und flatterte im Wind. Noch immer reckte sie sich in die Luft empor, doch die Gondel hing beständig im Wasser, und Paul erkannte, daß ihre Chancen, wieder zu steigen, mehr als gering waren. Schließlich begannen sogar die Halteseile schlaffer zu werden. Zitternd vor Angst und Kälte, bereitete sich Paul auf das unausweichliche Ende vor.

Da rollte eine große Welle unter ihnen hindurch und hob sie an, doch als sie wieder hätten sinken sollen, schien es, als wolle der Korb dem Wasser nicht in das tiefe Wellental folgen. Stattdessen blieb er in der Luft hängen und, endlich befreit von den

Wassermassen, hob sich ein paar Meter. Er zitterte und ruckte, doch höher schien er nicht steigen zu wollen, und so wurde der Korb wieder und wieder von der Gischt der heranrollenden Wellen gepeitscht. Trotzdem wurden sie schneller.

Völlig entsetzt starrte Paul auf den Boden des Korbes. Das Wasser war durch das Flechtwerk herausgeronnen, kaum daß sich die Gondel aus dem Wasser erhoben hatte, aber wo war Bézier? Bézier war verschwunden. Was war mit ihm geschehen? Paul suchte mit seinen Augen die Reling ab. Klammerten sich nicht irgendwo Hände fest? Doch er konnte nichts erkennen. Das Schlepptau, dachte er, aber das hatte Bézier ja schon vor langem selbst abgeschnitten. Paul schaute hoch und drehte sich um. Da sah er ihn. Der Leutnant stand, ein Messer wie ein Pirat quer im Mund, hinter ihm mit den Füßen auf der Reling und hielt sich an den Halteseilen fest. Als die große Welle über sie hereingebrochen war, war es auch ihm mit Müh und Not gelungen, den Wassermassen zu entkommen und sich an einer Verknüpfung der Halteseile hochzuziehen. Seine verletzte Hand blutete noch immer, doch fieberhaft suchte er nach etwas, das er abschneiden und über Bord werfen konnte. Er schaute Rolier an, sprang in die Gondel hinunter und begann einen noch am Rande des Korbes verbliebenen Sandsack abzuschneiden. Fast unmerklich glitt er in das brodelnde Wasser hinunter. Gebannt schaute er nach oben, doch der Aerostat schien diesen Gewichtsverlust nicht einmal bemerkt zu haben. Wütend schrie Léon zum Ballon hoch: «Los jetzt! Verflucht noch mal, jetzt steig endlich!»

Doch im gleichen Moment begriff er, was los war. An der Gondel begann sich beängstigend schnell Eis zu bilden. Es mußte weit unter null Grad sein, und jeder Spritzer Wasser fror sofort an und legte sich wie eine Glasur auf Taue und Flechtwerk. Die Hauptverbindungstaue ragten bereits wie dicke weiße Stöcke aus der Reling. Ihr Gewicht würde noch weiter steigen, wenn es ihnen nicht sofort gelingen würde, das Eis loszuschlagen oder noch mehr Ballast abzuwerfen. Léon zerrte an Halteseilen und Wanten, und Eisstücke splitterten ab, aber er sah schnell ein, daß die gefrorenen Taue nicht viele solcher rüder Attacken verkraften würden. Er schrie wie ein Wahnsinniger: «Rolier! Die letzten Postsäcke! Los! Es kann noch gehen!»

Das Wasser, das von Béziers rechter Hand herabrann, war hellrot von Blut. Er warf sich auf den Boden der Gondel und umklammerte den größeren der beiden Säcke mit beiden Händen, doch es gelang ihm nicht, ihn zu bewegen. Schwer war er schon vorher gewesen, doch jetzt war er zusätzlich vom Seewasser vollkommen durchnäßt. Er zischte zu Rolier hinüber, der sich noch immer an die Wanten klammerte: «Um Gottes willen, helfen Sie mir! Ich flehe Sie an, Capitaine Rolier! Wir müssen Ballast loswerden!» Verzweifelt versuchte er sich am zweiten Postsack, doch auch diesen konnte er nur einige wenige Zentimeter bewegen.

Da dämmerte Rolier, was Léon vorhatte. Der Leutnant hatte recht. Widerwillig kletterte er zu seinem Gefährten, und mit viel Mühe gelang es ihnen schließlich, den vollgesogenen Sack über die Reling zu rollen.

Ohne auf eine Wirkung zu warten, fauchte ihn Léon an: «Los, Rolier, der andere Sack. Der muß auch noch weg!»

Es gelang ihnen, auch den zweiten Sack über Bord zu werfen. Wie ein mächtiger Stein fiel er ins Meer. Die Reaktion ließ nicht lange auf sich warten. Der Ballon stieg, erst langsam und dann immer schneller, als habe er wieder das Blut der Freiheit geleckt.

«Gott im Himmel! Wir sind gerettet!» Léon atmete tief aus. Durchfroren und entkräftet von den Anstrengungen, sanken die beiden am Boden der Gondel zusammen. Léon zitterte unaufhörlich, und dabei fühlte sich sein Körper an, als würde er brennen. Da fielen ihm auf einmal die Tauben ein, und er schaute nach oben. Zu seiner Freude sah er, wie alle auf ihren Stangen hin und her hüpften. Die Vögel hatten die Begegnung mit der Nordsee überlebt!

Bald darauf war der Ballon von dichtem Nebel umgeben, doch es klarte bereits nach wenigen Minuten wieder auf. Plötzlich spürte Léon einen stechenden Schmerz in den Ohren. Er riß die Augen auf und sah, daß auch Rolier sich an die Schläfen faßte und Grimassen schnitt. Léon wußte, was das zu bedeuten hatte. Der große Druckabfall wirkte sich auf die Trommelfelle aus. Es fühlte sich an, als würde sein Kopf zerplatzen. Aber stiegen sie wirklich so schnell? Mit letzter Kraft zog er sich hoch und schaute über die Kante des Korbes. Der Ausblick, der sich ihm bot, verwirrte ihn. Sie mußten bereits reichlich tausend Meter gestiegen sein. Weit, weit unter ihnen lagen als weitgestreckte weiße Fläche die Wolken, die sie passiert hatten. Um sie herum war es vollkommen still, und so war es kaum möglich, ihre Geschwindigkeit einzuschätzen. Es war unglaublich kalt geworden. Beide wußten, sie durften keinesfalls einschlafen. Léon wollte unbedingt eine Höhenmessung machen. Mühsam kniete er sich hin und holte die Instrumente heraus: «Dreitausend Meter! Mein Gott, Rolier, wir sind gleich im Himmel!» Seine Stimme war undeutlich, und Rolier nickte nur stumm.

Apathisch setzte sich Léon, mit dem Rücken an das Flechtwerk gelehnt, neben Rolier. Die Kälte war unerträglich, und das Wasser, das ihre Kleider durchtränkte und sie am ganzen Körper durchnäßt hatte, begann zu gefrieren. Schon bald saßen die beiden Männer wie glasierte Geister in der Gondel und starrten sich entsetzt an.

Langsam spürte Léon, wie er nach und nach wieder von der Gleichgültigkeit eingeholt wurde. Er hatte in seiner Grundausbildung zum Soldaten gehört, daß einem in den letzten Stunden des Lebens, bevor man erfror, alles gleichgültig erschien und man sich für nichts mehr verantwortlich fühlte. Er wußte, daß der Kältetod nicht schmerzhaft war, aber er wollte durchhalten und nahm seine noch immer schmerzende Hand als gutes Zeichen.

Das Eis an den Seilen und Wanten begann langsam abzuplatzen. Kleine Klumpen und Splitter rieselten herunter, und Léon lebte durch diese neuen Vorkommnisse wieder ein wenig auf. Er begann, die heruntergefallenen Eisklumpen über die Reling zu werfen, ohne daran zu denken, daß sie das nur noch höher steigen ließ.

Auch Rolier kämpfte gegen die gefährliche Müdigkeit. Krampfhaft versuchte er, die Augen offenzuhalten, und ohne den Zusammenhang zu verstehen, sah er diesen stolzen Franc-Tireur wie einen Affen in seinem Käfig sitzen und mit der einen Hand Eis in die Luft werfen, während er sich die andere leckte. Plötzlich krabbelte Rolier, ohne Bézier etwas zu sagen, zu dem kleinen, festgebundenen Materialkästchen hinüber, holte das wasserabweisende Schreibmäppchen hervor und nahm Papier und Schreibzeug heraus.

«Was haben Sie vor?» fragte Léon, dem klar war, daß sie beide Gefahr liefen, den Verstand zu verlieren.

«Ich muß das tun, Leutnant», sagte Rolier nachdenklich und warf affektiert den Kopf in den Nacken. «Es ist lebenswichtig. Die letzte Nachricht!»

Bézier kniff die Augen zusammen und beobachtete jede Bewegung des anderen. Der Ingenieur hatte jetzt umständlich ein trockenes Blatt Papier hervorgeholt. Es gelang ihm gerade noch, den angefeuchteten Kopierstift beim Schreiben fest genug zu halten: «Ich werfe diesen Brief mit der Gewißheit ins Meer, daß einer der vielen Seeleute ihn finden und an Sie senden wird. Ich bin soeben einem grausamen Tod entronnen...» Er zögerte einen Augenblick, als wolle er sich alles noch einmal überlegen, bevor er dann aber doch noch ein paar Zeilen anfügte, die Léon allerdings nicht mehr erkennen konnte. Rolier zitterte jetzt so stark, daß es ihm nicht mehr gelang, den Stift festzuhalten. Er zog einen Briefumschlag aus dem Mäppchen.

Gleichgültig beobachtete Léon, wie Rolier mit letzter Kraft den Briefumschlag adressierte. Bald wußte er, dieser letzte Gruß eines Sterbenden war nicht an dessen Frau gerichtet, und jetzt war er sich sicher, Rolier war nicht mehr recht bei Verstand. Der Brief war für Monsieur Herluison. Rolier faltete den Briefumschlag zusammen, zog sich hoch und ließ den Brief einfach so in die Tiefe fallen.

Nur Sekunden später schreckten beide durch ein kräftiges klagendes Brüllen auf. Es hörte sich wie das Gebrüll eines wilden Tieres an und fuhr ihnen beiden durch Mark und Bein. Dann roch es plötzlich nach Schwefel. Bézier versicherte sich, ob auch Rolier das Geräusch und diesen Geruch wahrgenommen hatte. Er dachte an all die merkwürdigen Geschichten über Drachen und Ungeheuer, die man ihm erzählt hatte. Nichts davon glaubte er, aber ihn beschäftigte, ob sie wohl beide im Begriff waren, ihre Sinne und ihre Wahrnehmungsfähigkeit zu verlieren. Konnte der Geruch von ihrem eigenen Ballon stammen? Das Gas, das sich in ihm befand, war brennbar, aber hier oben gab es ja keine Feuerquelle, und so recht konnte er auch nicht glauben, daß verbranntes Leuchtgas nach Schwefel roch.

Kurz darauf trieben sie wieder in ein Wolkenfeld. Das Geräusch war nicht mehr zu hören, doch der stickige Schwefeldunst folgte ihnen noch eine ganze Weile, bis auch er so plötzlich verschwand, wie er gekommen war.

Noch einmal rappelte sich Rolier auf und krabbelte zu dem Proviantkästchen hinüber. Er nahm eine Schachtel Streichhölzer heraus und hielt sie fast triumphierend vor sich in die Höhe. Bézier mußte dabei an die böse Fee einer Pantomime denken. Rolier steckte die Schachtel in seine Hosentasche und begann, ohne um Hilfe zu bitten, an den Halteseilen und Wanten hochzuklettern. Schließlich schwang er sich auf den Äquatorring. Nachdem er mit den Beinen in den Wanten Halt gefunden hatte, ließ er beide Hände los und versuchte den zähen Appendix zu ergreifen. Er löste die provisorische Verschnürung, die er selbst vor wenigen Stunden befestigt hatte, holte mit zitternden Händen die Streichholzschachtel aus der Tasche, hielt sie in den geöffneten Auslaß der Ballonhülle und versuchte, ein Streichholz anzureißen.

«Verdammt noch mal, was machen Sie denn?» schrie Léon entsetzt. Er hatte nicht sogleich verstanden, daß der Aeronaut die Absicht hatte, den Ballon zu sprengen.

«Ich halte das nicht mehr aus. Niemand darf unseren Ballon finden. Die Depesche ist zu wichtig. Unser Auftrag!» Seine Stimme überschlug sich, als er hinunterschrie: «Die Streichhölzer zünden nicht. Sie sind zu naß.»

Rolier wirkte überrascht und machte ein enttäuschtes Gesicht. Wie ein Betrunkener wiederholte er wieder und wieder die gleiche Bewegung, mit und ohne Streichhölzer zwischen den Fingern, bis ihm alles aus den Händen glitt.

Bézier stand mittlerweile auf der Reling der Gondel und umklammerte die Beine des Ingenieurs: «Um Gottes willen, Rolier! Ich flehe Sie an! Kommen Sie herunter! Denken Sie nicht so etwas!»

Doch Rolier saß unbeweglich da und starrte in den Himmel, als habe er den Verstand verloren. Bézier dachte, jemand, der sich vorgenommen hatte, sich und andere in die Luft zu sprengen, würde auch in der Lage sein, aus dem Ballon zu springen, und griff fester um Roliers Beine. Dann begann er langsam, ihn zu sich hinabzuziehen. Mit einem Schrei glitt Rolier vom Äquatorring, doch Bézier zog ihn im gleichen Moment mit all seiner Kraft zu sich herüber, und so gelang es ihm, den Sturz in die Mitte des Korbes zu lenken, wo sich Rolier auf dem Boden zusammenkrümmte. Bézier sank neben ihm zusammen. Mit mattem Blick schaute er Rolier an und schüttelte den Kopf. Dieser verlorene Mensch tat ihm fast leid.

Der Ballon knirschte laut, und dieses Knirschen kam nicht nur vom Flechtwerk und den Halteseilen des Korbes, sondern ebenso vom Tauwerk, das die enorme Ballonhülle umspannte, und vielleicht sogar von dem aufgeblasenen Ballon selbst. Man konnte meinen, das Ganze würde jeden Augenblick zerreißen und die zwei Männer müßten in den Abgrund stürzen. Es rieselte jetzt kein Eis mehr herab, statt dessen sanken Tausende von kleinen weißen Partikeln durch die Luft, die unmöglich Schneeflokken oder Reif sein konnten, sondern eher wie Schuppen aussahen. Bei genauerem Hinsehen konnte Bézier erkennen, daß die Partikel eindeutig aus dem Appendix herausrieselten. Was hatte das jetzt zu bedeuten? Konnte das Gas gefrieren? Wie würde sich das dann auf ihren Auftrieb auswirken? Er schüttelte Rolier und zeigte auf die Flocken, die aus der Öffnung des Appendix rieselten, doch der Ingenieur zeigte kein Interesse. Bézier warf einen Blick auf das Thermometer. Es zeigte fast dreißig Grad minus. Kein Mensch konnte es lange bei einer solchen Temperatur ohne Schutz aushalten, und er begriff, daß es jetzt bald um sie geschehen war. Er setzte sich hin, legte den Kopf zur Seite und spürte, wie ihn der Schlaf langsam übermannte. Der Pariser Franc-

Tireur hatte sich entschlossen aufzugeben, doch bevor er sich endgültig seinem Schicksal fügte, wollte er noch einen letzten Blick in die Tiefe werfen.

Léon glaubte seinen eigenen Augen nicht trauen zu können. Durch einen dünnen Wolkenschleier konnte er deutlich langgestreckte Hügel und vereinzelte Waldstücke erkennen. An verschiedenen Stellen schimmerten offene Wasserflächen. «Rolier! Rolier! Wir sind über Land!»

Doch der Ballonfahrer reagierte nicht. Da packte ihn Léon am Mantelkragen und zog ihn so weit hoch, bis sein Kopf über der Reling hing. «Guck endlich, Mann! Wir haben Festland unter uns!»

In diesem Moment verschwand der Nebel endgültig, so daß beide ganz deutlich die große, einsame Hochebene erkennen konnten, die sie überflogen. Rolier erwachte langsam zu neuem Leben, und bald strahlte er über das ganze Gesicht. Sie sahen bewaldete Hügel, die teilweise mit Schnee bedeckt waren, und dazwischen glitzernde Bäche und noch eisfreie Seen. Land! Land! Die Hoffnung auf Rettung stieg. Sie strahlten einander an, zeigten hinunter und lachten, und ihre Stimmung besserte sich zusehends.

Es war zwei Uhr nachmittags. Sie bemerkten, wie der Ballon wieder an Höhe verlor, aber diesmal war das eher eine Erleichterung. Sie schwebten über die karge Landschaft, die mit ihren eintönigen, teils mit Schnee bedeckten Wäldern immer deutlicher wurde.

Nach einer Viertelstunde verschwand der Wald unter ihnen, und statt dessen sahen sie in etwas größerer Tiefe eine große blaugraue Fläche, die sie sofort als einen eisfreien See erkannten. Sie verloren beständig an Höhe, und jetzt segelten sie direkt auf die steile Felswand an der gegenüberliegenden Seite des Sees zu. Sollten sie an diesem schwarzen, senkrecht zum See abfallenden Felsen zerschlagen werden? Doch da gewann der Ballon plötzlich wieder an Höhe, als folge er dem steigenden Terrain in fünfzig Metern Höhe. Immer weiter ging es über die Bäume empor, bis diese schließlich immer lichter wurden.

Da sahen sie plötzlich etwas, das ihnen beiden das blanke Entsetzen in die Augen jagte. Über den Hügeln direkt vor ihnen erhob sich unter einer geschlossenen weißen Decke ein endloses, nacktes Felsplateau. Hochgebirge! Beide wußten sie, in dieser Eiswüste würden sie niemals überleben, und ihre finsteren Blicke trafen sich. Paul schien endlich zu begreifen: «Bézier! Schnell! Wir müssen landen!» schrie er erregt. «Machen Sie den Anker klar!»

Während er seine Befehle herausschrie, riß er fieberhaft an der dünnen Schnur, mit der das große Auslaßventil an der Spitze des Ballons geöffnet werden konnte. Nichts geschah. «Das gibt es doch nicht! Das Ventil sitzt fest!» Er riß und zerrte verzweifelt und starrte dabei unentwegt auf die karge Landschaft hinab. Beängstigend schnell huschten die jetzt gut zu unterscheidenden Bäume unter ihnen hindurch. Er warf einen raschen Blick auf Bézier, der den Anker unbewegt vor sich hielt. Plötzlich schrie Rolier wieder auf: «Da, der Wald hört auf! Die Berge! Wir sind verloren!»

Auch Bézier spürte diese Verzweiflung, er wußte nicht, was zu tun war. Die Geschwindigkeit des Ballons war zu groß, um den Anker hinauszuwerfen. So schrie er: «Sollen wir abspringen?» Doch er begriff gleich, das würde einem Selbstmord gleichkommen.

Rolier beachtete ihn nicht. Er hatte die Augen zusammengekniffen und zog wie besessen an der Ventilschnur. Innerlich flehte er zu Gott, daß dieses verdammte Toppventil doch endlich nachgeben solle.

Léon beobachtete ihn hilflos. Bald hatte es keine Bedeutung mehr, ob es Rolier gelang, das Ventil zu öffnen. Verzweifelt ließ er den Anker in den Korb fallen und starrte auf die Eiswüste hinab. Das große Bergmassiv kam ihm jetzt gar nicht mehr so bedrohlich vor. Léon Bézier hatte sich mit dem Tod versöhnt.

Ein Zeichen des Teufels

Herbrand Olsen, der bald sechzig Jahre alte Besitzer des Hofes Svarteberg in Krødsherred, hatte die lederne Mütze tief in die Augen gezogen. Er legte ein neues Stück Birkenholz auf den Hauklotz, hob die Axt und spaltete es mit einem einzigen Schlag. Er war warm angezogen, denn schon seit den letzten Tagen wehte ein eisiger Wind vom mächtigen Blefjell herab. Jetzt wurde es langsam dunkel, doch Herbrand war es gewohnt, lange zu arbeiten, und er hatte sich vorgenommen, noch ein paar Stunden weiterzumachen. Als er erneut die Axt heben wollte, erblickte er einen schwarzen, nicht zu definierenden Punkt über den Spitzen der dunklen Fichten am Himmel. Der Punkt wuchs und nahm bald die Form eines großen, gelben Sackes an, der sich immer deutlicher von dem bleichen Winterhimmel abhob. Plötzlich wurde Herbrand klar, daß dieser fremde Gegenstand mit hoher Geschwindigkeit direkt auf ihn zuflog. Je länger er ihn betrachtete, desto mehr ähnelte dieses Ding einem wilden Tier. Es füllte im Süden schon fast den ganzen Himmel, und Herbrand wartete zitternd darauf, daß dieses Monster weiterreiste. Plötzlich, als habe jemand das befohlen, nahm der Wind ab. Das Sausen in den Fichten verstummte, und das unheimliche Geschöpf schien einen Augenblick zu zögern, als halte es genau nach ihm Ausschau. Herbrand ließ die Axt auf den Boden sinken, hob den Kopf und starrte wie gelähmt zu dem Ungeheuer hoch, während ihm die Predigt des Pfarrers wie ein heiseres Dröhnen in Erinnerung kam: «Geh den Weg des Glaubens, Sognemensch, bevor es zu spät ist! Harmageddon ist nah! Dieser teuflische Krieg gegen

Frankreich ist nur der Beginn eines neuen Roms! Dies ist ein Zeichen, Sognemensch! Das Tier der Offenbarung!»

Das Monster stand jetzt fast vollkommen still über dem Dach der Scheune und schien zu zittern. Herbrand meinte, es ähnele einem großen bösen Auge, das unaufhörlich auf ihn herabstarrte, wobei es schwache, unbestimmbare Seufzer von sich gab. Es zog lange, suchende Finger hinter sich her. Doch dann schien es sich plötzlich anders zu entscheiden, nahm wieder Fahrt auf und schwebte lautlos über die Wipfel der Fichten, um sodann über den Hügeln im Dunkel des Nordens zu verschwinden.

Herbrand beugte sich langsam hinunter und nahm ruhig die Axt auf. Nachdenklich blieb er ein paar Sekunden stehen, doch dann schlug er sie mit einem kräftigen Schlag in den Hauklotz und ging mit schweren Schritten ins Haus. Seine Frau schaute neugierig von ihrer Arbeit auf, aber bei der düsteren Miene, die ihr Mann aufgesetzt hatte, entschloß sie sich, lieber nichts zu sagen.

Er setzte sich auf die Ofenbank, die Ellbogen auf die Knie gestützt, und grübelte darüber nach, wie er mit diesem Erlebnis umgehen sollte. Zum Lehnsmann zu gehen würde nichts nützen. Herbrand hegte eine tiefe Abneigung gegen diesen diensteifrigen Mann, der wieder und wieder damit gedroht hatte, die Destillieranlage des Bauern zu beschlagnahmen, und das, obwohl sie seit Generationen auf Svarteberg brannten. Konnte Herbrand überhaupt jemandem von diesem gruseligen Erlebnis erzählen? Er wußte, wie die Leute reden konnten und welche Macht dumme Gerüchte hatten. Wenn nur er dieses Ungeheuer gesehen hatte, riskierte er es, für den Rest seines Lebens als verschrobener Dorftrottel bezeichnet zu werden. Er faßte einen Entschluß. Niemand sollte etwas von der Begegnung wissen. An diesem Abend ging er früh zu Bett, aber zur Ruhe kam er nicht.

Tags drauf war das Wetter besser. Ein schwacher Wind wehte, und es war nicht mehr so unangenehm kalt. Im Laufe des Vormittags hörte Herbrand Schlittenschellen, und kurz darauf sah er seinen Nachbarn mit Pferd und Schlitten aus dem Wald auf den Hofplatz fahren. Knut Dokka saß auf dem Kutschbock und hatte Schwierigkeiten, sein keuchendes Pferd anzuhalten.

«Guten Tag, Nachbar! Hast du schon die Neuigkeiten gehört?» Herbrand spitzte die Ohren.

«In Noresund ist der reinste Aufruhr», erklärte Dokka und erzählte ausführlich über all jene, die den mystischen Gegenstand gesehen hatten. Herbrand schien es, als habe die ganze Gemeinde am Abend zuvor zum Himmel geschaut. «Das ist ganz unheimlich», fuhr Dokka fort. «Ich glaube ja, es ist ein Zeichen des Teufels!» flüsterte er und stieß Herbrand in die Seite.

«Der Teufel?» murmelte Herbrand ernsthaft und unterdrückte ein Grinsen. «Das ist der Lehnsmann.»

Zehn Minuten später stieg Herbrand zu Knut auf den Schlitten, und die beiden schossen, einen Wirbelwind aus Schnee hinter sich herziehend, hinunter ins Dorf. Schon bald darauf erreichten sie den Hofplatz des Gehöftes Sandom, auf dem sich im Laufe des Vormittages eine große Menschenmenge versammelt hatte. Die Stimmung war aufgeheizt, die Leute redeten wild durcheinander, und ein paar ältere Frauen hatten abseits der Menge einen Kreis gebildet und streckten jammernd und klagend ihre Arme in den Himmel. Lehnsmann Ole Nilsen stand, in einen offenen Wolfspelz gehüllt, auf der Treppe des Hauses und versuchte, einige Worte an die unruhige Versammlung zu richten. Unten auf dem Hofplatz stand still und andächtig der Pfarrer. Er hielt die Bibel in den Händen. Am Rande des Hofplatzes sprangen die kleinen Kinder herum, während die etwas größeren mit offenen Mündern den Reden der Erwachsenen lauschten.

«Mein Gott!» rief Herbrand, als er vom Schlitten stieg. «Sind die denn alle verrückt?»

Jetzt unternahm der Lehnsmann einen ernsthaften Versuch, die Aufmerksamkeit auf sich zu ziehen: «Dorfgemeinde! Es ist meine Pflicht, für Ruhe und Ordnung zu sorgen! Also bitte!»

Doch die Worte zeigten keine Wirkung, und die Menschen schnatterten weiter. Jetzt ging Pfarrer Abel zur Treppe, stieg auf die unterste Stufe, drehte sich zur Menge, hob die Hand und richtete sein Gesicht zum Himmel. Das Gerede verstummte, und die Menschen starrten neugierig zu dem Schwarzgekleideten hinüber. Die Kinder hörten auf zu spielen.

Mit leiser, aber fester Stimme sagte er: «Laßt uns die Stimmen der Augenzeugen hören!»

Der Lehnsmann nahm seine Uniformmütze ab und wischte sich mit dem Handrücken den Schweiß von der Stirn.

«Ja gut, Pfarrer. Lassen Sie uns der Reihe nach vorgehen. Ich werde mich der Sache annehmen. Alle, die etwas mitzuteilen haben, sollen die Hand heben!»

Die Versammlung schien auf die Worte des Lehnsmanns zu hören, und ein gutes Dutzend Arme reckten sich in die Höhe. Ohne Proteste der anderen forderte er zuerst Maria Jonsdatter von Smedrud, eine magere Bäuerin in den Vierzigern, auf zu berichten.

«Ich habe nie zuvor so etwas gesehen», verkündete sie mit lauter, klarer Stimme. «Dieses Ding, oder was es war, schwebte über den Himmel im Süden, zuerst so groß wie ein Mehlsack von einem Zentner, doch dann wuchs es bis zur Größe unseres Hauses. Die ganze Zeit über gab es ein unheimliches Brüllen von sich, so daß mir das Blut in den Adern stockte. Dann war es ganz plötzlich weg, als wenn es nie dagewesen wäre. Ich fiel auf die Knie und fragte unseren Herrn, was es war, und er antwortete mir ‹Das war nur eine Warnung für Euch, Maria!›, und der grausame Krieg zwischen Deutschland und Frankreich sei daran schuld, und er müsse die Menschen erschrecken. ‹Wendet Euch mir zu und bittet um Vergebung für Eure Sünden, dann wird es Euch gutgehen, Maria!› sagte er.»

Maria Jonsdatter hatte sich bei den letzten Worten den Zuhörern zugewandt und die Ermahnung mit heiserer Stimme gesprochen, um die Stimme des Herrn wiederzugeben. Sie war mit ihrem Bericht fertig und schaute mit fernem, fast glasigem Blick in die Menge. Einen Moment lang war es vollkommen ruhig. Doch dann brach ein gewaltiges Gemurmel los. Einige flüsterten ihr nach, andere protestierten lauthals über ihre Deutung der Geschehnisse. Und während der Lehnsmann erneut versuchte, sich Gehör zu verschaffen, durchbrachen vier alte Frauen die Menge und begannen dahinter einen Kreis zu bilden und monoton gemeinsam zu beten.

Einige der Kinder fingen jetzt an zu weinen, und aus dem hintersten Teil der Versammlung erklang eine grobe Männerstimme: «Ein Zeichen Gottes! Wer soll das denn glauben?»

Es war der Waldarbeiter Asbjørn, von dem man wußte, daß er gerne einen über den Durst trank, aber jetzt sah er vollkommen nüchtern aus: «Auch ich war gestern draußen, und was ich gesehen habe, war ein ungeheuer großes Weib, das vom Himmel herabgestiegen ist. Aber leider habe ich sie nicht zu packen gekriegt!» fügte er grinsend hinzu und schaute sich mutwillig um.

Einige lachten, und dabei wurde ganz deutlich, daß manche die ganze Angelegenheit als eine gute Unterhaltung betrachteten. Andere wiederum schauten entsetzt zu dem Gottlosen hinüber. Jetzt kam gar noch der Vorschlag, es müsse der Mond gewesen sein, der heruntergefallen sei. So ging es weiter, bis der Lehnsmann laut wurde: «Nun reicht es! Ich habe genug von diesem verworrenen Zeug. Jetzt möchte ich, und Gott helfe mir dabei, wissen, ob mir irgend jemand sagen kann, wohin dieses Ding verschwunden ist!»

Ein Junge mit etwas blasserem Gesicht als die anderen nahm all seinen Mut zusammen und ging ein paar Schritte vor. Es wurde still, und die Menge bildete einen Halbkreis vor der Treppe, um zu hören, was Hallgrim Rud auf dem Herzen hatte. Die meisten wußten, daß er im vergangenen Jahr in Drammen zum Gymnasium gegangen war und in dieser Zeit bei einer feinen, alten Dame gewohnt hatte. Mit altklugen Worten, aber dennoch mit zitternder Stimme, begann der siebzehnjährige Gymnasiast zu erzählen: «Ich kann, wenn auch nicht mit hundertprozentiger Sicherheit, erklären, um was es sich bei diesem betreffenden Gegenstand handeln muß.»

«O nein!» Einige der Erwachsenen grinsten höhnisch und schnitten Grimassen.

Der Junge bemerkte es, fuhr aber fast trotzig fort: «Dieser Gegenstand liegt nun also dort oben in dem Waldstück.» Er deutete mit dem Finger in die Richtung, und fast die ganze Versammlung drehte sich gleichzeitig um. Sie sahen aber nur eine Wand aus dunklen Fichten. Dann blickte die Menge wieder zu Hallgrim und forderte wild durcheinanderredend, der Junge solle ihnen den Weg weisen.

«Moment, einen Augenblick bitte!» fiel der Lehnsmann ein. «Rede! Was hast du gesehen, Junge?»

«Ja, ich habe also gestern nachmittag, wie so viele andere, diesen Gegenstand am Himmel observiert. Zuerst glaubte ich, es handele sich um einen großen Drachen, den jemand auf der Wiese hinter dem Hof hat steigen lassen. Das weckte mein Interesse, und so ging ich dort hinüber. In diesem Moment nahm der Wind plötzlich ab, und als ich dort ankam, sah ich eine riesengroße Stofftüte, die gerade im Begriff war, direkt hinter der Scheune in sich zusammenzusacken.»

Die Versammlung hielt den Atem an.

«Ich war recht ängstlich, wagte mich aber doch näher, um herauszufinden, worum es sich handelte. Und selbst wenn er reichlich zusammengesunken war, möchte ich doch mit einiger Sicherheit behaupten, daß es sich um einen Ballon handelte, wie ich ihn auf Bildern in der Zeitung gesehen habe. Aber da es zu dunkeln begann und er so unheimlich hin und her waberte, entschloß ich mich, nach Hause zu gehen.»

Ein anderer junger Bursche hatte jetzt endgültig genug von dem Gerede der anderen und machte sich ungeduldig querfeldein durch den Fichtenwald in Richtung des beschriebenen Hofes auf den Weg. Sogleich folgten ihm eine ganze Reihe Leute. Da brach Hallgrim seine Ausführungen ab, lief an der Gruppe Menschen vorbei und übernahm selbst die Führung. Alle anderen schlossen sich diesem merkwürdigen Gänsemarsch durch den Fichtenwald an.

Als sie durch den Wald die Lichtung in der Nähe des Hofes sehen konnten, hielten sie an. Es schien, als habe der Mut sie plötzlich alle verlassen. Der Lehnsmann ging nun an der langen Reihe der Schaulustigen vorbei, übernahm das Kommando und bat den jungen Rud, ihm den Weg zu weisen. Hallgrim stapfte weiter am Hof vorbei in ein kleines Birkenwäldchen, wobei er feierlich den Arm hob und die Gemeindemitglieder weiterwinkte.

Dort, auf der anderen Seite des Wäldchens, erblickten sie

plötzlich den havarierten Aerostaten. Ein Raunen ging durch die Menge. Die Menschen wichen einen Schritt zurück und betrachteten den wundersamen Gegenstand ängstlich. Der Ballon hatte im Laufe der Nacht viel Gas verloren und lag wie ein zitterndes Monstrum auf einer kleinen Lichtung zwischen den Bäumen. Vielen der Schaulustigen war das Ganze nicht geheuer, und sie versteckten sich hinter den Bäumen. War da nicht ein tiefes Stöhnen von dem sterbenden Koloß zu hören, wie wenn er Schmerzen habe? Im Schnee neben dem gelben Tuch stand ein sauber ausgerichteter, kleiner, geflochtener Korb.

Hallgrim faßte Herbrand von Svarteberg, der ihm am nächsten stand, am Arm: «Komm, laß uns nachsehen, ob sich etwas darin befindet!»

Aber Herbrand zog seinen Arm ängstlich weg und fragte: «Meinst du wirklich?»

In diesem Moment kamen die zwei Würdenträger nach vorn, und wie eine Verhandlungsdelegation im Krieg schritten die vier, Bauer, Lehnsmann, Pfarrer und Gymnasiast, Seite an Seite nach vorn zu der leeren Ballongondel. Ohne zu zögern, sprang Hallgrim in den Korb, nahm ein Buch vom Boden und hielt es triumphierend hoch. Der Zauber war gebrochen. Lachend rückte nun auch der Rest der Menschenmenge vor und nahm die Konstruktion näher in Augenschein. Hallgrim reichte dem Pfarrer das Buch. «Vielleicht hilft uns das, etwas über die Herkunft des Ballons herauszufinden, Herr Pfarrer?»

Abel blätterte vorsichtig in dem Buch und erkannte sofort, daß es auf französisch geschrieben war. Die Menschen rückten neugierig vor.

Jetzt schritt der Lehnsmann mit seiner ganzen Autorität ein. «Vorsichtig, Leute, nichts berühren! Weicht zurück, es befindet sich Gas im Ballon, das kann explodieren!»

Die meisten wichen verschreckt zurück, aber da einige, ohne eine Miene zu verziehen, einfach stehenblieben, waren bald alle wieder an der Gondel und hielten neugierig Ausschau, welche Schätze diese wohl barg.

Der Lehnsmann unternahm keinen weiteren Versuch, die

Menge zurückzuhalten. Statt dessen zog er ein kleines Notizbuch aus der Tasche und begann die Gegenstände, die sich im Korb befanden, in der Reihenfolge, in der sie ihm der Gymnasiast anreichte, aufzulisten. Zwei Messingteleskope, ein Barometer und eine weiße Flagge.

«Ganz sicher waren da Menschen an Bord, es müssen Franzosen gewesen sein!» ereiferte sich Hallgrim. «Aber sehen Sie da! Das sieht aus wie ein Proviantbeutel. Geflügelfleisch, vielleicht Gans?»

Offensichtlich war von dem Proviant gegessen worden, und das Fleisch war ganz frisch.

«Oha! Drei Flaschen Wein, Rotwein! Und eine davon ist noch halb voll!»

Die staunende Menge stöhnte vor Begeisterung. Eine alte Frau aber bekreuzigte sich und murmelte: «Der Teufel!»

Andere riefen: «Was ist sonst noch da? Wo sind die Leute?»

Hallgrim nahm ein kleines metallenes Instrument hervor, eine elektrische Taschenlampe, die mit einer Leitung zu einem großen, schweren Kasten verbunden war. Niemand hatte je so etwas gesehen.

Da zeigte plötzlich jemand an der Seite des Korbes herab und rief: «Schaut! Ein Käfig!»

Ein Staunen ging durch die Menschenmenge, als Hallgrim triumphierend einen Vogelkäfig mit sechs lebenden Brieftauben hochhielt, die auf ihren Stangen herumhüpften und laut gurrten.

Als sie begannen, einen Reisesack mit den Initialen R. M. auszupacken, bekam der Inhalt erst recht ein menschliches Antlitz.

«Hier ist etwas Böses geschehen!» rief eine Frau und blickte dem Pfarrer dabei direkt ins Gesicht.

Es gab jetzt nichts Neues mehr zu sehen, und die Menschen zogen sich bald zurück, doch im Laufe von nur wenigen Stunden kursierten in der Gemeinde die wildesten Gerüchte und Mutmaßungen. Was konnte die Männer in diesem Gebiet ereilt haben? Die meisten glaubten, der Ballon müsse der Belagerung von Paris entkommen sein, darüber berichteten die Zeitungen schließlich unablässig. Aber wohin waren die Männer verschwunden? Waren sie in die Nordsee gestürzt? Oder über dem schneebedeckten Blefjell im Südwesten abgestürzt? Manch einer senkte ernst den Kopf und gedachte der Unglücklichen. Einige junge Burschen waren fasziniert von der Möglichkeit, die Franzosen hätten es bis nach Krødsherred geschafft und den Ballon, noch bevor ihn der Gymnasiast zu Gesicht bekam, verlassen. Vielleicht irrten sie ja jetzt verwirrt durch den Wald oder hielten sich in irgendeiner Scheune versteckt!

Herbrand ging zurück zu seiner Frau nach Svarteberg und versetzte ihr einen ordentlichen Schrecken: «Nach allem, was wir wissen, hatten sie sich irgendwo auf dem Hof hinter Bäumen versteckt und haben dabei zugesehen, wie wir ihren Korb plünderten. Sie sind sicher völlig verängstigt. Auf was für Ideen können wohl solche Ausländer des Nachts kommen? Die wissen ja wahrscheinlich nicht einmal, wo sie hier sind. Ich glaube, wir sollten heute nacht abschließen, Guri! Und denk doch bloß an all die jungen Mädchen im Dorf. Franzosen! Gott bewahre!»

Lehnsmann Nilsen schickte noch am selben Tag ein Telegramm an den Lehnsmann in Drammen, der die Nachricht aus Krødsherred am späten Samstag abend in Empfang nahm. Erst am Tag darauf informierte die Polizei in Drammen die Obrigkeit in Christiania über den Ballonfund. Die Reaktion ließ nicht lange auf sich warten. Am Sonntag abend erhielt Lehnsmann Nilsen ein Telegramm vom Innenministerium, in dem er den Befehl erhielt, sogleich Ballon, Tauben und Briefe in die Hauptstadt zu schicken.

Bereits am Montag, den 29. November, erhielt er neuerlich Befehle aus Christiania. Man forderte ihn auf, unverzüglich eine öffentliche Untersuchungskommission in der Gemeinde zur Klärung sämtlicher Umstände der Ballonhavarie einzusetzen. Das wird nicht leicht werden, dachte Nilsen. Die Sympathien für Frankreich waren in Krødsherred unübersehbar, doch die Herren in Christiania und Stockholm waren wohl mehr um die skandinavische Neutralität besorgt. Lehnsmann Nilsen konnte aber doch einmal mit den Menschen in der Gemeinde reden, um der Diplomatie Genüge zu tun.

Die Reaktionen in Christiania

Der Fjord vor den Toren der Hauptstadt war vereist, und auf der weiten weißen Fläche standen vereinzelte Gruppen von Menschen und pilkten. Viele versuchten, sich mit kräftigen Armbewegungen warm zu halten. Es war Sonntag nachmittag, und auf Ruseløkka in der Bucht Pipervika war es ruhig. Bei dem kalten Wetter blieben die meisten in ihren Häusern, und selbst auf Klingenberg war es fast menschenleer. Ein gastierender Zirkus konkurrierte mit dem Lärm des Tivoli um die Aufmerksamkeit der wenigen, die sich dennoch hinausgewagt hatten.

Die kalte Wintersonne warf auf die Promenade zwischen Schloß und Storting, die Karl-Johans-Gate, ihre letzten roten Strahlen auf die steinernen Fassaden. Schon vor Stunden hatten die Bürger der Stadt ihre Sonntagsspaziergänge beendet. Der Redakteur C. F. G. Friele hatte sich nicht daran beteiligt. Er saß in der Redaktion des «Morgenblad» und gab dem Artikel über den sensationellen Ballonfund in Krødsherred den letzten Schliff. Er sollte der morgige Magnet der Titelseite werden. Dieses Mal war er sicher, der erste zu sein, der darüber berichtete. Trotzdem bedrückte den Journalisten etwas. Friele war überzeugt, daß die Opposition die Ballonaffäre für einen neuerlichen Angriff auf die bestehende Ordnung ausnutzen würde. Hatten nicht dieser ungeheuerliche Bjørnstjerne Bjørnson und seine Gleichgesinnten schon seit Monaten diese liberalen französischen Umstürzler geradewegs in den Himmel gelobt? Allein der Gedanke an die Pariser Septemberrevolution ließ Friele einen Schauder über den Rücken laufen.

Noch mehr als im übrigen Norwegen herrschte in Christiania eine Art Beamtenadel. Durch ihre Positionen in der Regierung, in den Gemeinden, in der Staatskirche, der Universität, im mächtigen Künstlerverband der Stadt, ja beinahe überall kontrollierten sie das ökonomische, das politische und das kulturelle Leben. So war es immer gewesen, meinte Friele, und so sollte es auch bleiben. Und der Redakteur Friele war bereit, mit all seiner Kraft die Vorherrschaft dieser Klasse zu verteidigen. Seit Jahren schon führte er einen gnadenlosen Kreuzzug gegen die liberalen Bauernfreunde und all jene, die von einer Regierung des Volkes sprachen. Im Christiania des Jahres 1870 war der Redakteur der größte Befürworter der Konservativen, wofür er von der Elite geliebt und von den Freisinnigen der Stadt verachtet wurde.

Friele legte den Stift beiseite, zerknüllte das gerade beschriebene Blatt und warf es in den Papierkorb. Es war wohl kaum nützlich, jedenfalls noch nicht, zu argumentieren, Frankreich habe die norwegische Lufthoheit verletzt. Das würde nur unnötig provozieren, und er entschied, die Sache nicht unnötig aufzublasen, sondern erst einmal abzuwarten, was seine Gegenspieler im neugegründeten «Dagbladet» dazu sagten.

Die Situation war verzwickt. Schätzte er seine Landsleute richtig ein, würde der havarierte Ballon in nur wenigen Tagen zum nationalen Kleinod werden, welches die ganze Stadt zu Gesicht bekommen wollte. Schließlich liebte man in diesem Land alles Ausländische. Friele war sicher, daß der Kreis um Bjørnson die Geschehnisse politisch ausschlachten würde, vielleicht würden sie sogar zu einer Spendensammlung für die Regierung von Frankreich aufrufen! Er seufzte. Es war nur gut, daß die Ballonfahrer umgekommen waren. In Norwegen würde derjenige, der als erster die Nordsee in der Luft überquert hatte, im Handumdrehen zum Nationalhelden gekürt und fast wie eine heidnische Gottheit verehrt werden. Der Redakteur wußte, ein solches Wesen, auch wenn es nicht einmal seinen Mund öffnete, würde ausreichen, um eine Welle von Sympathie für das liberale Frankreich auszulösen. Friele knirschte mit den Zähnen, eine Unsitte, die er sich angewöhnt hatte, und entschloß sich, noch einmal mit seinem guten Freund, dem Innenminister Bretteville, Kontakt aufzunehmen. Danach würde er zu Rektor Gjertsen gehen, dem mächtigen Leiter des Künstlerverbandes und dem inoffiziellen Zeremonienmeister der Stadt.

Der französische Generalkonsul Hepp saß alleine in seinem Büro auf der Karl-Johans-Gate und nahm noch spät eine kleine Mahlzeit zu sich, als es an der Tür klopfte. Bevor er antworten konnte, stand sein Privatsekretär schon im Zimmer.

«Entschuldigen Sie mein Eindringen, Monsieur, aber wir haben vom Innenminister persönlich ein Eiltelegramm erhalten.»

Albert Hepp schob sein Weinglas zur Seite, atmete tief durch und erbrach das Siegel des Telegramms. Der Konsul riß die Augen auf. «Das gibt es doch nicht! Ein Ballon. Ein Ballon von uns, in Buskerud!»

Hepp erhob sich langsam, und auf seinem Gesicht zeichneten sich tiefe Falten ab. Er begriff, daß der unbemannte Postballon zu schweren diplomatischen Verwicklungen mit der neutralen schwedisch-norwegischen Union führen konnte.

«Verdammt! Wir müssen sofort eine verschlüsselte Nachricht an das Oberkommando nach Tours schicken und um weitere Informationen bitten.»

Schon am nächsten Tag erhielt der Generalkonsul ein weiteres aufsehenerregendes Telegramm. Dieses Mal vom Amtsrichter der Grubenstadt Kongsberg.

Die Eiswüste

Paul stand und zerrte an der Ventilschnur, Tränen in den Augen, doch nichts geschah. Der Ballon knackte gefährlich. Wie lange würde er noch durchhalten? Er wußte, niemals zuvor war ein Ballon solchen Strapazen ausgesetzt gewesen wie die «Ville d'Orléans». Einen Augenblick lang hoffte er, der Ballon möge zerreißen und in die Tiefe stürzen, auf daß sie einen schnellen Tod fänden und ihnen die Leiden in der eisigen Einöde dort oben erspart blieben. Er schaute nach unten. Dort huschten die Spitzen der Fichten lautlos und viel schneller vorbei, als er es jemals bei einer Eisenbahnfahrt erlebt hatte. Er blickte wieder nach oben und sah die Baumgrenze immer näher kommen. Dahinter war alles weiß. Es konnte sich nur noch um eine oder zwei Minuten handeln. Lediglich ein Wunder konnte sie jetzt retten. Doch er gab nicht auf und riß, wütend wie ein trotziges Kind, rhythmisch an den eingefrorenen Schnüren.

Plötzlich gab die eine Schnur nach, als wenn sie zerrissen wäre. Er konnte die Bewegung nicht mehr stoppen, und sein Handgelenk schlug hart auf die vereiste Reling. Doch er spürte keinen Schmerz, denn im gleichen Moment hörte er ein lautes, verheißungsvolles Stöhnen. Auf der Oberseite des Ballons strömte Gas aus. Im gleichen Moment schien der Ballon ein paar Sekunden anzuhalten, bevor er plötzlich an Höhe verlor. Die Spitzen der Bäume näherten sich gefährlich rasch, doch schien die Windstärke am Boden größer zu sein, denn jetzt begann der Ballon wieder schneller zu werden, obwohl er weiter an Höhe verlor. Paul drehte sich zu Bézier. Wohl zwei Sekunden starrten sich die zwei Aeronauten fragend an. Keiner von ihnen schien an das Wunder zu glauben. Dann platzte es aus Paul heraus: «Mein Gott, Leutnant, wir landen! Ich habe das Ventil öffnen können! Wir landen! Werfen Sie den Anker!»

Léon, der inzwischen verstanden hatte, was vor sich ging, nahm ein paar Seilschlingen und den Anker auf und hob alles über die Reling. Er zögerte einen Augenblick und schaute fragend zu Rolier. Sollte er alles einfach so hinauswerfen? In diesem Moment raste der Ballon mit voller Kraft schräg in die Fichten, und ein gutes Dutzend Baumspitzen brach bei dem harten Aufprall der Gondel wie Streichhölzer ab. Paul, der während der ganzen Zeit das Ventil offengehalten hatte, konnte die Schnur nicht mehr festhalten, fiel nach vorne und schlug an die Halteseile, an denen er sich festklammerte, um nicht über Bord zu gehen. Léon war der Anker aus den Händen geglitten. Auch er stand an die Wanten gepreßt da und hielt noch immer die verwirrten Schlingen des Ankerseiles in den Armen. Als der Korb durch die Fichten krachte und ihre Geschwindigkeit deutlich geringer wurde, fiel er erst nach vorne, um gleich darauf unter einem Seilknäuel zu Boden zu gehen.

Plötzlich ging noch ein Ruck durch die Gondel, und dann schien die wilde Fahrt beendet zu sein. Zum Glück lagen beide schon vorher am Boden des Korbes. Paul schielte über die Reling und sah, daß sich der untere Teil der Ballonhülle in einer großen, alten Kiefer verfangen hatte. Es klang unheimlich, als die Ballonhülle wie ein zerrissenes Großsegel im Sturm zu knattern begann. Er schaute hinunter. Nur noch ein paar Meter trennten sie von dem schneebedeckten Boden. Wie lange würde es dauern, bis sich der Ballon wieder losriß und seine todbringende Reise fortsetzte? Er schrie: «Los, Leutnant, wir müssen springen!»

Ohne weiter nachzudenken, kletterte er auf die glatte Reling und sprang mit zusammengekniffenen Augen ab. Im nächsten Augenblick landete er in einer tiefen Schneewehe. Er spürte keine Schmerzen und blieb ein paar Sekunden liegen, wobei er den kalten Schnee wie einen Retter umarmte. Da hörte er plötzlich die fürchterlichen Schreie.

«Rolier, Hilfe! Hilfe! Verdammt!»

Paul rappelte sich aus dem Schnee auf und schaute sich um, ohne Bézier aber erblicken zu können. War der Leutnant verletzt? Er konnte keinen klaren Gedanken fassen. Alles war so schnell gegangen. Er starrte nach oben in die Luft, und da sah er das Schreckliche. Bézier hatte sich mit einem Fuß im Ankerseil verfangen und hing kopfüber ein paar Meter unter der Gondel. Paul erschrak zu Tode, als er dann auch noch bemerkte, wie der Ballon, der nun das Gewicht eines erwachsenen Mannes verloren hatte, im Begriff war, sich zu heben. Kiefernzweig auf Kiefernzweig mußte sich der Kraft des Windes, der an der flatternden Ballonhülle riß, geschlagen geben und das Flechtwerk des Korbes freigeben, und es war ganz offensichtlich, die «Ville d'Orléans», eine hilflose Person kopfüber im Schlepptau, machte sich bereit, sich auf ihre letzte Etappe zu begeben.

Pauls Augen begegneten Léons flehendem Blick. Er bahnte sich mit aller Kraft einen Weg durch den tiefen Schnee zu dem verzweifelten Mann. Léon hing zu hoch, er konnte ihn nicht erreichen, doch er sah auf der anderen Seite des Korbes ein Stück des Seiles noch weiter herabreichen. Er sprang hoch und packte zu. Der Ballon stieg nicht mehr, aber es gelang ihm nicht, ihn herunterzuziehen. Direkt über ihm hing Béziers rot angelaufener Kopf. Wie sollte er ihn nach unten bekommen, ohne selbst loszulassen? Da sah er, wie Bézier seinen Arm hob und am Gürtel sein Messer suchte. Paul schnitt Grimassen und versuchte, besseren Halt zu bekommen. Léon fand die Messerscheide, aber das Messer war verschwunden. In diesem Moment spürte Paul einen neuerlichen Ruck. Der Ballon stieg wieder. Äste knackten. Er sprang hoch, um mehr Gewicht zu bekommen, aber er konnte den Auftrieb nicht stoppen. Ganz eindeutig hatte sich die «Ville d'Orléans» jetzt endgültig entschlossen. Die Ballonhülle knatterte mit lautem Klatschen im Wind. Paul war klar, er mußte loslassen, um sich selbst zu retten, bevor sie zu hoch waren. Jetzt war er Béziers verkehrt herum hängendem Kopf so nah, daß sie beinahe zusammenschlugen. Lag da die Trauer des Abschieds in seinem Blick? Er hatte nicht das Herz, aufzugeben und seinen Griff zu lösen, und wurde unaufhörlich in die Höhe gezogen, doch schließlich verließen ihn die Kräfte, und er rief: «Vergib mir! Ich kann nicht mehr!» Dann ließ er los und fiel zum zweiten Mal in den Schnee.

Aber in dem Moment, als die «Ville d'Orléans» Pauls Gewicht loswurde und den schlingernden Korb an den Kiefernstämmen entlang hinter sich herzog, verkeilte sich Léons Fuß zwischen zwei Ästen. Doch jetzt reichte es dem Ballon, und resolut riß er sich von diesem menschlichen Ballast los. Léon stürzte zu Boden. Er ruderte vehement mit den Armen, um nicht mit dem Kopf zuerst aufzuschlagen. Er fiel der Länge nach auf den Boden, und alle Luft wurde beim Aufprall aus seinen Lungen gepreßt. Er rang nach Atem und wand sich vor Schmerz, aber er wußte, sein Leben hatte er retten können.

Es war, als stehe die Zeit still. Sie saßen aufgerichtet im Schnee und lächelten sich an wie zwei Kinder, die vom Raufen erschöpft sind. Sie überprüften, ob sie an Armen oder Beinen verletzt waren, doch beiden ging es gut. Erst langsam realisierten sie, wie prekär auch diese neue Situation war. Der Wind rauschte in den Bäumen, und die Kälte war unerbittlich. Paul Rolier schaute plötzlich nach oben. Von der «Ville d'Orléans» war nichts mehr zu sehen. Mit düsterer Miene zog er die Taschenuhr hervor und verkündete mit belegter Stimme, es sei 14.30 Uhr.

Léon Bézier murmelte nur: «Die Tauben. Wir haben die Tauben verloren.»

Rolier starrte verwundert zu seinem Kollegen und erwiderte: «Und unsere Kleider, Leutnant, die Wolldecken, die Verpflegung, unsere Lampe und die Instrumente.»

«Ja, und die armen Tauben.»

In diesem Moment fegte ein kräftiger Wind durch das lichte Wäldchen. Schnee wirbelte auf und schob sich eisig unter die gefrorenen Uniformjacken.

«Wir müssen Schutz suchen.» Jetzt sprach der Soldat in ihm, doch seine Stimme klang kläglich. «Los, in der Mitte des Wäldchens ist es weniger windig.»

Paul gehorchte, ohne zu murren, aber es war nicht leicht, sich in dem losen Schnee zu bewegen, und nach den vielen Stunden in dem engen Korb waren ihre Beine steif und taub. Keiner von ihnen hatte jemals so tiefen Schnee erlebt, aber schließlich gelang es ihnen, zu einer großen Kiefer hinüberzustolpern. Außer Atem sanken sie zu Boden und lehnten sich mit dem Rücken gegen den Stamm des Baumes.

Léon sah sich um. Es war ungewohnt, so ganz ohne Ballon. Zwischen den Ästen der Bäume konnte er blauen Himmel erkennen, doch wo war die Sonne? Dämmerte es nicht bereits? Aber es konnte doch nicht so früh dunkel werden? Nach Minuten des Schweigens ergriff er erneut die Initiative: «Wir können nicht hier bleiben, Rolier! Wir würden ganz schnell erfrieren. Wir müssen uns Schutz in einer Hütte suchen.»

«Ich weiß, Leutnant, aber lassen Sie mich nachdenken! Ich gehe davon aus, daß wir von Süden gekommen sind. Also von da.» Er zeigte mit der Hand über die bewaldeten Hügel vor ihnen. «Wenn wir in diese Richtung gehen, werden wir schließlich zu dem großen See kommen, über den wir geflogen sind, und da wohnen doch sicher Menschen.»

Bézier nickte. Er erinnerte sich an die vereinzelten Gehöfte, die er an den Ufern des Sees gesehen hatte. Mühsam erhoben sie sich und machten sich auf den Weg. Die Schmerzen in Léons verletzter Hand begannen sich wieder bemerkbar zu machen.

Der Wind war abgeflaut, war kaum mehr als eine leichte Brise, der Himmel bezog sich, und bereits eine halbe Stunde später umgab sie dichter Nebel. Sachte tanzten kleine Schneeflocken aus dem Grau herab. Es bestand kein Zweifel mehr, es wurde Abend. Die steifgefrorenen Uniformen machten es ihnen schwer, sich zu bewegen. Die Jackenärmel knackten in ihren dicken weißen Panzern aus gefrorenem Seewasser. Ihre Füße glitten ständig auf glatten Steinen oder Baumwurzeln, die unter dem losen Schnee lagen, aus. Sie stürzten in alle nur möglichen Geländevertiefungen, und der Schnee reichte ihnen dann bis unter die Arme. Es dauerte nicht lange, dann waren beide so oft in Bäche und Pfützen getreten, die unter dem dicken Schnee noch nicht ganz zugefroren waren, daß das eiskalte Wasser das dünne Leder ihrer Stiefel durchnäßt hatte. Das Gelände wurde immer steiler, und sie stürzten und taumelten wortlos weiter. Léon litt immer stärker unter den starken Schmerzen in seiner Hand.

Nachdem sie einen kleinen, steilen Hügel erklommen hatten, drehte Léon sich um und rief etwas. Dabei zeigte er mit der Hand auf ihre Spur zurück, so weit diese im Nebel noch zu sehen war. Paul schaute sich ebenfalls um. Auf beiden Seiten ihrer tastenden Fährte ging es fast senkrecht bergab. Wie gelähmt starrte er Léon an. Nur per Zufall waren sie nicht in den Abgrund gestürzt. Paul sank im Schnee zusammen und murmelte: «Das ist Wahnsinn, Leutnant. Woher wollen wir wissen, wie es weiter unten aussieht? In diesem verdammten Nebel werden wir früher oder später irgendwo zu Tode stürzen. Lassen Sie uns wenigstens warten, bis sich der Nebel lichtet!»

Léon begriff, daß auch Rolier mit seinen Kräften am Ende war. Aber er sagte eindringlich: «Wir können nicht hier bleiben. Bald ist es stockdunkel, und wie sollen wir dann noch Menschen finden?» Rolier ließ sich überreden und folgte ihm ohne Widerrede.

Es blieb steil, und der Abstieg war kein Kinderspiel. Die letzten Meter mußten sie klettern, aber schließlich erreichten sie weniger steiles Gelände. Da ließ sich Paul mit einem zufriedenen Lächeln in den Schnee fallen, als hätten sie ihren Bestimmungsort bereits erreicht.

Léon schaute mit fragender Miene zu ihm hinüber. Geduldig wartete er ein paar Minuten, bis ihm schlagartig klar wurde, daß sich der andere entschlossen hatte liegenzubleiben. Roliers Gesicht war blaß, und in seinen blauen Augen lag ein einfältiger Ausdruck.

«Um Gottes willen, Rolier, Sie können nicht hier bleiben! Es muß doch in diesem verdammten Winterland Menschen geben!»

«Es ist alles in Ordnung, Leutnant. Es geht mir gut. Schimpfen Sie nicht, bitte!»

«Nein, zum Teufel! Wir müssen Schutz finden für die Nacht,

sonst sind wir so gut wie tot! Aber dafür müssen wir weiter ins Tal hinunter. Vielleicht gibt es dort unten einen Hof oder eine Hütte.» Er packte den anderen an den Schultern und schüttelte ihn eindringlich.

Plötzlich schien wieder Blut durch Roliers Haut zu fließen. Verschreckt starrte er Léon an und schauderte: «Gott, was für eine Kälte! Wo sind wir hier?»

«Das weiß ich genausowenig wie Sie! Aber wenn wir überleben wollen, müssen wir weiter, das ist ganz sicher! Können Sie noch gehen?»

Rolier nickte. Fast blind ließ er sich von der Autorität in Léons ruhiger, fester Stimme leiten.

Paul rappelte sich wieder auf. Léon knetete und massierte ihre Uniformhosen, bis sie im Bereich der Knie wieder weich waren. Dann setzten sie ihren Weg nach unten fort, Bézier ging voran, und Rolier stapfte ihm fast willenlos nach. Wo es zwischendurch bergauf ging, mußte Bézier immer erst einen Pfad treten und dann zurückgehen, um den völlig erschöpften Ingenieur hinter sich herzuziehen. Niemals zuvor war er solch großen physischen Anstrengungen ausgesetzt gewesen. Er schmeckte das Blut in seinem Mund und wußte, daß es ein Wettlauf mit dem Tod war. Immer öfter verspürte er die Lust, sich einfach hinzulegen und zu schlafen, doch irgend etwas peitschte ihn weiter. War das sein Vater? Er glaubte, den mageren Mann hinter jedem Baum erkennen zu können, und hörte sein boshaftes Kichern.

Ganz im Widerspruch zu seinem verschlossenen Wesen begann er nun ohne Unterbrechung über dieses und jenes zu plaudern, um seinen entkräfteten Kompagnon zu trösten. Das Gelände war jetzt einfacher, und das war gut so, denn Rolier ging fast wie in Trance. Er schaute kaum mehr, wohin er seine Füße setzte. Und wenn der Leutnant in regelmäßigen Abständen anhielt, um ein paar Sekunden zu verschnaufen, sah der andere ihn nicht, sondern schleppte sich einfach wie verhext weiter. Wieder und wieder fiel Paul hin, und dann mußte Bézier ihm hochhelfen. Wenn Léon ihm zu Hilfe kam, schien er ihn gar nicht zu bemerken und ruderte mit den Armen, als befinde er sich im Wasser.

Die Dunkelheit brach rasch herein, und Léons Angst wuchs. Auch der Wind frischte wieder auf, und einzelne Böen wehten den losen Schnee von den Baumwipfeln, der beim Herunterfallen durch die kahlen Äste unheimliche Geräusche machte. Gab es in diesem Land wilde Tiere? Wüßte er doch, wo in aller Welt er sich befand! Auch wenn ihm das nicht viel helfen würde. Immer öfter zuckte er vor Angst einfach zusammen. Verlegen versuchte er, sich darüber lustig zu machen, und drehte sich zu dem anderen um, doch Rolier wirkte vollkommen abwesend und stapfte mechanisch, das Gesicht stolz erhoben, vorwärts. Léon musterte ihn mit besorgter Miene. Es konnte nur noch eine Frage der Zeit sein, bis Rolier vollends zusammenbrach. In diesem Moment fühlte er sich plötzlich beobachtet. Spionierte ihnen da nicht jemand aus dem dunklen Dickicht nach? Bald glaubte er überall preußische Soldaten und wilde Tiere zu sehen. Verlor er jetzt auch noch seinen Verstand?

Plötzlich sah er große, frische Spuren vor sich, die schräg ihren eigenen Kurs kreuzten. Er duckte sich und folgte der Fährte mit dem Blick. Sie kam von links und führte zur Rechten ins Dikkicht, und er war sich sicher, dort große Gestalten zu sehen, die auf sie zusprangen: «Herrgott, Rolier, wir werden von Bären angegriffen!»

Zu fliehen war nutzlos. Er riß Rolier um und drückte ihn und sich in den Schnee. So lagen sie eine Weile vollkommen regungslos, doch kein wildes Tier tauchte auf, und Paul, der sich noch immer jenseits jeglicher Vernunft befand, hob schließlich entgeistert den Kopf und schaute Bézier, der sich so unfreundlich betragen hatte, beleidigt an. Léon ging vor und untersuchte die Stelle im Wald. Es war kein Tier zu sehen, aber die Spuren waren noch immer dort, und Léons Angst, daß sie von einem Bär oder einem Wolf stammen könnten, war nicht schwächer geworden.

Es war mittlerweile so dunkel, daß sie kaum mehr erkennen konnten, ob das Gelände vor ihnen abfiel oder anstieg, und es wurde immer schwerer zu gehen. Sie kamen in ein enges Tal, das auf beiden Seiten von steilen, bewaldeten Bergflanken umrahmt war. Aus einer steilen Waldschneise rutschte ihnen plötzlich loser Schnee entgegen. Léon war zu erschöpft, um in der Dunkelheit noch Abstände einzuschätzen, und glaubte, ein großes Wolfsrudel stürze auf sie zu. Doch statt etwas zu seiner Verteidigung zu unternehmen, hielt er bloß an, ließ die Arme verzweifelt hängen und schrie aus vollem Hals: «Was für ein Land ist das? Wölfe und Bären zu Tausenden! Und überall nur Eis und Schnee! Mein Gott, erlöse uns!»

Er hörte das Echo seiner Schreie. Drüben in der Schneise war kein Leben mehr zu sehen, und er schaute beschämt zu Rolier. Auch dieser starrte Léon mit weit aufgerissenen, erschreckten Augen an. Plötzlich veränderte sich etwas in Roliers Augen. Sein ängstlicher, konzentrierter Blick wich in nur wenigen Sekunden einem fernen, fast leblosen Gesichtsausdruck. Gleichzeitig hob er eine Hand wie zum Gruß in die Höhe seines Gesichts und kippte nach hinten in den Schnee.

Léon packte seinen Jackenkragen und zog ihn in eine halbwegs sitzende Stellung, wobei er den bewußtlosen Körper verzweifelt schüttelte. Doch schließlich sank er selbst über dem anderen zusammen, während wieder Tränen über seine Wangen rollten. Er fühlte eine unbeschreibliche Bitterkeit darüber, daß jetzt, nach soviel Auf und Ab, nach soviel Glück im Unglück und immer wieder neuen Chancen zu überleben, tatsächlich auch die letzte Hoffnung vergebens zu sein schien. Paul atmete noch schwach.

Léon schaute sich in der dunklen, nur mehr schemenhaft zu erkennenden Landschaft um und spürte, wie das aufkommende Gefühl der Einsamkeit ihn lähmte. Jetzt kam alles auf ihn an. Die Chancen, noch vor der Nacht auf Menschen zu stoßen, waren sehr gering, und dort, wo sie jetzt saßen, war ihnen der Tod gewiß. Ihre einzige Chance zu überleben bestand darin, irgendeine Form von Unterstand zu finden, und selbst wenn ihm das gelingen sollte, war das Risiko zu erfrieren größer als die Hoffnung zu überleben. Machtlos blieb er im Schnee sitzen.

Schon bald spürte er die Kälte nicht mehr. War es die Anstrengung, die ihn erwärmte, oder hatte die wohlige Gefühlslosigkeit, der Herold des Kältetodes, bereits seine Ankunft angekündigt? Léon lächelte matt ins Dunkel der Nacht. Wie schön war es, sich einfach dieser süßen Gleichgültigkeit hinzugeben und sich zurückzulehnen in das Warme, Weiche, Weiße.

Doch dann, wie einer letzten Eingebung folgend, rappelte er sich zitternd auf, und taumelnd wie ein Betrunkener verließ er den Verlorenen im Schnee und stapfte alleine weiter durch das schmale Tal. Es war nicht einfach, sich im Dunkeln zu orientieren, und er fürchtete, sich zu verlaufen und Rolier für immer zu verlieren. Aber er ging weiter, und nur wenige Minuten später stand er vor einem hohen Schneewall, der sich an einer Hangflanke aufgetürmt hatte. Konnte er sich darin vielleicht eine Höhle graben? Hatte er vielleicht sogar noch Kraft genug, ein paar Fichtenzweige abzubrechen, bevor er sich dann hinlegen und es darauf ankommen lassen würde? Er hatte keine andere Wahl, er mußte es versuchen.

Wütend ging er auf den großen Schneehaufen los. Aber es war, wie Luft zu schaufeln, so lose war der Schnee. Doch plötzlich stieß er in all dem Kalten und Dunklen auf etwas Festes, das ihm Widerstand leistete. Er spürte sofort, daß es keine Steine sein konnten. Es war etwas Glattes, Hölzernes, und wenn er daran schabte, klang es hohl. Es gab keinen Zweifel, Léon war auf eine Hütte gestoßen!

Plötzlich schienen all seine Kräfte zurückzukehren. Mit wildem Eifer fegte er den Schnee vor der flachen, groben Wand beiseite. Die Tür war ganz in der Nähe. Sie war aus rohen Holzlatten gezimmert, hing schief im Rahmen und war nur mit einem einfachen Haken verschlossen. Der aber war festgefroren, und es gelang Léon nicht, ihn zu öffnen. Er stemmte sich mit der Schulter gegen die Tür, doch seine Kräfte reichten nicht. Schließlich lehnte er sich mit seinem ganzen Gewicht dagegen, und plötzlich gaben die Tür und ein Teil der Wand nach, so daß Léon nach vorne ins Dunkel stürzte und lockerer Schnee auf ihn herabrieselte. Er richtete sich auf und stand inmitten einer alten, halbverfallenen Hütte, die aber trotz ihres maroden Zustandes in Gebrauch zu sein schien, denn an allen Seiten stapelte sich bis unter die Decke Heu. Wieder keimte Hoffnung auf.

Das Heu war vollständig trocken. Mit einem Lächeln auf den

Lippen sank er zu Boden, rollte sich auf den Rücken und deckte sich mit dem beinahe warm wirkenden Heu zu. Durch einen Spalt zwischen der Wand und dem Dach zwinkerte ihm der Nachthimmel zu. Es ging ihm gut. Sein Kopf war fast leer. Endlich konnte er schlafen. Hier würde er nicht sterben. Ein Tag war vergangen, seit er Paris in einem Ballon verlassen hatte.

Mit einem Ruck fuhr er hoch. Rolier! Er durfte Rolier nicht vergessen! Aber war der Ingenieur nicht bereits steif und tot gewesen, als er ihn verlassen hatte? Nein, er hatte noch gelebt. Jedenfalls als er gegangen war. Wieviel Zeit war seitdem vergangen? Fünf Stunden? Nein, eher nur eine halbe Stunde. Léon krabbelte über die eingestürzte Wand wieder in den Schnee hinaus. Seine Kleider waren noch immer gefroren, aber trotzdem war ihm warm. Ohne Schwierigkeiten konnte er seinen Spuren zurückfolgen, und schon Minuten später sah er ein schwarzes Bündel im Weiß des Schnees. Léon blieb wie versteinert stehen. Beugte sich da nicht eine schemenhafte Gestalt über den leblosen Körper von Rolier? Wölfe! Léon war sich jetzt ganz sicher. Jetzt sah er, wie der lange graue Schwanz hin und her wedelte, während das große Tier an seiner unglücklichen Beute riß und zerrte.

Entsetzt brüllte Léon aus vollem Hals los, um das Tier zu vertreiben, und von den Talseiten erklang laut das Echo seiner Stimme. Er dachte nicht eine Sekunde daran, fortzulaufen, sondern stürmte auf die furchterregende Kulisse zu. Und je näher er kam, desto langsamer wurden die Bewegungen des Tieres, bis sich die Umrisse des Wolfes schließlich mit denen des im Schnee liegenden Mannes vereinten. Hatte er Gespenster gesehen? Rolier lag genauso da wie zu dem Zeitpunkt, als Léon ihn verlassen hatte, und er war vollkommen unverletzt. Weit und breit gab es keine Spur von einem Raubtier.

Entsetzt über seine Halluzinationen, aber letztlich erleichtert, daß es Einbildungen waren, richtete er den Körper des Unglücklichen auf. Er lebte noch, gab aber keine Antwort. Léon machte sich an seine letzte Aufgabe. Er trug, schleppte und zerrte Rolier, und schließlich lagen sie beide in der Hütte im Heu.

Doch Rolier war noch immer nicht bei Bewußtsein. Léon wußte, er müßte versuchen, den anderen wiederzubeleben, aber er hatte keine Kraft mehr. Er konnte sich nicht mehr konzentrieren und spürte, wie ihn der Schlaf übermannte. Doch wenn er, der einfache Junge aus Vitry, heute nacht starb, würde niemand sagen können, er habe nicht sein Bestes gegeben. Er hörte das heisere Lachen seines Vaters, das sich langsam in die scharfen Drohungen von Fürst Bismarck verwandelte. «Der Gebrauch von Ballonen steht nicht im Einklang mit einer ehrenhaften Kriegsführung! Alle Aeronauten werden als Spione sogleich erschossen!» Wo auf dieser Welt waren sie bloß gelandet? Hatten sie wirklich die Nordsee überquert? Waren sie in Schottland, Skandinavien oder Kanada? Aber der Wind konnte ja auch gedreht haben. Der Leutnant träumte jetzt tief. Die Alpen? Bayern war mit Preußen verbündet. Bismarck rückte mit Léons Vater an seiner Seite vor: «Léon, du Esel!»

Irgend etwas riß Léon aus dem Schlaf. Er richtete sich auf und versuchte zu begreifen, wo er war. Noch immer kämpfte er mit einem schrecklich real wirkenden Alptraum, in dem er immer wieder versucht hatte, eine große Kiefer zu erklimmen, doch immer waren die Äste unter ihm gebrochen, so daß er sich mit blutigen Nägeln am Stamm hatte festklammern müssen. Trotzdem war er jedesmal wieder langsam heruntergerutscht.

Léon stand mit schmerzenden Gliedern auf und schleppte sich zur Tür. Vorsichtig schielte er hinaus. Seiner Meinung nach mußte es längst Tag sein, doch es war noch immer dunkel. Wie verlief die Sonne in dieser eisigen Einöde bloß? Er kroch hinaus, hielt vorsichtig nach wilden Tieren Ausschau und pinkelte dann in den Schnee, wobei er versuchte, sich einen Überblick über die Landschaft zu verschaffen.

Es war sternenklar, aber der Mond war nicht zu sehen. Schlaftrunken legte er den Kopf in den Nacken und starrte in den Himmel. Es war wie in seinem Traum. Etwas dort draußen zog ihn unwiderstehlich an. Am liebsten wäre er einfach in dieses gefährliche Unbekannte hinausmarschiert. Doch mit einem Mal lief ihm ein Schauer über den Rücken, und er fühlte, daß er fror. Er schlug mit den Armen um sich, schreckte aber zusammen, als das dabei entstehende Geräusch an den Talflanken widerhallte.

Da zuckten plötzlich eigenartige rote und grüne Lichterwellen am Himmel empor, die vollkommen geräuschlos Gestalt und Farbe wechselten und bald schon im Norden den ganzen Himmel bedeckten. Léon hatte keine Ahnung, was das sein konnte, aber die seltsame Stille sagte ihm, daß es sich weder um Feuer noch um Krieg handeln konnte, und so unbehaglich ihm das Ganze war, so haftete diesem flackernden Lichtschein doch eine unbeschreibliche Schönheit an. So etwas hatte er noch nie gesehen. Steif und kalt ging er in die Hütte zurück. Er warf kurz einen Blick zu Rolier hinüber, legte sich wieder hin und fiel sogleich in einen tiefen Schlaf.

Als er einige Stunden später erneut aufwachte, fühlte er sich merkwürdig erholt. Er spürte, wie etwas über seine Brust trippelte, und blickte vorsichtig hoch. Nicht weit von ihm entfernt saß eine kleine Maus im Heu und schaute ihn neugierig an. Ein Lächeln fuhr über seine Lippen. Plötzlich wälzte sich Rolier zur Seite, und die Maus huschte verschreckt davon.

«Rolier!» rief Léon. «Gott sei Dank! Sie sind am Leben! Wir haben überlebt!»

Er packte seinen Kameraden fest am Arm. Paul machte in Anbetracht des elenden Zustandes, in dem er noch am vergangenen Abend gewesen war, einen überraschend frischen Eindruck. «Wir sind hier in Sicherheit, Rolier, auf jeden Fall bis auf weiteres.»

Paul starrte verwundert zu Léon hinüber, den er kaum zu erkennen schien. Noch immer war es dunkel. «Wo sind wir?»

«In einer Art Scheune. Wir waren die ganze Nacht hier. Sie haben, glaube ich, etwa zehn bis zwölf Stunden geschlafen.»

«Ich meine, in welchem Land befinden wir uns?» fragte Paul, wach genug, um all seiner Verwirrung Ausdruck zu verleihen.

«Ich habe keine Ahnung, Monsieur. Es ist ein merkwürdiges Land, das ist das einzige, was ich weiß.»

«Kann es sich um einen deutschen Staat handeln?» Rolier

sagte das laut, doch er schien die Worte mehr an sich selbst zu richten.

«Ja, das ist wohl leider nicht auszuschließen, aber dann müßte das wohl in Süddeutschland sein, und paßt das zu unserem Flug über das Meer, Rolier? Kann das heute nacht denn etwas anderes als die Nordsee gewesen sein?»

«Schwer zu sagen. Strenggenommen wissen wir überhaupt nichts über unseren Kurs.»

«Aber welch schwere Last kann einem Menschen denn aufgebürdet werden, Rolier?» Léon gestikulierte verzweifelt. «Unser Herrgott kann uns doch nicht solch unbeschreiblichen Prüfungen aussetzen, um uns dann meilenweit vom Kriegsschauplatz entfernt in die Arme der Deutschen zu treiben!»

Eine Weile saßen sie da und tauschten ihre ernsten Gedanken aus. Doch der freundliche Ton in ihren Stimmen ließ erkennen, daß sie trotz allem Hoffnung hatten, irgendwo außerhalb der Reichweite des Feindes gelandet zu sein.

Sie untersuchten ihre Füße. Beide hatten sie die Nacht ohne Erfrierungen überstanden. Schlimmer stand es um Léons Hand. Auf der Innenseite klaffte bis hin zum Zeigefinger eine offene Wunde. Mit Hilfe eines Taschentuches machten sie einen einfachen Verband. Am stärksten aber quälte sie der Hunger. Seit anderthalb Tagen hatten sie nichts mehr gegessen. Léon fragte vorsichtig: «Monsieur, glauben Sie, daß Sie laufen können?»

Ohne zu antworten, schaute Rolier durch den Spalt zwischen Wand und Dach. Es wurde langsam hell, auch wenn noch immer vereinzelt Sterne blinkten.

Léon fuhr fort: «Wir können natürlich noch ein paar Stunden warten, aber wir wissen ja nicht, wie weit es bis zum ersten Haus ist. Vielleicht brauchen wir den ganzen Tag.»

«Also los, Leutnant», seufzte Paul mit einem optimistischen Blitzen in den Augen und stapfte hinaus in die winterliche Landschaft. Ganz offensichtlich hatte auch ihm der Schlaf gutgetan.

Léon übernahm alsbald die Führung, und der Ingenieur trottete ihm nach, dieses Mal aber ohne Probleme, Schritt zu halten. Sie folgten dem Hang geradewegs nach unten und hofften, daß dies der nächste Weg zu den Menschen war. Nach dem Morgenrot zu schließen, neigte sich der Hang nach Südwesten. Noch immer glaubten sie, in die Richtung zu gehen, aus der sie mit dem Ballon gekommen waren. Paul meinte, sie müßten bald den See sehen, den sie kurz vor ihrer Landung überflogen hatten, und tatsächlich konnten sie, als sie zu einem Geländevorsprung kamen, das Grau des Wassers weit unter sich schimmern sehen. Entmutigt mußten sie aber feststellen, daß sie sich noch in sehr großer Höhe befanden und ihre Hoffnung, bald auf Menschen zu treffen, verfrüht war.

Mit Pauls Messer schnitten sie sich zwei lange Stöcke, mit denen sie in dem unwegsamen Gelände leichter vorwärts kamen. Ihre kurzen Stiefel waren in elendem Zustand. Sie waren durchnäßt und damit kalt, und bei einem von Paul hatte sich das Oberleder von der Sohle gelöst, so daß ein großes Loch klaffte, durch das Schnee und Eis ungehindert eindrangen. Vergeblich hatte er versucht, es notdürftig mit einem Taschentuch zu verstopfen.

Nach einer Stunde tauchte im Süden rot glühend, aber nicht eine Spur wärmend, die Sonne auf und begann ihren kurzen, niedrigen Lauf über die schneebedeckten Berge in der Ferne. Paul zog seine Taschenuhr hervor. Sie war stehengeblieben. Aber Léons Uhr tickte noch und erzählte den beiden, daß es halb elf war.

«Sind Sie sicher, Leutnant? Sonnenaufgang mitten am Tag? Aber so etwas gibt es doch nur bei den allernördlichsten Breitengraden. Wir sind vielleicht in Island oder Grönland! Das würde, Gott sei Dank, heißen, wir befinden uns außerhalb der Reichweite der Preußen. Aber unsere Chancen, die Zivilisation zu erreichen, bevor wir verhungern, sind damit geringer.»

Léon hörte zu, dachte sich aber seinen Teil. Gab es auf Island oder Grönland Wald? Er wußte nicht recht. Und was hatte dieser Heuschober zu bedeuten, in dem sie übernachtet hatten? War das nicht auf jeden Fall ein Zeichen für Zivilisation? Aber er behielt seine Gedanken für sich.

So schwach das Licht dieser niedrigen Wintersonne auch war, es wurde vom Schnee reflektiert, und mit der Zeit begannen ihre Augen zu brennen. Bald blinzelten sie nur noch vor sich hin und konnten kaum mehr erkennen, wohin sie ihre Füße setzen sollten. Immer öfter rutschten sie auf dem unebenen Gelände aus oder stolperten über Wurzeln und Steine. Die Kälte, die von den nassen Füßen hinaufkroch, breitete sich langsam im ganzen Körper aus, und sie begannen zu zittern. Bereits eine Stunde später ähnelte ihre Stimmung eindeutig der des Vortages. Léon rechnete schon mit neuerlichem Widerstand, als er ein Stück vor sich zwei lange Streifen im Schnee entdeckte. Unterhalb in einer Senke konnten sie ganz deutlich die Spuren von Pferden und Schlitten erkennen. Die zwei Männer lächelten und hasteten vorwärts, als wenn dieses Zeichen bereits ihre Rettung bedeutete. Fast gleichzeitig ging ihnen auf, in welches Dilemma sie geraten waren, und Paul fragte ratlos: «Welche Richtung, Leutnant? Jetzt brauchen wir Ihre soldatischen Fähigkeiten.» Und als er nicht sogleich eine Antwort bekam, schrie er wütend: «In welche Richtung ist dieser verdammte Schlitten entschwunden?!»

Léon schaute beleidigt auf seinen ungeduldigen Genossen und studierte die Spuren gründlich. Der Schlitten hatte mit seiner Ladung die Spuren der Pferde teilweise unbrauchbar gemacht. Sie waren nur noch als kleine Vertiefungen im Schnee zu erkennen, und es war unmöglich, die Abdrücke der Hufeisen zu sehen. Und was war mit den Menschen? Paul und Léon warfen einen Blick auf ihre eigenen Spuren. Diesen war leicht anzusehen, aus welcher Richtung sie kamen. Vergeblich begannen sie, nach den Fußspuren der Fremden zu suchen. Wer auch immer mit diesem Schlitten unterwegs gewesen war, hatte natürlich auf dem Bock gesessen. Entmutigt bemühten sie sich, aus den Abdrücken der Schlittenkufen eine Richtung abzulesen, doch diese gaben ihnen keinen Hinweis. Schließlich und endlich hofften sie, an geknickten Ästen und Zweigen etwas zu erkennen, aber ohne Resultat. Wütend und voller Verzweiflung rannte Léon ein Stück in beide Richtungen, um zu sehen, ob diese verdammten Bauern nicht einmal vom Bock gestiegen waren und verräterische Fußspuren hinterlassen hatten, doch es war hoffnungslos.

Enttäuscht mußten sie einsehen, der Schlitten konnte ebensogut in die eine wie in die andere Richtung gefahren sein. Sie einigten sich, den Spuren weiter hangabwärts zu folgen, denn schließlich war es wahrscheinlicher, daß die Menschen weiter unten wohnten. In der Schlittenspur war der Schnee fester, und sie kamen etwas schneller voran, aber die Unsicherheit half ihrer Stimmung nicht gerade auf die Sprünge. Es wurde immer nasser und kälter, die Knöchel schmerzten, und die Augen brannten. Ganz offen musterte Léon Paul, um zu erkennen, ob dessen Kräfte ausreichen würden. Der Schnee war hier nicht mehr so tief wie weiter oben, aber trotzdem schien es mit jedem Schritt schwerer zu werden, vorwärts zu kommen, und schon wenig später war es wie am Vortag: Léon stapfte monoton, ohne ein Wort zu sagen, voran, und Paul schleppte sich hinter ihm her.

Plötzlich fuhr Léon zusammen und blieb wie festgefroren stehen. Paul hörte lautes Kreischen. Müde ahmte er die Bewegungen des anderen nach und wartete auf einen Angriff. Unmittelbar vor ihnen flog ein großer schwarzer Vogel auf. Die Flügelschläge knallten wie Gewehrschüsse, als er zwischen den Baumwipfeln verschwand.

Léon lief ein Schauder über den Rücken, und ohne sich umzusehen, hastete er weiter. Nach fünfzig Metern veranlaßte ihn doch etwas, sich umzudrehen, und mit einem tiefen Seufzer sah er weit hinter sich den Ingenieur an einen dünnen Baum gelehnt im Schnee sitzen. Die Arme lagen leblos auf dem Schnee, der Kopf war merkwürdig verdreht, und der Mund stand offen. Léon hastete zurück, schüttelte ihn und herrschte ihn an: «Wir müssen weiter, Rolier! Wir dürfen nicht aufgeben!»

Nur ein heiseres Gurgeln entrang sich dem anderen: «Lassen Sie mich, Herrgott noch mal, zufrieden!»

Léon nahm eine Handvoll Schnee und rieb sie Paul brutal ins Gesicht und in den Mund. «Hier nimm! Friß ein bißchen Schnee! Wir können nicht einfach hier bleiben! Los jetzt, zum Teufel!» Er packte ihn am Arm und zog ihn wie einen ungehorsamen Bengel hoch. Paul gab widerwillig nach und kam wieder auf die Beine, und die beiden kämpften sich mühsam weiter. Jetzt drehte sich Léon aber in regelmäßigen Abständen um und musterte den anderen.

Plötzlich standen sie vor dem Schlitten. Er war mit Heu beladen. Atemlos suchten sie mit klopfendem Herzen die Gegend ab. Überall war nur plattgetretener Schnee und Pferdemist zu sehen. Aber wo waren die Menschen, und wo war das Pferd?

Bézier war nah daran, vollends zu verzweifeln. Er hätte laut losheulen mögen. Sie waren den Spuren in die falsche Richtung gefolgt. Wie grausam konnte das Schicksal doch sein! Sie hatten zwei Möglichkeiten gehabt, zu Menschen zu gelangen, und sie hatten sich für die falsche entschieden.

Hatten sie noch eine Chance? Wie Faustschläge spürten sie den Hunger. Und dieses Mal standen sie vor einer noch schicksalsschwereren Entscheidung als beim letzten Mal. Sollten sie der Schlittenspur wieder zurück nach oben folgen, um so vielleicht doch noch auf Menschen zu stoßen? Wie lange würde der Tag noch dauern, und würden ihre Kräfte reichen? Was, wenn die Spuren sie über das Gebirge führten und das Dorf auf der anderen Seite lag, weiter entfernt, als sie in der Lage waren, vor Einbruch der Nacht zu gehen? Das würde ihren Tod bedeuten. Oder sollten sie trotz alledem ihren Weg hinunter fortsetzen? Was, wenn sie in einem verlassenen Tal endeten? Auch dann wäre es, so entkräftet, wie sie waren, um sie geschehen. Sie sanken auf dem Heu zusammen.

«Was sollen wir tun, Rolier?» fragte Léon verzweifelt. «Sollen wir uns aus dem Heu eine Hütte bauen? Vielleicht überleben wir noch eine Nacht?»

Sie wußten beide, ohne Dach über dem Kopf würden sie erfrieren. Außerdem war es noch früh und unsinnig, sich bereits für die Nacht zu rüsten. Langsam richtete sich Léon auf und atmete tief durch die Nase ein. Was war das? Lag da nicht ein schwacher Geruch von Feuer in der Luft? Kaminfeuer? Eilig stieg er auf eine kleine Erhebung. Da sah er es: ein Haus. Nur fünfzig Meter von ihnen entfernt lag hinter einer Anhöhe eine kleine Waldhütte, die sie vom Schlitten aus nicht hatten sehen können. Er schrie vor Freude laut auf, und augenblicklich stand auch Rolier an seiner Seite. Aus einem kleinen Schornstein stieg eine schmale, weiße, fast durchsichtige Rauchfahne.

Begegnung mit Norwegen

Voller Hoffnung und mit neuer Kraft stürzten sie zur Hütte hinunter, um diese genauer in Augenschein zu nehmen. Sie hatte keine Fenster, und die niedrige Tür war mit einem dicken Pelz verhängt. An der Seitenwand der Hütte war ein Stapel Brennholz aufgetürmt, und überall lagen dünne Äste, Reisig und Rindenstücke herum. Die zwei schauten sich an, als wollten sie sich vergewissern, ob sie beide das gleiche sahen.

«Rolier, wir sind gerettet!» platzte es aus Léon heraus. Er wollte auf das kleine Haus zulaufen, aber Paul hielt ihn zurück.

«Warten Sie!»

Léon starrte ihn entgeistert an. Was sollte das jetzt schon wieder?

«Glauben Sie, es sind Menschen darin, Leutnant?»

«Das will ich doch hoffen!» Léon riß sich trotzig los und stolperte fast über den offenen Platz vor der Hütte. Der Ingenieur folgte ihm zögernd. An der niedrigen Tür hatte Paul Léon eingeholt.

«Lassen Sie mich, Leutnant!»

Der Franc-Tireur schaute den anderen verwundert an. Vor nicht einmal einer Stunde hatte er den Ingenieur fast zwingen müssen, sein Leben nicht auf jämmerliche Weise aufzugeben, und jetzt, an der Schwelle zur Zivilisation, übernahm der andere die Führung, so als wäre das seine angeborene Pflicht. Und ebenso pflichtschuldig trat Léon zur Seite, während Paul zweimal leicht an die Wand neben dem Fell klopfte.

Mein Gott, dachte Léon. Der Kerl meint, er sei in Paris. Selbst im Vorhof des Todes hat er noch nicht seine bürgerliche Erziehung abgelegt!

Sie lauschten gespannt, aber niemand antwortete. Paul klopfte noch einmal an, dieses Mal härter. «Glauben Sie, die schlafen, Leutnant?»

Der Soldat seufzte resigniert. «Es ist hellichter Tag, Rolier. Die Besitzer sind Bauern, und das Pferd ist fort. Lassen Sie uns um Gottes willen hineingehen!»

Der Ingenieur schaute ihn entgeistert an. «Sie wollen, daß ich das Gesetz übertrete?»

Ohne zu antworten, schob Léon das Fell zur Seite und ging hinein. Paul folgte ihm zögernd. Die Hütte bestand aus einem einzigen Raum. Bis sich ihre Augen an das Dunkel gewöhnt hatten, konnten sie kaum etwas erkennen. Der sehr einfach eingerichtete Innenraum war menschenleer. In einem kleinen steinernen Kamin glimmten zwei halbwegs abgebrannte Holzscheite, und in einer Ecke hingen an einer Schnur zwei Wollsocken. Auf dem Tisch standen eine kleine Kasserolle, ein paar schmutzige Teller mit abgenagten Fischgräten und Tassen mit Resten von Kaffee. Mit zwei langen Schritten war Léon bei der Kasserolle und hob vorsichtig den Deckel. «Schauen Sie, Kartoffeln!»

Er bediente sich hastig und reichte den Topf dann zu Rolier hinüber, der sich auch nicht zweimal bitten ließ. Die Kartoffeln waren noch lauwarm. Die zwei Männer aßen gierig, und ihnen traten Tränen in die Augen. Niemals zuvor hatten sie etwas Besseres gegessen, und schon bald war der Topf leer. Aber durch diese Delikatesse waren sie erst auf den Geschmack gekommen, und so begannen sie die Hütte nach Eßbarem abzusuchen. Wie weggewischt waren Schüchternheit und Zurückhaltung gegenüber fremdem Eigentum. Aber sie fanden weder Mehl, Reis noch rohe Kartoffeln, und enttäuscht sanken sie auf der Bank zusammen.

«Wir können nicht hier bleiben, Leutnant», sagte Paul nach ein paar Minuten. «So etwas tut man nicht.»

Léon schaute resigniert zu ihm hinüber. Er hatte sich gerade vorgenommen, erst einmal richtig einzuheizen, damit ihnen warm würde und ihre Kleider trocknen konnten, und dann auf die Bauern zu warten. Schließlich sollten die ihnen sagen, wo sie sich befanden, und ihnen dann bei ihrem Weg zurück behilflich sein. Er faßte an seine Jacke und fühlte nach der Depesche. Dann fauchte er Rolier an: «Was wollen Sie!»

«Verstehen Sie denn nicht, Mann?» antwortete Paul irritiert. «Von einigen Ländern, Schottland und England zum Beispiel, weiß ich, daß die Bauern ihre Häuser nicht einmal nachts verschließen. Ansonsten habe ich keine Ahnung, was hier in diesen Außenposten der Zivilisation Brauch ist! Was sollen wir machen, wenn uns die Hauseigentümer hier finden wie zwei Einbrecher auf frischer Tat? Und was, wenn wir uns in einem feindlich gesinnten Land befinden? Nein, lassen Sie uns hinausgehen, bevor es zu spät ist! Wir sollten draußen auf die Eigentümer warten. Dann können wir anschließend alles erklären.»

Noch nie hatte Léon die bürgerliche Moral verstanden, um deren Ausübung er sich lange bemüht hatte. Ein geachteter Bürger konnte ohne Skrupel einen bitterarmen Mieter mit all seinen Kindern auf die Straße setzen, doch kamen ihm Bedenken, wenn er in äußerster Bedrängnis fremde Kartoffeln aß. Er schüttelte den Kopf, folgte dann aber dem anderen loyal nach draußen in die Kälte. Die Enttäuschungen wollten kein Ende nehmen.

Paul wirkte erleichtert, nachdem sie die Hütte verlassen hatten. Er hatte wieder die Initiative ergriffen und begann, Fichtenzweige abzubrechen. «Kommen Sie, Leutnant, lassen Sie uns zwei gemütliche Sitzplätze machen.»

Léon sah in Roliers Verhalten etwas Manisches, er schnaufte schwer bei jeder Bewegung, und viele von den Ästen, auf die er losging, waren zu dick, als daß er sie hätte abbrechen können. Paul war ganz offensichtlich noch immer von den Strapazen entkräftet und hatte nicht die volle Kontrolle über sich. Der Franc-Tireur übernahm schweigend seinen Teil der Arbeit, und wenig später konnten sie sich müde auf ihrer grünen Bank unter einer großen Fichte niederlassen und gespannt auf ihre unbekannten Wirtsleute warten.

Aber Léon fror schon bald wie verrückt und schlug mit bittender, beherrschter Stimme vor: «Rolier, wie wäre es, wenn wir wieder hineingingen? Ich bin sicher, daß uns die Fremden vergeben werden.»

«Leutnant, Sie verstehen das nicht. Wir sind in einem fremden Land, aber in welchem? Schweden oder Rußland? Oder vielleicht Bayern? Auf jeden Fall sind wir fremde Eindringlinge aus einer mächtigen Nation, und so manche könnten uns als Feinde betrachten. Was würden Sie machen, Bézier, wenn Sie in Ihrem eigenen Heim plötzlich auf einen fremden Soldaten stießen? Oder wenn Sie bewaffnet von der Jagd zurückkämen und herausfänden, daß die Eindringlinge böse Absichten haben. Mißverständnisse könnten aufkommen und …»

«Halt dein Maul! Mir wird noch schlecht von all dem dummen Geschwätz!»

Dem Ingenieur blieben die Worte im Halse stecken. Entgeistert starrte er den anderen an, aber auch Bézier schien von seiner eigenen Dreistigkeit überrascht zu sein. Paul öffnete zwar noch einmal den Mund, um seinem Entsetzen über das Benehmen des anderen Ausdruck zu verleihen, doch es kam nur ein heiseres Krächzen, und so lehnte er sich resigniert zurück, kreuzte die Arme vor der Brust und schaute beleidigt in die Luft.

Léon drehte sich in die andere Richtung. Dabei knisterte es in seiner Jacke, und er mußte wieder an seinen Auftrag denken. Hatte es noch Sinn? Er sollte jetzt schon in Tours sein. Oberst Usquin hatte gesagt, Kriegsminister Gambetta brauche die Depesche spätestens bis Montag, allerspätestens Dienstag. Kam sie später, war alle Hoffnung vergebens. «Und ich stecke hier am Nordpol!» seufzte Léon und verbarg sein Gesicht in den Händen. Seine Haut schien zu brennen.

In dieser Stellung blieben die beiden Franzosen eine ganze Weile schweigend sitzen. Ohne sich mit dem anderen zu beraten, begann Léon schließlich, trockene Äste für ein Feuer zusammenzusuchen. Mit entschlossener Miene holte er dann einen Armvoll Scheite von dem Holzstapel an der Hütte und richtete sie über den trockenen Ästen auf. Rolier wollte protestieren, schluckte es aber hinunter.

Jetzt fehlte nur noch Feuer, und Bézier stand einen Augenblick lang ratlos vor seinem Holzstapel. Dann ging er in die Hütte und kam mit einem brennenden Holzspan zurück. Niemand sagte ein Wort, als die Flammen aufloderten. Sie hielten ihre Handflächen über die lebensspendende Wärme. Jetzt konnte sich Léon nicht länger zurückhalten. Er schien einen Sündenbock für den mißlungenen Auftrag zu suchen und sagte leise und boshaft: «Ihre Streichhölzer waren ja zu naß, nicht wahr, Monsieur?»

Paul starrte mit zusammengekniffenen Augen in die Flammen. Er sagte nichts. Hatte er wirklich versucht, den Ballon anzuzünden? Ach, Unsinn! Der Teufel sollte diesen elenden Leutnant holen!

Der Ingenieur erblickte sie als erster. Er duckte sich und flüsterte: «Sehen Sie, Leutnant! Dort kommen Leute!»

Etwa dreißig Meter entfernt sahen sie zwei Männer durch den Schnee stapfen. Der hintere führte zwei kleine Pferde. Er entdeckte die beiden Fremden im gleichen Moment, rief dem anderen ein paar kurze, unverständliche Worte zu, zeigte hinüber und band dann, ohne den Blick von ihnen zu wenden, die Pferde an einem dünnen Baum fest. Beide hatten einen dichten Bart und trugen dicke, dunkle Kleider, eine Ledermütze und ein Messer im Gürtel. Der vordere Mann hatte eine schwere Axt geschultert.

Rolier und Bézier wechselten schnelle, ängstliche Blicke. Als hätte er es gesehen, legte der Mann die Axt vorsichtig auf den Boden, dann kam er näher. Paul fiel plötzlich etwas ein, und er flüsterte Léon zu: «Los! Machen wir den Russengruß!»

Rolier sprang auf und hielt beide Arme ausgestreckt in die Höhe. Dann stellte er einen Fuß vor, als wollte er sich den beiden nähern. Ohne nachzudenken baute Léon sich in der gleichen, merkwürdigen Positur neben ihm auf. Die zwei anderen blieben stehen, schauten sich verwundert an und begannen in einer Sprache, die die Franzosen noch nie gehört hatten, heftig miteinander zu reden. Doch dann nahmen auch sie gleichzeitig die Arme hoch, setzten einen Fuß vor den anderen und lächelten den zwei erschöpften Männern unter der Fichte freundlich zu. Endlich registrierten alle vier das Komische an der Situation, und der sogenannte Russengruß wich einem befreienden Lachen. Der größere der beiden Fremden kam mit ausgestreckter Hand auf Rolier zu. Erfreut erwiderte Rolier den Gruß und umschloß die ausgestreckte Hand mit seinen beiden Händen.

«Harald Strand», sagte der Fremde. «Ich heiße Harald Strand.»

Während er Bézier begrüßte, kam auch der andere herbei und sagte: «Mein Name ist Klaus Strand, ich bin Haralds Bruder.»

Die Franzosen verstanden nicht ein einziges Wort, aber sie lächelten freundlich und sagten ihrerseits ihre Namen. Dann versuchte Paul langsam und deutlich zu erklären, daß sie aus der Luft gekommen waren: *«Partis de Paris en ballon! En ballon!»*

Paul erzählte und zeigte dabei in die Luft, aber die Einheimischen schienen nichts zu verstehen. Statt dessen deuteten sie auf die nassen und mitgenommenen Kleider der Franzosen und zogen sie die wenigen Meter hinüber zur Hütte, hinein in die Wärme. Zu seinem Bruder gewandt, sagte Klaus: «Mein Gott, wie können diese verkommenen Seelen hier oben hin geraten sein? Das sind doch wohl keine Zigeuner? Was meinst du?»

«Zigeuner hier oben im Wald? Nein, siehst du nicht, daß sie Soldaten sind? Sogar Offiziere?»

Aber diese Beobachtung ließ das Wunder nicht geringer werden, und die zwei Brüder schauten sich ratlos an und schüttelten die Köpfe, bevor sie sich wieder lächelnd an die Fremden wandten und sagten: «Kommt erst einmal herein und trinkt eine Tasse Kaffee!»

In der Hütte saßen die zwei Gäste wie benommen und beobachteten die Wirtsleute. Der eine schürte Feuer im Kamin, während der andere wieder nach draußen ging und kurze Zeit später mit zwei Rucksäcken wiederkam, die er auszupacken begann. Eine Kaffeekanne wurde über das Feuer gehängt, und die Bauern zogen ihre Überjacken, Stiefel und Socken aus und hängten sie zum Trocknen auf. Die ganze Zeit über redeten sie in dieser merkwürdigen Sprache miteinander und betrachteten dabei die Fremden. Bézier und Rolier glaubten zu verstehen, daß die beiden Bauern darüber diskutierten, wie sie hier oben hatten landen können. Léon lief es kalt über den Rücken, als er sie ständig «ja» sagen hörte. Konnten sie wirklich in den Alpen gelandet sein? Bestand noch immer die Gefahr, einem preußischen Exekutionskommando übergeben zu werden? Aber wenn ihr Unglück wirklich so groß war und sie sich in Bayern befanden, hatten sie wohl dennoch eine Chance, wenn sie sich nicht zu erkennen gaben. War Rolier nicht zu unvorsichtig gewesen?

Er schaute zu seinem Reisegefährten hinüber und fragte ihn leise: «Was meinen Sie, Monsieur? Sind das Deutsche?»

«Auf keinen Fall, Leutnant. Soviel Deutsch kann ich. Wir sind außerhalb des feindlichen Gebietes.»

Derjenige, der sich als Klaus vorgestellt hatte, holte Kandiszucker, Fladenbrot, Speck und Würste hervor, während Harald sich um den Kaffee kümmerte. Die Gäste bedienten sich gierig und aßen schweigend. Nachdem sie den ärgsten Hunger gestillt hatten, kramte Rolier ein verkohltes Stück Holz aus der Glut und zeichnete die Umrisse eines Ballons auf den Boden. Er zeigte auf seine Zeichnung und dann nach oben in die Luft und wiederholte wieder und wieder *«Partis de Paris en ballon»*.

Die zwei Bauern schauten zu den grob gehobelten Brettern an der Decke der Hütte hoch und schüttelten ratlos die Köpfe. Klaus legte ein neues Holzscheit in den Kamin. Dabei fiel sein Blick auf die zum Trocknen aufgestellten Lederstiefel der Gäste. Er nahm einen hoch, musterte ihn und reichte ihn seinem Bruder. Harald entdeckte etwas, das aussah wie eine Fabrikmarke. Dort stand: *«Thierry et Suerrier, Fournisseur de l'Impératrice. Paris.»*

«Paris?» Es begann Harald zu dämmern. «Die sind aus Paris! Mein Gott, Klaus, das sind Franzosen!»

Paul strahlte. Der ältere Bauer schaute noch einmal auf die Zeichnung am Boden, nickte vielsagend und sagte ruhig: «Ballon, natürlich, ein Ballon!» Er zeigte auf Paul. «Sie sind mit einem Ballon gekommen?»

«Oui, oui!» Paul nickte eifrig, und alle lachten herzlich.

Die Stimmung wurde immer gelöster, doch eine Sache beschäftigte Rolier ständig. In welchem Land befanden sie sich? Kaffee auf Kaffee wurde ihnen angeboten, und Harald schnitt eine weitere Wurst an. Die Franzosen waren nicht mehr hungrig und wollten dankend ablehnen, aber ihre Gastgeber forderten sie auf, noch weiter zu essen. Langsam wurden sie alle der Höflichkeitsphrasen und des beständigen, zuvorkommenden Lächelns müde. Die ganze Zeit über versuchten die Franzosen überdies, Anhaltspunkte aufzuschnappen, die ihnen ihre Frage, wo sie gelandet waren, beantworten konnten. Léon achtete nervös auf jedes Wort. Auch wenn ihnen die lokale Bevölkerung freundlich gesonnen war, konnten sie dennoch in Feindesland sein. Und wenn es sich nicht um ein feindlich gesonnenes Land handelte, wie waren die neutralen Länder eingestellt? Er vertraute Rolier nicht ganz. Aber Bayern war es wohl nicht. Sicher hatten sie die Nordsee überquert, aber was bedeutete es, wenn sie in Schweden waren? Waren die Schweden mit den Preußen verbündet? Die Schweden standen auf jeden Fall zur Zeit Napoleons I. auf der Seite des Feindes. Er wünschte sich im stillen, besser über die politischen Verhältnisse in Europa Bescheid zu wissen.

Plötzlich erhob sich Paul, durchsuchte seine Uniformjacke und fischte ein Etui mit Zigarren hervor, das die Strapazen überlebt hatte. Er reichte es rund, und alle bedienten sich. Klaus holte eine Schachtel Streichhölzer und wollte den Gästen Feuer geben, doch Paul riß ihm die Schachtel aus der Hand und begann sie im Licht des Kaminfeuers genau zu studieren. Dann rief er freudestrahlend: «Leutnant! Schauen Sie!» Er beugte sich zu Léon hinüber und zeigte auf die Schachtel. *«Nitedals Tændstikker. J. L. Sundt. Christiania.»* Es dauerte ein paar Sekunden, bis Léon begriff.

«Wir sind in Norwegen, Leutnant! Christiania ist die Hauptstadt von Norwegen! Wir sind gerettet. Ganz ohne Zweifel!» Er wandte sich ihren Gastgebern zu: «Christiania? *Norvège?*»

«Ja, ja.» Harald und Klaus nickten gleichzeitig und lächelten breit.

Paul weinte fast vor Freude. Überschwenglich gab er den norwegischen Bauern und seinem Kameraden Feuer. Dann durchsuchte er erneut seine Uniformjacke. «Wir müssen ihnen etwas schenken, Leutnant. Als Zeichen unserer Verbundenheit.» In einer Börse fand er einen Geldschein und ein paar Goldmünzen. Er drückte sie Harald in die Hand, doch dieser wies sie mit einem überraschten Lächeln ab. Dann versuchte es Paul mit seinem kleinen Fahrtenmesser. Klaus nahm das Geschenk an. Léon zerrte sich seinen goldenen Ring vom Finger, ergriff Haralds rechte Hand und schob ihn ihm auf einen Finger. Der Bauer errötete, wies dieses Geschenk aber nicht ab. Dann lachten sie alle wieder herzlich und rauchten ihre Zigarren.

Nach einer Weile beugte sich Paul zu dem nachdenklichen Léon hinüber und unterrichtete ihn über Norwegens Verhältnis zu Preußen: «Norwegen und Dänemark waren im großen Krieg auf der Seite Bonapartes. Und Norwegen hat Dänemark unterstützt, als Bismarck es vor sieben Jahren angegriffen hat. Noch heute hält er große Provinzen besetzt. Ich glaube, wir können hier im Lande mit großer Sympathie für Frankreich rechnen, besonders in Anbetracht des derzeitigen Krieges. Herrgott, Bézier, wir sind in Sicherheit!»

Léon reagierte nüchtern. Schon seit einer ganzen Weile machte er sich Gedanken darüber, wie es ihm gelingen konnte, die Depesche noch rechtzeitig zu überbringen. Natürlich war es unmöglich, innerhalb der noch verbleibenden Zeit nach Tours zu kommen, aber höchstwahrscheinlich gab es in der norwegischen Hauptstadt eine französische Botschaft. Er hatte strenge Order, die Depesche niemand anderem als Gambetta persönlich zu übergeben, aber vielleicht war es dem Konsulat möglich, eine Verbindung nach Tours herzustellen, so daß die Meldung Gambetta doch noch rechtzeitig erreichte. Léon spürte, daß es knapp werden würde.

Er schaute zu dem glücklichen Rolier hinüber, dessen Gesicht wieder Farbe bekommen hatte, und raunte ihm eindringlich zu: «Wir müssen schnell nach Christiania, Rolier.» Er klopfte sich leicht auf seine Jacke. «Wir haben keine Zeit zu verlieren. Lassen Sie uns aufbrechen, bevor es dunkel wird! Vielleicht können uns diese beiden Herren heute abend in die Hauptstadt bringen?»

Paul war plötzlich wieder auf dem düsteren Boden der Tatsachen: «Sie haben recht, Leutnant.» Abrupt stand er auf, und ohne darauf zu achten, daß er keine Schuhe trug, zog er Harald mit sich nach draußen zu den Pferden, ergriff die Zügel, schaute den Bauern an und fragte: «Christiania? Christiania?»

Klaus stand in der Türöffnung, und die beiden Brüder verstanden sogleich, was ihnen Rolier sagen wollte. Sie nickten, die Franzosen zogen sich an, und bald darauf fuhren die vier mit Pferd und Schlitten auf einem steilen Pfad den Hang hinab. Die lange Reise zur norwegischen Hauptstadt hatte begonnen.

Der Triumphzug

In Seljord

Die zwei Franzosen waren überrascht, wie lange die Schlittenfahrt dauerte. Sie schienen eine Ewigkeit durch lichten Wald und unbesiedelte Landstriche zu fahren. Keiner von ihnen hatte auch nur die geringste Ahnung, wo in Norwegen sie sich befanden, aber in ihrem Eifer nahmen sie an, Christiania könne nicht so weit entfernt sein.

Nach etwa einer Stunde wurde die Landschaft offener, und sie erreichten große waldfreie Flächen, die sich zu einem langgestreckten, breiten See neigten. Hohe, schneebedeckte Berge spiegelten sich auf der dunkel blinkenden Wasserfläche. In der Ferne sahen sie eine kleine Ansammlung von Häusern und Schuppen.

«Wie schön es hier ist, Leutnant!» Paul drehte sich zu Léon um, den die Naturschönheiten aber überhaupt nicht zu interessieren schienen. Vielmehr machte ihm jetzt seine verletzte Hand zu schaffen, und er dachte daran, daß sie dringend verbunden werden müßte. Paul sah Léons verbissenen Gesichtsausdruck, wandte sich ab und klopfte statt dessen dem Schlittenführer auf die Schulter, wobei er über den großen See zeigte: *«Beau! Très beau!»*

«Seljordsvatn», antwortete Harald Strand und lächelte. Er trieb die Pferde an, schlug mit den Zügeln und steuerte direkt auf ein kleines, aus einzelnen Holzhäusern bestehendes Gehöft unten am Hang zu. Wenige Minuten später hielten sie vor dem Wohnhaus. Harald stieg ab und gab den beiden Ballonfahrern ein Zeichen, es ihm nachzutun, und Klaus führte das Pferd in den

Stall. Paul und Léon schauten sich verwundert um, sie waren gespannt, was geschehen würde. Harald holte einen Handfeger und fing ohne Zögern an, sie damit von oben bis unten abzubürsten, bis all der Schnee und das Eis von ihren Kleidern verschwunden waren. Dann hakte er sie unter und führte sie auf die große Wohnungstür zu. «Kommt herein, Freunde, jetzt müßt ihr die Familie begrüßen!»

Ein paar Stunden später hieß es für Paul und Léon erneut Abschied nehmen. Harald und Klaus gingen mit ihnen über einen kleinen Pfad zum See hinunter. Léon war alles andere als guter Dinge. Selbst während des langen und leckeren Essens war es ihm nicht gelungen, zur Ruhe zu kommen. Die ganze Zeit über hatte er an die Depesche denken müssen.

Sie mußten dringend nach Christiania. Wie weit konnte das sein? Mit etwas Glück befanden sie sich in der Nähe der Stadt. Wenn er nur sicher sein konnte, diesen Norwegern vertrauen zu können. Sie hatten ihm und Rolier echte Gastfreundschaft erwiesen, daran war nicht zu zweifeln. Die Frauen hatten seine Hand verbunden und ihn reichlich mit Käse, Butter, Brot und selbstgebrautem Bier und, nicht zu vergessen, unzähligen Schnäpsen versorgt. Diese großen, stolzen Menschen machten den Eindruck grundsolider Ehrlichkeit. Aber was wußte er schon über Norwegen? War Rolier richtig informiert? Es war gut, daß sich die skandinavischen Länder in diesem Krieg neutral verhielten, aber dann gab es doch sicher auch deutschfreundliche Gruppen. Er schaute auf die Rücken der beiden kräftigen, schweigsamen Bauern. Wohin wurden sie jetzt gebracht? Was, wenn diese Fremden sie in der Hauptstadt feindlichen Kräften übergaben? Und selbst wenn sie ehrlich waren, so redeten sie vielleicht doch zuviel? Wenn die Ballonhavarie erst den deutschen Repräsentanten in Christiania zu Ohren kam, konnte ihr Leben in Gefahr sein.

Auf jeden Fall würden sich die feindlichen Botschafter sehr dafür interessieren, was die beiden Aeronauten mitbrachten. Würden sie in Christiania genügend geschützt werden? Léon ging als letzter über den kleinen Pfad. Direkt vor ihnen schimmerte das Wasser durch die Bäume, und er begriff, daß man sie jetzt mit einem Boot weiterbringen würde. Die Spekulationen darüber, was sie erwartete, hatten ihn ängstlich werden lassen. Ihm war übel. Am liebsten hätte er sich einfach davongemacht, um auf eigene Faust die französischen Gewährsleute in der norwegischen Hauptstadt zu finden.

Rolier war in bester Laune. Daß er reichlich Branntwein getrunken hatte, war nicht zu verkennen. Léon verstand diesen merkwürdigen Ingenieur, der vor ihm über den Weg tänzelte, immer weniger. Es waren gerade erst ein paar Stunden vergangen, seit er Léon dort oben in diesem teuflischen Wald angefleht hatte, ihn liegen und sterben zu lassen. Doch während des Gastmahls hatte er sich in einen neuen Menschen verwandelt, er hatte gegessen, getrunken und vor allem geplaudert, als befände er sich in einem der besseren Pariser Restaurants! Nur mit Mühe war es Léon gelungen, ihn davon zu überzeugen, daß sie aufbrechen mußten. «Eine Stunde mehr oder weniger spielt doch wohl keine Rolle, Leutnant!»

Kurz bevor sie das Ufer erreichten, wandte sich Rolier zu Léon um und fragte ihn schelmisch: «Sagen Sie, mein lieber Bézier, warum haben Sie den Namen von Pierre Deschamps benutzt, als wir uns auf dem Hof vorgestellt haben? Sie sind doch nicht der Kommandant der Pariser Franc-Tireure! Haben Sie sich da vielleicht in dieser öden Weite selbst ein wenig befördert?»

Der Alkohol ließ ihn unnötig laut reden, und die Brüder Strand drehten sich um. Léon kochte förmlich. Er hätte diesen verantwortungslosen Mann anschreien mögen, doch er beherrschte sich und sagte: «Sie wissen, daß wir einen geheimen Auftrag haben, und unsere Botschaft ist für die feindliche Seite von größtem Interesse, Monsieur Rolier. Wenn ich richtig informiert bin, sollte auch Ihnen bekannt sein, daß unsere ausgezeichnete Pariser Presse sich die Freiheit genommen hat, ihr Publikum und damit auch die preußischen Herren über die Namen der gestarteten Franc-Tireure zu informieren. Wir schweben also in höchster Gefahr und haben strenge Order, einen Decknamen zu benutzen, wenn wir militärische Aufträge ausführen. Aber ich gebe gerne zu, Rolier, daß auch ich das beinahe vergessen hatte, und als ich mich vorstellen mußte, fiel mir als erstes der Name meines Kommandanten ein.»

Paul lächelte und bemerkte höhnisch: «Ja, denn ‹Paul Rolier› war ja schon besetzt.»

«Machen Sie keine Witze! Soweit ich weiß, ist auch an die Ballonführer der Befehl ausgegeben worden, Decknamen zu benutzen.»

«Ach ja? So etwas Dummes.»

Sie erreichten einen schmalen, steinigen Strand. Hinter ihnen ragte der Wald wie eine schwarze Wand empor. Die Bauern baten sie an Bord eines kleinen Ruderbootes, und Harald Strand legte sich in die Riemen. Klaus zeigte auf seine Taschenuhr, schlug mit zwei Fingern auf seinen Handrücken und zeigte danach zum Nordende des langen Sees. Dort sollte sich der Ort Seljord befinden. Die Ballonfahrer nickten. Endlich hatten sie einmal eine Information erhalten, was sie erwarten würde. Die Franzosen machten es sich auf dem Boot bequem, während sich die beiden Brüder mit dem Rudern abwechselten.

Zwei Stunden bis zur Zivilisation, dachte Léon und spähte in Richtung ihres Zieles. Er konnte dort hinten unter den Felsen eine kleine, weiße Steinkirche erkennen. Christiania war es zwar nicht, aber mit ein bißchen Glück gab es dort eine Eisenbahn oder doch wohl mindestens eine Telegrafenstation.

Das Boot glitt rasch an dem steilen Ufer entlang. Ganz offensichtlich ruderten die beiden Brüder nicht zum ersten Mal nach Seljord. Harald kramte eine Flasche Kartoffelschnaps hervor und reichte sie herum, und Paul und Léon lernten, daß der Brauch, auf Reisen etwas Gutes zu trinken mitzunehmen, auch hier oben im Norden verbreitet war.

Nach einer Stunde ruderten sie vom Ufer weg aufs offene Wasser hinaus. Immer deutlicher kam jetzt das hinter ihnen liegende Gebirge zum Vorschein, und schon bald konnten sie das teuflische Hochplateau des Lifjells erkennen. Klaus zeigte auf die schneebedeckten Berge, die fast das Grab der Franzosen geworden wären, schüttelte den Kopf und sagte: «Ballon! Huff!» Alle lachten herzlich, und der Schnaps machte neuerlich die Runde.

Sie kamen in den nördlichen Teil des Sees, der von wilden Bergen umgeben war. Die großen, runden Massive erinnerten an weiße Domkuppeln, die in der Nachmittagssonne blinkten. Sturzbäche schnitten sich weiß in die steilen Ufer ein, und an einigen Stellen blinkten gefrorene Wasserfälle wie riesige Eissäulen. Andere Bäche waren so steil, daß sich dort noch kein Eis hatte bilden können. Gigantische Felsbrocken lagen übereinandergestapelt an den Hängen, und es sah aus, als könnten sich diese jeden Augenblick lösen. Léon fand das alles höchst beängstigend. Es paßte erschreckend gut zu den grausigen Erlebnissen, an denen er oben im Gebirge hatte teilhaben müssen. Der Wasserspiegel war vollkommen still, und das ganze Massiv spiegelte sich, so daß der Eindruck doppelt düster wirkte.

Paul hingegen war von den Schnäpsen mehr und mehr aufgedreht. Er sprudelte vor Begeisterung über die Natur und die Hilfsbereitschaft der beiden Strand-Brüder nur so über. Immer wieder stieß er Léon mit dem Ellenbogen an, um diesen an seinen Eindrücken teilhaben zu lassen. «Sehen Sie, Leutnant, fabelhaft, nicht wahr?»

Léon ärgerte sich über seinen pathetischen Reisegefährten, der ganz offensichtlich den Krieg zu Hause und auch die Tatsache, daß sie es waren, die möglicherweise den Schlüssel für Frankreichs Sieg bei sich trugen, vergessen hatte. Kühl gab er ihm zur Antwort: «Die Umgebung deutet darauf hin, daß Christiania noch ein Stück entfernt sein wird.»

Plötzlich begann Paul mit den Armen zu fuchteln und über die spiegelglatte Wasserfläche zu zeigen. Er war außer sich. «Was ist das dort?» schrie er, teils zu Léon, teils zu den beiden Norwegern.

Léon wußte sofort, was er meinte. Kaum vierzig Meter vor ihnen teilte sich das Wasser wie hinter einem schwimmenden Menschen. Dieses Phänomen erschien schließlich auch noch wie aufeinanderfolgende Linien an verschiedenen anderen Orten vor ihnen. Dann war alles wieder still.

Klaus und Harald sagten nichts. Sie zuckten bloß mit den Schultern und sahen einander lächelnd an, als wollten sie dieses Geheimnis für sich behalten. Léon schaute enttäuscht zu Paul, und beide starrten sie noch lange in das dunkle Wasser hinab. Doch das Wasser des Seljordsees verblieb für den Rest der Reise ruhig.

Jetzt konnten sie deutlich die hübsche, weißgekalkte Steinkirche als Mittelpunkt einer dichtgedrängten Siedlung erkennen, und nach einer weiteren halben Stunde und den dazugehörigen Schnäpsen legten die vier an einer Flußmündung unweit der Kirche an. Dann stiegen sie über einen kleinen Trampelpfad zur Kirche hoch. Ihre Stimmung war gelöst, und alle vier hatten glänzende Augen. Léon, Paul und Klaus nahmen Haltung an, als Harald den Zeigefinger hob und auf ein vornehmes, zweistöckiges weißes Haus mit hohem italienischem Dach oben am Waldrand deutete. Er verzog seinen Mund, himmelte mit den Augen und faltete seine Hände unter dem Kinn. Dann blies er zum Aufbruch. Léon und Paul lächelten anerkennend über die Gabe des Bauern, sich verständlich zu machen, und bereiteten sich darauf vor, den Pfarrer zu begrüßen.

Erst als sie das warme Licht bemerkten, das durch die Fenster des Pfarrhofes nach draußen schimmerte, wurde ihnen klar, daß es bereits wieder dämmerte. Wie konnten es die Menschen nur in einem Land mit so kurzen Tagen aushalten? Harald klopfte freimütig an die Tür, eine Gardine bewegte sich, und kurz darauf erschien ein großer, hagerer Mann in der Türöffnung. Ohne Zweifel stand der Hausherr persönlich vor ihnen, auch wenn dieser keinerlei Anzeichen eines Pfarrers erkennen ließ. Lutheraner, dachte Léon.

Der Pfarrer lächelte die Strand-Brüder herzlich an und betrachtete dann mit unverhohlener Skepsis die beiden recht verkommen aussehenden Ausländer. «Nun, was führt die Brüder Strand hierher? Hoffentlich nichts Schlechtes? Kommt herein, liebe Leute!»

Die Brüder erklärten dem Pfarrer rasch die Situation, und nach einigem Nicken und Kopfschütteln schlug er sich aufs

Knie, drehte sich zu den beiden Fremden und lächelte sie, immer noch den Kopf schüttelnd, freundlich an. Harald schloß mit folgenden Worten: «Ja, und weil der Herr Pfarrer die kirchliche Schule besucht und sowohl das Französische als auch das Deutsche gelernt hat, wird es ihm wohl ein leichtes sein, mit den Ballonfahrern zu reden und ihnen weiterzuhelfen.»

Pfarrer Bye verzog seinen Mund plötzlich zu einem ängstlichen Lächeln. So hatten ihn die Brüder Strand noch nie gesehen.

«Ja, weißt du, Harald, es ist eine ganze Weile her, daß ich das letzte Mal Französisch gesprochen habe. Ähh. Moment, wie war das. Kann ich euch nicht nach der langen Ruderstrecke ein Glas Portwein anbieten?»

Der Pfarrer hatte die Branntweinfahne gerochen und zog es anscheinend vor, etwas weniger Starkes anzubieten. Er reichte jedem ein kleines Glas.

«Skål, meine Herren! *Ähh. François? Eh. Guerre. Terrible!*»

Die Bauern saßen ganz ruhig da und beobachteten mit zusammengekniffenen Augen die Vorstellung. Die Franzosen nickten und lächelten höflich, aber ganz offensichtlich erkannten sie beide das Komische an dem hilflosen Versuch des Pfarrers sich mitzuteilen. Doch Léon sah auch den Ernst in dieser Situation. Sie beide waren der Grund dafür, daß der wichtigste Mann des Dorfes für immer einen großen Teil seiner Autorität einbüßte, und Léon fühlte sich unwohl.

Schon bald war der Pfarrer mit seinem Französisch am Ende. Er sah wie ein kleiner Junge aus, der auf dem Weg zum Kaufmann all sein Geld verloren hat. Plötzlich ging ein Leuchten über sein Gesicht, und er versuchte es mit Latein. Er deutete aus dem Fenster zum Lifjell, zupfte an Pauls Uniformjacke und sagte: *«Navigare necesse est.»*

Paul spielte mit, lächelte, wiederholte die Redewendung und übersetzte sie für Léon, dessen Begeisterung für die dolmetscherischen Fähigkeiten des Ingenieurs sich aber in Grenzen hielt.

«Bellum omnium contra omnes», versuchte es der Pfarrer erneut, doch dieses Mal mit weniger Respons, und schon bald verebbte das Gespräch vollends.

«Nein, Harald», sagte Bye. «Weißt du, hier in der Gemeinde ist es über die Jahre schwierig, Französisch zu praktizieren. Aber ich glaube, wir sollten meinen Freund, den Doktor, zu uns bitten. Er prahlt doch immer mit seinen Sprachkünsten und seinen französischen Kontakten. Schauen wir einmal, zu was er in der Lage ist, meint ihr nicht auch?» Der Pfarrer klopfte dem enttäuscht dreinblickenden Harald kameradschaftlich auf die Schulter. Dann rief er nach dem Hausmädchen. «Marie, laß bitte Doktor Thomesen holen? Und sag, es eile sehr und er solle auf der Stelle kommen.»

Marie musterte die Gesellschaft mit einem raschen Blick, um zu erkennen, wer wohl den Doktor brauchte, schaute dann verwirrt zum Pfarrer, machte einen Knicks und verschwand.

Schon kurz darauf rauschte der Distriktsarzt mit seiner großen Arzttasche hinter Marie in den Raum. Der untersetzte Mann mit leicht aufgedunsenem Gesicht nahm sich nicht einmal die Zeit, seinen Mantel auszuziehen, bevor er vor den vieren stand. «Ich bin so schnell gekommen, wie es ging, Bernt Martin. Wo ist der Patient?»

Er ging zu den Strand-Brüdern hinüber, denn diese kannte er, doch als er bemerkte, wie gesund sie aussahen, wurde er auf die Ausländer aufmerksam: «Aber mein Gott, Freunde, wo habt ihr die denn aufgegabelt? Und seit wann arbeitest du als Diakon, Bernt Martin? Das ist doch nicht die Aufgabe eines Pfarrers! Außerdem riechen sie nach Schnaps!» Der Arzt hatte ihre Fahne sofort bemerkt, obwohl er noch selbst den Geschmack seines Cognacs auf der Zunge hatte.

Die Ballonfahrer verstanden seinen Auftritt und schauten an ihren Kleidern herab. Erst jetzt erkannten sie voller Scham, wie mitgenommen sie nach der zweitägigen Strapaze aussahen.

Gemeinsam mit Harald Strand weihte der Pfarrer den verblüfften Arzt in die Zusammenhänge ein, der schließlich, nicht ohne eine gewisse Schamesröte, die beiden mit Handschlag begrüßte und sich vorstellte. «Und ihr habt mich gerufen, damit ich übersetze? Nein, also bitte, Bernt Martin, das kann doch nicht dein Ernst sein?»

Er grinste die beiden Franzosen breit an und hob entschuldigend die Schultern. Nachdem er einen Schluck Portwein getrunken hatte, machte er einen neuen Vorschlag: «Besser holen wir Advokat Walløe. Im Gegensatz zu mir lebt er ja durch des Wortes Macht, nicht wahr? Ich weiß auch aus sicherer Quelle, daß er Interesse an Sprachen hat. Wenn wir da nicht einen kleinen Franzosen unter uns haben. Haha!»

Mit Maries Hilfe wurde der Advokat ins Pfarrhaus gerufen, aber keiner der beiden anderen Akademiker war enttäuscht, als auch dieser die fremde Sprache nicht beherrschte.

Jetzt richtete sich Harald auf. Der Alkohol zeigte auch bei ihm bereits deutlich Wirkung, und er sagte mit viel zu lauter Stimme zu seinem Bruder: «Ja ja, Brüderchen, Schulen haben sie besucht, doch haben sie dort unten in Christiania etwas gelernt?»

Die beschämten Würdenträger schauten zuerst zu dem Bauern und musterten dann sich selbst. Dann brachen sie alle drei in ein befreiendes Lachen über ihre eigene Unfähigkeit aus. Plötzlich rief der Doktor: «Ich hab's! Wir haben doch Ingemar Nilsen! Den jungen Grubeningenieur oben auf Klomset. Er ist doch einer der neuen Generation. Der soll sogar in Frankreich studiert haben! Herr Pfarrer, wir sollten ihm einen Boten schicken!»

Ein Pferd wurde gesattelt, und nach einer weiteren Stunde und der dazugehörigen Flasche Portwein betrat der Vormann der Guldnæser Kupfermine als Retter der dürftigen Bürgerschaft der Kommune Seljord den Raum. Paul Rolier ergriff das Wort, und schon bald war die ganze unglaubliche Geschichte übersetzt. Den Norwegern hatte es die Sprache verschlagen. Sie schienen kaum glauben zu können, was sie da gehört hatten. Léon Bézier lächelte höflich. Er rechnete damit, jetzt endlich informiert zu werden, wie weit es bis zur Hauptstadt war. Geschah dies nicht, würde er danach fragen.

Plötzlich zog Paul ein Ledermäppchen hervor und öffnete es. «Seht her!» rief er triumphierend und zeigte die versiegelte Depesche herum. Léon schrak zusammen. Entsetzt schaute er Pauls unglaublichem Auftreten zu, wobei er mit der Hand diskret zur Brust fuhr und sich versicherte, daß seine eigene Depesche noch da war. Paul übergab den Brief an Ingenieur Nilsen, der sogleich vom Pfarrer, dem Arzt und dem Advokaten umringt wurde. Die Strand-Brüder blieben sitzen und griffen nach ihren Portweingläsern. Wie gelähmt hörte Léon einen völlig fremden Ausländer die Adresse auf der Depesche laut vorlesen, während sich der berauschte Ballonfahrer mit einem stolzen Lächeln auf den Lippen zurücklehnte. *«An den Innenminister Léon Gambetta, z. Zt. Tours.»* Auf der Rückseite des Umschlags, gleich neben dem beeindruckenden Siegel, fanden sich drei zierliche Unterschriften. Trochu, Favre und Ernest Picard. Fast gleichzeitig schauten die drei Norweger von dem Brief auf und starrten voller Bewunderung auf Rolier.

Pfarrer Bye wendete sich an die beiden Brüder: «Wir haben es hier mit höchst bedeutenden Männern zu tun, meine Herren. Es hat sich gezeigt, daß Rolier ein Gesandter des französischen Präsidenten ist! Ihr zwei habt dem französischen Staat heute einen unschätzbaren Dienst erwiesen. Noch morgen werde ich der Presse in unserer Hauptstadt einen Brief schreiben, um ganz Norwegen, ach der ganzen Welt mitzuteilen, welch ungeheure Rettungstat ihr, du, Harald, und dein Bruder Klaus, heute getan habt. Bravo!»

Jetzt ergriff der junge Grubeningenieur die Initiative. Enthusiastisch beugte er sich den anderen Norwegern zu: «Aber das muß doch noch größer gefeiert werden, meine Herren. Es wäre mir eine Ehre und Freude, wenn ich Sie alle samt Ihren Frauen heute abend als meine Gäste in meinem bescheidenen Heim begrüßen dürfte. Sagen wir in zwei Stunden, um neun Uhr?» Dann drehte er sich um, um die Einladung auch für die Franzosen zu übersetzen, doch diese waren verschwunden.

Léon hatte Paul mit sich hinaus in den Flur gezerrt, wo sie beide hitzig miteinander debattierten. Doch Léon bemerkte schnell, daß Nilsen zu ihnen herüberschaute, besann sich und schloß die Diskussion mit einer strengen Ermahnung ab: «Gut, Rolier. Aber vergessen Sie, um Gottes willen, Ihren Auftrag nicht! Jetzt werden wir Ingenieur Nilsen fragen, wie wir weiterkommen können. Er soll uns dann auch die Telegrafenstation zeigen.»

Sie gingen in die Stube zurück. Paul war gefügig wie ein Lamm, und Léon erwiderte Nilsens fragenden Blick mit einem höflichen Lächeln. Er hätte vor Wut platzen können, so erregt war er über diesen verrückten Menschen, Rolier, der bereit war, ihrer beider Leben aufs Spiel zu setzen, nur um einer kleinen provinziellen Clique von Akademikern, die nicht einmal die führende Sprache Europas beherrschten, zu imponieren.

Zu Léons Entsetzen wurde ihnen mitgeteilt, es gäbe in Seljord keine Telegrafenstation und sie befänden sich an einem ganz anderen Ende von Norwegen, als sie ursprünglich angenommen hatten. Christiania war zwei Tagesreisen entfernt. Zuerst müßten sie Pferd und Schlitten nehmen, dann ein kurzes Stück mit der Eisenbahn reisen und schließlich wieder mit Pferd und Schlitten.

Léon wollte das alles kaum glauben. Weitere zwei Tage im Wettlauf mit der Zeit! Gab es noch immer eine Chance, die Depesche rechtzeitig nach Tours zu bringen? Benebelt von der Enttäuschung, der Erschöpfung und dem Alkohol, gelang es ihm nicht mehr, klar zu denken. Wie lange konnte Gambetta warten? Verzweifelt starrte er zu Paul, der seinen Blick mit glasigen, fragenden, festlich gestimmten Augen erwiderte.

Nilsen mischte sich ein: «Ist alles in Ordnung, Rolier?»

«Jaja, lieber Freund, machen Sie sich keine Sorgen! Mein guter Kollege, Monsieur – äh – Deschamps ist nur ein wenig besorgt, weil wir Christiania nicht rechtzeitig erreichen.» Dann beugte er sich zu dem Norweger vor und fügte mit gesenkter Stimme hinzu: «Der Leutnant ist ein sehr einfacher Mensch, Monsieur Nilsen, aber verdammt pflichtbewußt!»

«Ich verstehe. Gut, aber erlauben Sie mir – ich habe das gerade bereits zu den anderen gesagt – zu betonen, daß ich mich glücklich schätzen würde, Sie alle heute abend zu mir und meiner Frau nach Klomset einladen zu dürfen, um diese große Begebenheit zu feiern. Und natürlich wären wir sehr enttäuscht, wenn unsere Hauptpersonen ablehnen würden. Ja, wir bestehen praktisch darauf, daß Sie die Einladung annehmen. Im übrigen ist es vollkommen unmöglich, sich noch heute nacht auf den Weg über das Gebirge in Richtung auf unsere Hauptstadt zu machen. Lassen Sie uns essen und trinken und auf Ihr Vaterland anstoßen, und noch bevor der Morgen graut, werden wir Ihnen Pferd und Schlitten zur Verfügung stellen.»

«Natürlich können wir eine solch freigiebige Einladung nicht ablehnen. Nicht wahr, Bézier, ähh, Monsieur Deschamps?»

Léon nickte mürrisch, fast gleichgültig.

«Und was ist mit Harald und Klaus? Womit kann ich euch lokken?» Nilsen war auffallend höflich zu den beiden zuverlässigen Bauern.

«Wir bedanken uns», antwortete Harald, «aber wir müssen noch heute abend nach Hause.»

Sichtlich berauscht nahmen die beiden Bauern gefühlvoll, fast pathetisch Abschied von den beiden Ballonfahrern. Paul und Léon umarmten ihre beiden Retter noch einmal herzlich. Dann stapften die Brüder hintereinander durch den verschneiten Garten davon. Léon stand auf der Verandatreppe und sah sie in der Dunkelheit verschwinden. Er dachte an das kleine Boot und das kalte schwarze Wasser. Die zwei Bauern hatten noch einen langen Weg vor sich.

Auch die anderen verließen nun den Pfarrhof, um sich für den Festschmaus auf Klomset zurechtzumachen. Nur Paul und Léon blieben dort und wurden dann im Schlitten des Pfarrers an der Kirche vorbei hinauf nach Nedre Klomset gefahren. Das Ingenieurpaar hatte bereits den Tisch in der guten Stube decken lassen und empfing die Fremden herzlich.

Es wurde ein großartiges Essen. Ingenieur Nilsen mühte sich den ganzen Abend als Dolmetscher, und die Geschichte der Ballonfahrer wurde wieder und wieder erzählt, jedes Mal mit neuen, noch unglaublicheren Details. Die kleine Tochter des Gastgebers durfte aufbleiben, und das Dienstmädchen, das die Erlaubnis erhalten hatte zuzuhören, platzte immer wieder laut heraus: «Ja, steht die Welt denn Kopf?» Der Ausdruck wurde übersetzt und trug zur allgemeinen Erheiterung bei.

Nilsen hielt sich auch mit den Getränken nicht zurück, und immer wieder wurden die Gläser auf die norwegisch-französischen Verbindungen erhoben. Angeregt von Wein und Cognac, wandte sich der Grubeningenieur plötzlich an Paul und fragte, ohne zu bemerken, daß Bézier direkt neben ihm saß: «Ihr Freund Deschamps ist so ruhig heute abend. Bedrückt ihn etwas, Rolier? Hoffentlich nichts Schlimmes?»

Der Norweger nuschelte schrecklich, doch Léon bemerkte, daß sie über ihn sprachen, und verstand jedes Wort. Ihm wurde heiß, er hielt aber seinen Mund.

«Beruhigen Sie sich, lieber Monsieur Nilsen», sprudelte es aus Paul heraus. Er schaute zu Léon. «Mein tapferer Freund ist ein Mann des Volkes. Er ist solche Festlichkeiten nicht gewohnt.»

Dann erhob sich Paul abrupt. Er begann bedenklich zu schwanken, doch dann fand er sein Gleichgewicht wieder und brüllte förmlich: «Ein Prosit, geliebte norwegische Gastgeber, auf meinen tapferen Begleiter Bézier!»

Ein paar der Gäste schauten sich fragend an: «Bézier? War sein Name nicht Deschamps?»

«Bézier oder Deschamps, was macht das schon für einen Unterschied? Es ist nur ihm zu verdanken, wenn ich heute hier sitze! Er hat mein Leben gerettet!»

Alle am Tisch erhoben sich. Dieses Detail hatte in der ersten Version von Roliers Erzählung gefehlt.

Nilsen erhob sein Glas: «Ja, so lassen Sie uns auf diesen tapferen, schweigsamen Helden anstoßen!»

Innerlich kochte es in Léon, nicht nur weil Rolier seinen Namen verraten hatte, sondern auch aus Verlegenheit und Verblüffung darüber, daß der andere tatsächlich seine Rettung dort oben im Gebirge angesprochen hatte. In diesem Moment meldete sich sein Magen. Er hatte das kommen sehen. Schon seit seiner Ankunft auf Klomset hatte er dieses beklemmende Kneifen verspürt. Und dieses Mal handelte es sich nicht um die wohl bekannte Übelkeit, die ihn seit seinen Kindertagen zu plagen pflegte, wenn er wütend oder ängstlich war oder sich schämte. Es war seine Verdauung, er würgte unglücklich, drückte sich die Faust in den Magen und schielte voller Verachtung zu Paul hinüber. Er verfluchte all diese norwegischen Feiern.

Plötzlich klopfte Nilsen mit dem Löffel ans Glas, erhob sich und verbeugte sich umständlich nach beiden Seiten. Dann sagte er auf französisch: «Liebe Freunde! Ich werde euch nicht mit einer langen Rede quälen.» Er wischte sich mit einer Serviette über den Mund und fuhr dann fort. «Sie haben uns heute eine völlig unglaubliche Geschichte zum besten gegeben, in der für mich besonders eine Tatsache von Bedeutung zu sein scheint, nämlich daß Monsieur Rolier wie ich selbst Ingenieur ist, also mit anderen Worten ein Mann der neuen Zeit.»

Doktor Thomesen, der die Rede soweit verstanden hatte und glaubte, sie sei beendet, rief *«Exactement!»* und «Skål!», doch Nilsen fuhr unbeeindruckt fort. «Lassen Sie mich einen Gedanken anfügen, der Sie vielleicht überraschen wird: Es ist beileibe kein Zufall, daß unsere französischen Freunde auf dem Lifjell in Telemarken gelandet sind!»

Die Zuhörer schauten verwundert auf.

«Dafür gibt es nämlich klare Gründe.»

Pfarrer Bye schüttelte gutmütig den Kopf, und der Redner fuhr fort. «Auf vielerlei Weise sind Sie beide in Ihrem Ballon ein Symbol für eine neue Ära in der menschlichen Entwicklung, ein Symbol für das Zeitalter der Wissenschaft. Sie haben einen Teil der Natur erobert, nämlich den Luftraum, der bis zur heutigen Zeit für den Homo sapiens unerreichbar schien. Daß Sie Ihr Ziel verfehlt haben und statt dessen, zur Freude unseres kleinen Kreises hier oben im Gebirge, über die Nordsee getrieben wurden, ist an sich kein Zufall, sondern vielmehr ein Zeichen dafür, daß wir Menschen noch nicht ganz die Gesetze der Aerodynamik beherrschen. Morgen schon werden unsere Physiker auch dieses Problem gelöst haben, und es wird den Menschen möglich sein, ihren Bestimmungsort ebenso einfach und sicher durch die Luft wie auf dem Landwege zu erreichen.»

«Bitte, übertreib es nicht, Ingemar!» rief ihm seine Frau voller Humor zu. «Wir wissen jetzt, daß du Vertrauen in die Wissenschaft hast.»

«Gut gesprochen, Frau», lachte der Pfarrer.

Nilsen nickte und fuhr fort: «Das provoziert mich nur, meine

Weissagungen noch ein wenig weiter zu treiben. Für unsere Kinder wird es ganz alltäglich sein, die Nordsee auch in Friedenszeiten zu überqueren, und nicht nur mit dem Wind, sondern auch gegen ihn. Die Aeronauten werden eine eigene Berufsgruppe sein, gleichermaßen respektiert wie Pfarrer oder Lehrer!»

Die Gäste schüttelten amüsiert über die Übertreibungen ihres Gastgebers die Köpfe.

«Unsere französischen Freunde werden als die Pioniere der Luftfahrt in die Geschichte eingehen. Und ich möchte Ihnen dafür danken, daß Sie uns, wenn auch unfreiwillig, an diesem historischen Augenblick teilhaben lassen! Skål!»

Die ganze Gesellschaft stand auf und erhob die Gläser, doch der Pfarrer, Doktor Thomesen und Advokat Walløe schauten sich fragend an. Nur selten gab Ingenieur Nilsen so große Worte von sich, und sie konnten nicht umhin, das Thema ein wenig bizarr zu finden. Zu ihrer Verwunderung erkannten sie an seinen Gebärden, daß er mit seiner Lobhudelei noch immer nicht am Ende war. Das Erheben der Gläser schien nur eine Art Intermezzo gewesen zu sein. Der Pfarrer spürte, daß die Fortsetzung ein wenig peinlich werden würde, und schaute sich besorgt nach der Frau des Ingenieurs um, doch sie war verschwunden.

Die Gesellschaft hatte nun wieder Platz genommen, und Nilsen räusperte sich, um erneut die Aufmerksamkeit der Anwesenden auf sich zu ziehen. Da erklang auf einmal aus dem Nebenzimmer heitere Klaviermusik. Die Menschen verstummten, und die Musik erfüllte bald schon den ganzen Festsaal. Tränen standen in Pauls Augen. Léon starrte zuerst ihn und dann die ganze Gesellschaft an. Das Ganze kam ihm wie ein einziges großes Irrenhaus vor. Die Melodie, die die Wirtin begeistert und nicht ohne Talent spielte, war ihr eigener Revolutionsgesang, die «Marseillaise».

Paul rief begeistert: «Bézier! Deschamps! Ähh, Pierre Deschamps! Die Marseillaise! Hören Sie es nicht, Mann? Oh, diese lieben Menschen! Fabelhaft, nicht wahr?» Mit diesen Worten verließ Paul den Tisch und ging mit langen Schritten ins Nebenzimmer, ergriff die Hand der Pianistin, führte sie galant an den

Mund und küßte sie. Der Rest der Gesellschaft hatte sich erhoben und jubelte dem Geschehen, das sie durch die offenen Türen beobachten konnten, zu. Frau Nilsen stand überrascht und geschmeichelt vom Klavier auf und verneigte sich kokett.

Die Gesellschaft brach in wilden Applaus aus, und Ingenieur Nilsen versuchte alle zu übertönen: «Meine Damen und Herren! Ein Prosit auf Frankreich! *Vive la France!*»

Léon hatte lange damit gezögert, sich zu erheben. Jetzt stand er verblüfft da und beobachtete das seltsame bürgerliche Schauspiel. Auch er hatte sich im Laufe des Abends mit genügend Getränken versorgt, doch der Rausch ließ ihn nur noch stiller werden. Er dachte an all die Zeit, die er damit verbracht hatte, die Bräuche des Bürgertums zu erlernen. Wie schlecht er sich dabei fühlte. Alles kam ihm wieder hoch. Sein starker Widerwille gegen diese aufgesetzte Begeisterung des Bürgertums, ihren pathetischen Vaterlandsstolz, die schwülstigen Nationalhymnen. Dies alles mischte sich mit seiner Übelkeit zu einer einzigen Verzweiflung. Machtlos hätte er am liebsten laut aufgeschrien. Paul hatte Frau Nilsens Arm genommen, und beide trippelten jetzt vornehm in den Festsaal zurück. Ohne nachzudenken erhob sich Léon plötzlich, schlug die Hacken zusammen und klopfte an sein Weinglas. Es wurde still. Er begann seine Rede und ließ den Dolmetscher nicht eher zu Wort kommen, bis er seine einfache Botschaft verkündet hatte: «Wir haben einen langen und anstrengenden Tag vor uns, verehrte Gesellschaft. Ich danke Ihnen für Ihre Gastfreundschaft, möchte mich aber nun zurückziehen und zu Bett gehen. Kann uns jemand zeigen, wo wir schlafen sollen?»

Ein Raunen ging durch den Saal. Léon war so müde, daß er keinen klaren Blick mehr hatte. Er spürte, wie ihn die Anstrengungen der letzten Tage übermannten. Die Gäste, der Tisch, die Decken und Wände, all das verschwamm zu einem einzigen dichten Nebel, und der Rauch der Zigarren brannte in seinen Augen. Weit entfernt hörte er, wie Paul das Wort ergriff: «Mein lieber Freund ist nicht nur tapfer, sondern auch vernünftig! Ich hoffe, Sie mögen uns diese Unverschämtheit verzeihen. Sie ist nur Ausdruck der schweren Prüfungen, die uns in den letzten Tagen auferlegt worden sind, und ich versichere Ihnen, daß wir nur mit schwerem Herzen von dieser großartigen Tafel aufbrechen!»

Unter heftigen Umarmungen und unzähligen Abschiedsworten löste sich die Gesellschaft langsam auf. Da faßte Nilsen Paul an der Schulter und schob ihn in die Küche, in der seine Frau stand, die eine kleine gerahmte Fotografie in den Händen hielt. Es war ein Foto von Nilsen selbst.

«Capitaine Rolier! Wir möchten Ihnen dies als Erinnerung an Ihren Besuch in Seljord geben», sagte Nilsen bewegt. «Die Aufnahme ist in meinem Examensjahr gemacht worden.»

Paul bedankte sich und fühlte sich hilflos, da er ihnen selbst nichts als Zeichen seiner Dankbarkeit geben konnte. Plötzlich griff er in die Innentasche seiner Jacke, in die er das Zigarettenpapier gesteckt hatte, mit dem die Bewegungen des Ballons überprüft werden sollten. Zu seiner Verwunderung hatten die Papierchen die Strapazen gut überstanden. Er nahm eine große Handvoll davon heraus und drückte sie Frau Nilsen in die Hand.

«Für die Kinder, gute Frau. Ein Gruß aus Paris!»

Die Gastgeberin schaute verwundert auf das Geschenk, lächelte warm und bedankte sich.

Léon hatte von Ingenieur Nilsen eine Zigarre bekommen und war hinausgegangen. Die kalte Nachtluft und das Nikotin halfen ihm, wieder einen klaren Kopf zu bekommen. Er genoß den Tabak in tiefen Zügen und starrte gedankenverloren in den sternenklaren Winterhimmel. Plötzlich hörte er Stimmen und sah die Umrisse von drei Männern oben auf der Veranda. Es waren der Pfarrer und der Arzt. Sie hatten Paul in die Mitte genommen, und fast sah es so aus, als hätten sie ihn arretiert. «Ah, da sind Sie ja, Leutnant!» nuschelte er. «Unsere lieben Freunde zeigen uns, wo wir schlafen können!»

Nachdem man ihnen in Überjacken geholfen hatte, wurden sie zu Fuß durch die Schlittenspur zu einem Nachbarhaus geführt, in dem ein Zimmer für sie zurechtgemacht worden war. Der Raum war während des Festmahls mit Birkenholz angeheizt worden. Zwei große Betten standen dort für sie bereit. Der Pfarrer hatte Tränen in den Augen, als er zum Abschied ihre Hände drückte.

«Gute Nacht, liebe Freunde», sagte Ingenieur Nilsen. «Wir werden euch morgen in aller Frühe wecken.»

Léon schlief ein, kaum daß er im Bett lag. Er hörte nicht mehr, wie sich Paul Rolier kraftlos beklagte, bis auch ihn der Schlaf übermannte: «Auf diese Art aufzubrechen! Das tut man einfach nicht, Leutnant!»

Sie konnten nicht lange schlafen. Bereits um fünf Uhr morgens klopfte der Pfarrer an die Tür, doch er mußte hineingehen und sie richtig schütteln, um sie zu wecken. «Pferd und Schlitten stehen bereit!»

Aber jetzt war kein Nilsen da, der übersetzte, und so dauerte es eine Weile, bis Paul und Léon begriffen, wo sie waren. Schlaftrunken spritzten sie sich etwas Wasser ins Gesicht, zogen sie ihre Kleider an und schwankten in den dunklen, kalten Morgen hinaus. Im Licht einer Paraffinlampe, die auf dem Vorplatz des Hauses entzündet worden war, sahen sie einen eleganten, schlanken Schlitten mit hohen Kufen, vor den zwei kleine, muskulöse Pferde gespannt waren, die mit den Hufen ungeduldig im Schnee kratzten. Weißer Atem quoll aus ihren Mäulern. Das alles erschien ihnen höchst abenteuerlich, und die Franzosen wußten nicht recht, ob sie wach waren oder noch träumten. Jetzt erblickten sie auch Doktor Thomesen. Er beugte sich in einem Dunst von Alkohol zu ihnen herunter und begann Paul auf norwegisch über die Schlittentour zu instruieren. Die Norweger versorgten sie mit großen, warmen Fellstiefeln und Pelzmänteln. Dann zeigten sie ihnen, wie sie sich auf den Schlitten zu setzen hatten, und übergaben ihnen einen reichgefüllten Proviantsack, ein paar norwegische Silbermünzen und eine Art Empfehlungsschreiben, das an eine bestimmte Person in einer Stadt namens Kongsberg gerichtet war. «An Amtmann Gjertz» stand auf dem Umschlag. Pfarrer Bye faltete die Karte zusammen und reichte sie Léon. Die zwei wurden gebeten, Platz zu nehmen, und der Doktor gab Paul die Zügel, der daraufhin erschrocken von Léon zu den Pferden und dann in die Dunkelheit starrte. Unsicher suchte sein Blick erneut den Doktor, der sich still amüsierte, als ein großer, kräftiger Kutscher mit einem kleinen Jungen an seiner Seite, der sein Sohn zu sein schien, in dicken Wolfspelzen aus der Dunkelheit trat. Der Kutscher tätschelte die Pferde liebevoll und begrüßte dann die Ballonfahrer.

Die beiden setzten sich auf den Kutschbock, und ohne daß die Passagiere auch nur das geringste Zeichen bemerkten, zogen die Pferde an, so daß sie in die Sitze gedrückt wurden. Sie beeilten sich zu winken, und Doktor Thomesen rief ihnen auf französisch nach: «Möge Gott Sie und Ihr edles Vaterland beschützen!»

Dieser Gruß war völlig fehlerfrei und mußte von ihm vorher eingeübt worden sein. Und Pfarrer Bye rief ihnen noch einmal mit bewegter Stimme nach: «*Je suis l'ami des Français!*»

Paul brüllte voller Begeisterung etwas zurück, während sie immer weiter in die Dunkelheit fuhren. Auch der Franc-Tireur starrte verwundert zu den Norwegern zurück. Sie erinnerten ihn irgendwie an zwei Kinder.

Kongsberg

Die Ballonfahrer trampelten mit den Füßen, um warm zu bleiben, und der Kutscher versicherte ihnen noch einmal, sie seien am richtigen Ort, Hôtel des Mines.

«Sie müssen nur anklopfen», sagte er mit gedämpfter Stimme und zeigte auf eine große Tür in einem dunklen, atriumähnlichen Hof. Taub und verfroren gingen die beiden Franzosen in ihren dicken Wolfspelzen über den Hofplatz. Sie sahen wie zwei urzeitliche Monster aus. Der Schnee unter ihren Füßen knirschte.

Es war zwei Uhr nachts, und die Temperatur betrug fünfzehn Grad minus. In der Ferne hörten sie deutlich ein hohles, fast unnatürliches Gepolter wie von einem unterirdischen Wasserfall. Rolier hielt den Brief aus Seljord in der einen Hand und klopfte mit der anderen vorsichtig an die tief unter dem Überdach liegende Eingangstür. Niemand öffnete ihnen. Der Kutscher beobachtete sie genau und versuchte dabei, den Schlitten auf dem engen Hofplatz zu wenden. Die verschwitzten Pferde dampften in der Kälte. Plötzlich stellte sich eines der Pferde auf die Hinterbeine und wieherte laut, doch der Kutscher schwang die Peitsche und brachte das Tier schnell wieder unter Kontrolle. Er grinste breit und winkte den beiden Franzosen herzlich zu, bevor er durch die Hofeinfahrt in der Dunkelheit verschwand. Paul zuckte unsicher mit den Schultern und schielte zu Léon hinüber. In diesem Moment wurde die Hoteltür vorsichtig ein Stück geöffnet, und eine junge Frau erschien im Türspalt. Sie hielt eine Paraffinlampe in der Hand und hatte einen großen, gestrickten Wollschal um sich gewickelt.

«Entschuldigen Sie die späte Störung, Mademoiselle», sagte Rolier höflich auf französisch und trat einen Schritt vor. Die junge Frau schreckte zurück und schlug die Tür zu.

«Oje, Bézier. Sehen wir so furchteinflößend aus?» Paul klopfte noch einmal an, und kurz darauf erschien ein älterer Mann mit Nachtmütze auf dem Kopf an der Tür. Auch er öffnete die Tür nur einen Spaltbreit.

«Was ist das für ein Lärm, meine Herren?» Er warf einen kurzen Blick auf die beiden pelzbekleideten Männer und schnauzte sie dann an: «Es tut mir leid. Es ist alles voll.»

Aber noch bevor es ihm gelang, die Tür zuzuwerfen, hatte Léon seinen Fuß resolut in den Spalt gesetzt, während Paul dem Mann das Empfehlungsschreiben aus Seljord reichte. Der Hotelwirt zögerte einen Augenblick, doch dann nahm er es entgegen und las. Entgeistert öffnete er den Mund, riß die Tür auf, ging zwei Schritte auf sie zu und umarmte sie nacheinander. «Mein Gott! Kommt herein, Freunde, bitte kommt! Entschuldigt meinen Mangel an Bildung. Aber wir hatten in der letzten Zeit ein paar schwierige Gäste. Vergeben Sie mir, meine Herren! Und was mein Dienstmädchen betrifft, sie dachte gar, Sie seien Schweden! Das arme Kind! Aber jetzt kommt doch ins Haus!»

Die Ballonfahrer verstanden nicht ein Wort, ließen sich aber bereitwillig in einen kleinen Raum führen, der wie eine Rezeption aussah. Dort legten sie ihre dicken Mäntel ab. Der Hotelwirt klingelte mit einer kleinen Messingglocke und rief dem Hausmädchen etwas zu. Innerhalb kürzester Zeit waren drei oder vier Personen aufgetaucht, und in nur einer halben Stunde hatte der Wirt ihnen Essen und Bier serviert und ein Zimmer in der zweiten Etage gerichtet. Wild gestikulierend gelang es Léon, dem Wirt verständlich zu machen, daß sie in vier Stunden geweckt werden wollten.

Oben im Zimmer sagte Paul: «Welch unchristliche Zeit, Leutnant!» Dann warf er sich voll bekleidet aufs Bett und schlief sofort ein.

Léon warf einen resignierten Blick auf Rolier, löschte die

kleine Lampe und legte sich hin, doch er konnte nicht einschlafen und starrte noch lange einfach ins Dunkle. In der Ferne hörte er den Lärm des Wasserfalls, der sich mit dem unregelmäßigen, merkwürdigen Knirschen des Hauses mischte. Eine plötzliche Idee veranlaßte ihn, aufzustehen und sich zur Tür zu tasten. Er schloß ab und schlich dann zum Bett zurück. In dieser Nacht schlief Léon sehr schlecht. Er träumte, er würde von bösen Menschen, die er hören, aber nicht sehen konnte, durch den Obstgarten seiner Eltern gehetzt.

Es war noch immer dunkel und klirrend kalt, als Rolier und Bézier nach einem soliden Frühstück zu Fuß das Hôtel des Mines verließen. Der Hotelwirt hatte es lächelnd abgelehnt, bezahlt zu werden, ihnen den Weg zum Hof des Amtmanns erklärt und ihnen dann freundlich nachgewunken. Sie kämpften sich den glatten Weg hinter dem Hotel empor, und einige Minuten später klopften sie an die Tür von Amtmann Gjertz. In dem großen Holzgebäude mit dem charakteristischen italienischen Dach rührte sich nichts. Léon warf einen Blick auf die benachbarte Kirche. «Sind wir auch am richtigen Ort, Rolier? Das könnte der Pfarrhof sein?»

Rolier verstand, was der andere meinte, doch ohne zu antworten, klopfte er noch einmal kräftig an die Eingangstür. Nach einer Weile hörten sie müde Schritte auf der Treppe, und ein schlaftrunkener Mann öffnete in Bademantel und Pantoffeln die Tür und bat sie mit skeptischem Blick und ohne ihnen die Hand zu geben herein. Er führte sie in sein Büro und forderte sie auf, Platz zu nehmen. Mit ängstlicher Vorahnung studierte Léon die Gestalt des alternden Amtmanns. Er war klein von Statur, hatte eine hohe Stirn, abstehende Ohren und ein spitzes Kinn. Rolier gab ihm sogleich das Empfehlungsschreiben von Ingenieur Nilsen, das Gjertz mit wachsendem Interesse las. Seine Gesichtszüge wechselten dabei von entgeistertem Staunen zu unverhohlener Begeisterung.

Endlich schaute er von dem Brief auf und starrte die zwei an. Wortlos blieb er so einen Augenblick sitzen, bevor er den Mund öffnete: «Unglaublich, meine Herren!» Er sprach fließend französisch, ohne eine Spur von Akzent. Seine Stimme war freundlich, aber bestimmt. Sie machte auf die beiden einen guten Eindruck. «Im Ballon über die Nordsee!» Dann stand er auf, drückte ihnen die Hände und gratulierte überschwenglich. «Wenn ich Nilsens Brief richtig verstehe, haben Sie es eilig, nach Christiania zu kommen.»

Léon lächelte breit. Endlich ein Mensch, der den Ernst der Lage erkannte!

Gjertz schrieb schnell zwei Briefe, die umgehend mit einem Boten zur Telegrafenstation unten in der Stadt gebracht wurden. «Jetzt heißt es abwarten, liebe Freunde.»

Léon schaute den Amtmann verwundert an. Dann nahm er all seinen Mut zusammen und fragte: «Wie meinen Sie das? Können wir nicht sofort nach Christiania weiterreisen?»

Gjertz breitete herzlich seine Arme aus. «Doch, natürlich, Leutnant Deschamps, aber Sie müssen verstehen, daß ich nicht alleine die Verantwortung übernehmen will, Sie auf eigene Faust loszuschicken. Sie sind ja wichtige Kuriere der französischen Regierung, und zu Ihrer eigenen Sicherheit möchte ich kein Risiko eingehen. Sie sollen uns ja nicht abhanden kommen!» Gjertz lächelte verschmitzt, aber Léon war mit dem, was er gehört hatte, sehr zufrieden. Endlich redete jemand von Sicherheit!

«Aber ich kann Ihnen beiden versichern», fuhr der Amtmann fort, «es wird wohl kaum lange dauern, bis wir Antwort von Konsul Hepp in Christiania und Konsularagent Omstedt in Drammen erhalten.»

Der Amtmann bat sie in die gute Stube und forderte sie auf, dort zu warten. Er ließ ihnen Getränke bringen, stieß mit ihnen an und entschuldigte sich dann für eine Weile, da er noch andere Geschäfte zu erledigen habe.

Zwei Stunden vergingen, ohne daß auch nur das Geringste geschah, und Léon wurde immer unruhiger. Da tauchte Gjertz plötzlich wieder auf. Diesmal trug er eine standesgemäße Uniform. Er bat sie zu einem kleinen Essen, und dieses Essen erwies sich als eine reichhaltige Mahlzeit mit ausgesuchten französischen Weinen, bei dem auch die Nichte des Amtmanns, Theresa, anwesend war.

Rolier, der über diesen überraschenden Besuch entzückt war, mußte erneut seine unglaubliche Geschichte erzählen. Stark inspiriert von der charmanten jungen Dame, reicherte er sie diesmal mit noch mehr dramatischen Details an als zuvor. Léon konnte nicht anders, als die Geschichte höflich zu verfolgen.

Nachdem Paul seine Geschichte beendet hatte, erhob sich Fräulein Gjertz. Mit ernsthafter Miene erzählte sie, sie habe das letzte Jahr in Frankreich verbracht und sei gerade erst vor zwei Monaten mit Müh und Not aus dem belagerten Paris entkommen. Mit ausschweifenden Gesten verkündete sie, sie wolle sich dafür stark machen, landesweit Geld für die verwundeten französischen Soldaten zu sammeln. Die Ballonfahrer lächelten, und der Amtmann bat sie in seinen privaten Salon, wo Kaffee und Cognac serviert wurden.

Doch Léon konnte sich einfach nicht am Gespräch beteiligen. Er saß nur stumm da und starrte auf die große Wanduhr hinter Fräulein Gjertz. Um ein Uhr mittags war noch immer keine Antwort vom Konsulat eingetroffen. Ein Telegramm nach Christiania und zurück konnte doch nicht so lange dauern! War bereits jetzt Sabotage im Spiel? Léon schob diesen Gedanken als unwahrscheinlich beiseite.

Erst um zwei Uhr kam der Bote mit dem Antworttelegramm von Konsul Hepp in Christiania. Gjertz las es laut vor. Rolier und Deschamps sollten sofort zur Hauptstadt weiterreisen, wo alles für sie vorbereitet würde. Sie sollten mit einem Schlitten nach Hougsund reisen, wo Konsularagent Omstedt sich einfinden würde, um sie sodann mit der Eisenbahn nach Drammen zu begleiten. Von dort ginge es dann mit dem Schlitten weiter nach Christiania. Gjertz erklärte ihnen ihre Reiseroute ein paarmal bis ins Detail, bevor er weiterlas. Das Telegramm berichtete ferner, der Ballon sei gefunden worden und bereits auf dem Weg nach Drammen. Die Brieftauben seien alle wohlauf.

Diese letzte Nachricht war zuviel für Léon. Die Gefühle überwältigten ihn. Er erhob sich rasch vom Tisch, ging zum Fenster und starrte mit tränenerfüllten Augen hinaus. Die Tauben hatten überlebt!

Nach einem überaus herzlichen Abschied vom Amtmann und seiner Nichte ging die Reise der Aeronauten weiter. Die Pferde zogen den Schlitten in leichtem Trab auf den eigentlichen Ortskern zu, den sie auf ihrem Weg durchqueren mußten. Sie hatten es sich gerade bequem gemacht, als der Kutscher überrascht etwas rief. Paul und Léon schauten neugierig auf. Der Schlitten näherte sich einem großen Steinbruch, der sich über einem wilden Flußabschnitt erhob. Die Straßen dahinter waren über und über voll von Menschen. Die vordersten hatten bereits die Brücke erreicht und versperrten die Straße. Als die Menschen den Schlitten mit den Franzosen erblickten, ging ein Raunen durch die wartende Menge, aus der die unterschiedlichsten Fahnen, darunter die französische Trikolore, herausragten, und dann erklang es: *«Vive la belle France!»*

«La belle France!» wiederholte Paul und gab Léon einen Schubs. «Wie feierlich!» Der Schlitten hatte jetzt die Brücke erreicht, und die Menschenmenge wich zurück. Rolier erhob sich. Wie ein römischer Feldherr ergriff er die ausgestreckten Hände der Menschen, die neben dem Schlitten herliefen, und sagte wieder und wieder mit bewegter Stimme: «Gott segne euch, Gott segne euch alle!»

Immer wieder erklangen Hurrarufe. Léon gefiel das Ganze nicht. Mißtrauisch musterte er die zusammengelaufenen Menschen. Da durchzuckte es ihn plötzlich wie ein Blitz. Mitten unter den Menschen hatte er ein paar Sekunden lang Augenkontakt zu einem etwas zurückgezogen stehenden hageren, großen Mann in dunklen Kleidern. Auf dem Kopf trug er einen merkwürdigen Hut. Der Mann in Schwarz zeigte keinerlei Begeisterung, sondern verfolgte den Schlitten mit ernsthaftem, berechnendem Blick. Léon glaubte zu spüren, wie sich der stechende Blick des Fremden in ihn bohrte, doch plötzlich war der Mann verschwunden, und schon einen Augenblick später schien er niemals dort gestanden zu haben. Léon sank ermattet im Schlitten zusammen.

Je mehr sie sich dem Rand des kleinen Städtchens näherten, desto dünner wurden die Reihen der Menschen, und schließlich rannten nur noch drei kleine Jungen hinter dem Schlitten her. Doch auch sie verloren den Kontakt, als der Kutscher die Pferde zu mehr Eile antrieb.

«Haben Sie so etwas schon einmal erlebt, Leutnant?» grinste Rolier begeistert. Aber Léon Bézier gab ihm keine Antwort. Rolier seufzte resigniert und machte es sich zufrieden in den Fellen bequem, wobei er zu sich selbst murmelte: «Ein unglaubliches Land!»

Zwei Stunden lang wechselten sie nicht ein einziges Wort. Um sie herum gab es nur weißen, stillen Wald, der sie auf beiden Seiten der Schlittenspur wie Wände umgab, und schließlich schliefen die beiden Aeronauten bei dem eintönigen Klingeln der Schlittenglocken ein.

Hougsund war keine große Stadt, aber trotzdem wimmelte es um die neue Eisenbahnstation von Menschen. Das ganze Dorf schien an diesem Mittwochnachmittag auf den Beinen zu sein. Viele trugen ihre Sonntagskleider. Paul und Léon fragten sich, wo all diese Menschen herkamen, denn schließlich hatten sie kaum ein Haus am Wegrand erblickt.

«Eines kann ich Ihnen sagen», flüsterte Paul Léon lächelnd zu, «in diesem Land verbreiten sich die Neuigkeiten aber schnell.»

Es war bereits wieder dunkel geworden, und als sich der Schlitten dem großen, zweistöckigen Bahnhofsgebäude näherte, wurden zahlreiche Fackeln entzündet, die in der klirrenden Kälte all die gespannten, schweigenden Gesichter erleuchteten. Auch Bézier war ergriffen und erhob sich gemeinsam mit Rolier im Schlitten. Wie auf ein Signal hin riefen alle: *«Vive la belle France!»*, wobei sie heftig norwegische und französische Flaggen schwenkten.

Der Stationsvorsteher schien vor Stolz beinahe zu platzen, als er die beiden Ballonfahrer in einen kleinen, gut geheizten Raum an der Seite des großen Wartesaales geleitete. Wie lange würden sie jetzt wieder warten müssen?

Schließlich hörten sie von Osten eine Dampflokomotive heranstampfen. Sie wurden auf den Bahnsteig gebeten, und die Menschenmenge brach wieder in ihre Jubelrufe aus. Der Erste-Klasse-Waggon, zu dem sie geführt wurden, war vollkommen neu und in fünf Abteile unterteilt, mit den Türen außen, doch bevor sie einsteigen konnten, mußten Paul und Léon die ganze auf dem Bahnsteig versammelte Gemeinde per Handschlag begrüßen. Léon scheute sich davor, seine verletzte Hand zu reichen, doch er wußte, daß kein Weg daran vorbei führte. Es dauerte lange, bis sie endlich einsteigen durften.

Schließlich öffnete sich eine Abteiltür, und zwei Männer stiegen aus. Beide trugen elegante, schwarze Wintermäntel. Der hintere der beiden Männer sprach sie in fehlerfreiem Französisch an: «Willkommen an Bord, Messieurs.» Er stellte sich als Direktor C. E. Krefting vor, Leiter der Randsfjordbahn, und präsentierte den anderen Herrn als Dr. Breder, Leiter der staatlichen Eisenbahngesellschaft.

Léon spürte wenig Begeisterung, als die beiden Fremden ihnen ihre kräftigen Fäuste entgegenstreckten und sich anschickten, seine mitgenommenen Finger zu drücken.

«So, das sind also unsere französischen Helden», sagte Krefting mit großer Ehrerbietung und quetschte Léons rechte Hand. Léon riß sich spontan los und hätte vor Schmerzen fast zu schreien begonnen. In diesem Moment erklang das Zugsignal, die Lokomotive schnaubte, und langsam stapften sie unter den Hurrarufen der Menschenmenge und den Sprechchören *«Vive la belle France»* aus dem Bahnhof von Hougsund.

Sie waren noch nicht lange gefahren, als der Zug den Bahnhof von Mjøndalen erreichte. Auch hier hatte sich eine Gruppe von Menschen eingefunden, um den Ballonfahrern Ehre zu erweisen. Während der Zug langsam durch die begeisterte Schar Menschen rollte, kam der Schaffner herein und entzündete Kerzen im Abteil.

«Wir können nicht an jedem Bahnhof halten, aber so können die Menschen Sie wenigstens sehen», sagte er und lachte, und Direktor Krefting übersetzte. Draußen erklangen die Hurrarufe, und Paul erhob sich und winkte begeistert. Léon lächelte den Schaffner dankbar an.

«Aber Monsieur Krefting, wo kommen all diese Menschen her?» fragte Paul mit unverhohlener Neugierde.

Der Direktor sah ihn verwundert an. «Aber Monsieur Rolier! Wissen Sie denn nicht, daß Sie hier in unserem Land bereits so etwas wie Nationalhelden sind? Man redet in ganz Norwegen über nichts anderes!»

«Aber ich verstehe nicht... Warum sind sie so begeistert?»

«Oh, seien Sie nicht zu bescheiden, Monsieur! Sind Sie sich nicht im klaren darüber, daß Sie als erste die Nordsee, ja Norwegen auf dem Luftwege überquert haben? Und Sie haben dort oben in der wilden, eisigen Einöde des Lifjells dem Tode getrotzt und sich mit eigener Kraft gerettet! Wir Norweger wissen so etwas zu würdigen!»

«Aber wie kann sich eine Neuigkeit in einem so dünn besiedelten Land so schnell verbreiten? Das ist doch völlig unbegreiflich, Herr Direktor.»

«Mag sein, die Menschen hier wohnen weit auseinander, Monsieur Rolier, aber hier oben geschieht nicht viel, und wenn einmal etwas passiert, das uns mit dem großen Ausland verbindet, dann zögern die Leute keine Sekunde, es ihrem Nachbarn, ja der ganzen Welt zu erzählen! Wir leben hier oben im dunklen Norden vielleicht am Rande der Welt, doch in uns fließt noch das Blut der Wikinger und damit auch ihre Neugierde und ihr Tatendrang.»

«Ich verstehe», heuchelte Paul, um höflich zu sein.

Aber Léon hatte verstanden.

Im Abteil war es dunkel und angenehm warm. Nur der Mond schien auf die schneebedeckten Bäume, die an ihnen vorbeisausten, und manchmal fühlten sich Paul und Léon fast in die kritischen Stunden nach der Landung im Lifjell zurückversetzt. Schließlich waren seit diesen Geschehnissen erst drei Tage vergangen, und in keiner der zurückliegenden Nächte hatten sie mehr als ein paar Stunden Schlaf bekommen. Bézier fühlte, daß ihn die Müdigkeit bald wieder übermannen würde. Doch unaufhörlich sprach der Direktor über die norwegische Eisenbahn, über seine Begeisterung für Frankreich und die Abscheu, die er für Bismarcks brutale Belagerung des schönen Paris empfand.

Plötzlich stoppte der Zug mitten im Wald. Bézier stand sofort auf und versuchte unruhig vom Fenster aus etwas zu erkennen.

«Was hat das zu bedeuten, Herr Direktor?»

«Bleiben Sie ruhig, Leutnant», antwortete Krefting. «Es besteht keine Gefahr, wir warten nur auf einige Gäste.»

Resigniert, aber höflich setzte sich Léon wieder hin. Kurz darauf stieg ein Mann mit einem Pelzmantel ein, den Krefting als Konsularagent Omstedt aus Drammen vorstellte.

«Endlich, meine Herren!» rief der Neuankömmling herzlich und umarmte die beiden. Léon trat reserviert einen Schritt zurück und versuchte vergeblich dem Handschlag zu entgehen. Der Zug setzte sich wieder in Bewegung.

«Entschuldigen Sie bitte, daß ich nicht nach Hougsund kommen konnte, um Sie bereits dort zu begrüßen, aber jetzt bin ich ja da. Ich staune, wie frisch Sie nach all den unglaublichen Strapazen aussehen, und bin wirklich stolz, in einer Stunde wie dieser Frankreich zu repräsentieren!»

Sogar Paul hatte langsam genug von den ewigen Lobgesängen. Agent Omstedt wechselte ein paar rasche Worte auf norwegisch mit den anderen beiden, bevor er sich wieder an die Ballonfahrer wandte: «Wenn ich das Telegramm von Amtmann Gjertz richtig verstehe, liegt es in Ihrem Interesse, möglichst rasch nach Christiania zu kommen. Doch es tut mir leid, Ihnen mitteilen zu müssen, daß wir es kaum bis heute abend schaffen werden.»

Léon reagierte rasch. Er war unverkennbar wütend: «Was soll das heißen?»

«Jaja, Leutnant Deschamps. Lassen Sie mich bitte erklären.» Mit stolzgeschwellter Brust offenbarte er seine Überraschung: «Ich habe die Ehre, den Herren mitzuteilen, daß man in Drammen dabei ist, ein Willkommensfest für Sie zu arrangieren. Dieses Fest wird von solchen Dimensionen sein, daß selbst französischen Kriegshelden der Atem stocken wird. Die ganze Stadt ist auf den Beinen, um Ihnen zu Ehren ein gewaltiges Festmahl vorzubereiten.»

«Welch eine Ehre!» rief Rolier aus, doch Bézier fiel ihm kühl ins Wort: «Wir haben keine Zeit zu verlieren und müssen so schnell wie überhaupt nur möglich Kontakt zu Konsul Hepp bekommen und unsere Depeschen weiterreichen.» Léon ärgerte sich sogleich, soviel gesagt zu haben. Strenggenommen hätte er den Fremden nicht verraten dürfen, daß sie Kuriere waren.

Omstedts Gesicht leuchtete auf. «Ausgezeichnet! Dann sind Sie bei mir in den besten Händen. Konsul Hepp hat mich bereits angewiesen, mich der Sache anzunehmen, aber darüber können wir vielleicht später unter vier Augen sprechen?»

Léon wurde rot, nickte kurz und dachte ein paar Sekunden nach, bevor er sagte: «Trotzdem möchte ich darauf bestehen, daß noch heute abend ein Transport für uns nach Christiania bereitgestellt wird.»

«Seien Sie nicht dumm, Deschamps!» rief Paul entmutigt. «Das ist doch nicht notwendig. Sie haben doch gehört, was der Herr Konsul gesagt hat. Außerdem spielen einige wenige Stunden doch wohl keine Rolle. Lassen Sie uns das entscheiden, wenn wir in Drammen sind.»

Als Léon protestierte, fügte er dreist hinzu: «Als Capitaine gebe ich Ihnen jetzt einen Befehl. Wir bleiben heute nacht in Drammen!»

Léon zuckte zusammen und schaute entgeistert zu den Norwegern hinüber. Sie mußten ihren Streit mitbekommen haben. Er verspürte einen unbändigen Drang, Roliers falsches Spiel aufzudecken, riß sich aber loyal zusammen und starrte den Rest der Reise nur mehr beleidigt auf das schwarze Wasser des Drammenselva. Capitaine! schoß es ihm wütend durch den Kopf. Pilot, das ja, aber Capitaine! Léon kochte vor Wut.

Wenige Minuten später fuhren sie in den neuerbauten Bahnhof von Drammen ein. Das prächtige, steinerne Bauwerk hatte etwas Großartiges im Vergleich zu den einfachen Holzhäusern, die entlang des matschigen Flußufers standen. Nicht unerwartet wurden sie auch hier von einer recht großen Gruppe Menschen erwartet, doch Paul war über deren Zahl nicht sonderlich beeindruckt, war Drammen doch ungleich größer als die Orte, die sie bereits durchquert hatten. Trotzdem winkte er den Menschen, die sie mit den üblichen Sprechchören begrüßten, lächelnd zu, als er aus dem Abteil stieg. Auf dem Bahnsteig stand eine überdachte Pferdekutsche, vor ihr zwei Kutscher in Uniform. Omstedt führte die Franzosen hinüber und verabschiedete sich von den Eisenbahnchefs. «Wir sehen uns heute abend, hoffe ich?»

«Da können Sie sicher sein», erwiderte Krefting fröhlich.

Léon war erleichtert, nicht wieder von einer solchen Menschenmasse erwartet zu werden. Paul hingegen musterte die Versammlung und wandte sich dann an Omstedt: «Ausgehend von Monsieur Kreftings Beschreibung hatte ich geglaubt, Drammen sei eine große Stadt, aber nach der Anzahl der Menschen hier zu schließen, Konsul ...»

«Nun, die Festivitäten finden nicht auf dieser Seite des Flusses statt, Capitaine, sondern auf der anderen, der Börsenseite. Aber bevor wir Sie unter die Menschen lassen, haben Sie vielleicht das Bedürfnis, erst ein paar Minuten ins Hotel zu gehen? Die Stadt lädt Sie natürlich ein, und das Festmahl ist für neun Uhr angesetzt, das heißt in einer Stunde.»

Omstedt klopfte an das Dach der Kutsche, lehnte sich aus dem Fenster und rief dem Kutscher auf norwegisch zu: «Fahren Sie uns zum Hotel König Karl, aber nehmen Sie die Route am Börsenplatz vorbei, unsere Freunde fühlen sich ein wenig einsam.» Dabei zwinkerte er den Gästen zu.

Auf dem Weg über die Brücke fuhren sie ständig an Menschen vorbei, die ihnen etwas zuriefen und versuchten, einen Blick auf die Helden zu werfen.

«Sehen Sie dort hinüber, Capitaine?» forderte ihn Omstedt auf. «Sind Sie damit zufrieden?»

Paul war völlig überwältigt von dem Anblick, während Léon eher ängstlich blickte. Ein wahres Meer von Menschen füllte den großen Platz vor dem breiten, dreistöckigen Börsengebäude. Viele von ihnen trugen Fackeln, die die Fassade des Gebäudes erhellten.

«Das sind wohl ein paar tausend Menschen», sagte Omstedt trocken, ohne daß er danach gefragt worden wäre. «Und alle warten nur auf Sie, Capitaine, und Ihren Helfer natürlich. Sind Sie jetzt zufrieden?»

Paul starrte nur stumm auf die jubelnden Menschenmassen, die jetzt die Franzosen entdeckt hatten.

Omstedt ergriff Léon freundlich am Arm. «Verstehen Sie jetzt? Wir konnten Sie nicht so ohne weiteres Drammen passieren lassen! Wäre das geschehen, müßten Bürgermeister Selmer und ich selbst befürchten, daß die Bevölkerung der Stadt sehr enttäuscht wäre und es gar zu Aufständen kommen könnte. Ja, ich hoffe inständig, Sie können das entschuldigen, Leutnant Deschamps.»

«Ich hoffe nur, daß auch für unsere Sicherheit gesorgt ist, Konsul», sagte Léon kühl. Er war über seinen eigenen Mut überrascht.

«Entschuldigung, wie soll ich das verstehen?»

Léon senkte seine Stimme und schaute sich um: «Haben Sie wirklich vergessen, daß sich unser Vaterland im Krieg befindet? Wir haben hier in Norwegen selbstverständlich die große Sympathie für Frankreich registriert, Herr Konsul, aber ebenso sind wir uns darüber im klaren, die norwegisch-schwedische Union verhält sich in diesem Krieg neutral. Und wenn es stimmt, was sie sagen, daß nämlich die Neuigkeiten über unseren Auftrag schon im ganzen Land bekannt sind, dann sitzen wir mitten auf dem Präsentierteller und befinden uns damit vielleicht in großer Gefahr!»

Omstedt lachte herzlich: «Oh, nein, mein lieber Leutnant. Dann kennen Sie Norwegen nicht! Ich versichere Ihnen, dies ist der friedlichste Platz der ganzen Welt!»

Plötzlich erstarrte Léon. Im flackernden Licht einer großen Fackel stand ein großer, hagerer Mann in schwarzen Kleidern, wie losgelöst von der Menge, und verfolgte die Kutsche mit berechnendem Blick.

Das französische Konsulat in Christiania, Montag, den 28. November, vormittags

Generalkonsul Hepp starrte gedankenverloren auf die verschneite Karl-Johans-Gate hinaus. Die Geschichte über den havarierten Ballon war zu einer richtigen Pressesensation hochgespielt worden und hatte ihm mehr Arbeit gemacht, als ihm lieb war. Als sei das nicht genug, kursierten bereits Gerüchte in der Stadt, die französische Mannschaft sei gefunden worden und noch am Leben. Hepp schüttelte den Kopf. Die Situation war verworren, und er fürchtete diplomatische Verwicklungen. Formell gesehen war der Ballon und dessen Inhalt norwegisches Staatseigentum. Ihm selbst war dieser Ballon vollkommen egal, er wußte jedoch, Gambetta und Steenackers würden sicher ihre Besitzansprüche anmelden. Wichtiger waren die Postsäcke und eventuelle Depeschen. Aber er kannte die Norweger. Sie waren stur wie die Esel und nur schwer zu beeinflussen. Er hatte lernen müssen, daß in Norwegen selbst diplomatische Etikette selten so wirkte, wie er das von anderen Ländern Europas gewohnt war, und weder Schmeicheleien noch Bestechungen zu etwas führten. Schließlich war er, trotz allem, mit einer Norwegerin verheiratet. Auffallend franzosenfreundlich waren die Norweger auch nicht gerade. Konsul Hepp seufzte tief. Er meinte, das vernünftigste sei es, weitere Order vom Generalstab abzuwarten. Aber es würde dauern, bis er Antwort auf seine Telegramme erhielt.

Es klopfte an der Tür, und völlig außer Atem stürzte sein Sekretär herein. «Ein Telegramm vom Amtmann Gjertz aus Kongsberg, Herr Generalkonsul!»

«Was ist das jetzt schon wieder, Delsart?» Hepp entfaltete unwillig das Telegramm und riß die Augen auf: «Halten Sie sich fest, lieber Freund! Die Ballonfahrer sind am Leben! Sie kommen heute abend nach Drammen!» Hepp war vor Begeisterung aufgesprungen, sank aber gleich wieder in seinem Sessel zusammen. «Und was machen wir jetzt?»

«Sollten Sie vielleicht den Generalstab informieren, Monsieur?»

«Nein, nein, das ist nicht notwendig.» Hepp stützte die Ellbogen auf den Tisch und verbarg sein Gesicht in den Händen. «Ich habe bereits um Anweisungen gebeten, was zu tun ist, wenn die Ballonfahrer am Leben sind. Nur werde ich wohl kaum vor heute nacht eine Antwort aus Tours erhalten.»

«Dann würde ich vorschlagen, dafür zu sorgen, daß die Ballonfahrer umgehend in Sicherheit gebracht werden, Monsieur.»

«Wie meinen Sie das?» Hepp starrte seinen Sekretär verwundert an.

«Die Ballonfahrer haben doch sicher einen Kriegsauftrag und sind damit ein ausnehmend gutes Ziel für unsere Feinde.»

«Meinen Sie wirklich, Delsart? Glauben Sie in vollem Ernst, daß unsere preußischen Kollegen es hier in Christiania auf die beiden abgesehen haben könnten? Hier am äußersten Rand Europas? Was lesen Sie denn für Bücher, lieber Delsart?»

Aber der Sekretär ließ nicht locker. «Der Krieg dauert jetzt schon vier Monate, Herr Konsul, und Sie selbst haben doch gesagt, es sei nur eine Formsache gewesen, daß Frankreich Preußen den Krieg erklärt hat. Preußen hat sich lange Zeit vorbereitet. Verzeihen Sie mir meine Hartnäckigkeit, Monsieur, aber wäre es wirklich so merkwürdig, wenn Bismarcks Männer in Norwegen versuchen würden, zwei Soldaten mit Kriegsauftrag unschädlich zu machen? Schließlich sind in unserer Heimat schon Zehntausende unserer Landsleute gefallen.»

Hepp schaute seinen Untergebenen beinahe unglücklich an. «Mein guter Mann. Ihre Aussage enthält ebensoviel Zynismus wie Pessimismus. Lassen Sie uns hoffen, daß die Welt doch noch nicht so grausam ist, wie Sie das glauben.»

Er machte eine kleine Pause und dann eine Bewegung mit der

Hand, als wolle er seinen Sekretär zur Seite wischen. Ganz eindeutig war damit das Gespräch über die Sicherheit der Ballonfahrer beendet. Wieder ließ sich Hepp schwer in seinen Sessel zurückfallen, und während er still vor sich hin starrte, zog sich seine Stirn in tiefe Falten. Plötzlich begann er leise, wie zu sich selbst, zu sprechen: «Nein, ich sorge mich nicht um das Wohlergehen der Ballonfahrer. Ganz und gar nicht.»

Delsart räusperte sich, um deutlich zu machen, daß er sich noch im Zimmer befand.

Hepp schaute hoch, erwiderte den Blick des Sekretärs und fragte dann fast konspirativ: «Erinnern Sie sich an unser Gespräch über Trochus Probleme, die militärischen Kräfte außerhalb und innerhalb von Paris zu koordinieren, Delsart?»

«Ja, natürlich, Herr Konsul, das war doch erst gestern», antwortete der andere verwirrt.

Hepp fuhr fort: «Könnte es sein, daß die zwei Ballonfahrer ...» Er griff noch einmal zum Telegramm. «Capitaine Rolier und Leutnant Deschamps. Angenommen, die beiden spielten eine Rolle in dieser Angelegenheit? Da die beiden Aeronauten offensichtlich dem Militär angehören und aus Paris kommen, müssen sie eine wichtige Depesche bei sich tragen. Außerdem behaupten sie, jedenfalls hat Gjertz darauf hingewiesen, daß es eile.»

Delsart dachte weiter nach: «Vielleicht können wir Konsularagent Omstedt dahingehend orientieren, eine eventuelle Depesche in Drammen entgegenzunehmen und sie umgehend an uns zu telegrafieren, so daß wir sie noch heute abend nach Tours weiterleiten können?»

Hepp dachte ein paar Sekunden nach. Dann schlug er mit der Hand auf den Tisch und sagte: «Eine gute Idee, junger Mann. Senden Sie sofort ein Eiltelegramm an Omstedt und bitten Sie ihn, unsere zwei Helden von Kongsberg hierherzugeleiten. Geben Sie ihm eine Vollmacht, anstelle meiner eine mögliche Depesche anzunehmen. Um ehrlich zu sein, Tours hat mir nie eine solche Vollmacht erteilt, aber in dieser Situation müssen wir wohl ein wenig improvisieren.» Hepp lächelte. Er war in Diplomatenkreisen als unorthodoxer Botschafter bekannt.

«Senden Sie dann ein Telegramm an Gjertz in Kongsberg und sagen Sie ihm, daß alles geregelt werden wird, und schreiben Sie den Aeronauten, was aus ihrem Ballon geworden ist!»

Delsart eilte hinaus. Generalkonsul Hepp war nicht sicher, ob er richtig gehandelt hatte.

Der Generalstab in Tours am Abend des 28. November

Das außerplanmäßige Treffen des Generalstabes dauerte schon eine Stunde. Gambetta war wütend, aber er beherrschte sich. «Ich verstehe, daß Sie müde sind, meine Herren. Dagegen sage ich auch nichts.»

Die Gesichter der alten Feldherren ließen deutlich erkennen, sie alle hielten den Krieg für verloren. Gambetta aber weigerte sich hartnäckig, dies einzusehen. Seine zerzauste Frisur und sein wilder Bart machten immer noch den Eindruck kriegerischer Entschlossenheit.

«Es ist jetzt schon länger als eine Woche her, seit ich meine letzte Aufforderung nach Paris geschickt habe, endlich einen gemeinsamen Angriff auf den Belagerungsring zu unternehmen. Aber wie gewöhnlich...» Er machte eine Kunstpause. Alle verstanden, was der Kriegsminister meinte. Wenn sich Präsident Trochu nicht bald zu einem Angriff entschloß, würde ihnen auch die letzte Chance durch die Finger rinnen. Sogar Gambettas Heer in Tours konnte nur mit Schwierigkeiten seine Stellung halten, und einige Mitglieder des Generalstabes hatten bereits vorgeschlagen, sich bis Bordeaux zurückzuziehen, was einen erneuten Angriff aber fast unmöglich werden ließ.

«Wie üblich haben wir nichts von Paris gehört, und ich befürchte, langsam ist es jetzt zu spät. Entweder haben sie unsere Aufforderung, uns Ort und Zeit eines Angriffs mitzuteilen, nicht erhalten, oder es ist Trochu nicht gelungen, uns eine Antwort zukommen zu lassen. Andererseits haben wir ein merkwürdiges Telegramm von unserem Konsul oben in Christiania, der Hauptstadt Norwegens, erhalten. Bevor wir genauer darüber sprechen, können vielleicht Sie, Monsieur Steenackers, kurz über den Inhalt des Telegrammes berichten?» Gambetta ließ sich in einen Stuhl sinken und überließ das Wort dem Postdirektor.

«Ich möchte Sie alle nicht zu sehr mit Details belasten, meine Herren, aber infolge des Krieges hat Konsul Hepp, unser Botschafter in Norwegen, das verschlüsselte Telegramm via England geschickt. Deshalb haben wir es erst mit großer Verspätung erhalten.»

Gambetta trommelte ungeduldig auf seinen Schreibtisch.

«Nun gut», fuhr Steenackers fort, «Konsul Hepp weiß zu berichten, daß ein französischer Ballon in Norwegen, unweit der Hauptstadt, gelandet ist.»

Ein Raunen ging durch die Versammlung. Ein junger, vorwitziger Offizier fiel ihm ins Wort: «Was, zum Teufel, macht einer unserer Ballons am Nordpol?»

Steenackers schaute den jungen Offizier streng an: «Abgesehen von Ihren mangelhaften geographischen Kenntnissen möchte ich Sie doch daran erinnern, daß die Ballone nicht Eigentum des Militärs sind, sondern ausschließlich vom Postministerium verwaltet werden.»

«Bitte, Monsieur», unterbrach ihn Gambetta, «Ihre Streitereien sind vollkommen irrelevant. Kommen Sie zur Sache!» Er nahm einen Bleistift und warf ihn lässig über die Schreibtischplatte. Die Offiziere lächelten. Den meisten war das gespannte Verhältnis zwischen dem Kriegsminister und dem Postministerium bekannt.

Auch Steenackers lächelte: «Konsul Hepp kann keine Auskunft darüber geben, weshalb sich der Ballon in Norwegen befindet. Unter allen Umständen will er aber versuchen, den Ballon so schnell wie nur möglich nach Tours bringen zu lassen. Der Konsul hat angedeutet, der Ballon müsse bemannt gewesen sein, was ja selbstverständlich ist. Er wurde aber verlassen aufgefunden, in …» Er blätterte in seinen Papieren, kämpfte mit der Aussprache und buchstabierte: «K-r-ø-d-s-h-e-r-r-e-d. Das ist ein kleiner Ort westlich von Christiania. An Bord sei keine Depesche gefunden worden, nur Post aus Paris. Von den Ballonfahrern gebe es keine Spur.»

«Danke, Herr Minister!» Gambetta erhob sich. «Nun, meine Herren, wie sollen wir das verstehen?»

Ein älterer General ergriff das Wort: «Nach meinem Dafürhalten könnte es sich um einen Kurierballon handeln. Höchstwahrscheinlich hatte der Kurier eine Depesche von Trochu bei sich. Ein solch wichtiges Dokument wird für gewöhnlich am Körper des Kuriers aufbewahrt. Der Ballonfahrer ist vermutlich umgekommen. Ich kann mir nicht vorstellen, daß es in dieser Jahreszeit möglich ist, einen Flug über die Nordsee zu überleben. Überhaupt hat so etwas noch niemand gewagt. Er wird im Meer sein Grab gefunden haben.»

Gambetta ergriff das Wort. «Ich fürchte, Sie haben recht, General. Dann bleibt uns nur die Hoffnung, daß Trochu dieses Mal wenigstens einen Zwillingsballon losgeschickt hat, auch wenn das sonst nicht sein Stil ist.» Er drehte sich zu Steenackers. «Bitte schicken Sie eine Meldung an Konsul Hepp, uns fortlaufend unterrichtet zu halten! Sollte die Depesche wider Erwarten doch noch auftauchen, muß diese umgehend an mich persönlich telegrafiert werden.» Zu dem General gewandt sagte er: «Wenn ich Sie alle richtig verstanden habe, können wir vom Präsidenten nicht mehr allzuviel erwarten. Wir ziehen uns aber noch nicht nach Bordeaux zurück. Wir werden noch ein paar Tage warten. Das ist alles, meine Herren.»

Die Versammlung löste sich auf. Léon Gambetta hatte keinen seiner militärischen Ratgeber nach dessen Meinung gefragt, und noch bevor jemand etwas hätte sagen können, war der Kriegs- und Innenminister verschwunden.

Drammen

Die Kutsche fuhr vor dem zweistöckigen, massiv gebauten Hotel König Karl vor. Der Hoteleingang war von zwei kleinen Bäumen flankiert und von Gaslampen beleuchtet. Die begeisterte Menschenmenge strömte durch die Straßen auf sie zu, und Konsul Omstedt zog die Franzosen mit sich hinein. Im Foyer wurden sie von Bürgermeister Selmer und dem Hoteldirektor begrüßt. Beide trugen einen Frack. Paul und Léon wurden dann in den zweiten Stock geleitet. Der Direktor ging vor, es folgten der Bürgermeister und dahinter nebeneinander die beiden Ballonfahrer, ihrerseits gefolgt von Konsul Omstedt. Sie betraten einen großen Raum, den der sich ständig verbeugende Hoteldirektor als Königssuite bezeichnete.

«Die Stadt stellt Ihnen diese Suite zur Verfügung», erklärte der Bürgermeister mit stolzgeschwellter Brust auf französisch. «Aber jetzt möchten Sie vielleicht ein paar Minuten entspannen? Das Gepäck ist bereits gebracht worden. Treffen wir uns dann in einer halben Stunde unten im Foyer? Und lassen Sie mich noch eines betonen, wir alle freuen uns auf einen festlichen Abend gemeinsam mit Ihnen.»

Der Hoteldirektor und der Bürgermeister zogen sich lächelnd zurück, während Omstedt noch bei den beiden blieb. «Erlauben Sie, meine Herren? Wie bereits früher angesprochen, sollten wir jetzt, da wir endlich ungestört sind, unsere Angelegenheiten klären.» Léon wartete gespannt, während sich Paul auf eines der Betten warf. «Ich habe», fuhr der Konsularagent fort, «eine wichtige Botschaft von Konsul Hepp, die ich Ihnen umgehend überreichen möchte.» Fast dramatisch fügte er hinzu: «Das Konsulat betont, es eile. Und natürlich handelt es sich um die Depesche. Der Generalkonsul in Christiania hat mir die Vollmacht erteilt, die Depesche hier in Drammen entgegenzunehmen. Ich werde persönlich dafür sorgen, daß sie umgehend an die Hauptstadt weitergeleitet wird. Dort wird Konsul Hepp sie ohne weitere Verzögerung nach Tours telegrafieren.»

Rolier und Bézier schauten sich an, und Omstedt fragte: «Ja, Sie überbringen doch eine Depesche, nicht wahr, Freunde?»

«Natürlich, Monsieur Omstedt», antwortete Rolier zögernd. «Wir sind nur überrascht, daß der Konsul sich die Mühe macht, sie zu holen. Woher weiß Generalkonsul Hepp, daß es eilt? Das ist doch eine vertrauliche Information. Hat Monsieur Hepp neue Nachrichten von Präsident Trochu aus Paris?» Zum ersten Mal bemerkte Bézier, daß auch Rolier aufpaßte.

Omstedt antwortete: «Sie verstehen sicher, ich kann dazu nichts sagen. Ich habe nur die Order erhalten, für Ihre Sicherheit zu sorgen. Und ohne selbst eingeweiht zu sein, kann ich mir doch zusammenreimen, daß Sie Kuriere sind und eine Botschaft aus Paris für Gambetta haben. So muß ich davon ausgehen, daß Sie eine Depesche bei sich tragen. So weit, so gut, meine Freunde.»

Ein Lächeln breitete sich auf dem Gesicht von Rolier aus. «Natürlich, Monsieur. Wie dumm von mir. Ich bin nur so verwirrt. Wir sind auf Abwege geraten und befinden uns in einem fernen, fremden Land, und da taucht plötzlich ein Mensch auf, der uns an unseren Auftrag erinnert.» Er lächelte, schüttelte den Kopf und faßte mit der Hand in die Innentasche seiner Jacke.

Da legte Bézier plötzlich seine Hand auf Roliers Arm.

«Rolier, einen Augenblick noch!» Tausende von Gedanken schossen durch seinen Kopf. Er schaute hinüber zu Omstedt: «Sie müssen wirklich entschuldigen, Monsieur, aber wir haben strenge Order, die Depesche niemand anderem als Gambetta persönlich zu überbringen oder allenfalls jemandem, der von Gambetta bevollmächtigt wurde. Ich erlaube mir, daran zu zweifeln, daß Sie im Besitz einer solchen Vollmacht sind.»

«Ich muß mich wohl etwas unklar ausgedrückt haben,

Freunde. Natürlich habe ich keine Vollmacht von Gambetta, lediglich einen Auftrag von Konsul Hepp.» Er räusperte sich und zögerte einen Augenblick, bevor er fortfuhr: «Verstehe ich Sie richtig, Sie weigern sich, ich meine, Sie zögern, mir die Depesche anzuvertrauen?»

Léon nickte und murmelte: «Entschuldigen Sie bitte, Monsieur, aber wir können die Depesche nicht ohne einen Befehl von Präsident Trochu oder Kriegsminister Gambetta herausgeben.»

Omstedt wandte sich voller Sarkasmus an Rolier: «Nun, Capitaine, Sie sind sicher der gleichen Meinung wie Ihr Untergebener?»

Rolier richtete sich im Bett auf und schaute von dem einen zum anderen. Béziers Formalismus störte ihn. Er selbst hatte keine solchen Befehle erhalten, wie Léon sie angesprochen hatte. Unsicher antwortete er: «Mein Kollege hat natürlich recht, aber andererseits befinden wir uns in Norwegen und nicht in einem Hotel in Berlin.» Wieder faßte er in die Innentasche, doch als er Béziers kriegerischen Blick sah, zog er die Hand zurück.

Omstedt ergriff noch einmal kurz das Wort: «Es ist schon in Ordnung, Capitaine. Vielleicht ist es das beste, Sie hören auf die Worte des Leutnants. Auf jeden Fall konnte ich mich versichern, daß Sie wohlauf sind und die Depesche in guten Händen ist.» Er zog sich lächelnd zurück und sagte, bevor er durch die Tür verschwand: «Freuen wir uns also auf einen großartigen Festabend.»

Léon trat einen Schritt vor und wollte ihn zurückhalten, aber er beherrschte sich. Statt dessen drehte er sich wütend zu Rolier um: «Was soll das heißen? Werden wir nicht heute abend noch nach Christiania gebracht? Das soll doch nur fünfzig Kilometer entfernt sein!»

Rolier lächelte: «Mein Gott, Leutnant! Es ist doch schon später Abend. Selbst wenn wir heute abend noch in die Hauptstadt kämen, wäre wohl alles, was wie ein Telegraf aussieht, längst geschlossen. Nein, lassen Sie uns noch ein paar Stunden das Leben genießen und morgen früh, sobald es dämmert, aufbrechen.»

Léon mußte einsehen, daß Rolier recht hatte. Der Ingenieur begann, sich für das Fest vorzubereiten. Er wusch sich und kämmte die Haare, Léon aber gelang es nicht, zur Ruhe zu kommen. Wie konnte Rolier diesen Auftrag mit einer solchen Lässigkeit angehen? Immer mußte er an die zwei mystischen Fremden denken, die er inmitten der Menschenmenge gesehen hatte. Wer waren sie? Waren es deutsche Agenten? War es derselbe Mann, den er an den verschiedenen Orten gesehen hatte? Dann mußte er ihnen nachgereist sein. Léon war so müde, daß ihm fast schwindelig wurde. Er legte sich auf den Rücken aufs Bett und vergewisserte sich, daß die Depesche noch an ihrem Ort war. Begann er bei hellichtem Tage Gespenster zu sehen? War es denn wirklich ausgeschlossen, daß ihnen preußische Spione auf den Fersen waren? Am liebsten hätte er einfach geschlafen und die ganze Gesellschaft sich selbst überlassen. Aber konnte er diesen verantwortungslosen Mann allein unter diese Hunderte von Fremden lassen? Plötzlich schoß ihm ein Gedanke durch den Kopf: Er hatte ja keine Ahnung, was für eine Depesche Rolier bei sich trug. Sicher war auch sie wichtig, denn schließlich trug sie das Siegel des Finanzministers und des Präsidenten. Aber hatte man ihm, Bézier, nicht versichert, er allein trüge die Botschaft über den möglichen Ausfall bei sich? Hatte ihn Trochu getäuscht? Gab es zur Sicherheit zwei gleiche Depeschen? Bei dem Gedanken wurde ihm heiß. Aber warum sollte ihn der Präsident dann anlügen? Um Léons Diensteifrigkeit auszunutzen? Diese kaltblütigen Schufte! Müde und verwirrt richtete er sich auf und lauschte. Aus dem Nebenzimmer hörte er das Plätschern von Wasser, vermischt mit munterem Pfeifen. Im Spiegel sah er, wie sich der junge Stadtmensch die Haare glatt nach hinten kämmte und sich bereit machte, in dieser Stadt am Rande der Welt, in Drammen in Norwegen, sich hochleben zu lassen. Er beschloß, diesen leichtsinnigen Gecken wachsam im Auge zu behalten.

Es wurde ein unglaubliches Fest. In aller Eile war der Bankettsaal der Börse für diesen Zweck geschmückt worden. Doch der Saal war nicht groß genug, um die Hunderte zahlender Gäste zu fassen, so daß die Veranstalter noch einen weiteren Nebenraum herrichten mußten. Der große Bankettsaal war mit Flaggen und Blumen geschmückt worden, und die eine Wand war mit einer riesigen Trikolore verkleidet, die an beiden Seiten von norwegischen und schwedischen Flaggen umgeben war.

Die Stimmung war, bereits bevor die Ehrengäste von einem strahlenden, vor Stolz beinahe platzenden Bürgermeister Selmer hereingeführt wurden, ausgenommen feierlich. Alle Gäste erhoben sich spontan von ihren Sitzen, als Bézier und Rolier durch ein Meer von Fahnen zu ihren Ehrenplätzen am Kopf des längsten Tisches geleitet wurden. Alle Anwesenden erhoben die Champagnergläser und riefen unisono *«Vive la belle France!»*, so daß der Festsaal erzitterte. Bézier und Rolier lächelten sich verstohlen an. Hier also auch! Woher hatten die Norweger nur diesen merkwürdigen Sprechchor?

Der Abend bestand aus einer langen Reihe von Reden, an deren Ende immer die Gläser erhoben wurden. Ja, es schien, als machten sich die Bürger von Drammen fast mit sportlichem Ehrgeiz daran, immer neue Gründe zu finden, die Gläser zu heben und sich zuzuprosten. Man trank auf Frankreichs Kriegsglück und auf das schöne Paris, auf die französischen Frauen und ganz besonders auf die Frauen der Ballonfahrer, und ein Assessor Arentz ließ den mutigen Präsidenten Trochu hochleben. Schließlich fand Amtmann Morgenstierne blumenreich Worte für die Bewunderung der Norweger für Frankreich, das, wie er hoffte, doch bald seine frühere *gloire* wiederfinden möge. Es sei wichtig für die Welt, daß Frankreich zu alter Kraft und Würde zurückfinde und seinen angestammten Platz als Weltmacht wieder einnehme.

Léon warf einen Blick auf Konsul Omstedt, der etwas von ihm entfernt in der Nähe der Tür saß. Er nippte nur vorsichtig an seinem Glas, begann aber trotzdem langsam, den Alkohol zu spüren. Wieder spürte er diese Unruhe in sich, und in manchen Augenblicken schien es ihm, als sei er vollständig von Preußen umgeben. Hatten sie nicht alle deutsche Namen? Vielleicht war das Fest ja eine einzige große Verschwörung, ein Komplott, um ihn daran zu hindern, seinen Auftrag auszuführen? Würden sie sich schließlich auf ihn stürzen und ihm die Depesche entreißen? Ihm schauderte, doch dann mußte er über seine eigenen Gedankenspiele lächeln und ließ sich von einem dicken Gymnasiallehrer zu einem neuerlichen Prosit verführen.

Rolier war in seinem Element. Er lauschte konzentriert den Reden und achtete auf jedes Wort, das an ihn persönlich gerichtet war. Und wie bei den letzten Malen war er es, der für sie beide die Dankesreden hielt. Morgenstierne übersetzte Roliers Rede Wort für Wort, immer wieder unterbrochen von begeisterten Zurufen. Der Jubel wollte schier kein Ende nehmen, als Rolier seine Rede mit den überraschenden Worten abschloß: «Als Zeichen unserer Dankbarkeit für Ihre außergewöhnliche Gastfreundschaft haben wir, mein Freund Leutnant Deschamps und ich, beschlossen, den Ballon ‹La Ville d'Orléans›, der nach seiner Havarie heute hierhergebracht worden ist, dem norwegischen Volk als Geschenk zu überlassen!»

Bézier wäre fast die Kinnlade heruntergefallen, doch er versuchte ein krampfhaftes Lächeln und nickte beherrscht nach rechts und links, als von allen Seiten Hurrarufe über sie hereinbrachen. Seine Gedanken gingen an die privaten Besitzer des Ballons und an den Kriegsminister, und er war froh darüber, daß dieser jetzt nicht anwesend war.

Rolier blieb stehen und genoß die minutenlangen Ovationen nach seiner Rede. Die Versammlung hatte sich ihm zu Ehren erhoben, und schließlich saß nur noch Bézier. Rolier beugte sich hinunter und zupfte ihn leise an der Schulter, doch Léon reagierte nicht. Die Champagnerkorken knallten, und schließlich setzten sich die meisten wieder hin. Viele Gäste waren mittlerweile so angetrunken, daß das Fest zunehmend chaotische Züge bekam, aber Bézier blieb weiterhin stumm und fast ungerührt von all dem Spektakel auf seinem Stuhl sitzen.

Rolier lehnte sich zu ihm hinüber: «Entspannen Sie sich doch, Leutnant! Nehmen Sie sich Wein, und seien Sie kein Spielverderber!»

Bézier mußte ihn fast anschreien, um sich in dem Tumult verständlich zu machen: «Ich bin noch immer besorgt, Rolier, und ich werde meine Aufmerksamkeit nicht mit Alkohol benebeln. Außerdem müssen wir morgen sehr früh aufstehen.»

Paul schüttelte den Kopf und drehte sich zum Bürgermeister. Léon hätte am liebsten die Gesellschaft verlassen. Konnte er es wagen, den Raum einfach zu verlassen und sich im Hotel hinzulegen? Was, wenn ihm Bismarcks Leute draußen auflauerten? Vielleicht konnte er ebensogut den Menschen vom Konsulat vertrauen und doch ein wenig mitfeiern? Warum sollte er sich die ganze Verantwortung aufbürden? Plötzlich wurden seine verwirrenden Gedanken von einem lauten Gepolter am Eingang unterbrochen. Eine große Fahne wurde hereingetragen, und hinter ihr marschierte der Chor der Arbeitervereinigung herein. Die Marseillaise wurde gesungen. Schließlich hatten sie es bis zur Bühne geschafft, und dort mußten sie unter dem tosenden Beifall der Anwesenden, die ununterbrochen die Ballonfahrer anstrahlten, das Lied noch einmal zum besten geben. Unterdessen kamen vier kräftige Männer zu den beiden Franzosen herüber, und noch bevor Léon protestieren konnte, trugen sie die beiden unter ohrenbetäubendem Jubel auf den Händen durch den Saal.

Das eigentliche Festessen war damit beendet, und die Menschen strömten in einen Nebenraum, in dem ein großer Punschkessel wartete. Alles schob und drängte, um den Ballonfahrern nur möglichst nahe zu kommen. Einige blieben nur kurz stehen und schauten sie verlegen an, andere waren mutig genug, sie per Handschlag zu begrüßen. Léon fühlte sich unwohl und versuchte, den aufdringlichen Gästen zu entgehen. Er sah, wie Rolier gestikulierend mit einer Schar von Männern und Frauen im Schlepptau verschwand. Er selbst mußte notgedrungen all die dummen und unsinnigen Fragen beantworten, die in mehr oder weniger gutem Französisch von allen Seiten auf ihn einhagelten. Sachte, aber bestimmt wurde er von einer Gruppe angetrunkener jüngerer Männer, die nicht bereit waren, ihre Beute wieder laufenzulassen, in einer Ecke festgehalten. Aber nachdem sie bemerkten, daß ihr Opfer ein wortkarger Mann war, wurden die Reihen dünner, so daß sich Léon bald wieder einen Weg durch das Lokal bahnen konnte, wobei ihm allerdings unablässig auf die Schulter geklopft wurde. Er konnte Rolier nirgends entdekken und kletterte deshalb auf einen Stuhl, was die Anwesenden begeisterte und sie zu neuerlichem Applaus verleitete. Schnell sprang er wieder hinunter, doch es war ihm gelungen, Rolier in der Menge auszumachen. Was er sah, stimmte ihn nachdenklich. Omstedt stand dicht bei Rolier, der nicht mehr ganz sicher auf den Beinen zu sein schien, und hielt ihn wie ein Polizist an den Schultern fest. Léon bahnte sich einen Weg zu den beiden und sah jetzt, daß der Norweger Rolier behutsam zur Tür hinüberschob und dabei die Umstehenden mit freundlichen Worten bat, doch zur Seite zu treten. Léon sagte, auch er sei sehr müde, und bat darum, sich gemeinsam mit Rolier zurückziehen zu dürfen.

Omstedt reagierte unverzüglich und rief ein paar norwegische Worte in den Saal, und unter dem wilden Jubel der Anwesenden und lauten «*Au revoir*»-Rufen gelang es ihm, die kleine Gruppe hinauszugeleiten. Omstedt und Rolier gingen Arm in Arm voran, und ein erleichterter Franc-Tireur folgte ihnen.

Am nächsten Tag wurden sie, wie von Bézier gewünscht, bereits um fünf Uhr morgens von Omstedt und Selmer geweckt. Rolier hatte einen schrecklichen Kater, er riß sich aber zusammen. Der Bürgermeister war schon wieder ganz der alte und überreichte den beiden je ein handkoloriertes Buch «als Zeichen für Drammens Dankbarkeit für den Besuch der Ballonfahrer und als Indiz für die norwegisch-französische Freundschaft». Léon befürchtete, daß der Bürgermeister, der offensichtlich noch nicht ganz nüchtern war, erneut mit der Marseillaise anfangen würde.

Erst zwei Stunden später, aufgehalten durch ein reichhaltiges Frühstück und umständliche Abschiedsreden, fuhren die beiden in einem schmalen Pferdeschlitten in Richtung Christiania davon.

Die Depesche

Der Weg über die Lierbakkene und durch Asker war mühsam, auch wenn sie inzwischen schon einiges gewohnt waren. Nasse Nebelschwaden trieben vom Fjord bis weit ins Land hinein, und so erschien ihnen das Wetter viel kälter und unangenehmer, als es eigentlich war. Erst vier Stunden nach ihrer Abreise erreichten sie Skøyen, wo sie von einem freudestrahlenden Delsart erwartet wurden, der sie das letzte Stück bis zum Konsulat eskortierte.

Die verschneiten Straßen am Rande der Stadt waren menschenleer. Doch als sie sich dem Schloßpark näherten, sahen sie eine große Menschenmenge, die dabei zuschaute, wie eine Tribüne und verschiedene Bühnen aufgebaut wurden. Auch in Kurland wimmelte es von Menschen. Einzelne Gruppen waren im Park dabei, große Eisskulpturen zu modellieren. Als die Pferde vor dem Konsulat in der Karl-Johans-Gate anhielten, kamen plötzlich wie auf ein Zeichen von überallher Hunderte von Menschen angerannt. Bézier und Rolier stiegen überrascht aus. Begleitet von Delsart beeilten sie sich, ins Innere des Hauses zu kommen, wo sie sogleich aufs herzlichste von Konsul Hepp begrüßt wurden. Er benutzte Béziers Decknamen, verwechselte aber ihre Vornamen.

«Herzlich willkommen, meine heldenhaften französischen Freunde! Eine unglaubliche Geschichte! Sie sind sich wohl im klaren darüber, daß Sie in diesen Tagen die wichtigsten Menschen in Norwegen sind?» Er schob sie in sein Büro, bat sie, Platz zu nehmen, und beeilte sich zu erzählen, daß er selbst aus Straßburg stamme und schwer darunter leide, im Ausland zu sitzen und untätig zuzuschauen, während seine Heimatstadt in argen Kriegswirren stecke.

«Aber ich habe gehört, Sie haben einen wichtigen Auftrag zu erledigen? Sobald die Verschlüsselung bereit ist, werden wir die Depesche nach Tours telegrafieren. Gambetta ist bereits ungeduldig, wie Sie sich denken können.» Hepps Grinsen reichte von einem Ohr zum anderen.

Bézier erhob sich schnell mit ernstem Gesicht, richtete seinen Kragen und sagte: «Ich möchte darauf hinweisen, daß mein Befehl lautet, die Depesche ausschließlich Gambetta persönlich zu überbringen, Herr Konsul!»

«Es ist alles in Ordnung, Leutnant. Ich verstehe Ihre Zurückhaltung. Sie befolgen natürlich nur Ihre Befehle.» Hepp räusperte sich, nahm ein Telegramm aus der Schublade und reichte es Bézier: «Das habe ich erst vor einer Stunde erhalten. Wie Sie sehen, hat Gambetta mir die Vollmacht erteilt, für ihn eine Depesche anzunehmen. Ich bin aber überzeugt davon, daß er Ihr Pflichtbewußtsein zu schätzen weiß, Leutnant.»

Paul Rolier hatte das Gespräch genauestens verfolgt. Er fand es beinahe peinlich. Er kramte aus der Innentasche seiner Jacke einen versiegelten Umschlag hervor und reichte ihn dem Konsul mit einer lässigen Handbewegung. «Etwas zerknittert ist er ja mittlerweile, aber die Botschaft ist nichtsdestotrotz von größter Bedeutung für Frankreich.»

Delsart beobachtete gespannt, wie Konsul Hepp den Umschlag aufriß. Er entfaltete den Brief, lehnte sich im Stuhl zurück und las. Plötzlich brach er in herzliches Gelächter aus, versuchte aber, es sofort wieder zu unterdrücken. «Entschuldigen Sie bitte, meine Herren, ich bin nur so überrascht.»

Den beiden anderen stockte der Atem. Rolier begann verwirrt an der Tischkante zu knibbeln. Dann fragte er: «Stimmt etwas nicht, Herr Konsul?»

«Nein, nein, ganz im Gegenteil, Capitaine. Aber wenn ich an all die Anstrengungen denke, die Sie durchgemacht haben, um diese Depesche abzuliefern, dann finde ich die ganze Angelegenheit doch schon ein wenig komisch. Aber natürlich, es ist schon wichtig, verstehen Sie mich nicht falsch.» Erregt sprang Rolier auf und riß dem Konsul den Brief aus den Händen. Doch je mehr er las, desto verkrampfter wurde sein Gesicht. Plötzlich warf er den Brief wütend zu Boden und ließ sich mit beleidigter Miene auf den Stuhl fallen.

Hepp versuchte ihn zu beruhigen: «Capitaine, ich verstehe Ihre Enttäuschung.»

Aber das beruhigte ihn keineswegs. Rolier schaute zu Boden und murmelte mit zusammengebissenen Zähnen: «Da riskieren wir Kopf und Kragen für den Präsidenten und unser Vaterland, und dann müssen wir erleben ...» Er wurde von einem erzürnten Bézier unterbrochen: «Hätte vielleicht jemand die Güte, mich über den Inhalt der Depesche zu informieren?»

Auch Delsart war neugierig: «Ja, was ist denn jetzt geschehen?»

Hepp hob den Brief auf und gab ihn Delsart: «Vielleicht sind Sie so freundlich und lesen uns den Brief laut vor, Monsieur Delsart?»

Der Sekretär las: «‹Gambetta. Bitten Sie die Regierung in Tours, alle Seen, Teiche, Flüsse und Bäche oberhalb von Paris abzufischen und die toten Fische dann in die Marne oder die Seine zu werfen. Wir haben die Pariser Bevölkerung gebeten, die Seine am Pont du Jour zu blockieren und die Fische herauszuholen. Wir gehen von hundert Tonnen Fisch aus und hoffen, daß etwa dreiviertel aller Fische Paris erreichen werden.

PS. In politischen Kreisen kursieren zuverlässige Gerüchte, daß König Wilhelm bei einem Schußwechsel mit einem Bayern schwer verletzt worden sein soll. (Das Gerücht ist bislang nicht bestätigt worden.) Paris, 24. Nov. 1870. Unterzeichnet: Postmeister Rampert, gegengezeichnet von Präsident Trochu.›»

Delsart ließ das Papier sinken und schaute zögernd zu Rolier hinüber.

Konsul Hepp legte die Hände gegeneinander, Fingerspitzen an Fingerspitzen, und mußte erneut ein Lachen unterdrücken. Dann sagte er mit ernstem Gesicht: «Die Essensnot in Paris ist groß, und dieser Vorschlag könnte die Not wirklich lindern.

Wirklich eine gute Idee. Die Meldung wird natürlich sofort weitergeleitet.»

Er zog das Chiffrierbuch hervor und begann es mit dem Zeigefinger durchzublättern, bevor er hinzufügte: «Das Gerücht über die Schußverletzung des Königs ist im übrigen stark übertrieben, leider. In der Zwischenzeit kann ich Ihnen etwas geben, das Sie interessieren wird, meine Herren.» Er griff nach einem dicken Stapel norwegischer Telegramme.

In diesem Moment erhob sich Bézier plötzlich und fragte laut: «Einen Augenblick bitte, Herr Konsul, könnte ich ein scharfes Messer bekommen?»

«Wie bitte, Leutnant», Hepp war erschrocken, «ein Messer?»

«Ja, Sie haben richtig verstanden, ein Messer.» Bézier hatte seine Jacke ausgezogen und ließ sie auf den Boden fallen. Mit zitternden, nervösen Fingern begann er, sein Uniformhemd zu öffnen und seine Brust zu entblößen.

Konsul Hepp sprang auf. «Sind Sie verrückt geworden, Mann?»

«Ich habe um ein Messer gebeten!» wiederholte Bézier fast drohend und zerrte sich das Hemd vom Leibe, so daß die auf der Innenseite eingenähte Tasche zum Vorschein kam. Deutlich traten die Konturen eines Dokuments hervor.

Verwirrt nahm Hepp ein kleines Taschenmesser aus seiner Jacke und gab es widerstrebend dem Soldaten, der sofort begann, die eingenähte Tasche aufzuschlitzen.

Nervös brach Rolier das Schweigen: «Herr Konsul, ich habe sicher vergessen zu sagen, daß die Depesche in zweifacher Ausführung ausgestellt worden ist. Wie dumm von mir. Falls mir etwas zustoßen würde. Aber jetzt kennen wir ja den Inhalt und... ja, sonderlich dramatisch war das nicht. Ich muß aber eingestehen, daß ich etwas noch nicht ganz verstehe, Herr Konsul.»

Jetzt hielt Bézier die versiegelte Nachricht in den Händen. Langsam und ohne ein Lächeln gab er sie Hepp. Niemand sagte ein Wort. Hepp betrachtete die Siegel und warf einen Blick auf den Umschlag und begann dann vorsichtig, die Depesche zu öffnen. Während er las, hoben sich seine Augenbrauen Millimeter um Millimeter. Dann legte er die Depesche auf den Tisch und platzte heraus: «Verdammt noch mal!» Er reichte den Brief Delsart und stand auf.

«Es eilt, meine Herren. Wir müssen augenblicklich den Text verschlüsseln und Gambetta telegrafieren. Mein Gott, ich fürchte, wir kommen einen Tag zu spät.»

Rolier sah sich hilflos um. «Was soll das heißen? War das nicht die gleiche Depesche? Ich verstehe nicht!»

Hepp unterbrach ihn. «Ja, stimmt. Es ist besser, wenn Sie auch informiert sind, Rolier. Es zeigt sich jetzt, daß Sie im Moment nicht nur die wichtigsten Männer in Norwegen sind. Sie halten auch seit einigen Tagen das Schicksal Frankreichs in den Händen. Monsieur Delsart, geben Sie mir bitte das Dokument.» Hepp räusperte sich und las: «‹Von Trochu an Gambetta: Habe Ihre undatierte Depesche heute erhalten. Was meinen sogenannten permanenten Mangel an Entschlossenheit betrifft...› Der Minister hat Temperament, meine Herren!» Er schaute lächelnd auf, bevor er fortfuhr: «‹Ich muß mehr als hunderttausend Mann organisieren, sie mit Waffen versorgen und sie dann noch fünfundsiebzig Kilometer entfernt postieren. Die Neuigkeiten über den Sieg des Loire-Heeres haben mich bewogen, einen Ausbruch im Süden ins Auge zu fassen, um diese Kräfte mit den unsrigen zu vereinen. Montag, den 28. November, werde ich meine Vorbereitungen abgeschlossen haben. Bis dahin wird Tag und Nacht gearbeitet werden. Am Dienstag, den 29. November, wird eine Abteilung des Heeres unter der Leitung von General Ducrot, dem energischsten aller unserer Heerführer, die feindlichen Sperren angreifen, und sollte es uns gelingen, in Richtung Loire, vermutlich auf Gien, vorrücken.›» Hepps Stimme wurde immer lauter. «‹Wenn es Ihren Kräften gelingt, sich auf der westlichen Flanke durchzuschlagen, müssen Sie entlang der Loire in Richtung Bourges via Lamotte-Beuvron und Vierzon vorrücken. Achtung, in der Gegend von Moran könnten sich preußische Truppen befinden. (Truppen von Lyon. Ich habe dies aber nicht bestätigt bekommen.) Versuchen Sie, in Bourges Waffen und Proviant für General Ducrots Truppen einzusammeln. Der General wird versuchen, sich mit seinem Heer dorthin durchzuschlagen.› Mein Gott, wir sind verdammt spät dran.» Hepp ließ das Telegramm sinken. Er wagte es nicht, den völlig in sich zusammengesunkenen Rolier anzuschauen.

«Sie sind sich gewiß im klaren über die Bedeutung der Depesche, die Sie bei sich trugen, Leutnant Deschamps, und jetzt verstehe ich Ihr Pflichtbewußtsein. Meine größte Anerkennung sei Ihnen gewiß.» Er lächelte mit ernsten, fast wehmütigen Augen. «Trochu versucht also heute, die feindlichen Sperren zu durchbrechen, und der Kriegsminister weiß es nicht! Möge Gott sich Frankreichs annehmen und unseren tapferen Soldaten gnädig sein! Wenn das Glück auf unserer Seite ist, kann Gambettas Armee ja vielleicht doch noch General Ducrot zu Hilfe kommen.»

Hepp drehte sich hastig zu seinem Sekretär um. «Chiffrieren Sie diese Meldung, wie Trochu es verlangt hat, und telegrafieren Sie sie dann sofort. Vielleicht kommt sie dann heute nachmittag noch an. Und bitte, beeilen Sie sich!»

Delsart verschwand, und im Zimmer wurde es bedrückend still. Fast schien es, als wachten die drei Anwesenden am Bett eines todkranken Freundes, ohne ihm aber helfen zu können. Wenn Trochu in der Meinung, Gambetta stehe bereit, bereits losgeschlagen hatte, kam das einer Katastrophe gleich. Dann war der Krieg gegen Deutschland so gut wie verloren.

Léon verfluchte sich selbst. Hätte er nicht noch mehr Druck ausüben können, so daß sie Christiania etwas eher erreicht hätten? Aber warum waren alle so gleichgültig gewesen, als er um mehr Eile gebeten hatte? Sogar Rolier hatte den Auftrag auf die leichte Schulter genommen, und er hätte es ja wirklich besser wissen müssen! Konnte man diesem Mann überhaupt trauen?

In diesem Moment drangen von der Straße die Klänge der Marseillaise zu ihnen herein. Léon mußte an Seljord denken. Er traute seinen Ohren nicht. Rolier schaute sich verwirrt um, als er aber begriff, was das zu bedeuten hatte, lebte er wieder auf und schüttelte die Schamgefühle ab. Konsul Hepp ging zum Fenster und zog die Gardine zur Seite. «Seht, Freunde, ein Aufmarsch der Studenten!»

Auf dem Bürgersteig unten vor dem Haus hatte sich der Chor der Studentenverbindung aufgestellt und sang aus voller Kehle französische Lieder, wobei ihnen der Atem weiß vor den Gesichtern stand. Sie hatten ihre Mützen abgenommen und drückten sie mit der rechten Hand an die Brust. Léon war irritiert. Einen Augenblick lang mußte er sogar an die bettelnden Straßenkinder daheim in Paris denken. Aber es waren heitere Gesänge, und die Studenten lächelten. Trotzdem lag etwas Untertäniges, fast Anbiederndes in ihrer Haltung. Was wollte dieser unterwürfige Haufen nur von ihnen? Sollten die Gesandten des großen, mächtigen Landes im Süden die unwürdigen Armen dieses Polarlandes allein dadurch erfreuen, daß sie sie eines Blickes würdigten? Er dachte an den Auftrag. Vielleicht war es ihm nicht gelungen, ihn zu erfüllen. Was die jungen Menschen dort unten wohl sagen würden, wenn sie wüßten, wer er eigentlich war? Wieder spürte er diese wohlbekannte Übelkeit. Und wenn er es wagen würde, das Fenster zu öffnen und hinauszubrüllen: Verschwindet, verdammte Akademiker! Erspart es einem armen kleinen Betrüger, auf diese unsinnige Weise von euch zukünftigen Pfarrern, Ärzten und Anwälten in den Himmel gelobt zu werden, bevor er wieder in seinen dunklen Kerker geführt wird!

Hepp winkte den Studenten zu. Paul hob den Arm, und auch Léon nickte der immer größer werdenden Versammlung unten auf der Straße zu, worauf diese freudestrahlend nur noch lauter sangen.

Nach zehn Minuten setzten sich die drei Männer wieder hin. Die Studenten sangen weiter. Léon ergriff das Wort: «Sie verstehen sicher, Herr Generalkonsul, daß ich so schnell wie möglich nach Frankreich zurückmuß. Ich unterliege einem militärischen Kommando und habe mich umgehend in Tours zu melden. Ohne genaue Details zu verraten, besteht ein Teil meines Auftrages darin, Kriegsnachrichten von Gambetta zurück nach Paris zu bringen.»

Rolier schwieg. Hepp schaute ihn fragend an und sagte dann:

«Ich verstehe. Ich werde dafür sorgen, daß so bald als möglich ein Platz auf einem Passagierschiff nach England reserviert wird. Das ist derzeit die sicherste Verbindung. Ich werde mich auch um Ihre weitere Reiseroute über den Ärmelkanal kümmern.» Wieder warf er einen Blick auf Rolier. «Für Sie beide, nehme ich an?» Plötzlich klatschte er in die Hände und grinste breit: «Also dann, meine Herren, können wir ja wohl nicht mehr allzuviel tun. Der Krieg wird seinen schicksalsreichen Gang gehen. Und während wir auf Ihre Rückreise warten, habe ich die Freude, Ihnen mitzuteilen, daß die norwegische Hauptstadt bereits alles arrangiert hat, ihre französischen Helden gebührend zu feiern!» Die Augen des Konsuls leuchteten, und Léon spürte wieder, wie ihm langsam die Kräfte schwanden.

Französische Tage

Die Geschehnisse überschlugen sich beinahe, so daß die Aeronauten ihre liebe Mühe hatten, alles mitzubekommen. Erst las ihnen Konsul Hepp alle die unzähligen Grußtelegramme vor, die im Laufe des Vormittags aus dem ganzen Land bei ihm eingegangen waren.

Danach erzählte ihnen Hepp, die Brieftauben, die sich an Bord der «Ville d'Orléans» befunden hatten, seien inzwischen wohlbehalten in Christiania angekommen. Léons Augen leuchteten auf. «Die Tauben sind hier? Kann ich sie sehen?»

Konsul Hepp schaute sich den Franc-Tireur verwundert an und erklärte ihm stolz: «Meine norwegische Frau Cathrine hatte die große Ehre, den Vögeln in unserer privaten Wohnung ein eigenes Zimmer zurechtzumachen, wo sie ganz frei herumfliegen können. Sie sind gestern von Krødsherred hierhergebracht worden.»

«Kann ich sie sehen?» Ein fast flehender Ton lag in Béziers Stimme.

«Später, Leutnant. Jetzt haben wir leider keine Zeit. Aber meine Frau hat für heute nachmittag ein kleines Treffen organisiert und die Frauen der wichtigsten Männer der Stadt zu uns eingeladen, damit diese die Tauben näher anschauen können. Frau Hepp wird sich glücklich schätzen, wenn Sie beide die Güte hätten, diese kleine Gesellschaft durch Ihre Anwesenheit zu erfreuen.» Er zwinkerte ihnen zu: «Die verehrten Damen wären sicher enttäuscht, wenn die Herren der Tauben nicht zugegen wären. Doch zuerst bringe ich Sie zum Hotel Victoria. Dort ist eine Suite für Sie reserviert worden. Sie brauchen doch dringend neue Kleider, und bestimmt möchten Sie auch ein Bad nehmen.»

Sie mußten sich regelrecht einen Weg bis zur Kutsche bahnen. Die Menschen standen in der Kälte und riefen, jubelten und drängten sich vor, während die Studenten unverdrossen weitersangen. Einige von ihnen hatten vom Frost bereits blaue Ohren und Nasen. Mit einem Schwarm von Kindern und halbwüchsigen Männern hinter sich fuhren sie in Richtung Radhusgade davon. Das beliebte Hotel lag ein paar Straßen hinter dem Storting. Aus dem mittleren Fenster im zweiten Stock hing eine riesige französische Fahne, die große Teile der Hotelfassade verdeckte. Hunderte von Neugierigen hatten sich auch hier bereits versammelt, um ihre Helden zu feiern, aber dennoch gelang es Rolier und Bézier, schnell ins Innere des Hotels und damit in Sicherheit zu kommen.

Léon sah sich entgeistert in der prunkvollen Suite um. Etwas in ihm sagte, daß er sich in Bereiche vorwagte, in denen er nichts zu suchen hatte, und einen Augenblick lang glaubte er gar, sich wieder in den Gemächern von Graf d'Espagnac zu befinden. Im Hotel wurden sie gebadet und frisiert. Alles wurde von Konsul Hepp, der jetzt vollends die Leitung übernommen hatte, organisiert, und die beiden Aeronauten fühlten sich fast wie ungehorsame Schulkinder. Während sie frisiert wurden, kam ein Schneider mit seinem Lehrling. Gleichzeitig erschien eine Gruppe norwegischer Kunsthandwerker und zeigte ihnen Kostproben ihrer Arbeit. Zwei Frauen mit Säuglingen auf den Armen kamen herein und baten die Fremden, ihre Kinder zu segnen, auf daß diese ebenso stark und mutig würden wie die französischen Ballonfahrer. Léon fühlte sich bei alldem gar nicht gut, doch Rolier saß in seinem Frisierstuhl, legte den Kindern die Hand auf den Kopf und lachte: «Jetzt sind wir auch noch zu Schutzheiligen für Kinder von Lutheranern geworden! Lassen Sie es uns genießen, Volkshelden zu sein! Uns bleiben nur noch wenige Stunden, Leutnant!»

Hepp schob die Frauen hinaus und präsentierte als nächstes eine Delegation norwegischer Kriegsmaschinenerfinder. Léon traute seinen Augen nicht. Die Männer glichen den Erfindern im Louvre mit ihren Papierrollen und gebastelten Modellen beinahe aufs Haar genau. Léons Laune wurde immer schlechter. Die Marseillaise und lauter kleine Archimedes fast am Nordpol. Und dann noch ständig diese Schneider. Er erklärte Hepp, er habe weder den Rang noch die Kompetenz, die zahllosen Vorschläge zu beurteilen, und der Krieg sei vermutlich ohnehin bereits in einer entscheidenden Phase.

Als die Erfinder enttäuscht hinausgeführt wurden, tauchte Sekretär Delsart auf und flüsterte Konsul Hepp etwas zu.

Hepp nickte und wandte sich an die Ballonfahrer, aus deren Kleidern unzählige Stecknadelköpfe hervorlugten: «Meine Herren. Ich kann Ihnen mitteilen, daß die Telegramme abgeschickt worden sind. Aus Sicherheitsgründen über England. Aber es gibt noch eine andere gute Neuigkeit.» Léon dachte an die Überfahrt und spitzte die Ohren. «In der Stadt hat eine umfassende Spendenaktion für die französischen Kriegsopfer begonnen. Die Initiative geht von einem Fräulein Gjertz aus Kongsberg aus. Sie kennen die Dame wohl bereits?» Er klopfte Rolier auf die Schulter. Dann warf er einen Blick auf seine Taschenuhr: «Doch sobald die Schneider fertig sind, sollten wir uns auf den Weg zu meiner Frau und ihrer kleinen Gesellschaft machen, um auch die Tauben zu besichtigen. Und heute abend werde ich selbst einladen. Dann werden Sie einen sehr interessanten Mann kennenlernen, den Schuldirektor Fredrik Gjertsen. Er ist der Leiter eines großen Komitees von Bürgern der Stadt, die ein reichhaltiges Festprogramm zu Ihren Ehren erarbeitet haben. Ja, und dann natürlich die Überfahrt, ich habe vergessen, Ihnen mitzuteilen, was mein Sekretär diesbezüglich herausgefunden hat. Leider geht heute abend kein Schiff mehr, aber wir haben Plätze auf dem Dampfschiff ‹Danzig› reserviert, das morgen vormittag mit Kurs auf London in See stechen wird.»

Paul und Léon schauten sich an: «‹Danzig›! Ist das etwa ein deutsches Schiff?»

Delsart knetete ängstlich seine Finger. Beinahe flüsternd gab er zur Antwort: «Ja, aber ...»

Der Konsul fiel ihm augenblicklich ins Wort: «Das kann doch wohl nicht wahr sein! Haben Sie den Verstand verloren? Die wichtigsten Kuriere des Kriegsministers auf einem Schiff von Bismarck?»

Léon warf einen schnellen Blick auf die Schneider, die eifrig mit Maßband, Kreide und Nadeln bei der Arbeit waren. Konnten sie Französisch? Hatten sie vielleicht alles verstanden?

Delsart versuchte sich zu rechtfertigen: «So habe ich das nicht gesehen, Monsieur. Die ‹Danzig› ist ja kein Kriegsschiff, und da habe ich gedacht, daß ...»

Doch Hepp wollte nichts mehr davon hören. «Bestellen Sie diese Reise sofort ab und suchen Sie ein neues Schiff, ein englisches oder norwegisches, ja, wenn es nicht anders geht, meinetwegen auch ein amerikanisches!»

Delsart verbeugte sich tief und schlich aus der Hotelsuite.

«Gut, Freunde, das Problem ist also gelöst. Und jetzt erwarten uns die Damen.»

Die Schneider zogen sich höflich zurück und nähten in Rekordzeit zwei neue Militär-Anzüge, die die Ballonfahrer bereits wenige Stunden später trugen.

Erst als der Morgen graute, konnten die zwei vollkommen erschöpft und betäubt von der Vielzahl der Eindrücke in die prunkvolle Suite zurückkehren und ins Bett kriechen. Paul war wieder reichlich angetrunken und schlief mit lautem Schnarchen sofort ein. Léon war nicht weniger erschöpft, doch er hatte fast nichts getrunken und wälzte sich unruhig und gespannt auf die baldige Heimreise im Bett hin und her. An Bord des ruhigen Dampfers würde es noch genug Gelegenheit geben, sich richtig auszuruhen. Über so vieles hätte er gerne noch mit Paul gesprochen. Was war dieser affektierte Ingenieur, der ihn beinahe wie Luft behandelte und sich selbst wie ein überlegener Dandy aufführte, eigentlich für ein Mensch? Warum sprach er nie über seine Frau, über ihren Auftrag oder über den Krieg? Alles, was er sagte, wirkte so aufgesetzt. Sie hatten einander das Leben gerettet, aber niemals sprachen sie davon. Aber das war vielleicht ganz normal.

Männer redeten ja nicht gerne über so ernste Themen. Aber sie hatten doch beide dem Tod in die Augen gesehen, und war es nicht er, Léon, gewesen, der den anderen in seinen Armen gehalten hatte, als dieser schon fast im Jenseits war? Warum mußte ihn Rolier dann im Beisein von anderen so arrogant behandeln?

Er warf sich von der einen Seite auf die andere und konnte keine Ruhe finden. Warum hatte das Konsulat Plätze auf einem deutschen Schiff reserviert? Begann er vielleicht wieder, Gespenster zu sehen? Was wußte er eigentlich über die Rückreise? Niemand hatte ihnen gesagt, ob es morgen wirklich ein anderes Schiff geben würde. Vielleicht mußten sie noch einen Tag bleiben? Bedeutete das weitere Empfänge, noch mehr Marseillaisen? Er ließ den vergangenen Tag Revue passieren, und die unterschiedlichen Eindrücke vermischten sich zu einem einzigen Chaos. Am schlimmsten war die Gesellschaft von Frau Konsul Cathrine Hepp gewesen, auch wenn ihn das Wiedersehen mit den Tauben sehr bewegt hatte. Am Vogelkäfig war etwas Merkwürdiges geschehen. Während er mit Tränen in den Augen jede einzelne Taube begrüßt und ihr über den Rücken gestrichen hatte, hatte er zu seiner Verwunderung bemerkt, daß er selbst Gegenstand größten Interesses war. Einige der Damen hatten ihn berührt und gestreichelt, als wäre er ein kleiner Hund, und als er sich plötzlich umgedreht hatte, waren sie wie kleine Mädchen verlegen kichernd zurückgewichen. Einige hatten sich mit den Händen auf den Knien abgestützt und ihm tief in die Augen geschaut. Vor Verlegenheit war er rot geworden, doch als er zu Rolier hinübergeschaut hatte, konnte er nur feststellen, daß dieser ähnlichem Interesse ausgesetzt war. Nur schien Rolier dabei in seinem Element gewesen zu sein. Paul hatte mit Glas und Zigarre, ein Bein über das andere geschlagen, wie ein Pascha im Sessel gethront und kokett mit fünf von diesen überflüssigen Geschöpfen gleichzeitig geplaudert.

Léon war sehr erleichtert, als sie endlich aufbrechen und der quälenden Aufmerksamkeit entgehen konnten. Doch dies war nicht möglich gewesen, ehe sie nicht jede einzelne Freundin der Konsulin umarmt hatten und letztlich sogar Konsul Hepp selbst schroff werden mußte und sie beide beinahe aus dem Haus zog.

Der Konsul ließ Unmengen von Rotwein auffahren, doch Léon vermied es bewußt, viel zu trinken. Er saß still da, während Hepp, der sie inständig bat, ihn Albert zu nennen, eine Anekdote nach der anderen über die Damen der Stadt aus dem Hut zauberte. Von seinem Platz aus konnte Léon den Bürgersteig sehen, auf dem sich eine immer größer werdende Menge versammelte. Die Menschen standen da und starrten schamlos zu den Ballonfahrern herein, und Léon mußte unweigerlich an die Besucher des Pariser Zoos denken, die sich am Paviankäfig die Nase plattquetschten. Das wiederum erinnerte ihn an die Zeitungsnotiz am Tag vor ihrer Abreise aus Paris, jetzt würden auch die Affen geschlachtet und in einem der besseren Restaurants zubereitet.

Hepp bestellte für sie alle Schneehuhn, das, wie er behauptete, auf der Hardangervidda unweit des Lifjelles geschossen worden war.

«Fabelhaft, Albert!» rief Rolier entzückt.

Als sie schließlich wieder in die beißend kalte Winternacht hinausgingen, liefen ihnen die Menschen wie bettelnde Kinder bis zum Hotel Victoria nach. Léons Hoffnung, jetzt endlich ins Bett gehen zu können, zerplatzte, als Hepp sie freudestrahlend an den höchst interessanten Schuldirektor erinnerte. Der Betreffende erwartete sie an einem großen gedeckten Tisch im Speisesaal des Hotels.

Fredrik Gjertsen, der unbestrittene Vorsitzende von Christianias Künstlerverband, machte einen förmlichen, höchst reservierten Eindruck. Er lächelte selten und richtete ständig irgendwelche Gegenstände neu aus, die seiner Meinung nach unsymmetrisch auf dem Tisch lagen. Er trank Kaffee und war peinlich genau darauf bedacht, daß der Griff der Tasse immer in die gleiche Richtung wies. Seine Stimme war leise, aber bestimmt. Bézier war überrascht, wie schlaff sein Händedruck war.

«Ich gehe davon aus», sagte Gjertsen in gebrochenem Französisch, «daß Sie uns die Ehre erweisen, an unserem Arrangement

Punkt für Punkt teilzunehmen, und dabei den Zeitplan genauestens einhalten.» Ganz offensichtlich war er es gewohnt, seine Wünsche befolgt zu sehen. «Auch wenn wir nur wenig Zeit für die Planung hatten, kann ich Ihnen versichern, daß alle Programmpunkte bis ins kleinste Detail durchdacht sind. Für uns ist es ebenso wichtig, sie dem Publikum zu präsentieren, wie dazu beizutragen, soviel wie möglich für die armen französischen Opfer dieses Krieges einzusammeln.»

Bézier mußte sich zusammenreißen, um nicht unverschämt zu werden und lauthals über diesen geschäftigen Schulmeister, der sich anscheinend vorgenommen hatte, zum Inbegriff ihrer Qual zu werden, zu stöhnen. Rolier aber klatschte in die Hände: «Ausgezeichnet, Herr Schuldirektor! Sie haben unser ganzes Vertrauen!»

«Gut», erwiderte Gjertsen. «So sei es denn.» Er wollte gerade aufstehen, als plötzlich von draußen laute Stimmen durch die Fenster drangen.

Rolier ging zum Fenster, öffnete es und rief: *«Vive la Norvège!»*

Die Studenten, die in einzelnen Grüppchen zusammengestanden hatten, gruppierten sich wieder und stimmten erneut ihre französischen Lieder an, und dieses Mal hatten sie ein noch reichhaltigeres Repertoire als am Morgen. Ohne nachzudenken winkte Rolier sie begeistert herein, und bald drängelten sich weit über zwanzig fröhliche und leicht weinselige Studenten im Speisesaal. Sie stellten sich auf und sangen zu Hepps und Roliers Entzücken gleich mehrere Girondin-Lieder. Auch Bézier fühlte sich geehrt, und der Konsul bestellte Champagner. Der Schuldirektor verzog derweil nicht eine Miene. Zwischen den Liedern gab es auch für die Studenten reichlich zu trinken, und die Wirkung des Alkohols ließ nicht lange auf sich warten. Der Schuldirektor war als Lehrer stadtbekannt, und als er sich schließlich erneut erhob, um sich zu verabschieden, wurde er von einem seiner früheren Schüler erkannt, und der nicht mehr ganz nüchterne junge Mann trat aus den Reihen der Sänger hervor und verkündete mit lauter Stimme: «Kinder, laßt uns das nächste Lied Meister Gjertsen widmen!» Der Direktor setzte sich geschmeichelt wieder hin, neigte wohlwollend den Kopf und war bereit, dem Lied zu lauschen, doch noch bevor der erste Ton erklungen war, sprang der gleiche Student zum Schulmeister vor und flüsterte ihm sarkastisch ins Ohr: «Jungens! Immer die Hände auf die Bettdecke! Sonst könnt ihr krank werden und steeeerben!» Das letzte Wort hauchte er mit einem langgezogenen, hohlen Ton, dann sprang er zurück in die Reihen der Sänger, und obwohl die meisten der Studenten lachten, daß die Tränen rollten, wurde das Lied tapfer beendet.

Konsul Hepp ging vor und tat so, als wolle er die Studenten zurechtweisen, doch als er zu seinem Stuhl zurückkam, war Schuldirektor Gjertsen verschwunden. Die Ballonfahrer baten den Konsul, ihnen zu erklären, was vorgefallen war, doch Hepp grinste sie nur an und sagte: «Ein dummer Studentenstreich!»

Am nächsten Morgen erwachte Léon auffallend früh. Es begann eben erst zu dämmern. Er ließ Rolier schlafen, zog sich an, ging in den Speisesaal hinunter und frühstückte, gespannt darauf, wann er Nachricht über die Schiffsverbindung erhielte. Er schaute aus dem Fenster hinunter zum Hafen. Die Luft war so kalt, daß das Wasser im Fjord dampfte. Er wußte, schon nach einem Tag auf Schiff würde es deutlich wärmer werden, und bei diesem Gedanken wurde ihm richtig leicht ums Herz, so als habe er seine unfreiwillige norwegische Etappe beinahe schon abgeschlossen.

Er hatte Zeit genug, sein Frühstück richtig zu genießen und auch ein paar zusätzliche Tassen Kaffee zu trinken, bevor Rolier schließlich auftauchte. Fast gleichzeitig mit Rolier kam ein strahlend aufgelegter Hepp von der Straße hereingeschneit. Er riß die Tür zum Speisesaal derart schwungvoll auf, daß ein kalter Luftzug durch den Raum wehte. Der Konsul prahlte ganz offen mit seinem Morgenspaziergang und erzählte, im Gegensatz zu dem Philosophen Descartes käme er hervorragend mit dem skandinavischen Winterklima zurecht. «Ja, meine Lieben, Ihnen ist wohl bekannt, daß unser großer Landsmann bei seiner guten Freundin, der Königin von Schweden, beinahe erfroren wäre?»

Rolier nickte unsicher, und Bézier antwortete trocken: «Das ist wohl schon ein paar Jahre her.»

Während Hepp ungeduldig darauf wartete, daß Rolier endlich mit seinem Frühstück fertig wurde, nutzte Bézier die Gelegenheit, um zu fragen, wann das Schiff ablegen würde. Doch erst als der Konsul ihn fragend musterte, erinnerte sich Bézier plötzlich an das Versprechen, das ihnen letzte Nacht abgerungen worden war. Er erinnerte sich an den Vorsitzenden des Programmkomitees, sank entmutigt in seinem Stuhl zusammen und betrachtete die zahlreichen Kunstwerke, die die Wand hinter Rolier schmückten. Léon war von der Sammlung beeindruckt, auch wenn er wußte, daß die meisten der Bilder von lokalen Künstlern stammten. Zu seiner eigenen Zufriedenheit konnte er feststellen, daß er zwei der Bilder kannte. Es wäre ein Kinderspiel, sie einfach abzuhängen, dachte er bei sich.

«Wo sind Sie denn, Leutnant?» Rolier schlug ihm herzlich auf die Schulter, und Léon lächelte verlegen.

«Ich habe die Malereien an der Wand hinter Ihnen studiert und bin erstaunt, daß der so kontrovers diskutierte Daumier den Weg hier herauf nach Norwegen gefunden hat.»

Rolier drehte sich verwirrt um, und Léon zeigte auf eine kleine, eingerahmte Karikatur hinter Glas. Er bewegte sich jetzt auf sicherem Terrain und fuhr fort: «Aber das Bild ist wohl kaum echt, verstehen Sie. Wahrscheinlich nur ein Ausschnitt aus einer Zeitschrift oder etwas Ähnlichem.»

Paul starrte Bézier entgeistert an. Niemals zuvor hatte er den Leutnant derart selbstsicher erlebt. Paul lächelte breit, zwinkerte Konsul Hepp zu und fügte munter hinzu: «Unser lieber Leutnant erweist sich jetzt auch noch als Kunstexperte. Ist es nicht erstaunlich, was eine Ballonfahrt mit einem Menschen anstellen kann?»

Die drei Männer lachten herzlich.

Es warteten fast keine Schaulustigen mehr vor der Tür, als Hepp seine Gäste in nordöstlicher Richtung in die Stadt führte. Gleich neben der großen Domkirche betraten sie ein vornehmes Haus, das unschwer als Fotostudio zu erkennen war. Ein Mann mit weißen Haaren präsentierte sich als Fotomeister Szayinski.

«Pole», unterstrich Hepp unter kräftigem Nicken.

Wieder verspürte Bézier eine unbändige Lust, einfach aufzustehen und fortzugehen, doch Konsul Hepp bemerkte seinen Unmut und sagte: «Bitte, spielen Sie mit, Leutnant Deschamps. Der Verkauf der Bilder ist doch für einen wohltätigen Zweck! Bedenken Sie, daß die Einnahmen an Ihr Vaterland gehen!»

Widerwillig befolgte Bézier die anmaßenden Aufforderungen des Fotografen. Zwischen den einzelnen Fotografien bestand Szayinski darauf, daß sie mit ihm anstießen und reichlich von seinen Fleischpiroggen nahmen.

Erst Stunden später konnten sie das Atelier wieder verlassen. Hepp führte sie über Stortorvet zurück zur Karl-Johans-Gate. Die Leute auf den Straßen blieben stehen, und viele grüßten sie. Ganz offensichtlich wußten mittlerweile die meisten Einwohner Christianias, wer sie waren. Widerwillig mußte Léon einsehen, zur Zeit eine der größten Berühmtheiten in Norwegens Hauptstadt zu sein. Was ihn aber am meisten erschreckte, war die Tatsache, fast in jedem Schaufenster, an vielen Fassaden und Litfaßsäulen Plakate zu erblicken, die auf das große Ereignis zur Feier des französischen Besuches am Nachmittag hinwiesen. Gjertsens Komitee hatte ganze Arbeit geleistet.

Hepp übersetzte ihnen den Text der Plakate, und während Rolier lächelte, lief Bézier ein kalter Schauer über den Rücken.

«Der Höhepunkt des Abends wird ganz ohne Zweifel das Galadiner», erklärte Hepp. «Und sehen Sie, wie hoch der Eintritt ist: ein Speziestaler! Das ist ein kleines Vermögen, meine Freunde! Unser braver Direktor muß aber wirklich ein anständiges Programm zusammengeschneidert haben, um solch einen Preis zu verlangen», schmunzelte er.

Der letzte Tag in Christiania

Der Schuldirektor Fredrik Gjertsen war einer der eifrigsten Verfechter der herrschenden Gesellschaftsform. Als Erzieher war er davon überzeugt, daß christliche Ethik und bürgerliche Moral zwei Seiten der gleichen Medaille waren. Für ihn war die Gesellschaft fast ein lebendes Wesen, das nur mit Traditionen, Moralvorstellungen und dem tiefen Glauben an den Schöpfer existieren konnte. Er haßte jeden, ob er sich nun Politiker oder Künstler schimpfte, der Zweifel an der bestehenden Gesellschaftsform laut werden ließ, und hielt dieses Geschwätz über Demokratie, Armut und Realismus im Grunde für ein Werk des Teufels. Kraft seines Amtes als unbestrittener Vorsitzender des Künstlerverbandes von Christiania war er ein Wächter von Tugend und Moral, und er machte all seinen Einfluß geltend, um das, was er für ungesunde Kunst hielt, aus der Öffentlichkeit zu verbannen.

Gjertsen befürchtete, die französischen Aeronauten könnten gerade von den Elementen in Christiania ausgenutzt werden, die er für seine Hauptwidersacher hielt. Der Redakteur Friele hatte ihm geraten, Liberale mit ins Komitee aufzunehmen, um eigene, alternative Veranstaltungen zu vermeiden. Es war wichtig, diese verantwortungslosen Elemente in die Pflicht zu nehmen, damit diese Sache nicht noch zum Politikum geriet. Beide schauderten bei dem Gedanken, was das «Dagbladet», was Bjørnson und seine Anhänger für sich herausschlagen konnten. Was immer man über die preußische Vorgehensweise meinte, man durfte doch, so meinte Redakteur Friele, nicht vergessen, daß Gambetta und Trochu auf ungesetzliche Weise den Kaiser gestürzt und das Land damit in eine höchst gefährliche Situation gebracht hatten. So hatte Gjertsen das noch nie gesehen. Er war kein Politiker, fand aber die Argumente des Redakteurs gut. Er hatte sich ein kleines, exklusives Komitee aus vier oder fünf prominenten Bürgern der Stadt vorgestellt, doch schnell hatte er den Überblick verloren. Während Gjertsen selbst den Besuch der Franzosen als Sache der Stadt empfand, hatten sich aus ganz unerwarteten Richtungen Instanzen gemeldet und verlangt, repräsentiert zu werden. Schließlich bestand das Komitee aus dreizehn Mann, unter ihnen Vertreter des Militärs, der Marine, der zivilen Verwaltung und der Wirtschaft.

Trotz des ungeheuren Zeitdrucks arbeitete das Komitee überraschend schnell und effektiv, doch zu Gjertsens Entsetzen gab es bald Uneinigkeit in einem wichtigen Punkt, dessen Klärung bis zum Schluß ausgesetzt wurde.

Gjertsen setzte die strenge Miene des Schulmeisters auf und schaute scharf über seine Lesebrille in die Reihen der anwesenden Komiteemitglieder. Die meisten fanden ihn allerdings mehr theatralisch als furchteinflößend. «Bis jetzt haben wir alles unter Kontrolle, meine Herren. Die Eintrittskarten sind ausverkauft, und soweit ich das einschätzen kann, sollten die praktischen Sachen alle geregelt sein. Wir können uns auf ein großartiges Arrangement freuen.

Doch ich fürchte, meine Herren, wir können den gestern ausgesetzten Punkt nicht länger aufschieben. Ich möchte mir in diesem Zusammenhang die Freiheit nehmen, zu behaupten, daß mein guter alter Freund, Professor Monrad, unzweifelhaft der richtige Mann für die Hauptrede dieses Abends ist. Er ist der souveräne geistige Führer unseres Landes. Daß es bei unserer gestrigen Zusammenkunft zu einer Spur Verwirrung kam, hatte sicher nur mit dem ungeheuren Zeitdruck zu tun. Es kann keinen Widerstand gegen Professor Monrad geben. So sind wir uns wohl einig, daß unser verehrter Herr Professor die Hauptrede des Abends halten wird?»

Gerade als er mit der flachen Hand auf den Tisch schlagen

wollte, erhob sich ein jüngeres Komiteemitglied. «Verehrter Vorsitzender, ich erlaube mir dennoch, meinen gestrigen Alternativvorschlag aufrechtzuerhalten.»

Zu Gjertsens Entsetzen schlug er eine Abstimmung vor.

Konsul Hepp, Rolier und Bézier wußten glücklicherweise nichts von den Geschehnissen im Komitee, als sie vom Fototermin zurück zum Essen ins Hotel Victoria hasteten. Hepp bestand darauf, zuerst einen kurzen Abstecher in Cappelens Buchhandlung zu machen, und dort sagte man ihnen, alle achthundert Karten für die abendliche Festivität wären innerhalb einer Stunde ausverkauft gewesen.

Nach einem soliden Essen spazierten die drei hinauf nach Kurland, um die Eisskulpturen zu bewundern. Die Franzosen nickten den eifrig arbeitenden Jugendlichen freundlich zu. «Das sind, glaube ich, Schüler von Eckerbergs Malerschule», sagte Hepp und zog sie weiter zum Schloß hinauf. «Hier wohnt der König, wenn er in Norwegen ist. Sie wissen vermutlich, daß der König französischer Abstammung ist, ein Nachkomme des verstorbenen Königs Karl Johann, ein geborener Bernadotte, einer von Bonapartes Generälen.»

Die Aufbauten im Schloßpark, die sie bereits am Vortag bemerkt hatten, waren jetzt fast abgeschlossen. «Wir hoffen noch immer, die ‹Ville d'Orléans› bis heute abend klarzubekommen», sagte Hepp.

Roliers Augen leuchteten auf: «Zwanzig Meter ist hoch, Konsul. Der Ballon wird die ganze Stadt dominieren. Werden Sie genug Gas haben?»

«Gas haben wir, aber es gibt noch ein anderes Problem. Wir wollen Sie nicht enttäuschen, aber es hat sich leider gezeigt, daß der Ballon einen großen Riß hat. Ohne langwierige Reparaturen wird er sich möglicherweise nicht mehr auffüllen lassen.»

In diesem Moment hörten sie unten vom Hafen ein Schiffssignal. Bézier schaute sehnsuchtsvoll zum Fjord hinunter, und Rolier beruhigte Hepp, sie wären sicher nicht erzürnt, wenn der Ballon sich nicht füllen ließ.

«Gut», sagte der Konsul und warf einen Blick auf seine Taschenuhr. «Aber jetzt werden Sie zu Hause bei meiner Frau zum Tee erwartet. Sie schwärmt noch immer von Ihrem gestrigen Kaffeebesuch. Dort können Sie dann auch noch einmal Ihre Freunde, die Tauben, begrüßen, nicht wahr, Leutnant Deschamps?»

Bézier nickte und folgte Hepp beinahe willenlos. Schließlich spielte er aber doch mit und versuchte, seine bürgerliche Bildung zu zeigen. Das englische Getränk widerte ihn eigentlich an, und so nippte er nur an der großen Tasse, während Rolier und Hepp mit den Damen plauderten. Dieses Mal waren es neben der Gastgeberin nur zwei.

Ein paar Stunden später standen sie wieder unten auf der Straße, und Hepp führte sie zu einem großen Platz hinter dem Rathaus. Er zeigte auf ein prunkvolles Gebäude direkt vor ihnen. «Die Loge. Dort findet heute abend alles statt. Sie können sich darauf freuen, aber vorher habe ich noch eine Überraschung für Sie beide!»

«Ja, was denn?» fragte Rolier leicht amüsiert.

«Warten Sie ab!» sagte Hepp, und Bézier wurde zum ersten Mal während ihres gesamten Aufenthaltes in Christiania neugierig, was sie erwarten durften. Hepp führte sie die Stortingsgade hinunter, und je weiter sie kamen, desto mehr Menschen bevölkerten die Straße. Hier unten waren die Menschen einfacher gekleidet, und viele schienen auch betrunken zu sein. «Wir befinden uns in der Nähe des Tivoli», sagte Hepp. «Das ist in erster Linie das Vergnügungsviertel für die Arbeiterklasse, aber natürlich nicht nur.»

In diesem Moment kamen zwei blasse, junge Mädchen mit großen Hüten auf sie zu. Die eine nickte Konsul Hepp zu. Ganz offensichtlich schien sie den Konsul zu kennen, doch dieser schaute steif, und ohne eine Miene zu verziehen, zu Boden.

Direkt vor ihnen erhob sich ein mächtiges Zirkuszelt mit roten, blauen und weißen Streifen. «Zirkus Salomonsky» stand mit schwarzen Lettern auf einem großen Plakat. Vor dem Eingang wimmelte es von Menschen, und sie konnten sehen, daß auch im

Innern des Zeltes schon viele Zuschauer Platz genommen hatten. Ein Mann mit Hut und Jackett eilte auf sie zu: «Herzlich willkommen zur Festvorstellung!» sagte er überglücklich auf norwegisch. «Ihr habt mir ein volles Haus beschert!»

Hepp übersetzte, während sie in die Sägemehlarena hineingezogen wurden. Sowie sie das Zelt betraten, begann eine festlich gekleidete Kapelle zu spielen. Das Publikum erhob sich, und wieder schallte ihnen die Marseillaise entgegen. Paul hob die Arme. Kurz darauf folgte *La chanson des Girondins* und *Partant pour la Syrie*, wenn auch nicht ganz so sicher und im Takt. Der Direktor führte seine Gäste zur Ehrentribüne, und die Vorstellung begann mit Akrobaten und Zauberern. Darauf folgten die Clowns, und während einer etwas ruhigeren Pferdedressur beugte sich Hepp zu den Ballonfahrern hinüber und flüsterte: «Achten Sie besonders auf die Musik! Der Zirkusdirektor hat mich gebeten, Ihnen zu erzählen, daß sie erst gestern aus Anlaß Ihres Besuches das ganze Musikprogramm umgestellt hätten, so daß heute alle Artistennummern von patriotischen Weisen aus der Oper ‹Karl VI.› begleitet werden.»

«Wie schön!» flüsterte Rolier zurück.

Bézier schaute die zwei wie aus weiter Ferne an. Trotzdem spürte auch er zum ersten Mal eine Form von Stolz. In den Pausen spielte das Orchester wieder die französischen Lieder, und das Publikum sang, pfiff und jubelte mit und schaute dabei zur Ehrentribüne hinüber.

Es war bereits nach acht, als die Ehrengäste wieder in die kalte Winternacht hinaustraten.

«Wie wäre es jetzt mit einem kleinen Schluck?» Hepp fuhr sich mit der Zunge über die Lippen. Er schien wirklich durstig zu sein.

Nach einer Flasche Champagner ging es dann schließlich in Richtung Freimaurerloge am Carl-Wedels-Platz. Zahlreiche festlich gekleidete Bürger strömten bereits in das prunkvolle Haus.

Im Vestibül wurden sie von einem korrekt lächelnden Schuldirektor Gjertsen empfangen. Zuerst wurden sie den zahlreichen

Mitgliedern seines Komitees vorgestellt, die sich im Säulengang des Hauses aufgestellt hatten. Dann mußten Paul und Léon die gesondert eingeladenen französischen Bürger Christianias begrüßen. Die Ehrengäste wurden gebeten, im Vestibül zu bleiben, während die anderen in den Festsaal gingen, und erst Punkt neun Uhr gab Gjertsen das Signal für den Einmarsch der Honoratioren und Ehrengäste. Zuvorderst ging Gjertsen selbst, dahinter kamen die Ballonfahrer und schließlich der Rest des Festkomitees. Viele von ihnen schauten unsicher nach vorne und hinten, um sich zu vergewissern, ob sie auch den ihrem Rang entsprechenden Platz einnahmen. Ein schwieriges Unterfangen, da ja sowohl militärische als auch zivile Auszeichnungen zu berücksichtigen waren. Den Schluß der Prozession bildeten Hepp, das Botschaftspersonal und zu guter Letzt die kleine französische Kolonie der Hauptstadt.

Als die Gruppen sich in Marsch setzten, wurde es still im Saal. Dann begann das Hausorchester zu spielen, und unter dem tosenden Beifall der über achthundert Gäste betraten sie den festlich geschmückten Saal. Im Mittelgang löste sich die Prozession auf, und Gjertsen wies Rolier, Bézier und Hepp einen überreich geschmückten Tisch zu, der extra für sie, die Mitglieder des Komitees und einige weitere prominente Gäste gedeckt zu sein schien. Dann erklärte Gjertsen das Buffet, das auf drei langen Tischen angerichtet war und über die gesamte Längsseite des Saales reichte, für eröffnet, was erneut Beifallsstürme hervorrief. Die Tische bogen sich unter Unmengen von unterschiedlichstem Smørbrød, von Kuchen, Cremespeisen und Südfrüchten und, nicht zu vergessen, unglaublichen Mengen von Wein und Champagner. Die Menschen aßen, tranken und redeten wild durcheinander, und Rolier strahlte: «Sehen Sie, Leutnant! Was für ein fantastischer Kuchen! Ja, das ist doch wohl ein Kuchen, oder?» fragte er dann zum Konsul gewandt.

«Ganz richtig, Monsieur Rolier, das ist das Meisterwerk von Konditormeister Fritzner», erklärte Hepp. Vor ihnen erhob sich eine riesige kuppelförmige, glasierte Torte, die ein schneebedecktes Gebirgsmassiv darstellte. An einem Draht über einem der Hügel hing ein kleiner Luftballon aus buntem Marzipan. Der Konditor mußte gut informiert gewesen sein, denn er hatte auch eine kleine Gebirgshütte mit zwei kleinen Bauern aus Schokolade gezaubert. Der Rand des Kuchens war mit Brieftauben verziert, und auf den Gipfeln der Berge wehten französische und norwegische Flaggen. Rolier gestikulierte mit den Armen und applaudierte für den Kuchen, und die übrigen Gäste, die ihn beobachteten, lachten und spendeten auch ihrerseits Beifall.

Unablässig kamen Gäste zu ihnen herüber, um sie zu begrüßen, ihnen zu gratulieren oder ihnen Fragen zu stellen. Mitten in dieser anstrengenden Sitzung schien Bézier plötzlich die Kontrolle zu verlieren und in eine Art umnebelte Trance zu fallen. Er antwortete nur noch mechanisch und zufällig auf die Fragen und stierte dabei mit glasigem Blick stumpf nach vorne. Schließlich wurde sein Verhalten so auffallend, daß Rolier ihm diskret in die Seite stubste und ihn leise anherrschte: «Mein Gott, wachen Sie auf, Leutnant! Was ist denn mit Ihnen los?»

Bézier erwachte mit einem Ruck und sah sich verwundert um. Erleichtert darüber, seinen Mitstreiter wieder ansprechbar zu sehen, hob Rolier sein Glas und prostete all den Menschen zu, die ihm ihre Gläser entgegenstreckten. «Heben auch Sie Ihr Glas, Leutnant», rief ihm Rolier zu, und Bézier gehorchte. Er versuchte dabei sogar zu lächeln. Er wußte, daß er nicht bei der Sache gewesen war. Aber war das verwunderlich? Wieviel Schlaf hatten sie bekommen, seit sie in diesem unglückseligen Land havariert hatten? Er versuchte die Tage zu zählen, die seitdem vergangen waren, doch sah er sich immer nur als Spielball grapschender Norweger, umgeben von Fluten von Wein und Essen. Und dann ständig dieser lächelnde Rolier an seiner Seite. Was für eine Verbindung gab es eigentlich zwischen ihm und diesem wunderlichen Delsart, der neben Konsul Hepp Platz genommen hatte? Léon versuchte, die Gedanken beiseite zu schieben. Es waren wohl nur die Erschöpfung und seine Ungeduld, die ihn wieder Gespenster sehen ließen. Aber trotzdem: Warum war Rolier so wenig daran interessiert, ihren Auftrag zu erfüllen? Er ließ sich gern umgarnen, das war klar, aber hatte nicht auch er einen Regierungsauftrag, und herrschte zu Hause nicht Krieg? Konnte man all diese Verzögerungen wirklich nur seiner Eitelkeit zuschreiben? Und andererseits dieser Delsart. Warum hatte er Plätze auf einem deutschen Schiff reserviert? Und wer war dieser Monsieur Herluison, dem Rolier nach seinem Selbstmordversuch oben im Ballon diesen verzweifelten Brief geschrieben hatte? Léon dachte über all die unterschiedlichen Möglichkeiten nach, doch er konnte keine Antwort finden, jedenfalls keine, die seine nagenden Zweifel hätte ausräumen können. Eine Möglichkeit gab es natürlich, aber diese war dermaßen fürchterlich und jenseits jedweder Vernunft, daß er sich nicht einmal den Gedanken daran erlaubte. Léon schaute sich verzweifelt um. Direkt vor ihm stopften sich eine Handvoll Leute ihre Bäuche mit dem Lifjell-Kuchen voll. Ein großer, dicker Mann zog den Marzipanballon von dem Stahldraht, hielt ihn wie eine Traube demonstrativ vor Rolier in die Höhe und steckte ihn als Ganzes in den Mund, während sich Rolier vor Lachen auf die Schenkel schlug. Léon spürte, wie er vor Müdigkeit und schlechter Laune fast zusammenbrach. Wenn er seinen Kummer nur mit jemandem hätte teilen können! Er konnte wohl kaum zu Konsul Hepp gehen und sagen: «Ich glaube, Ihr Sekretär ist ein deutscher Spion! Und was meinen Kompagnon, den Capitaine unseres Ballons betrifft – auch er ist ein bezahlter Verräter!» Was würde mit ihm selbst geschehen, wenn er so etwas von sich geben würde? Er seufzte tief und fürchtete, verrückt zu werden, wenn er nicht auf andere Gedanken käme. Er mußte schließlich nur noch diesen einen Abend durchstehen, am nächsten Tag würde es endlich Richtung Heimat gehen.

Man war jetzt beim Dessert. Die Champagnerkorken knallten wie Gewehrschüsse, und die ohnehin schon aufgekratzte Stimmung wurde noch ein wenig wilder. Man konnte sein eigenes Wort nicht mehr verstehen. Wie ein Zinnsoldat erklomm Fredrik Gjertsen das provisorische Rednerpult, das auf beiden Seiten von Flaggen umgeben war. Gjertsen ergriff das Wort, und das Publikum im Saal verstummte augenblicklich. *«Vive la France!»* rief er und zeigte dabei auf ein blankes Schild mit französischem Adler, das neben einer Trikolore an der Wand hing. Der Saal jubelte. Dann zeigte Gjertsen auf die beiden Ehrengäste und das norwegische Banner hinter ihnen und rief: *«La France et la Norvège!»* Erneut brach der Saal in wilden Jubel aus. Gjertsen hieß die Ehrengäste willkommen und hielt auf französisch eine kurze Rede über die Liebe des norwegischen Volkes zu Frankreich. Schließlich forderte er den Saal auf, ein neunfaches «Hurra» für die Gäste auszubringen, und führte selbst die Rufe an.

Jetzt trat wiederum der Studentenchor auf. Nachdem dieser seine Lieder gesungen hatte und Gjertsen erneut zum Rednerpult trat, wußten alle, nun würde die eigentliche Festrede angekündigt. Ein Raunen ging durch den Saal. Die Kontroverse im Festkomitee war schon längst an die Öffentlichkeit gedrungen, und die Intellektuellen der Stadt hatten Blut gewittert. Ein neuerlicher Schlagabtausch zwischen Bjørnstjerne Bjørnson und Theologieprofessor Monrad stand an. Wer hatte den Kampf um die heutige Festrede gewonnen? Neugierig schauten die Menschen zu dem großen Honoratiorentisch, an dem im gleichen Abstand zu den Ballonfahrern, aber weit voneinander entfernt, sowohl Bjørnson als auch Monrad Platz genommen hatten. Die Spannung war so groß, daß man eine Stecknadel hätte fallen hören können.

Ein steifes Nicken des Schuldirektors, und der Dichter erhob sich in seiner ganzen Größe und schritt majestätisch zum Rednerpult. Fast schien es, als habe er sich absichtlich die Haare zerzaust. Paul und Léon schauten Hepp fragend an und flüsterten: «Wer ist denn das?»

«Ein Schriftsteller der neuen Generation und Vorsitzender des Studentenverbandes. Ein unbezähmbarer Radikaler. Mehr ein Schwätzer als ein Mann von Taten. Seine Ansichten wechseln ebenso schnell wie das Wetter. Meiner Meinung nach eine Eintagsfliege. Er wird bald vergessen sein. Aber, alles was recht ist, im Augenblick ist er ein sehr nützlicher Mann für Frankreich.»

Die Menschen applaudierten wild, in erster Linie wohl erleichtert, weil ihnen die düsteren Ausführungen des Theologen, der sicher wieder über Unmoral und Sittenverfall geredet hätte, erspart blieben.

«Liebe tapfere Aeronauten, Monsieur Rolier und Monsieur Deschamps!» begann Bjørnson, und wieder brandete der Beifall auf. Er sprach auf norwegisch, und Hepp hatte reichlich Gelegenheit zu übersetzen, denn fast nach jedem Satz wurde der Redner durch Beifallsstürme unterbrochen.

Bjørnson war mit seiner Rede am Ende, aber der Jubel wollte gar nicht aufhören. Er stieg vom Rednerpult und ging zu den Franzosen, denen er feierlich die Hand reichte. Einzig dem Studentenchor gelang es, den wilden Beifallssturm mit dem Lied *Mourir pour la Patrie* zu durchbrechen. Schließlich besann sich das bewegte Publikum und ließ Professor Monrad zu Wort kommen, der eine kurze Rede auf französisch hielt, in der er die Zuhörer aufforderte, sich an der traditionsreichen französischen Kultur ein Beispiel zu nehmen. Er schloß mit den Worten: *«Vive la France, la liberté et la civilisation!»*, und da konnten sich auch die Gäste wieder freudig anschließen, und wieder flogen Champagnerkorken durch die Luft, bevor man zum guten Schluß erwartungsvoll zu den Ehrengästen schaute.

Ganz offensichtlich erwartete das Publikum jetzt ein paar Worte von den Ehrengästen, und zum ersten Mal wirkte Rolier ein wenig unsicher. Mit gemessenem Schritt ging er zum Rednerpult, und Bézier bemerkte, daß er blaß und ungewöhnlich ernst aussah. Doch kaum hatte er seinen Mund geöffnet, ertranken seine Worte in einem Jubel, der alles Bisherige in den Schatten stellte. Von verschiedenen Ecken ertönten die Rufe *«Silence! Silence!»*, und zuletzt konnte er mit seiner Rede fortfahren. Wie in Drammen dankte er allen für die Gastfreundschaft und die Hilfe, die ihnen entgegengebracht worden war. Wieder jubelten die Zuhörer. Darauf machte er eine lange Pause und sagte dann mit ernster Stimme: «Unsere Reise nach Norwegen ist ein Symbol dafür, daß die Freundschaft zwischen den Völkern kein leeres Gerede, keine dumme Utopie ist.»

Nach anfänglichem Stottern wurde seine Rede, angestachelt von dem begeisterten Beifall, immer flüssiger. Bézier saß auf seinem Stuhl und hörte besorgt zu, während Rolier lächelte und gestikulierte und dabei die unglaublichsten Bilder über Norwegen und Frankreich entwarf, als habe er sein Leben lang nichts anderes als die Verbindung dieser beiden Länder studiert. «Und ich bitte Sie, Frankreich und uns Franzosen nicht als bemitleidenswerte Nation zu betrachten!» sagte er. Bézier riß die Augen auf. Darum mußte man ja wohl diese untertänigen Götzendiener nicht bitten!

«Richtig, unser Land ist von einer Regierung, die uns verkauft und verraten hat, an den Rand des Abgrundes manövriert worden, aber jetzt hat das Volk die Zügel in die Hand genommen. Jetzt gibt es keine Parteiplänkeleien mehr, keine Interessenkonflikte! Wir haben alle nur noch ein Ziel, eine Hoffnung, einen Willen! Unsere hart geprüfte Nation wird zu guter Letzt den Sieg erringen!»

Wer Französisch konnte, bewies dies, indem er nach jedem Satz begeistert applaudierte. Der Rest der Gesellschaft klatschte wie besessen, nachdem ihr Roliers Rede übersetzt worden war. Als er mit seiner Ansprache am Ende war, erhoben sich alle achthundert Anwesenden und spendeten minutenlang Beifall. Danach wurde wieder derart viel Champagner aufgefahren, daß die Gesellschaft mehr und mehr aus den Fugen geriet und kaum noch jemand Gelegenheit fand, seinerseits ans Rednerpult zu treten. Statt dessen öffneten sich die Türen für einen weiteren Chor, den Gesangsverein des Arbeiterverbandes. Die Tische wurden abgeräumt und große Schalen mit Punsch hereingetragen.

Gegen Mitternacht, der Punsch hatte bereits bedenklich abgenommen, stürmte plötzlich eine Gruppe Männer nach vorne, die die Ehrengäste wie in Drammen hochhoben und auf den Schultern durch den Festsaal trugen. Alle wußten, daß die Helden am nächsten Morgen Christiania verlassen würden, und wollten sich nur ungern von ihnen trennen. Hepp gelang es schließlich, die beiden wieder auf den Boden des Saals herunterzuziehen, und schlug dann vor, das Fest zu verlassen, solange die Stimmung noch auf dem Höhepunkt war. Bézier ließ sich nicht zweimal bitten, aber er mußte noch eine Weile auf Rolier warten, der sich geduldig noch eine weitere Runde durch den Saal tragen ließ.

Bald standen sie aber dennoch draußen in der kalten Winterluft. Doch auch dort waren sie nicht allein, denn fast gleichzeitig mit ihnen waren die meisten der anderen Gäste aufgebrochen, um ihre Helden noch bis zum Hotel Victoria zu begleiten.

In dieser Nacht schlief Bézier wie ein Stein, während Rolier noch Stunden wach lag und sich hin und her wälzte, bis auch er schließlich einschlief.

Gambettas Kurier

Die Heimreise

Nach dem letzten Frühstück in Norwegen nahmen Rolier und Bézier mühsam Abschied vom Hotelpersonal. Ihr Gepäck wurde ihnen gebracht, die Geschenke und die Tauben, und dann begleitete sie ein gutgelaunter Konsul Hepp hinunter zur Kaianlage hinter der Akershus-Festung. Dort lag als einziges Schiff der Frachter «North Star», der infolge des unablässig vom Fjord hereintreibenden Nebels von einer dünnen Reifschicht überzogen war. Es wunderte sie beide nicht mehr, daß auch an diesem Vormittag mehrere hundert Menschen zusammengekommen waren, um sie zu verabschieden.

Kurz nach zwölf legte das Schiff ab, es tutete heiser und kämpfte sich in den eisigen Nebel hinein. Endlich waren sie auf dem Weg. Die Ballonfahrer standen lange an der Reling und winkten mit ausgestreckten Armen den kleinen Gestalten vor der mächtigen Festung zu. Léon war von einer unbeschreiblichen Freude erfüllt, und zum ersten Mal seit vielen Tagen schien er eine Art Zuneigung zu diesem begeisterungsfähigen norwegischen Volk zu verspüren, das eine so naive und unerklärliche Bewunderung für alles Französische hegte. Die letzte Etappe hatte begonnen.

Léon Bézier hatte während der Überfahrt schwer mit der Seekrankheit zu kämpfen, aber die Tauben, die er in seiner Kabine frei fliegen ließ, schienen wohlauf zu sein. Zwei Tage später erreichte die «North Star» die Mündung der Themse und legte in Gravesend unweit von London an. Die Neuigkeiten über die

Ballonfahrer waren auch in England auf fruchtbaren Boden gefallen, und nur mit Mühe konnten sie nach Southampton kommen und von dort mit einem weiteren Schiff über den Kanal nach St. Malo. Endlich waren sie wieder auf französischem Boden! Es ging weiter nach Rennes, wo ihnen vom Stationsvorsteher zu ihrer Freude versichert wurde, daß dieser Teil Frankreichs zu keiner Zeit von der preußischen Belagerung betroffen gewesen war. Ein Sonderzug stand für sie bereit, und wenige Stunden später erreichten sie endlich ihren ursprünglichen Bestimmungsort, Tours, die zweite Hauptstadt der Revolutionsregierung. Es war der 8. Dezember 1870. Vor vierzehn Tagen hatten sie den Gare du Nord in einem Ballon verlassen.

Beim Kriegsminister

Das Treffen mit Gambetta war kurz. Der matte Blick ließ erkennen, daß der große Organisator müde geworden war, doch hin und wieder leuchteten seine Augen auf. Noch hatte er nicht all seine Hoffnung verloren.

«Glauben Sie nicht, ich sei nicht dankbar», sagte er. «Sie haben dem französischen Volk einen großen Dienst erwiesen, und wenn die Zeiten erst wieder normaler sind, werden Sie schon sehen, daß auch Frankreich Ihren Einsatz zu würdigen wissen wird.»

Er reichte ihnen beiden die Hände. Dann drehte er sich plötzlich um, ging zu seinem überladenen Schreibtisch und schlug mit der flachen Hand auf die Tischplatte, so daß ganze Stapel von Unterlagen zu Boden fielen.

«Es ist zum Verzweifeln! Hätte mich Ihre Depesche nur ein paar Tage früher erreicht! Ja nur ein paar Stunden! Wie anders hätte dann alles aussehen können!»

Er drehte sich wieder zu ihnen um und schaute sie mit einem verzweifelten Blick an, der fast eine Art Entschuldigung dafür zu sein schien, daß er Gefühle gezeigt und ihnen mitgeteilt hatte, sie seien zu spät gekommen.

Rolier zog den Kopf ein und fragte mit belegter Stimme: «Ich verstehe das nicht, verehrter Herr Minister?»

Gambetta machte eine verzweifelte Geste mit dem linken Arm, der nach seiner Schußverletzung an der Pariser Front noch immer bandagiert war.

«Natürlich verstehen Sie das nicht! Wer kann das schon verstehen? Hier stampfen wir mit letzter Kraft ein Heer von mehr als hunderttausend Mann aus dem Boden und warten nur auf ein Zeichen, und Trochu hockt in Paris und redet bloß unaufhörlich über seinen großen Plan. Ich flehe ihn an, einen Schlachtplan zu entwickeln, doch er zögert und zögert. Was, meinen Sie, habe ich gefühlt, als ich Ihr Telegramm erhielt?» Gambetta schaute sie mit durchdringendem Blick an. «Wenn der große General, der so belesene, aber ach so vorsichtige General sich endlich entscheidet zuzuschlagen, dann landet die Information darüber in einem abgelegenen Gebirge in Norwegen! In Norwegen!»

Bézier starrte ihn entgeistert an: «Hat Präsident Trochu etwa schon einen Ausfall aus Paris versucht?»

«Exakt, lieber Leutnant! Und ohne daß ich davon gewußt habe! Am 30. November ließ er General Ducrot mit hunderttausend Mann den eisernen Ring stürmen, ohne Hoffnung auf Hilfe von außen.»

Rolier und Bézier schauten sich fragend an. Warum hatte ihnen das niemand gesagt?

Gambetta fuhr verbittert fort: «Was für eine militärische Meisterleistung! Hunderttausend junge Pariser rannten geradewegs in die Arme von Bismarck. Die Preußen schlachteten in nur wenigen Stunden zwölftausend von ihnen ab. Die meisten davon waren jünger als Sie beide! Wenn mein Heer in der Nähe gewesen wäre, hätten wir es geschafft. Es ist zum Verzweifeln!» Gambetta sah mit einem Mal sehr alt aus. «Ducrot gelang es irgendwie, sich wieder nach Paris zurückzuziehen. Zehntausende sind verletzt, und die Belagerung dauert an.»

Er lehnte sich mit seiner gesunden Hand auf seinen Schreibtisch und starrte verbittert auf die Tischplatte. Ganz offensichtlich spielte er ihnen nichts vor. «Bitte entschuldigen Sie, daß ich Ihnen in dieser Situation nicht richtig danken kann. Die Ballonfahrt war sicher historisch. Wie auch der Kampf um Paris. Leutnant Bézier, seien Sie so freundlich und bleiben Sie noch einen Moment?»

Léon schaute kurz zu Paul, der ein verdutztes Gesicht machte.

Gambetta begleitete ihn zur Tür. Als er hinausging, schaute Paul Léon noch einmal an. War das ein Gruß? Würde er warten?

Léon spürte, er würde ihn nie mehr wiedersehen.

«Bitte nehmen Sie doch wieder Platz, Leutnant!» sagte Gambetta. Auch er selbst setzte sich hin und begann, als habe er Léon vergessen, in einigen Papieren zu blättern. Léon schaute sich im Zimmer um. Gambettas Arbeitszimmer war alles andere als ein Palast. Der Innenminister hatte während des ganzen Krieges Wert auf Sparsamkeit und Zurückhaltung gelegt. «Dies ist ein Krieg des Volkes», hatte er in seinen Reden gewettert. «Und zum Volk gehören ja wohl auch wir. Frankreichs Männer und Frauen haben unter der kaiserlichen Dekadenz mehr als genug Verschwendung erlebt.»

Es war kalt in dem kargen Büro. Ein Blick in den Kamin verriet ihm, daß Gambetta auch in den letzten Tagen nicht geheizt haben konnte. Der Kriegsminister machte einen müden Eindruck. Wo waren die Begeisterung und die Energie? War das wirklich der gleiche Mann, der der ganzen Welt einen Stich versetzt hatte, wo war der junge Advokat, der das Volk dazu gebracht hatte, den Kaiser abzusetzen?

Gambetta begann zu sprechen: «Ich möchte ehrlich zu Ihnen sein, Leutnant. War Ihr Name nicht Léon? Ein Namensvetter. Schön. Ich brauche Sie. Im Gegensatz zu meinen Generälen habe ich die Hoffnung nämlich noch nicht aufgegeben.»

Bézier fühlte sich durch den vertraulichen Ton des Ministers geschmeichelt, doch so ganz traute er ihm nicht.

Gambetta erklärte: «Die Generäle fordern, sowohl das Hauptquartier als auch die bewaffneten Kräfte nach Bordeaux zurückzuziehen, um dort unsere Stellungen zu sichern. Seit einer Woche schon setzen sie mir stark zu. Gut, sage ich, lassen Sie uns das tun, aber dann? Haben wir dann nicht kapituliert? Was sollen unsere Brüder und Schwestern im gepeinigten Paris von uns denken, wenn wir uns dort unten im Süden hinter Weinreben und Pfirsichbäumen verschanzen? Was haben wir noch für Möglichkeiten, wenn Paris erst in die Hände der Preußen gefallen ist?

Können wir dann noch zurückschlagen? Was für ein Alptraum: ein geteiltes Frankreich und unsere Hauptstadt von den Deutschen besetzt! So etwas dürfen wir niemals zulassen, Bézier! Wir dürfen nie unser Ziel aus den Augen verlieren, unsere Truppen mit Trochus Soldaten in Paris zu vereinen! Glauben Sie nicht, die zwölftausend jungen Pariser, die letzte Woche niedergemetzelt wurden, seien mir nicht nahegegangen. Erlauben Sie mir zu sagen, daß ich geweint habe, als die Depesche kam, die all diesen jungen Menschen das Leben hätte retten können, wenn sie nicht diesen weiten Weg über Skandinavien genommen hätte.»

Gambetta schaute Bézier direkt in die Augen. Léon war nicht wohl dabei. Dann fuhr der Minister fort: «Ich habe den Befehl gegeben, daß Capitaine Pierre Deschamps Paris verlassen und sich dem Oberkommando anschließen soll, um hier die Leitung der notwendigen Sonderaufträge zu übernehmen. Er wird Sie aufsuchen, sei es nun hier in Tours oder in Bordeaux. Lassen Sie uns hoffen, daß er mit heiler Haut aus Paris herauskommt.» Gambetta schaute auf seine bandagierte Hand. «Und lassen Sie uns hoffen, daß es ihn nicht bis zum Nordpol verschlägt.» Er lächelte. «Aber ich habe mich entschlossen, Bézier. Ich werde meinen Ruf und meine Ehre aufs Spiel setzen und noch einen Versuch wagen, und ich möchte, daß Sie mir dabei helfen.»

Léon hob die Augenbrauen. Plötzlich wurde es ihm ganz warm. «Ich verstehe nicht, Herr Kriegsminister?»

«Leutnant, ich habe geschworen, mit einer Armee nach Paris zurückzukehren. Bis Neujahr werde ich alles unternehmen, unsere Truppen bei Bourges zu sammeln, vielleicht noch näher an Paris. Dort werde ich Trochu treffen, und gemeinsam werden wir den Feind vernichten. Sobald Kommandant Deschamps gekommen ist, werde ich eine Depesche an Trochu verfassen mit Zeitpunkt, Ort und Strategie dieses letzten, entscheidenden Schlages. Und Ihre Aufgabe wird es sein, diese Depesche nach Paris zu bringen.»

Gambetta machte noch einmal eine Pause und sagte dann: «Nun gut, Bézier, Sie bemerken vielleicht, daß ich müde bin. Bitte nehmen Sie morgen nachmittag Kontakt mit meinem Adjutanten auf. Er wird Ihnen mitteilen, ob wir hier bleiben oder uns nach Bordeaux zurückziehen. Im Falle eines Rückzuges möchte ich Sie bitten mitzukommen. Auf jeden Fall halten Sie sich bereit und warten auf Deschamps, der Ihnen nähere Informationen über den Spezialauftrag der Regierung geben wird. Sie sind mein Mann, Leutnant Bézier, wenn Sie mir eine solche Ausdrucksweise gestatten. Ich fühle, daß ich mich auf Sie verlassen kann.»

Gambetta streckte ihm den bandagierten Arm entgegen. Da nahm er wahr, daß auch Léons Hand mit einer Mullbinde umwickelt war. Léon mußte erklären. Gambetta hörte zu und umschloß mit seiner Hand Léons Arm. Er lächelte warm und sagte: «Das französische Volk wird es Ihnen danken. Leben Sie wohl und viel Glück!»

Léon stand wieder draußen auf der Straße. Obwohl es bald Mittag war, sah man fast keine Menschen. Die Luft war jetzt milder, wenn auch ein kalter Nebel aus dem Wasser der Loire aufstieg. Er schaute sich um. Wohin war Rolier verschwunden? Sie hatten nicht einmal darüber gesprochen, welche Pläne sie beide hatten. Und was würde nun mit ihm selbst geschehen? Würde er mit nach Bordeaux müssen? Und dann zurück nach Paris? Was für Verhältnisse herrschten mittlerweile in der Hauptstadt? War der Krieg nicht längst verloren?

Er hatte gehört, daß die deutschen Sperren mit jedem Tag, der verging, effektiver und undurchlässiger wurden. War es überhaupt noch möglich, sie zu durchbrechen? Ihm schauderte, und Tausende von Gedanken schossen durch seinen Kopf. In einem Café bestellte er einen Calvados. «Gambettas Mann?» Er ließ sich die Worte auf der Zunge zergehen, die Bezeichnung schmeichelte ihm. Der junge Kriegsminister war ein Mann voller Charme und Esprit, und noch immer wurde er von großen Teilen der Bevölkerung vergöttert. Mehr und mehr wurde aber getuschelt, er stünde mit seiner Meinung isoliert da und hätte kaum mehr Unterstützung. Was, wenn sie in Paris kapitulierten? Konnte es dann gar gefährlich werden, Gambettas Mann zu sein?

Und schließlich waren ihm in Tours auch schon respektlose Bemerkungen zu Ohren gekommen. Am Abend zuvor war er mit Rolier in einer Soldatenkneipe gewesen, in der ihm ein angetrunkener Major aufgefallen war, der lauthals gegrölt hatte: «Warum lassen wir uns von diesem fanatischen Advokatensöhnchen mit seinem Gekrampfe quälen? Lieber sollten wir Bismarck nach Paris lassen. Der holt sich doch nur Trochus Kanonen und geht dann wieder nach Berlin. Dann hätte das Leiden endlich ein Ende!»

Léon hatte entsetzt zu den anderen Offizieren hinübergeschaut, aber sie lachten nur, und auch Rolier hatte sich darüber amüsiert. Sollte Léon wirklich noch einmal sein Leben für einen aussichtslosen Kampf riskieren? Reichte die Ballonfahrt nicht bereits, um ihm nach der Sache mit den Bildern wieder zu Anstand und Ehre zu verhelfen? Aber wer konnte das wissen? Auf jeden Fall wäre das Risiko, jetzt die Sperren nach Paris zu durchbrechen, unkalkulierbar groß. Wie sollte er nur mit diesem neuen Auftrag umgehen? Wenn er sich weigerte, war er ein Deserteur. Es war zu spät, um zu bereuen. In welch eine Zwickmühle hatte Gambetta ihn da nur gebracht!

Er leerte sein Glas und starrte noch lange mit traurigem Blick über den Fluß.

Die Verlagerung des Oberkommandos von Tours nach Bordeaux ähnelte eher einer panikartigen Flucht als einem strategischen Schachzug. Am 18. Dezember verließ Kommandant Deschamps Paris mit dem Ballon «Le Davy». Er erreichte Bordeaux in weniger als einem Tag und überbrachte die neuesten Nachrichten und Anweisungen von Präsident Trochu an Gambetta. Die Zustände in der Hauptstadt waren mittlerweile vollkommen katastrophal, und der mißglückte Ausfall hatte die Situation nicht verbessert.

«Aber wir haben noch Hoffnung, Herr Kriegsminister», erzählte Deschamps. «Viele von uns wollen noch immer einen zweiten Ausfall versuchen!»

Gambetta lächelte müde. «Das freut mich, Kommandant! Wir

dürfen nicht aufgeben, auch wenn es schlecht aussieht. Was soll aus Europa werden, wenn Bismarck diesen Krieg gewinnt? Die Deutschen hören nicht eher auf, bis sie alle Länder, alle Völker unterworfen haben.»

Das letzte hatte er mit lauter Stimme gerufen, und Deschamps hörte seinen Weissagungen mit skeptischer Miene zu.

«Ich sage Ihnen, die Deutschen werden sich in weniger als einem Jahrzehnt zu einem gemeinsamen Staat vereinen, und wer soll sie dann noch aufhalten? Denken Sie an meine Worte, Capitaine, dieses Herrenvolk wird Europa fressen und die ganze Welt in Schutt und Asche legen, und früher oder später werden wir alle zu Sklaven werden!»

Pierre Deschamps schaute mit wachsendem Entsetzen zu dem so von Haß erfüllten Mann und sagte dann ruhig: «Mit allem Respekt, Herr Minister. Lassen Sie uns hoffen, daß es so weit nicht kommt.»

Er bekam die Adresse von Bézier und verschwand in den belebten Straßen Bordeaux'. Es tat gut, die Glocken im mächtigen Turm von Saint-Michel zu hören. Ein mildes Lüftchen wehte ihm entgegen. Es roch nach Fisch und Meer. Bestimmt war gerade Ebbe. Er wollte sich noch eine Stunde gönnen, um sich diese schöne Stadt anzuschauen, bevor er seinen zuverlässigen Kurier aufsuchte.

Es wurde ein herzliches Zusammentreffen in der kleinen Soldatenkneipe. Bézier war bereits seit einigen Tagen in Bordeaux und hatte soeben seinen Bericht über die Reise mit der «Ville d'Orléans» abgeschlossen, den er stolz seinem Kommandanten überreichte. Léon ergänzte ihn mit seinen mündlichen Ausführungen, die weit über das hinausgingen, was Deschamps sich mit all seiner Phantasie vorstellen konnte. «Und das alles für nichts und wieder nichts, Leutnant! Was wäre möglich gewesen, wenn Sie die Depesche rechtzeitig hätten abliefern können!»

Es lag keine Kritik in Deschamps' Stimme, trotzdem wurde Léon schwer ums Herz, und er dachte verärgert noch einmal an all die Festkomitees in Norwegen. Sollte er Deschamps in seinen

Verdacht einweihen? Er entschloß sich, auf eine bessere Gelegenheit zu warten, und fragte statt dessen nach den Zuständen in Paris.

Deschamps klang betroffen. «Es ist die reinste Hölle, Leutnant. Die Jungs erfrieren in ihren Schilderhäuschen. Jeden Tag sterben Kinder an Hunger. Ich verstehe nicht, wie Trochu durchhält. Es ist doch nur noch eine Frage von Tagen, vielleicht von Stunden, bis alles vorüber ist.»

«Übertreiben Sie jetzt nicht ein bißchen, Capitaine?» erdreistete sich Léon.

«Nein, leider nicht!» erwiderte Deschamps niedergeschlagen. «Unsere Regierung will das nur nicht einsehen. Am wenigsten Gambetta. Ich glaube, seine Augen sind derart vom Haß auf die Preußen geblendet, daß er nichts anderes mehr sieht. Schließlich ist er ja auch seit Monaten nicht mehr in der Hauptstadt gewesen. Aber lassen wir ihn nur machen. Vielleicht kann er das Wunder ja vollbringen!»

Léon wollte etwas sagen, doch er behielt es für sich.

Deschamps seufzte. «Ja, Leutnant, ich weiß, es ist unpatriotisch und sogar verboten, so etwas zu sagen, aber ich bin es einfach leid.» Er kippte seinen dritten Calvados herunter und zog seine Taschenuhr hervor. «Es wird Zeit, Bézier, der Kriegsminister wartet.»

Im neuen Hauptquartier wurden sie in Gambettas Arbeitszimmer gebeten. Der Minister saß hinter einem kleinen Schreibtisch. An der Wand des kargen Raumes hockten zwei weitere Personen auf einfachen, klapprigen Holzstühlen. Léon betrachtete Gambettas Gesicht. Es schien noch schmaler und verschlossener zu sein als bei ihrer letzten Begegnung.

Ohne sich zu erheben, sagte Gambetta: «Darf ich Ihnen vorstellen...» Er machte eine ausladende Geste mit der noch immer verbundenen Hand. «Ich weiß nicht, ob Sie, Kommandant Deschamps und Leutnant Bézier, Herrn Postdirektor Steenackers kennen?»

Sie nickten einander höflich zu.

«Bitte, setzen Sie sich, meine Herren. Sie wissen natürlich, um was es sich handelt. Monsieur Steenackers, Sie haben das Wort. Ich schlage vor, wir verschwenden nicht allzuviel Zeit dafür.»

Léon schien es, als husche eine beleidigte Miene über das Gesicht des Postdirektors, der sich umständlich erhob, eine Ledertasche öffnete und Léon Reisegeld, einen Militärausweis und einen Schlüssel übergab. Léon schaute ratlos auf den Schlüssel und blickte dann zu Steenackers. «Was soll ich damit?»

Steenackers antwortete mit einem Lächeln. «Unsere neueste Erfindung und unser ganzer Stolz. Es handelt sich dabei um eine Hülse für einen Mikrofilm, als Schlüssel getarnt! Jede Woche machen wir weitere Fortschritte in der Mikrofotografie. Die Hülse beinhaltet einen codierten Film mit verkleinertem Text, insgesamt etwa vierzig bedruckte Seiten. Ich darf Sie auf eine Kuriosität hinweisen: Sie werden der erste Kurier sein, der einen Mikrofilm transportiert! Passen Sie gut auf den Schlüssel auf, Leutnant.»

Gambetta erhob sich und ging um seinen Schreibtisch herum. «Lassen Sie mich Ihnen Glück wünschen, Bézier.» Er streckte ihm die verwundete Hand entgegen und sagte dann freundlich: «Wir zwei mit den Bandagen, also!»

Einen Augenblick lang zögerte Léon, dann schlug er in die ausgestreckte Hand des Kriegsministers ein. Es stach noch immer in seiner Handfläche.

«Ich schätze Ihre Bereitschaft, sich für unsere Sache einzusetzen!» sagte Gambetta. Er ließ Léons Hand los und umfaßte statt dessen mit kräftigem Druck seine Schultern. «Alle weiteren Instruktionen erhalten Sie von Kommandant Deschamps. Möge das Glück Ihnen hold sein!»

Verdacht

Deschamps lud Léon unten am Hafen zu einem Essen und einem Glas Wein ein. Es war der zweite Weihnachtstag, und die Straßen waren fast menschenleer. In einem kleinen, leeren Restaurant setzten sie sich ans Fenster, so daß sie über den breiten, langsam dahinfließenden Fluß schauen konnten. Es war früh am Nachmittag, die Flut ließ den Wasserspiegel steigen und hob die Fischerboote langsam aus dem Schlick des Flusses empor. Capitaine Pierre Deschamps hatte überraschend gute Laune. Überschwenglich lobte er Léons Rapport, den er begeistert auf den Tisch warf, so daß die Weingläser über die glatte Tischplatte tanzten. Doch plötzlich wurde er still, er schaute Léon tief in die Augen und fragte bekümmert: «Aber etwas bedrückt Sie doch, Leutnant! Sehnen Sie sich jetzt an Weihnachten zu Ihrer Familie zurück?»

Léon konnte sich nicht länger zurückhalten. «Kommandant. Wer weiß schon, was einen am meisten bedrückt? Es gibt aber etwas, das mir schon seit dem Aufenthalt in Norwegen auf dem Herzen liegt und das ich nicht im Rapport erwähnt habe. Kann ich hier sprechen?»

Deschamps schaute sich um. Der Wirt war nicht zu sehen. Er nickte. «Sprechen Sie leise.» Er zündete sich eine Zigarette an und hörte Léon zu. Als dieser schließlich fertig war, saß Deschamps noch lange schweigend da. Dann leerte er sein Weinglas und sagte ernst: «Es hört sich vielleicht brutal an, Leutnant, aber Sie haben nicht die Spur eines Beweises. Ihre Anschuldigungen sind ungeheuerlich, und sie haben mich tief getroffen, aber es ist doch möglich, daß alles, was Sie mir erzählt haben, den Tatsachen entspricht.»

Léon schaute beleidigt auf und wollte sich rechtfertigen, aber Deschamps fuhr fort: «Die Personen, die Sie anklagen, werden natürlich alles, was Sie gesagt haben, leugnen, und so würde Wort gegen Wort stehen, und wem, glauben Sie, würden Gambetta oder Trochu Glauben schenken?»

Léon schaute durch das Fenster hinaus. Das erste Fischerboot war bereits auf dem Weg zum Atlantik. Er blickte ihm lange gedankenverloren nach.

«Ich weiß, ich habe keine Beweise. Aber, um mit Rolier anzufangen, er hat de facto versucht, den Ballon in die Luft zu sprengen!»

«Warum steht davon nichts im Rapport, Leutnant?»

«Ja, vielleicht aus Loyalität? Aber der Ingenieur war ja nicht mehr richtig zurechnungsfähig. Verstehen Sie? Das ist nicht so wichtig. Aber all das, was danach kam!»

«Sie sind sich doch wohl im klaren darüber, wie schwerwiegend Ihre Anklagen sind?»

«Ich klage niemanden an, aber warum hat Rolier nicht auf meine Warnungen gehört? Wir sind mit diesem Ballon ja viel zu hoch gestiegen, und warum weigerte er sich zu landen, als ich ihn darum bat?»

«Rolier steht bei Nadar und den anderen bekannten Aeronauten hoch im Kurs, während Sie ... ja, ich brauche Sie wohl nicht daran zu erinnern, was man wieder hervorholen könnte, wenn die Frage nach Ihrer Vertrauenswürdigkeit gestellt würde.»

Léons Blick schweifte über die Boote und das Hafenbecken.

«Ich sehe das ja ein, aber können Sie mir vielleicht erklären, warum Rolier sich direkt nach seinem Selbstmordversuch hinsetzt und einen Abschiedsbrief an einen gewissen Monsieur Herluison schreibt?»

«Sie wissen wohl, wer dieser Monsieur Herluison ist, Leutnant?»

«Nein!» Léon verschränkte die Arme vor der Brust und schaute Deschamps trotzig an.

«Er ist ein hoher Beamter und, soweit ich weiß, ein enger Vertrauter der nationalen Verteidigungsregierung! Es ist gut möglich, daß er Rolier einen Auftrag gegeben hat, von dem Sie und ich nichts wissen.»

«Das ist ja alles möglich, aber warum hatte Rolier dort oben im kalten Norden immer so unbeschreiblich viel Zeit? Ständig mußte ich ihn zur Eile mahnen.»

«Achten Sie auf Ihre Worte, Leutnant! Sie behaupten gerade, einer unserer Nationalhelden sei ein feindlicher Agent! Das würde die Todesstrafe für ihn bedeuten, aber Achtung, die Strafe dafür, falsche Gerüchte in Umlauf zu bringen, ist auch nicht gerade gering. Ist es nicht möglich, daß es für all diese Geschehnisse einfache Erklärungen gibt, Bézier? Denken Sie an Roliers Herkunft. In seinen Kreisen kann man sich kaum auf dem Höhepunkt eines Festes zurückziehen, wenn man selbst der Ehrengast ist! Das käme einer Beleidigung des Gastgebers gleich.»

«Und das gilt auch in Europas Schicksalsstunde, wenn eine halbe Million Menschen auf die Marschorder wartet? Was für ein Ehrgefühl hat so ein Mensch denn, Capitaine? Und seit wann ist es denn legitim, die treulosen Aktivitäten eines Menschen mit dessen Herkunft zu entschuldigen?» Léon war aufgesprungen. Er strich sich durch die Haare, um sich zu beruhigen. Er wußte, daß er kurz davor war, die Beherrschung zu verlieren. «Und wie wollen Sie erklären, Kommandant, daß der geschäftige junge Sekretär, Delsart, erst einmal Plätze auf einem deutschen Schiff reservierte? Außerdem sandte er die Depesche über England. Aus Sicherheitsgründen, hieß es, obwohl die Zeit drängte. Im nachhinein habe ich erfahren, daß sich die Depesche dadurch um viele Stunden verzögert hat, vielleicht die entscheidenden Stunden! Können Sie mir das erklären, Capitaine?»

Deschamps sah sich vorsichtig im Restaurant um und sagte dann beinahe flüsternd: «Leutnant, ich bitte Sie. Hören Sie auf. Sie bringen sich mit solchem Gerede noch um Kopf und Kragen. Sie können doch nicht mit vollem Ernst behaupten, unser Gesandter in Christiania sei ein deutscher Agent!»

Léon atmete schwer. Er schwieg und schaute Deschamps betrübt an.

«Ich gebe Ihnen einen Rat, Leutnant. Vergessen Sie das Ganze! Ich erinnere Sie noch einmal, Sie bewegen sich auf gefährlichem Terrain. Und noch etwas.» Er sah sich um. «Die Verhältnisse können sich hier in Frankreich rasch ändern. Man kann heute noch ein Held und morgen schon ein Sündenbock sein. Denken Sie daran, wie die Menschen in unserer blutigen Vergangenheit vom Palast zum Schafott geschleift wurden. Wenn der Krieg so ausgeht, wie wir alle es befürchten, Leutnant, was, glauben Sie, wird dann aus den Herren, die jetzt die Geschicke unseres Landes leiten? Ist es so sicher, daß es nur eine Möglichkeit gibt, die Proklamation der Republik zu deuten? Viele unserer Repräsentanten in all den fremden Ländern ringsherum haben auch schon zu Bonapartes Zeiten Frankreich vertreten, und sie werden auch wohl nach einem weiteren Regierungswechsel im Amt bleiben. Ich erinnere Sie noch einmal an Ihre kriminelle Vergangenheit. Sie wären eine leichte Beute für einen Diplomaten, der Sie aus dem Weg haben möchte, Bézier. Niemand würde auch nur einen Finger krumm machen, um Ihre Haut zu retten.» Deschamps schaute ihn jetzt eiskalt an: «Benutzen Sie Ihren Verstand, Leutnant, und behalten Sie Ihre gefährlichen Spekulationen für sich. Sie können hier in unserem Land noch ein langes Leben vor sich haben.»

Léon hörte ihm zu. Wieder spürte er, wie ihm langsam übel wurde. Am liebsten hätte er diesen Mann aus vollem Halse angeschrien. Wie sehr hatte er ihn respektiert, und doch ließ auch Deschamps jetzt plötzlich seine Maske fallen und entlarvte sich als illoyale, berechnende Person, die so gut in eine Welt voller Verrat und Betrug paßte.

Er schluckte und sagte dann: «Danke für die Belehrung, Capitaine. Kann ich jetzt gehen?»

«Einen Augenblick, Leutnant!» Deschamps war überrascht, daß Bézier so abrupt aufgesprungen war. «Wenn es so viel für Sie bedeutet, kann ich Ihren Verdacht natürlich an das Oberkommando weiterleiten.»

Doch Léon stürmte bereits aus dem Restaurant und hörte gerade noch, daß Deschamps ihm nachrief: «Viel Glück für Ihren Auftrag, Bézier! Gott segne Sie!»

An diesem Abend tat Léon zwei Dinge, die ihn selbst überraschten. Er ging zu einem Repräsentanten der Regierung und bat darum, eine Brieftaube nach Paris schicken zu dürfen, um seiner Frau mitzuteilen, er wäre am Leben und würde bald wieder nach Hause zurückkommen. Dieser Wunsch wurde ihm gestattet. Danach ging er in die Weihnachtsmesse und betete darum, den Weg in die Hauptstadt zu überleben.

Am Morgen des 27. Dezember nahm Léon den Zug nach Norden in Richtung Poitiers. Von dort aus sollte er über Tours nach Le Mans vorrücken und versuchen, sich der deutschen Belagerung von Westen zu nähern.

Während er im Abteil saß, ging ihm langsam auf, wie alleine er bei diesem Auftrag war. Nach der langen Reise gemeinsam mit Rolier war das ein merkwürdiges Gefühl. Er war erleichtert, sich nicht mehr über den jungen Ingenieur wundern zu müssen, aber er konnte sich nicht davon lossagen, jemanden zu vermissen, mit dem er die Verantwortung teilen konnte. Er schaute zu den kahlen Pfirsichbäumen hinaus, die sich an den winterlich grauen Ufern der Gironde entlangzogen. Wie unbeschreiblich weit er von Norwegen entfernt war! Und wieder ertappte er sich dabei, daß er an Rolier dachte. Sie hatten einander das Leben gerettet und waren in einem kleinen Land hoch oben im Norden, von dessen Existenz sie vorher kaum etwas gewußt hatten, zu Nationalhelden hochgespielt worden. Wie vertraut waren sie einander geworden? Bis zum Schluß hatten sie sich gesiezt und sich beim Nachnamen genannt. War er in Christiania zu streng zu Rolier gewesen? Léon lehnte seinen Kopf an das Abteilfenster. Warum war Rolier einfach verschwunden? Wohin war er gegangen? Er versuchte auf andere Gedanken zu kommen. Was ging es einen einfachen Soldaten an, was dieser bürgerliche Günstling unternahm? Er lehnte sich zurück und warf einen flüchtigen Blick auf die anderen Passagiere. Niemand sagte etwas, und man wechselte kaum einen Blick. Die Menschen schienen die Lebenslust verloren zu haben. Alle hatten mit sich selbst genug zu tun, und plötzlich begriff Léon, daß Frankreich den Krieg verloren hatte.

Der einschläfernde Rhythmus des Zuges ließ ihn immer wieder kurz einnicken, doch er dachte an seine Sicherheit und an seinen Auftrag und bemühte sich, wach zu bleiben. Preußische Reiter konnten an den ungewöhnlichsten Orten unerwartet auftauchen, und er durfte auf keinen Fall in eine Razzia kommen, denn auch wenn er keine Uniform trug, würden die Militärausweise ihn bei einer Leibesvisitation verraten.

Besonders auf den Bahnhöfen hielt er wachsam Ausschau, jederzeit bereit, den Zug sofort zu verlassen, sollten irgendwo Feinde auftauchen. Mehr als einen Tag verbrachte er damit, immer wieder umzusteigen und sich mühsam in nordwestlicher Richtung durch die karge Winterlandschaft vorzuarbeiten. Erst in Liseux verließ er, wie vereinbart, endgültig den Zug, nahm eine Kutsche und reiste in östlicher Richtung auf die Hauptstadt zu. Er wußte, daß er einen gefährlichen Weg vor sich hatte, und mit jedem Kilometer nahm die Wahrscheinlichkeit, auf preußische Kompanien zu stoßen, zu. Doch dieses Mal war das Glück auf seiner Seite, und nach weiteren zwei Tagen und zahllosen Kutschenwechseln fuhr er in St. Germain-en-Laye ein.

Er zitterte vor Spannung. Bald würde er dem Feind gegenüberstehen, denn nach allem, was er wußte, lagen die ersten befestigten Stellungen der Deutschen nur ein paar Kilometer entfernt.

Er streckte den Kopf aus der Kutsche und fragte den Kutscher, ob er neben ihm auf dem Bock sitzen könne. Der Alte antwortete mit einem verwunderten Nicken, und Léon kletterte zu ihm nach vorne. Langsam rollten sie über die mit Kopfsteinpflaster befestigten Straßen der kleinen, fast menschenleeren Provinzstadt. Das Geklapper der Hufe wurde von den Hauswänden zurückgeworfen. Ganz eindeutig näherten sie sich dem Kriegsschauplatz, denn an vielen Häusern hingen deutsche Plakate, auf denen in französischer Sprache deutsche Propaganda verbreitet wurde. Plötzlich erstarrte Léon, er packte den Kutscher am Arm und flüsterte: «Bitte, halten Sie an!»

Direkt vor ihnen, nur etwa fünfzig Meter entfernt, stand eine Gruppe deutscher Soldaten an einem trockenen Brunnen. «Biegen Sie ab, hier hinein!» Er zeigte in eine Seitenstraße. Der Kutscher reagierte schnell und fuhr um die Ecke. Die Soldaten zeigten kein Interesse an ihnen, und nach ein paar Umwegen kamen sie schließlich zu der angegebenen Adresse. Léon bezahlte den Kutscher großzügig, stieg ab und beeilte sich, in die Herberge zu kommen.

Am nächsten Morgen war es feuchtkalt. Schnee lag in der Luft. Ausgerüstet mit einer Karte und einem kleinen Feldstecher, setzte Léon seinen Weg zu Fuß fort. Er stieß auf einen kleinen Pfad, dem er durch ein Waldstück westlich der Seine folgte. Deschamps' Instruktionen klangen ihm noch in den Ohren: «Folgen Sie diesem Pfad etwa vierhundert Meter, bis Sie durch die Bäume den Bahnhof sehen können. Dann folgen Sie dem breiteren Weg nach rechts. Dieser Weg führt Sie bald zu einem kleinen Höhenzug nordöstlich des Schlosses.» In der Ferne konnte er deutlich das protzige Renaissancegebäude erkennen, das Kaiser Napoleon III. erst vor kurzem hatte restaurieren lassen. Deschamps hatte ihm den Ort auf der Militärkarte eingezeichnet. «Aber gehen Sie nicht zu nah an das Schloß heran, dort wimmelt es bestimmt von Pickelhauben.»

Bézier hatte aus dem Verhalten des Gastwirtes Louis, einem rundlichen, rotbärtigen Mittfünfziger, entnommen, daß dieser ahnte, was Léon vorhatte. Ohne zu fragen, hatte er ihm einen Ratschlag mit auf den Weg gegeben: «Hüten Sie sich vor dem Forstmeister. Ihm ist nicht zu trauen!»

Bézier war sich darüber im klaren, daß ein Teil der Franzosen die Franc-Tireure fürchtete, wenn nicht sogar haßte, denn sie konnten eine große Gefahr für die Lokalbevölkerung darstellen. Wurde ein deutscher Soldat bei einer französischen Sabotageaktion getötet, war die Reaktion der Deutschen ebenso grausam wie konsequent. Für jeden getöteten Deutschen wurden zehn französische Zivilisten aus dem nächstgelegenen Dorf ohne Richterspruch durch Nackenschüsse hingerichtet.

«Und passen Sie auch an der Eisenbahnbrücke auf», hatte der Wirt geraten. «Dort wimmelt es von Preußen. Sie bewachen die Brücke, als sei sie Bismarcks Geliebte!»

Vom Waldrand aus konnte er in der Ferne die Eisenbahnbrücke erkennen. Er setzte sich auf einen Baumstumpf und dachte nach. Die Warnungen stimmten. Auf beiden Seiten der Brücke standen große Militärzelte, und überall liefen feindliche Soldaten herum. In gewissen Abständen wurden auch die Flußufer von berittenen Truppen patrouilliert. Deschamps hatte ihm erklärt, daß die Preußen unweit der Stelle, wo er sich jetzt befand, eine provisorische Pontonbrücke errichtet hatten. Er schlich sich zum Fluß hinunter, mußte aber zu seiner Enttäuschung feststellen, daß diese Brücke wohl durch Treibeis zerstört worden war. Über weite Strecken waren die Schwimmelemente im Fluß versunken. Er zog sich wieder von der Seine zurück. Es war gut möglich, daß die Preußen auch den hinter ihm liegenden Landstrich besetzt hielten und im Wald und entlang der Eisenbahnschienen patrouillierten.

Léon rückte weiter nach Süden vor. Er überquerte die Eisenbahnschienen und schlich sich vorsichtig in sicherem Abstand vom Fluß über die Felder. Bald schon sah er auf beiden Seiten der Seine die Häuser des Dörfchens Le Pecq, doch er wagte es nicht, die kleine Siedlung zu durchqueren, sondern machte einen weiten Bogen durch den Wald, so daß er schließlich auf den Weg stieß, der hinunter nach Versailles führte. Dort ruhte er sich eine Stunde aus, bevor er sich vorsichtig durch den Wald zurück zur Herberge schlich.

An diesem Abend faßte er einen Entschluß. Es war zu risikoreich, wenn nicht sogar gänzlich unmöglich, mit heiler Haut über die Eisenbahnbrücke zu kommen. Seine einzige Chance bestand darin, die Seine mit einem Boot zu überqueren. Vielleicht gab es eine Möglichkeit in Le Pecq? Bevor er zu Bett ging, sprach Léon mit dem Wirt, und dieser stellte den Kontakt zu einem älteren Mann her, der ein Ruderboot besaß. Noch ehe der nächste Morgen graute, wurde Léon übergesetzt und stieg unterhalb der im Dunkeln liegenden Häuser am gegenüberliegenden Ufer aus. Mit einem Flüstern dankte er dem Fremden für die Hilfe und schob das kleine Boot mit seinem Stab wieder auf den Fluß hinaus. Schon im nächsten Augenblick war es in dem dichten Nebel, der über dem Fluß lag, verschwunden. Eine Weile hörte er noch das rhythmische Plätschern der Ruder, dann wurde es still, und er stand einsam am dunklen Flußufer.

Ein kalter, klarer Wintertag brach an. Der Atem gefror ihm an Bart und Haaren, während er sich vorsichtig zu einem kleinen Wald oberhalb des Dorfes schlich. Dort verharrte er und durchdachte noch einmal seine Situation. Es war schlichtweg Wahnsinn, doch es gab keinen Weg mehr zurück. Jetzt stellte sich vielmehr die Frage, wie es weitergehen sollte. Das Gebiet zwischen der Belagerungslinie und der Seine war eine Art militärisches Niemandsland, in der sich die Frontlinien immer wieder verschoben. Sicher wimmelte es hier nur so von deutschen Patrouillen, und falls er Franzosen traf, konnte er diesen sicher nicht trauen. Entsprechend seinem ursprünglichen Plan brach er in nordöstliche Richtung auf.

Er hielt sich weitab von Wegen und Häusern und kämpfte sich durch das unwegsame Dickicht der Wälder. Immer wieder hielt er nervös an und lauschte, ob Pferdegetrappel von Kavallerieeinheiten zu hören wäre. Nach einer guten Stunde lichtete sich der Wald, und das kleine Dörfchen Le Vesinet lag vor ihm. Er machte einen großen Bogen nach Osten und schlich sich ein Stück weiter, bis er erneut die Eisenbahnschienen erreichte. Dort faßte er einen dreisten Entschluß. Statt sich durch das Dikkicht zu kämpfen, folgte er den Schienen. Natürlich war es möglich, daß eine Draisine oder gar ein Zug auftauchte, aber Léon war sicher, daß er so etwas rechtzeitig bemerken und genug Zeit haben würde, um sich im Wald zu verstecken.

Viele Stunden schlich er wachsam an den Schienen entlang, doch kein Deutscher zeigte sich. Als er vor sich die ersten Häuser von Catou erkennen konnte, blieb er plötzlich wie versteinert stehen. Auf dem Bahnhof, den er in der Ferne erkannte, hielten sich mehrere Gruppen von Soldaten auf. Ja, das ganze Dorf schien voller bewaffneter preußischer Soldaten zu sein. Instinktiv warf er sich zu Boden, robbte den Eisenbahndamm hinunter und ging hinter ein paar Büschen in Deckung. Während er verschnaufte, bemühte er sich, seine Lage zu überdenken.

Bis zu dem Ort, an dem er zum zweiten Mal die Seine überqueren wollte, war es nicht mehr weit. Doch was sich dort vor ihm in dem kleinen Dorf abspielte, schien eine Großrazzia zu sein, und sicher wimmelte es in der ganzen Region von feindlichen Soldaten. Einen Augenblick lang dachte er, die Preußen suchten nach ihm. Konnte er schon verraten worden sein? Er wies diese düsteren Gedanken von sich. Aber wie sollte es jetzt weitergehen?

Lange blieb er wie gelähmt sitzen, doch dann wurde ihm plötzlich klar, daß er sich in akuter Lebensgefahr befand. Der Feind konnte jederzeit auftauchen. Er entschied sich zum Rückzug. Doch auch als er sich aus dem Blickfeld der Deutschen zurückgezogen hatte, war ihm nicht wohler. Er hatte sich in eine unmögliche Situation manövriert. Wie sollte es ihm gelingen, die Seine zu überqueren? Er war so sicher gewesen, Paris noch im Laufe des Tages zu erreichen, und hatte deshalb keinerlei Vorkehrungen für einen möglichen Rückzug getroffen. Es wäre sicher ein leichtes gewesen, vorsichtshalber ein Abkommen mit dem Mann mit dem Boot zu treffen, aber er hatte nicht daran gedacht. Und jetzt saß er wie auf einer einsamen Insel, umgeben von feindlichen Soldaten in einer tödlichen Falle. Er brauchte in dieser unglücklichen Enklave gar nicht erst daran zu denken, mit der Zivilbevölkerung Kontakt aufzunehmen. Mehr als irgendwo anders riskierten sie hier Vergeltungsmaßnahmen, und die Gefahr, daß man ihn auf der Stelle den Deutschen übergab, war sicher größer als die Chance, Hilfe zu bekommen.

Er wagte es nicht, auch auf dem Rückweg an der Eisenbahn entlangzugehen, und nachdem er etwa eine Stunde durch das unwegsame Gelände in Richtung Le Pecq gehastet war, setzte er sich außer Atem auf den gefrorenen Boden. Einen Augenblick lang mußte er an die Zeit vor einem Monat, nach der Landung in

Telemarken, denken, doch dieses Mal galt es, der Lokalbevölkerung aus dem Wege zu gehen.

Er wußte, daß er so schnell wie möglich den Fluß überqueren mußte, aber die einzige Möglichkeit war die stark bewachte Eisenbahnbrücke von St. Germain. Sich der Brücke zu nähern erschien ihm bereits wie der reinste Selbstmordversuch. Verzweifelt streckte er seine vor Kälte steifen Finger in die Achselhöhlen. Sein ganzer Körper zitterte vor Angst und Kälte.

Es hatte zu dämmern begonnen, und die Angst, sich zu verlaufen, vermischte sich mit der Angst vor deutschen Patrouillen. Plötzlich hörte er ganz in der Nähe galoppierende Pferde. Augenblicklich warf sich Léon zu Boden, krabbelte ins Dickicht unter den Bäumen und versuchte, ganz still zu liegen. Die Pferde hielten nur ein paar Meter von ihm entfernt an, so daß er deutlich Tiere und Reiter unterscheiden konnte. Es waren etwa zehn Mann. Die Pferde trampelten auf der Stelle und schabten mit den Hufen im Sand. Ihre schweren Körper dampften. Sie waren offenbar sehr angetrieben worden. Wieder überkam ihn diese unangenehme Ahnung, verraten worden zu sein.

Er versuchte, sich vollkommen ruhig zu verhalten, aber konnten ihn die Pferde nicht wie Hunde wittern? Sein Herz hämmerte so wild, daß er befürchtete, die Reiter könnten es bemerken, doch dann bellte jemand ein paar harte Befehle, und die Pferde galoppierten weiter. Erst Minuten später wagte sich Léon aus dem Dickicht hervor. Die Angst würde ihm noch all seinen Mut und seine Entschlossenheit rauben, aber dennoch, es gab keinen anderen Weg als die Eisenbahnbrücke.

Das Risiko, sich am Flußufer entlang nach Le Pecq zu schleichen, um von dort aus zur Eisenbahnbrücke zu gelangen, war zu groß. Wachsam wie ein Luchs schlich er sich in sicherem Abstand von der Seine Meter für Meter durch den Wald vorwärts und lauschte dabei auf Stimmen und Geräusche. Vom Waldrand aus konnte er das kleine Dörfchen erkennen. Es wirkte öde und verlassen. Nur aus wenigen Häusern schimmerte schwaches Licht. Auf dem Höhenzug auf der anderen Seite des Flusses lag hell erleuchtet St. Germain. Es wirkte in der Dunkelheit so nah.

Schließlich wagte er sich doch zum Flußufer hinunter. Vielleicht konnte er dort ja ein Ruderboot finden, doch in der Dunkelheit war kaum etwas zu erkennen, so daß er die Hoffnung bald wieder aufgab.

Plötzlich zeichnete sich am sternenklaren Nachthimmel vor ihm die Brücke ab. War er schon so nah herangekommen? Entsetzt über seine eigene Nachlässigkeit, preßte er sich auf den Boden und lag vollkommen still, damit ihn die Deutschen nicht entdeckten.

Von dem einen Brückenkopf her konnte er deutlich Stimmen hören. Dort sah er im Schein der Fackeln auch die Silhouetten der deutschen Wachen. Sie grölten und sangen. War das eine Silvesterfeier? Manchmal lachten alle laut auf. Es war zu dunkel, und der kalte Nebel, der wie ein violetter Schleier über der Seine hing, war zu dicht, um den Brückenkopf auf der anderen Seite des Flusses zu sehen.

Entsetzt blieb Léon einen Augenblick am Boden liegen, doch dann wurde ihm klar, daß es keine andere Möglichkeit gab, er mußte weiter. So leise wie möglich kroch er Meter für Meter zum Brückenpfeiler vor. Er hatte es sich leichter vorgestellt, dabei kein Geräusch zu machen.

Als die Brücke endlich über ihm lag, richtete er sich vorsichtig auf und musterte den dunklen Koloß. Seine einzige Chance bestand darin, seitlich an den unter der Brücke verlaufenden Stahlträgern entlangzuklettern. Langsam und vorsichtig begann er, an dem aus runden Steinblöcken zusammengesetzten Brückenpfeiler hochzuklettern, doch auf halber Höhe verlor er plötzlich mit einem Fuß den Halt, so daß er sich mit aller Kraft mit den Fingern in dem eisigen Granit festkrallen mußte. Ihm war, als würden ihm all seine Fingernägel langsam herausgerissen, doch es gelang ihm, wieder Halt zu finden, und schließlich konnte er den Stahlträger ergreifen und sich hochziehen. Bevor er weiterkletterte, atmete er ein paarmal tief durch.

Die stählernen Verstrebungen des Brückenfundamentes waren so eng, daß er ständig mit Stiefeln und Rucksack anschlug oder hängenblieb. Die verräterischen Geräusche schienen ihm bis weit über den Fluß zu schallen. An einer Stelle hatte er besseren Halt, und dort ruhte er sich ein paar Minuten aus und lauschte den Geräuschen von oben. Ob sie Hunde hatten? Doch er hörte immer nur das Gelächter der Wachen. Vorsichtig tastete er sich weiter durch die Brückenträger, und die Stimmen erklangen aus immer größerer Ferne. Direkt unter ihm floß die Seine ruhig und dunkel dahin. Jetzt begann das neue Jahr. Er wagte nicht, daran zu denken, was geschehen würde, wenn er den Halt verlor und hinabstürzte.

Plötzlich spiegelte sich unten auf dem Wasser das Licht von Fackeln. Stimmen kamen näher. Sie klangen wütend. Er preßte sich mit dem ganzen Körper flach auf den harten Stahl und lag so ruhig wie möglich. Über ihm dröhnten die eisenbeschlagenen Stiefel wie Hammerschläge. Plötzlich hielten sie an. Was, wenn sie elektrische Taschenlampen hatten? Er selbst hatte so etwas zum ersten Mal auf der Ballonfahrt gesehen, aber das preußische Heer war ja bekannt für seine moderne Ausrüstung. Er wagte es nicht, aufzuschauen.

Anscheinend diskutierten die Soldaten dort oben, was sie tun sollten. Léon spürte Hustenreiz. Er versuchte, das Kitzeln im Hals hinunterzuwürgen, doch es wurde immer stärker, so daß er schließlich eine Hand losließ und sich den Kehlkopf massierte und immer wieder schluckte. Das half, den Hustenreiz zu verringern, und schließlich schienen sich auch die Soldaten über ihm wieder zu entfernen. Sie gingen in die Richtung, aus der sie gekommen waren, aber waren das wirklich alle? War tatsächlich niemand auf die andere Seite der Brücke gegangen? Sicher konnte er nicht sein. Vorsichtig kroch er weiter.

Zehn Minuten später hatte er den gegenüberliegenden Brükkenpfeiler beinahe erreicht. Daß auch dort ein Wachposten stand, hatte er am Tag zuvor gesehen. Er sah den Schein von Fakkeln, doch sie schienen abgestellt zu sein, denn der Lichtschein bewegte sich nicht. Es war vollkommen still. Er versuchte sich auszumalen, wie es dort oben aussah, und schließlich war er ganz sicher, daß auch diese Wache zum anderen Brückenpfeiler hinübergegangen war.

Er schlich sich durch das Gestänge der Brücke bis zum Brükkenpfeiler vor und begann schnell hinunterzuklettern. Da hörte er unversehens aufgeregtes Geschrei und das Getrampel von Stiefeln auf der Brücke. Dann knallten Schüsse. Um ihn herum schlugen die Projektile in den Granit ein und wurden pfeifend zurückgeworfen. Léon ließ los und stürzte in einen Busch am Fuße des Brückenpfeilers. Er heulte vor Schmerzen auf und glaubte, sich sämtliche Knochen gebrochen zu haben. Ein paar Sekunden blieb er atemlos liegen und wälzte sich hin und her. Oben auf der Brücke wurden zwei Fackeln über das Geländer gehalten. Natürlich leuchteten sie jetzt hinunter, um ihm den Rest zu geben, und Léon hatte in den wenigen Sekunden, die seit seinem Sturz vergangen waren, mit dem Leben abgeschlossen. Doch über ihm schien Verwirrung zu herrschen, und spontan wußte Léon, was geschehen war. Alle Soldaten hatten planlos ihre Munition verfeuert, und jetzt mußten sie erst einmal nachladen.

Léon nutzte diese letzte Chance. Er zog sich an einem Spalt zwischen zwei Steinen hoch und rannte um sein Leben. Nur weg von der Brücke, hinaus aus dem Licht der Fackeln. In Windeseile hastete er durch den nassen Lehm entlang der Seine in die schützende Dunkelheit. Wieder hörte er das Knallen von Schüssen, doch er wußte, daß sie jetzt auf gut Glück einfach in die Dunkelheit feuerten. Wieder heulten um ihn herum die Projektile, doch keines traf. So schnell er nur konnte, rannte Léon die Böschung hinauf in den Wald. Trotz des Risikos, dort irgendwo mit dem Kopf anzuschlagen, hastete er in blinder Flucht weiter.

Bei jedem Auftreten schmerzte sein verstauchter Knöchel. Seine Hände taten ihm vom Klettern weh, und an seiner linken Seite brannte ein stechender Schmerz. Bald verließen ihn die Kräfte, und er wurde langsamer, doch er blieb nicht stehen. Er hielt die Hände wie einen Schild gegen die Äste vor sich und stolperte weiter. Schließlich wurde das Gelände flacher, und er mußte sich eingestehen, daß er nicht mehr wußte, wo er war. In welcher Richtung lag der Fluß? Auch die Himmelsrichtungen konnte er deshalb nicht mehr klar ausmachen, und er fürchtete, im Kreis zu laufen. Vielleicht näherte er sich sogar wieder der

Brücke? Léon erkannte, daß es keinen Zweck mehr hatte weiterzugehen, er hielt an und sank ermattet auf einem Stein zusammen.

Der Schmerz an der Seite quälte ihn, und als er eine Hand unter die Jacke steckte, fühlte er eine warme, klebrige Flüssigkeit. Er war von einer preußischen Kugel getroffen worden. Das ließ ihn fast kalt, und seine Gleichgültigkeit irritierte ihn. Trotzdem untersuchte er die Wunde mit seinen Fingern genauer. Ein Teil des Blutes war bereits angetrocknet, aber aus der eigentlichen Wunde sickerte es noch heraus. Wie schlimm mochte es sein? Um etwas zu sehen, war es zu dunkel.

Noch einmal überlegte er sich, wie er weiter vorgehen sollte. Solange es dunkel war, gab ihm der Wald Sicherheit, und er glaubte nicht, Gefahr zu laufen zu verbluten. Doch sobald es anfing zu dämmern, würde es schwierig werden. Das Risiko, nach St. Germain zu gehen, war zu groß. Die Preußen hatten dort bestimmt die Patrouillen verschärft. Er schaute zum Himmel empor. Sterne konnte er nicht mehr erkennen, es schien sich bewölkt zu haben. Was sollte er tun?

Wider alle Vernunft entschloß er sich, in Richtung der Eisenbahnbrücke zurückzugehen. Wenn er etwas bei den Franc-Tireuren gelernt hatte, dann, wie wichtig es war, die Feinde zu verwirren. Niemand würde erwarten, daß er so dumm sein würde, an der gleichen Stelle aufzutauchen, an der er vor kurzem erst in die Schußlinie geraten war. Er sollte recht bekommen, denn als er schließlich, nachdem er eine ganze Weile im Wald herumgeirrt war, die Brücke erreichte, war dort niemand mehr zu sehen. Wachsam schlich er unter ihr hindurch und folgte dann einem kleinen Pfad in südlicher Richtung, bis er wieder nach Le Pecq kam. Nicht eine Menschenseele war dort zu sehen.

Oben auf dem Höhenzug sah er die Lichter von St. Germain. Doch die Angst, auf Menschen zu stoßen, trieb ihn noch ein ganzes Stück weiter. Erst als er in einem kleinen, dichten Gebüsch die Umrisse eines Schuppens wahrnahm, hielt er an. Er wagte sich näher heran, das Ganze kam ihm so merkwürdig bekannt vor. Vorsichtig ging er in die verfallene Scheune hinein. Dort war es trocken, doch es gab nichts, worauf er liegen konnte. Er ging noch einmal hinaus, brach ein paar Zweige ab, aus denen er sich ein einfaches Lager errichtete, legte den Rucksack unter seinen Kopf und schlief sofort ein, doch ein merkwürdiger Traum bemächtigte sich seiner.

Er war allein an Bord der «Ville d'Orléans» und trieb durch einen leichten Wolkenschleier. Die Sonne wärmte sein Gesicht, und die Länder unter ihm wirkten so ungeheuer grün, so fruchtbar und freundlich. Er sah die Kirche seines Heimatdorfes und friedlich spielende Kinder. Er hörte ihr Lachen. In einem kleinen Café vor dem Rathaus saß sein Vater mit aufrechtem Rücken und lächelte zufrieden seine glückliche Frau an, und über die Straßen promenierten die Bürger. Die Damen drehten ihre geblümten Sonnenschirme und lächelten einander mit ruhigem, freundlichem Nicken zu. In der Ferne sah Léon eine glitzernde Ritterburg, die sich im goldenen Schein der Sonne majestätisch vom Horizont abhob. Der Ballon trieb genau über den Balkon des Schlosses, auf dem vornehm gekleidete Menschen standen, die ihm die Arme entgegenstreckten und ihn zu sich herunterwinkten. Aber Léon schüttelte nur lächelnd den Kopf und winkte seiner Heimatstadt zum Abschied noch einmal freundlich zu.

Am nächsten Morgen wurde er von einem kalten Sonnenstrahl geweckt, der durch die großen Ritzen der Außenwand in die Scheune hineinfiel. Stück für Stück wurden ihm die Ereignisse des letzten Tages bewußt. Er erinnerte sich, daß er die Blutung gestoppt hatte, indem er einen Stoffetzen um seinen Bauch gewickelt hatte. Es schien nur eine ungefährliche Fleischwunde zu sein. Er hatte sich mit Heuresten zugedeckt und mußte unmittelbar eingeschlafen sein. Zum zweiten Mal in seinem Leben hatte er Schutz in einer verlassenen Scheune gesucht, doch dieses Mal war es nicht die Natur, die ihm auf den Fersen war. Vorsichtig schaute er durch den Spalt in den Wald hinaus. Er war hungrig. Er hatte schon seit einem ganzen Tag nichts mehr gegessen oder getrunken. Warum hatte er bloß nichts aus der Herberge mitgenommen?

Mit Hilfe der Militärkarte prüfte er noch einmal seine Lage. Es schien das beste zu sein, über Marly und Lechenet auf Versailles zuzugehen. Vielleicht konnte er dort aus südöstlicher Richtung den Belagerungsring durchbrechen. Léon wußte, daß sein Auftrag mit jedem Tag, der verging, uninteressanter wurde, aber für ihn war es fast zu einer fixen Idee geworden, den eisernen Belagerungsring zu durchbrechen und nach Paris zu kommen. Er dachte gar nicht mehr an Gambetta. Der Krieg war zu einer Art privatem Zweikampf zwischen den Preußen und ihm selbst geworden. Nicht einen Augenblick überlegte er, aufzugeben und nach Bordeaux zurückzukehren.

Hinter den großen Wäldern bei Bougival sah er in weiter Ferne schmale Rauchsäulen in den Himmel steigen. Ab und zu hörte er auch das dumpfe Dröhnen von Kanonen. Es war Januar, und ein kühler, feuchter Dunst lag in der Luft.

Punkt neun Uhr schlug Hauptmann Fliess in der provisorischen Kommandantur von Major Schübeler, einer alten Landschule in der Nähe des Schlosses Buzenval, die Hacken seiner eisenbeschlagenen Stiefel zusammen.

«Zur Stelle, Herr Major!»

Der junge Offizier, der hinter dem Schreibtisch saß, blätterte erst einmal demonstrativ weiter in seinen Papieren, ohne den dicken, auffallend blonden Hauptmann zu beachten. Fliess wagte es nicht, seine Habtachtstellung aufzugeben. Endlich schaute Major Schübeler hoch.

«Gut, Hauptmann. Ich habe Ihren Bericht studiert, mein guter Fliess, aber schlau bin ich daraus nicht geworden!»

Seine Stimme klang hart und erzürnt, und Fliess spürte, wie ihm die Beine zitterten.

«Bleiben Sie ruhig, ich bin nicht das Kriegsgericht.» Ein Lächeln huschte kurz über die Lippen des Majors. «Hauptmann, Sie sind sich dessen bewußt, welch ungeheure Verantwortung mir und meiner Abteilung auferlegt worden ist. Um Sie noch einmal daran zu erinnern: Es ist unsere Aufgabe, Partisanen und Kuriere auszuschalten, nicht wahr? Wenn es sein muß, mit Waffengewalt.»

«Jawohl, Herr Major!»

«Und Sie verstehen wohl, von welch großer Bedeutung es ist, die Kommunikationslinien zwischen Paris und dem übrigen Frankreich zu unterbinden. Und was bedeutet das, Hauptmann?»

«Ich verstehe nicht, Herr Major?»

Major Schübeler verlor plötzlich die Fassung und schlug mit der Faust auf die Schreibtischplatte, so daß die halbvolle Karaffe Wein beinahe zu Boden gegangen wäre.

«So, Sie verstehen nicht! Infolge Ihres eigenen Berichtes ist es gestern einem Kurier gelungen, unsere Reihen zu durchbrechen. Und nicht wahr, er ist unseren Soldaten einfach so davongelaufen!»

«Jawohl, Herr Major!»

Der Major starrte den nervösen Hauptmann unverhohlen an.

«Und wie können Sie erklären, daß es einem Partisanen oder einem Kurier gelingen konnte, mit heiler Haut über die Seine zu kommen? Und noch dazu über die einzige Brücke im Umkreis von zehn Kilometern? Sagen Sie mir eins, Hauptmann, sind die Wachen nach der Silvesterfeier denn inzwischen wieder nüchtern?»

Fliess stotterte mit hochrotem Kopf: «Das ist uns allen ein Rätsel, Herr Major. Der Partisan muß ein unbeschreibliches Glück gehabt haben, denn trotz der Dunkelheit haben wir ihn ja auf der Brücke entdeckt. Viele von uns haben geschossen, und es gibt keinen Zweifel, daß er auch getroffen wurde. Mehrmals, Herr Major!»

«Ihr habt ihn jedenfalls nicht ergreifen können. Er ist mit all dem Blei, das ihr in ihn geschossen habt, einfach davongelaufen? Vielleicht war das ja ein Geist, oder was meinen Sie? Oder vielleicht der Teufel persönlich?»

«Ich weiß nicht, Herr Major, aber es ist wirklich wahr. Wir haben ihn ja stöhnen gehört, und ich persönlich glaube, er ist in den Fluß gestürzt und von der starken Strömung davongerissen worden. Meiner Meinung nach ist er in der Seine ertrunken.»

«Ich habe Sie nicht nach Ihrer Meinung gefragt, Hauptmann

Fliess. Ich lese jedenfalls in Ihrem Bericht kein Wort davon, daß in der Seine nach einem feindlichen Soldaten gesucht worden ist.»

Der Major bellte die Worte förmlich heraus.

«Das ist richtig, Herr Major.»

«Was, zum Teufel, ist richtig? Daß ihr gesucht habt, oder daß das nirgends steht?»

«Wir haben viele Soldaten für die Verfolgung eingesetzt, Herr Major. Aber natürlich haben wir zuerst im Wald gesucht. Nur war es so teuflisch dunkel. Man konnte ja nicht die Hand vor den Augen sehen.»

«Wollen Sie mir erzählen, daß unsere Soldaten sich im Dunkeln fürchten?»

«Nein, nein, aber die Pferde haben sich in dem dunklen, fremden Wald nicht zurechtgefunden.»

«Ach ja?»

«Nachdem wir ein paar Stunden nach ihm gesucht hatten, zogen wir uns wieder ins Lager zurück. Und bei der Strömung der Seine hatte es dann keinen Sinn mehr, im Fluß nach ihm zu suchen. Er ist sicher ertrunken oder erfroren.»

«Glauben Sie, der Franzose kam aus Paris?»

«Das müssen wir doch annehmen, Herr Major!»

Major Schübeler hatte plötzlich wieder diesen wütenden Gesichtsausdruck, und der Hauptmann nahm rasch Haltung an.

«Niemand kann aus Paris herauskommen, Hauptmann! Die Blockade ist hundertprozentig! Und das sage ich nicht, um Ihre oder meine Kampfmoral zu stärken! Das ist eine Tatsache, und wenn niemand aus Paris gekommen sein kann, muß das für uns bedeuten, daß unser nächtlicher Gast versucht hat hineinzukommen, aber vergebens, so daß der Weg über die Brücke sein Rückzug war! Verstehen Sie? Wenn aber Gambetta trotz der ihm bekannten Effizienz der Belagerung versucht, einen Kurier nach Paris einzuschleusen, kann das nur eins bedeuten: Er ist verzweifelt! Mit anderen Worten, irgend etwas Entscheidendes steht uns bevor. Schärfen Sie Ihre Augen und Ihre Dolche, Hauptmann! Ich glaube nicht eine Sekunde daran, daß ihr Faulpelze dem Burschen wirklich eins übergebrannt habt. Aber vielleicht versucht er es erneut, und dann packt ihr euch diesen Hund, am liebsten lebend, so daß wir ihm die geheime Botschaft entlocken können, bevor es ihm wie allen französischen Spionen gehen wird. Und sollte ich euch Unrecht tun, solltet ihr ihn wirklich erledigt haben, dann findet, verdammt noch mal, die Leiche! Wir reden hier von einem Stück Großwild! Und noch etwas: Sie verdoppeln die Wachen an der Brücke und an allen anderen Posten! Verstanden? Zu Ihrer Orientierung, berittene Patrouillen werden entlang der Seine von St. Germain bis zum Schloß Buzenval für Ordnung sorgen. Auch in westliche Richtung werden die Kontrollen verstärkt. Solange ich hier das Kommando habe, wird kein einziger Franzose über mein Gebiet Paris erreichen. Verstanden?»

Der Hauptmann nickte und schaute sehnsuchtsvoll zur Tür, doch der Major war mit seiner Tirade noch nicht am Ende: «Eine Sache noch!»

Er setzte sich einen Zwicker auf die Nase und nahm eines der Papiere auf. «Ich entnehme Ihrem Bericht, daß eine unserer Stellungen westlich von St. Germain gestern abend von einer unbekannten Anzahl Partisanen angegriffen worden ist.»

«Jawohl, Herr Major! Nach Aussage von Leutnant Schmidt sind zwei unserer Soldaten bei dem hinterhältigen Angriff gefallen.»

Major Schübeler ließ den Zwicker von der Nase rutschen. «Und wir müssen machtlos zusehen. Ist es das, was Sie sagen wollen? Dürfen diese französischen Hunde uns denn so einfach auflauern? Unsere Stellungen aufreiben, ein paar von unsern Jungs abknallen und dann nach Hause spazieren, eine Flasche Wein öffnen und den nächsten Ausflug vorbereiten? Sind Sie Preuße, Hauptmann? Und die anderen in Ihrer Abteilung? Oder seid ihr eine Schar dummer Gänse?»

Fliess starrte wortlos im Zimmer umher, was den Major aber nicht daran hinderte weiterzureden: «Sie kennen sowohl meine als auch Bismarcks Ansicht über diese sogenannten Franc-Tireure. So etwas müßte per Gesetz verboten sein. Das hat nichts mehr mit Kriegsführung zu tun. Das sind feige Verbrecher!»

«Jawohl, Herr Major!»

«Und ich habe einen direkten Befehl von Bismarck erhalten, diesen Umtrieben um jeden Preis und mit allen Mitteln ein Ende zu machen. Heute nachmittag gehen Sie selbst mit Ihrer Truppe hinaus nach St. Germain. Dort nehmen Sie willkürlich zehn Zivilisten fest. Frauen, Kinder oder Alte, das ist völlig egal! Sie sollen einfach die normale Bevölkerung repräsentieren. Die französische Revolutionsregierung hat ja so eine demokratische Einstellung, Hauptmann. Ihr werdet die zehn noch heute abend in den Schloßpark bringen und sie mit einem Nackenschuß hinrichten. Und sorgen Sie dafür, daß der Bürgermeister informiert ist, es handle sich bei dieser Aktion um eine Vergeltungsmaßnahme für den gestrigen Hinterhalt.»

Der Hauptmann hatte die ganze Zeit gerade nach vorne geschaut, doch jetzt drehte er ein wenig den Kopf und starrte entsetzt auf den Mann hinter dem Schreibtisch. Er wollte etwas sagen, doch sein Herz schien nicht mehr zu schlagen, und er brachte nicht ein einziges Wort heraus.

Verraten

Léon huschte vorsichtig durch den regennassen Wald, bis er den holperigen, vom Regen matschigen Weg nach Versailles erreichte. In dem weichen Lehm waren keine Spuren zu erkennen, und langsam und gleichmäßig wie ein Landstreicher stapfte er weiter. Trotz des Risikos, auf deutsche Patrouillen zu stoßen, erschien es ihm sicherer, dem Sträßchen zu folgen, als im Wald weiterzuschleichen. Nach einer Weile führte der Weg aus dem Wald heraus auf offene Ackerflächen. Des Nachts hatte es wieder gefroren, und die dünnen Eisschichten, die sich auf den Pfützen gebildet hatten, knirschten unter seinen Füßen, doch nach und nach kam blauer Himmel zum Vorschein, und manchmal lugte sogar die Sonne hervor. Es lag noch immer Dunst über dem Boden, so daß er von Paris nichts sehen konnte, doch auf der anderen Seite der Seine konnte er die Silhouette von Le Vesinet erkennen. Noch immer erzählten Léon die vereinzelten Kanonenschüsse, daß der Kampf um Paris anhielt.

Obschon es bereits später Vormittag war, waren fast keine Menschen unterwegs. Nur selten begegnete ihm jemand mit einem Karren oder in einer Kutsche. Zu seinem Verdruß fuhren sie aber alle in die andere Richtung. Seine nassen Stiefel gurgelten bei jedem Schritt, und er hatte schmerzende Blasen an den Füßen.

Auf den weiten Ackerflächen bei Buzenval konnte er hin und wieder einzelne Reitergruppen ausmachen, die wie Zinnsoldaten am Horizont vorbeiritten. Plötzlich hielt er an, als ahnte er voller Angst eine Gefahr, ohne aber zu wissen, was und woher. Er drehte sich um und spähte zurück nach St. Germain. Alles war ruhig. Er hockte sich auf einen feuchten, bemoosten Meilenstein und starrte in das graue Wasser der Seine. Wie lange sollte diese grausame Strapaze noch weitergehen? Konnten Gambetta oder Deschamps noch mehr von ihm verlangen? Stieß er jetzt auf eine preußische Patrouille, war alle Hoffnung vergebens. Je mehr er über seine Situation nachdachte, desto mehr sanken sein Mut und seine Hoffnung. Plötzlich hörte er eine Stimme: «He, du da, fertig mit deinem Morgengebet?»

Léon drehte sich um und erblickte einen Pferdekarren, der von einem mageren Kerl geführt wurde. Der Karren schien in Richtung Paris zu fahren. Léon erhob sich und ging mit schweren Schritten auf ihn zu. Der Mann war etwa fünfzig Jahre alt und sah wie ein abgearbeiteter Bauer aus. Seine Augen aber blickten schelmisch. Der Mann hielt die Zügel ruhig in der Hand und betrachtete Léon neugierig. «Ich stehe schon eine ganze Weile hier und schaue dir zu. Ein merkwürdiger Platz zum Beten, dachte ich. Aber es gibt zur Zeit ja auch wirklich genug Leid. So vieles, für das man beten müßte, meine ich.»

Léon unterbrach ihn und fragte: «Kann ich mitfahren?»

«Ja, das genau wollte ich vorschlagen, weißt du. Vorausgesetzt, du willst nicht noch weiterbeten. Aber ich kann auch noch warten. Du siehst ganz schön übel aus. Beinahe könnte man dich für einen Preußen halten, aber ich habe ja an deiner Sprache gehört, daß du ein Landsmann bist. Und du siehst auch nicht so aus, als wenn du aus einer Irrenanstalt ausgebrochen wärest. Setz dich hier neben mich.»

Léon kletterte auf den Bock, und der Fremde musterte ihn gründlich. «Ich heiße Pierre», sagte er und reichte Léon die Hand.

«Lucien», antwortete Léon, «da habe ich ja Glück gehabt, aber sag, wohin fährst du?»

«Ah, sieh an, du bist also nicht einfach so aufs Geratewohl unterwegs? Zuerst dachte ich, du seist einer von diesen verdammten Deutschen. Da kannst du froh sein, Lucien, denn ich habe dich eigentlich angesprochen, um dich zu übertölpeln und dann den Franc-Tireuren zu übergeben, damit auch du deinen Nakkenschuß bekommst! Aber wo willst du denn hin? Ist es nicht egal, wohin ein Landstreicher geht? Hauptsache, er holt sich Blasen? Ha, ha!»

Der Redeschwall des Fremden schien gar kein Ende nehmen zu wollen, doch schließlich gab er den Pferden ein Zeichen.

Léon war erleichtert, fahren zu können und einen warmherzigen, echten Menschen getroffen zu haben, und ohne nachzudenken rutschte es plötzlich aus ihm heraus: «Ich möchte nach Paris!»

Pierre ließ die Zügel sinken, legte die Hände auf die Beine und starrte ihm aus unmittelbarer Nähe in die Augen. «Na gut, das paßt gut, denn ich möchte nach Rom, den Papst besuchen. Da haben wir ja den gleichen Weg. Ha, ha. Jetzt habe ich gerade angefangen zu denken, daß du kein solch ein Trottel bist, aber vielleicht sollten wir ja noch einmal miteinander reden? Doch nein, nun versteh ich das. Du bist so fromm und so vom Heiligen Geist erfüllt, daß dein Reich nicht von dieser Welt ist! Vielleicht weißt du nicht einmal, was in unserem Vaterland vor sich geht?»

Er holte eine Flasche Wein hervor, trank einen großen Schluck und reichte die Flasche weiter an Léon, der sich nicht zweimal bitten ließ.

«Nun, dann will ich dich aufklären, Bruder. Einige hunderttausend nette Jungs aus dem Osten haben sich an den Stadträndern unserer Hauptstadt niedergelassen und versuchen, alle dort drinnen auszuhungern. Die Versorgungswege durch den eisernen preußischen Ring sind zur Zeit etwas begrenzt, wenn du mich richtig verstehst. Aber du kannst gerne anklopfen und nachfragen. Vielleicht solltest du lieber gleich bei deinem heiligen Bruder Petrus anklopfen, aber das macht dir ja wahrscheinlich nicht so viel aus?»

«Hör mal, ich verstehe ja, daß du die Deutschen nicht magst», sagte Léon irritiert.

«O nein, erzähl mir jetzt nicht, daß du ein preußischer Spion bist. Dann ist meine letzte Stunde ohnehin ja bereits angebrochen, egal, was ich tue.»

Noch einmal nahm er einen gewaltigen Schluck aus der Flasche.

«Immer mit der Ruhe, also, laß mich mal ausreden, ich bin Franc-Tireur und habe einen wichtigen Auftrag von Gambetta.»

Pierre schluckte und wischte sich den Mund ab. Er war vollkommen verändert, sah sich vorsichtig um und sagte mit leiser Stimme: «O mein Gott! Du bist einer von diesen Heckenschützen und Ballonfahrern? Ich weiß, daß ohne euch der Krieg schon längst verloren wäre, aber du bist hier in großer Gefahr, Lucien. Nicht bloß wegen der deutschen Patrouillen, die hier überall ihr Unwesen treiben. Die fragen ja nicht einmal, bevor sie ihre langen Bajonette in unsere Heuwagen stechen. Schlimmer ist, daß die Franc-Tireure für uns hier langsam wirklich gefährlich werden. Nach den letzten Aktionen von euch haben die Preußen ganze Familien armer Bauern hingerichtet. Große und Kleine, Männer und Frauen. Ich kenne einige Landsleute hier, die jemanden wie dich aus Angst um ihre Familien sofort umbringen würden. Aber mir kannst du vertrauen. Ich glaube an die Republik, ich weiß, wo mein Zuhause ist. Ein Prosit auf Frankreich! Mögen Bismarck und seine deutschen Hunde zum Teufel gehen!»

Léon war erleichtert. Er spürte, daß er diesem Bauern vertrauen konnte, aber es blieb ihm ja auch keine andere Wahl.

Außer ihnen war sonst niemand auf dem kleinen Sträßchen zu sehen, und beide schwiegen eine Weile. Vielleicht hatte der Ernst der Lage dem Kutscher die Lust zu reden genommen. Das Pferd ging langsam und gleichmäßig, es schien den Weg zu kennen. Léon drehte sich, vorsichtig Ausschau haltend, nach allen Seiten um. Gab es doch noch Hoffnung? Er dachte an die Wochen, die seit dem Ballonstart in Paris vergangen waren, und fragte sich, ob das alles wirklich geschehen war. Was, wenn er das alles nur geträumt hatte? War es überhaupt möglich, daß ein einziger Mensch in so kurzer Zeit so viel erleben konnte? Wie oft war er dem Tod nahe gewesen? Wie oft hatte er aufgeben wollen?

Er beobachtete die Gegend genau, immer wußte er, wo das nächstgelegene Wäldchen war, und wenn der Weg über offenes

Terrain ohne einen Baum führte, guckte er sich die größte Häusergruppe aus, in der Hoffnung, vielleicht dorthin laufen zu können, wenn sie plötzlich von einer deutschen Patrouille überrascht würden. Aber er machte sich auch Sorgen um seine eigene Verfassung. Würde es ihm noch einmal gelingen, den Deutschen wegzulaufen? Er legte seine Hand auf Pierres Arm: «Ich muß dir vertrauen können. Und wenn du mir versprichst, mich nicht zu verraten, soll es dein Schaden nicht sein. Ich habe eine Schußverletzung und seit Stunden nichts mehr gegessen. Kannst du mir einen Arzt besorgen?»

Pierre schnalzte mit der Zunge, bevor er antwortete: «Essen ist kein Problem, wenn du Geld hast. Es ist Sonntag heute, aber das Wirtshaus von Oscar ist sicher geöffnet. Ein Arzt ist schon schwieriger. Alle sind so mit dem Krieg beschäftigt, weißt du.»

Pierres Augen wurden plötzlich schmal, und Léon fühlte sich nicht wohl in seiner Haut. Ohne das Problem zu kennen, spürte er, einen Fehler gemacht zu haben. Doch jetzt war es zu spät.

Das Gespräch war beendet, und Léon wandte sich wieder seinen eigenen Gedanken zu. Wenn er diesem trinkenden Bauern doch nicht trauen konnte? Er verfluchte sich selbst, so leichtsinnig gewesen zu sein. Warum hatte er diesem Fremden von seinem Auftrag erzählen müssen? Würde Pierre ihn verraten? Mußte er diesen Kerl gar liquidieren, um seine eigene Haut zu retten? Léon hatte noch nie einen Menschen getötet, aber schon seit er in das Corps de Francs-Tireurs eingetreten war, wußte er, daß so etwas in einer Notlage notwendig sein konnte. Trotzdem hatte er geglaubt, es würde ihm erspart bleiben, einem Landsmann das Leben zu nehmen.

Hauptmann Fliess hatte zu Mittag gegessen. Vier Stunden waren seit dem unangenehmen Treffen mit Major Schübeler vergangen, doch noch immer drehten sich seine Gedanken um das Erlebte. Mit den Schimpftiraden konnte er leben, aber der Befehl, zehn unschuldige Zivilisten kaltblütig hinrichten zu lassen, schockierte ihn. Er selbst hatte sich nicht in der Lage gefühlt, den Befehl auszuführen, weshalb er ihn an einen Untergebenen weitergegeben hatte. Es war schon alles vorbei. Während Fliess von der Richtstatt davongeritten war, hatte er die zehn Schüsse gehört. Er selbst hatte aber den Bürgermeister informiert und anschließend Gott um Vergebung angefleht. Dann hatte er sich erbrechen müssen. Ob Bismarck wirklich glaubte, daß das half?

Er stellte die berittenen Patrouillen auf und teilte sie für den Nachmittag ein. «Ich selbst gehe nach Osten in Richtung Buzenval. Jeder auf der Straße wird kontrolliert, auch die Fußgänger! Alle verdächtigen Personen und all jene, die sich nicht ausweisen können, werden zu Major Schübeler zum Verhör gebracht. Wenn die Festgenommenen versuchen zu flüchten, erschießt sie. So etwas wie gestern abend darf nicht wieder vorkommen. Sobald es dunkel wird, kommt ihr wieder zurück zur Einheit. Wir müssen uns vor den Heckenschützen in acht nehmen. Viel Glück.»

Die vier berittenen Abteilungen schwärmten über die vom Regen aufgeweichten Wege rund um St. Germain-en-Laye aus.

Der Kutscher Pierre hatte schon längst die Zügel sinken lassen, so viel hatte er getrunken. Léon hatte große Lust, selbst die Zügel in die Hand zu nehmen, aber er wollte den Mann nicht beleidigen. Zum Glück schien das Pferd den Weg zu kennen. Von den Feinden war nichts zu sehen, und schließlich holperte der Karren in ein kleines Dörfchen. An der einzigen Kreuzung stand ein Wegweiser mit zwei morschen Holzschildern.

«Hier trennen sich unsere Wege», grunzte Pierre. «Ich muß weiter nach Versailles, und dein Weg führt geradeaus.»

Dann zeigte er auf ein kleines, weißes Haus: «Dort bekommst du etwas zu essen.»

Mit leiser Stimme und einem Tonfall, den Léon ganz und gar nicht mochte, fügte er hinzu: «Viel Glück, Soldat!»

Léon bedankte sich bei ihm, aber sie gaben sich nicht die Hand. Pierre schien es eilig zu haben.

In dem dunklen Wirtshaus setzte er sich an einen Tisch am Fenster, so daß er die Straße im Auge behalten konnte. Pierres Karren war nicht mehr zu sehen. Außer ihm waren noch zwei weitere Gäste im Lokal. Sie saßen mit ihren Weingläsern an einem Tisch und musterten den Neuankömmling gründlich, bevor sie sich wieder ihrem Gespräch, den Karten und dem Wein zuwandten. Der Wirt schäumte fast über vor Freundlichkeit. Auch er war äußerst redselig: «Ein Fremder zu Besuch? Wirklich, das erleben wir in diesen Zeiten nicht oft. Der Krieg ruiniert uns alle. Womit kann ich Ihnen dienen?»

Er hatte nicht gerade ausgefallene Speisen auf der Karte, und obwohl er ausnehmend höflich war, verlangte er Bezahlung im voraus. Das frische Omelett und die große Portion Brot taten Léon gut. Der Wirt stand die ganze Zeit an seinem Tisch und unterhielt ihn mit Tratsch und neugierigen Fragen. Er sagte, er könne ja erkennen, daß sein Gast von weit her käme, auch wenn Léons Dialekt etwas anderes vermuten ließe. Dann erzählte er ihm, die Menschen, auch wenn sie nichts auf dem Kerbholz hätten, hielten sich aus Angst vor den preußischen Vergeltungsaktionen die meiste Zeit in ihren Häusern auf. Aber viele würden ohnehin nicht mehr in dem Dorf leben. Die meisten hätten sich Gambettas Heer angeschlossen, andere, sowohl Soldaten als auch Zivilisten, steckten in Paris fest, und die übrigen seien gefallen. Auch sein jüngerer Bruder sei gefallen, in der Schlacht um Sedan, als der Kaiser versucht hatte, Frankreich Bismarck zu unterwerfen. Schließlich folgte noch eine Lobeshymne, wie froh er doch sei, daß die Pariser Bevölkerung den schmählichen Kniefall dieses Hundes Napoleon nicht akzeptiert hätte.

Léon lauschte ihm begehrlich. Die revolutionäre Einstellung des Wirtes gefiel ihm, doch er traute ihm nicht einen Augenblick und war fest entschlossen, dieses Mal nichts von seiner Aufgabe und Absicht zu verraten. «Und wie heißen Sie?» fragte Léon.

«Oscar.»

«Wirklich?»

«Ja, ich weiß, was Sie meinen, Fremder, aber mein deutscher Name belastet mich nicht. Mein Vater und mein Großvater hießen auch schon so, und wir betreiben dieses Gasthaus bereits seit Generationen.»

«Gut, Oscar. Kommen oft preußische Soldaten hierher?»

Die Reaktion ließ erkennen, daß er einen heiklen Punkt angesprochen hatte.

«Wie meinen Sie das? Ich kann doch nichts dafür, wenn die Soldaten Essen und Trinken verlangen! Was glauben Sie, was passieren würde, wenn ich denen nichts brächte? Oh, mein Gott. Und die Rechnung nehmen sie auch nicht immer so genau, also Wunschgäste sind das wahrlich nicht, und wenn Sie meinen, daß ich...»

«Moment mal, Oscar, ich habe doch nur eine Frage gestellt. Niemand kann Sie dafür anklagen, daß Sie die Besatzungsmacht bewirten. Wir haben Krieg. Aber können Sie nicht einfach meine Frage beantworten? Kommen oft preußische Soldaten hierher?»

«Tja, in letzter Zeit kommen ständig berittene Patrouillen hier vorbei. Sie suchen Partisanen. Vor ein paar Tagen erst haben sie jedes Haus hier im Dorf durchsucht. Sie wollten sogar in meine Weinfässer schauen! Da haben sie wohl nach einer bestimmten Person gesucht. Aber warum fragen Sie danach?»

Plötzlich stockte Oscar. Er zuckte zusammen und wich überrascht einen Schritt zurück: «Oh, là, là, jetzt verstehe ich, Fremder.»

«Mir wäre es lieber, Sie würden nichts verstehen», erwiderte Léon leise.

«Natürlich.» Oscar begann eifrig den Tisch abzuwischen. Er schielte dabei zu den anderen Gästen hinüber und flüsterte: «Vertrauen Sie mir! Ich stehe zu Ihren Diensten!»

Léon war unruhig. Er spürte keine Vertrautheit oder gar Nähe zu diesem sensationsgierigen Mann. Aber auch dieses Mal hatte er keine andere Wahl.

«Hören Sie, Oscar. Glauben Sie, es wäre möglich, unbemerkt den Wald von Bougival zu durchqueren, am Schloß vorbeizukommen und von dort weiter nach Paris zu gelangen?»

Oscar verdrehte die Augen und schaute sich verschreckt um: «Psst! Vorsichtig! Hier in der Gegend gibt es momentan viele, die gerne lange Ohren machen. Man kann nie wissen. Eines ist aber klar. Wer jetzt zur Zeit nach Paris will, ist sicher kein unbeschriebenes Blatt.»

Er holte ein kleines Stück Papier und zeichnete eine einfache Karte.

«Machen Sie einen Bogen um das Schloß! Folgen Sie der Seine und gehen Sie von dort aus in den Wald. Aber Achtung, denn soweit ich weiß, wimmelt es dort von Preußen und von Bayern. Ich habe ein Gerücht gehört, es sei gestern in St. Germain zu Zusammenstößen zwischen Partisanen und Deutschen gekommen. Wenn das stimmt, werden noch heute die Patrouillen kommen. Ich fürchte, Ihnen steht einiges bevor.» Oscars Stimme war sachlich und ernst, und Léon verspürte plötzlich so etwas wie Sympathie für den redseligen Gastwirt.

«Und bevor ich Paris erreiche, müßte ich dann als letztes den Bois de Boulogne durchqueren?»

Oscar starrte ihn an: «Wenn ich Sie wäre, würde ich nicht über diese Route nach Paris gehen! Dort stehen die Soldaten in dichten Reihen! Ein paar tausend sollen da außerdem ihre festen Stellungen haben. Wissen Sie überhaupt, daß der ganze Bois de Boulogne abgeholzt worden ist? Das ist heute eine einzige offene Fläche! Sie müssen sich noch weiter nach Südwesten halten. Vielleicht gibt es eine Möglichkeit in der Nähe von Vitry-sur-Seine.»

Léon zuckte zusammen, und das Blut in seinen Adern schien zu gefrieren. Aber der Grund dafür war nicht die Erwähnung seines Heimatortes, sondern ein flüchtiger Blick aus dem Fenster. Oscar wußte sogleich Bescheid. Auf der Straße näherte sich eine deutsche Patrouille. Sie hielten die Waffen im Anschlag. Hinter der Patrouille stand ein dicker Offizier, der sich mit dem Trunkenbold Pierre unterhielt, der noch immer auf seinem Karren saß. Pierre wies mit dem Kopf in Richtung Gasthaus.

Gejagt

Léon spürte, wie sich sein Herz zusammenzog, als er den Mann, dem er sich so offen anvertraut hatte, als skrupellosen Verräter entlarvt sah. Er schnaubte: «Dieses besoffene Schwein! Oscar, gibt es einen Hinterausgang?»

«Los!» Der Wirt packte ihn am Arm und zerrte ihn mit sich in die Küche, in der eine kräftige Frau in den Töpfen rührte. Oscar rief ihr ein paar kurze Anweisungen zu: «Empfang die Deutschen, Antoinette! Sag, ich bin im Keller und hole Cidre, wenn sie nach mir fragen. Bring Marcel und Jacques dazu, die Klappe zu halten!»

Er nickte zur Gaststube hinüber. Oscar suchte noch schnell Brot und Käse zusammen und stopfte alles in einen einfachen Sack, den er Léon mitgab. Die Sonne blendete sie, als sie auf den Hinterhof hinaustraten. Léon hielt sich die Hand über die Augen und schielte ängstlich um die Häuserecke. Oscar zeigte auf zwei große Backsteinbauten, die mit Heckenrosen überwuchert waren: «Los, da hinüber, und dann folg dem Pfad hinunter zur Seine! Aber du darfst nicht ganz bis zum Fluß hinunter gehen! Dort ist ein bewachter Fähranleger! Viel Glück!»

Plötzlich erstarrten sie beide. Hinter der Häuserecke hörten sie das rhythmische Knirschen von Stiefeln im Kies. Es waren mindestens zwei Mann! Oscar packte Léon am Arm und flüsterte: «Los, schlag mich nieder, und dann hau endlich ab!»

Dann begann er laut zu schreien: «Halt, du verdammter Dieb! Au, Hilfe! Haltet den Dieb!»

Léon begriff, was Oscar von ihm wollte, und schlug auf ihn ein, als zwei Deutsche um die Häuserecke bogen. Er riß ihm den Sack aus den Händen und schubste ihn zurück, doch viel stärker, als es seine Absicht gewesen war, denn der Wirt stürzte nach hinten und schlug mit dem Kopf auf die Treppe. Léon verfluchte sich selbst. Er hatte niemals zuvor einen Menschen verletzt, und es ärgerte ihn, daß er, ohne zu wissen, ob der Wirt ernsthaft verletzt war, davonstürzen mußte. Die Deutschen waren sich zu seinem Glück nicht einig, wie sie vorgehen sollten, denn während der eine sich hinkniete und auf ihn zielte, stürmte der andere vor, um ihn lebend zu fassen. Plötzlich standen sich Léon und der junge Soldat Auge in Auge gegenüber. Völlig überrascht und verängstigt registrierte der Preuße, daß der andere nicht mitgelaufen war und er alleine dem Feind gegenüberstand. Fieberhaft versuchte er, sein Gewehr zu entsichern. Der andere wagte aus Angst, seinen Kameraden zu treffen, nicht zu schießen. Léon fixierte das Bajonett des Preußen, an das dieser aber offensichtlich gar nicht dachte, riß seinen Rucksack hoch und schlug ihn damit zu Boden. Dann rannte er, so schnell er nur konnte, über den Hofplatz, um hinter den überwucherten Backsteinschuppen Deckung zu bekommen. Jemand rief etwas auf deutsch, und die ersten Gewehrschüsse knallten. Die Projektile schlugen kreischend in die Mauer ein, und Léon rannte die letzten Meter im Zickzack, bis er endlich die Schuppenecke erreicht hatte.

Es hatte keinen Zweck, dort zu warten, und so stürzte er über den angegebenen Pfad zum Fluß hinunter. Doch es war kürzer dorthin, als er gedacht hatte. Die Wachmannschaft an der Fähre schien die Schüsse gehört zu haben und ihrerseits in Richtung des Dorfes vorzurücken, denn er hörte laute Rufe aus dem Wald vor sich. Ein paar Sekunden blieb er ratlos stehen. Wohin sollte er gehen? Was würden die Deutschen glauben? Richtung Buzenval oder zurück nach St. Germain? Es war wie ein verzwicktes Schachspiel. Sollte er trotzdem den Weg einschlagen, der ihm am natürlichsten erschien? So schnell ihn seine Füße trugen, rannte er in Richtung Buzenval los, aber zwischen den spärlichen Bäumen war die Sicht nur allzu gut, und die Sonne schien unbarmherzig. Léon wußte, daß er schlechte Karten hatte. Von überallher hörte er jetzt deutsche Rufe. Seine Knöchel, die nach dem Sturz von dem Brückenpfeiler geschwollen waren, schmerzten bei jedem Schritt. Einer plötzlichen Eingebung folgend, änderte er noch einmal die Richtung und rannte zur Seine hinunter, bis er auf einmal am lehmigen Ufer stand. Die Böschung war unterspült, so daß man von oben das eigentliche Ufer nicht einsehen konnte. Er suchte den Fluß nach dem Fähranleger ab, doch eine Landspitze verstellte ihm die Sicht.

Plötzlich hörte er wieder die Rufe der Deutschen aus verschiedenen Richtungen. Einige von ihnen waren in unmittelbarer Nähe. Er konnte sich nirgends verstecken. Kletterten sie die Böschung hinunter, war es um ihn geschehen. Ohne nachzudenken warf er sich mitsamt seinem Proviantsack in die Seine. Das kalte Wasser ließ ihm den Atem stocken. Doch er hatte noch viel Luft in seinen Kleidern und war darüber hinaus ein guter Schwimmer, so daß es ihm nicht schwerfiel, sich über Wasser zu halten. Er schaute zum Ufer. Noch war kein Deutscher zu sehen. Die Seine war an dieser Stelle sehr breit, so daß es sinnlos war, hinüberzuschwimmen. Aber konnte er sich irgendwo verstecken? Die Kälte des Wassers war gefährlich, seine Finger fühlten sich bereits jetzt taub an. Da erblickte er einen großen, dunklen Wurzelstock, der in etwa zwanzig Metern Abstand vom Ufer den Fluß herabgetrieben kam. Würde er es dorthin schaffen, bevor die Wurzel vorbeigetrieben war, ohne daß ihn die Deutschen vom Land aus entdeckten? Zu seinem Glück war die Seine nicht sehr tief, so daß er sich halb watend, halb schwimmend zu dem treibenden Wurzelstock vorkämpfte. Aber der Boden war uneben und die Strömung hart, so daß er mehrmals das Gleichgewicht verlor und untertauchte.

Es war erschreckend, wie schnell der Körper ein Spielball der strömenden Wassermassen werden konnte, wenn er den Halt am Boden verlor. Zu guter Letzt gelang es ihm aber, das treibende Holz zu erreichen und sich an einem Ast festzuklammern. Am Ufer waren jetzt die ersten drei Preußen aufgetaucht. Sie waren kaum dreißig Meter entfernt und begannen, das Ufer und die Böschung auf mögliche Verstecke abzusuchen, so daß Léon ein

Augenblick Zeit blieb, sich auf die Rückseite des Wurzelstocks zu bugsieren. Doch auch dort war er noch nicht gut genug gedeckt, und so begann er mit einer Hand Moos und Erde abzukratzen und sich damit Gesicht und Haare einzuschmieren.

Er spürte die Kälte jetzt nicht mehr. Die Preußen konzentrierten sich mehr und mehr auf die offene Wasserfläche des Flusses. Sie legten die Hände über die Augen und suchten die Seine ab. Léon glaubte, nicht gesehen zu werden, aber er war sich auch im klaren darüber, daß er in dem kalten Wasser nur noch kurze Zeit überleben konnte. Die Deutschen blieben am Ufer stehen, als wollten sie dort erst einmal rasten und die Lage besprechen. Er mußte jetzt darauf vertrauen, daß die Wurzel ihn weitertransportierte, bis er in Sicherheit war, doch nach einer Weile stellte er fest, daß sie gar nicht mehr trieb. Sie mußte sich irgendwie am Boden verhakt haben. Es war nur eine Frage der Zeit, bis er sich infolge der Kälte, der Schmerzen und der Erschöpfung nicht mehr würde festhalten können und ein Opfer der Strömung werden würde. Sollte er wirklich hier erfrieren, während dort am Ufer, nur wenige Meter von ihm entfernt, lebendige Menschen aus Fleisch und Blut rasteten? Menschen, die sich zu Hause in ihrem Land mit Respekt und Liebe begegneten und stolz wären, einen Mitmenschen vor dem Ertrinken gerettet zu haben. Welche Chancen hatte er, wenn er sich zu erkennen gab? Sie würden ihn wohl kaum sofort erschießen. Bestimmt hatten sie den Befehl erhalten, ihn, wenn möglich, lebend zu fassen, so daß ihm eine gewisse Frist bliebe. Wahrscheinlich würden sie ihn verhören und foltern. Welche Foltermethoden hatten die Preußen? Was für eine verlockende Wahl!

Léon fühlte sich verlassener und ärmer als jemals zuvor. Und wenn es ihm gelang, die Wurzel wieder zu lösen? Konnte er ziehen oder drücken, ohne daß die dort am Ufer etwas bemerkten? Die Männer hatten ihm jetzt den Rücken zugedreht und rauchten. Sie interessierten sich nicht mehr für die Seine, und Léon begann an dem Wurzelballen zu zerren und zu rütteln. Nichts geschah. Er zerrte mit all seiner Kraft und versuchte dabei, kräftig mit den Beinen zu schlagen, doch der ausladende Wurzelstock saß unverrückbar fest. Léon hatte mittlerweile auch in den Füßen jegliches Gefühl verloren und fürchtete, seine letzte Kraft vergeudet zu haben. Wenn er nicht bald an Land kam, war es um ihn geschehen.

Léon entschloß sich aufzugeben, und er fragte sich, wie er sich so interessant machen konnte, daß sie ihn lebend festnehmen mußten. Doch er spürte, wie sogar sein Urteilsvermögen bereits eingeschränkt war. Es gelang ihm einfach nicht mehr, klar zu denken. Das Einfachste wäre es, ganz einfach um Hilfe zu rufen. Wie sollten sie wissen, ob es sich nicht um einen Zivilisten handelte? Aber die erschossen sie ja inzwischen auch. Er holte tief Luft, um zu rufen, doch als er mit aller Konzentration zum Ufer hinüberschaute, um ihre Reaktion zu beobachten, waren die drei Soldaten verschwunden. Halb erfroren und mit einer Spur neuer Hoffnung suchte er das Ufer ab und richtig, an einer Stelle über der Böschung sah er gerade noch drei Köpfe verschwinden.

Léon stöhnte beglückt auf und ließ den Wurzelstock los, um zum Ufer zu schwimmen. Mit letzter Anstrengung kämpfte er sich durch die starke Strömung. Seine Kleider und der Rucksack waren vollkommen durchnäßt, und er hatte jetzt viel weniger Auftrieb als zuvor, aber dennoch erreichte er schließlich mit Blut im Mund und zitternden Händen das rettende Ufer. Graues, eisiges Wasser rann von seinen Kleidern herab.

Wohin sollte er sich wenden? Wenn er nicht bald trockene, warme Kleider fand, war er auch jetzt noch nicht außer Gefahr. Aber er wagte nicht, Fremde um Hilfe zu bitten, wenn überall diese Deutschen umherschwirrten. Er rappelte sich auf und hoffte, seinen Körper durch Bewegung aufwärmen zu können. Welche Richtung sollte er einschlagen? Die Chancen, über Buzenval nach Paris zu kommen, waren verschwindend gering, das mußte er einsehen. Er wischte sich den Schlamm und den Matsch vom Gesicht und schwankte zitternd vor Kälte auf St. Germain zu.

Es war ein weiter Weg. Aber nicht zum ersten Mal in seinem Leben war es einzig seine Willensstärke, die ihn vorantrieb. Er wußte, daß er in Bewegung bleiben mußte, um der Kälte keine Chance zu geben. Wenn er nur gleichmäßig und ohne Pausen hätte gehen können, doch da sich so viele feindliche Soldaten in der Nähe befanden, mußte er alle paar Meter anhalten und in alle Richtungen Ausschau halten.

Während er beinahe gleichgültig über die weite offene Landschaft bei Le Pecq stapfte, tauchte am Horizont eine berittene Patrouille auf. Ihm blieb nichts anderes übrig, als sich auf den Boden zu werfen und rückwärts zu kriechen, bis er in dem mehr als kniehohen Schilf am Flußufer Deckung fand. Die Soldaten kamen so nah, daß er sich auf den Rücken legen mußte und nur noch seine Nase aus dem Wasser schaute.

Als die Luft endlich wieder rein war und er durch den Schlamm ans Ufer trottete, rechnete er im stillen damit, all seine Kräfte durch die neuerliche nasse Kälte verloren zu haben, doch zu seiner Verwunderung ging es nicht schlechter als zuvor. Hunger quälte ihn, aber er wagte es nicht, in seinen nassen Kleidern anzuhalten. Deshalb ging er lediglich ein klein wenig langsamer, während er den Proviant aus dem Gasthaus aus seinem Sack kramte. Das Brot war vom Wasser der Seine aufgeweicht und vollkommen ungenießbar, aber der Käse half ihm, wieder zu Kräften zu kommen, und wehmütig dachte er an Oscar, den hilfsbereiten Wirt des Gasthauses, den er vielleicht schwer verletzt hatte.

Léon lief und lief, immer wieder unterbrochen von kurzen Momenten, in denen er prüfend Ausschau hielt, bevor er weiterging. Viele Male sah oder hörte er Patrouillen, und schließlich war er mehr und mehr verblüfft, wie leicht es war, sich zu verbergen, wenn man nur genug aufpaßte. Endlich ging der Tag zur Neige, und es begann zu dämmern. Er war noch immer naß, aber seine Kleider gaben doch wieder ein bißchen Wärme. Die Schußverletzung brannte, und die geschwollenen Knöchel schmerzten. Er wagte gar nicht daran zu denken, wie die Blasen an seinen Füßen mittlerweile aussahen.

Endlich war es richtig dunkel, und er sah keine Deutschen mehr. Er setzte seinen Weg in Richtung auf die Lichter von St. Germain fort, hatte aber keine Ahnung, was er in der Nacht machen sollte. Sollte er in das Städtchen hineingehen, oder sollte er die gleiche verlassene Scheune aufsuchen, in der er bereits letzte Nacht geschlafen hatte? Doch es wurde immer schwieriger, sich in der Dunkelheit zurechtzufinden, und schließlich gab er den Plan, die Scheune wieder zu finden, auf. Er entschloß sich, nach St. Germain zu gehen.

Gegen Mitternacht war er nach vielen Umwegen endlich am Ziel. Er war viel zu ermattet, um sich bewußt zu sein, welcher Gefahr er sich aussetzte, und ging einfach über die menschenleeren Gassen in Richtung der Herberge, in der er bereits vor zwei Tagen genächtigt hatte, schwankte vollkommen benommen durch die Hintertür hinein und sank in der kleinen Küche bewußtlos zusammen.

«Léon, wach auf! Um Gottes willen!»

Léon Bézier war noch immer gänzlich teilnahmslos, doch ihm war, als habe er diese Stimme schon einmal gehört. Er spürte, daß jemand einen nassen Waschlappen auf seine Stirn legte. Das linderte seine stechenden Kopfschmerzen ein wenig. Einige Minuten lang lag er einfach nur so da. Er fühlte, daß mehrere fremde Menschen im Zimmer waren, und begann unruhig zu werden. Immer wieder fragte diese bekannte Stimme: «Léon, können Sie mich hören?»

«Wo bin ich», murmelte er.

«Gott sei Dank, er lebt!»

Jetzt erkannte er die Stimme. Es war der Gastwirt aus St. Germain-en-Laye. Er öffnete die Augen und erkannte wie durch einen dichten Nebel das freundliche Gesicht von Louis. Er wußte, er konnte ihm vertrauen, aber dennoch war er alles andere als ruhig. Mit wem sprach Louis? Wer war außer ihm noch im Zimmer? Das grelle Licht tat ihm weh, und er schloß die Augen wieder.

Jemand flößte ihm eine Tasse lauwarmen Kaffee mit Milch ein: «Kommen Sie, Léon, trinken Sie das, es wird Ihnen guttun!»

Er trank langsam und fühlte sich anschließend tatsächlich besser. Dann reichte man ihm ein paar Stückchen weiches Brot.

«Seht, er kommt zu sich.»

«Louis, wer ist außer dir noch hier?» Léons Stimme klang nervös.

«Sehen Sie, Monsieur Gendarm? Jetzt redet er, er wird bestimmt wieder gesund.»

Louis beugte sich zu Léon hinab und sagte mit eindringlicher Stimme: «Sie sind wieder in St. Germain, in Frankreich. Der Gendarm ist hier, er ist ein guter Patriot und Republikaner.»

Léon dachte nach. Warum konnte man in diesem Land nur den Republikanern vertrauen? Einen Augenblick lang mußte er an seinen Vater denken, der Napoleon III. vergöttert hatte. Stück für Stück kamen ihm wieder die Geschehnisse des Vortages ins Bewußtsein. Er fühlte sich schlecht, war aber froh, am Leben zu sein. «Bin ich in St. Germain? Aber …»

«Ja, sicher.» Louis drehte sich zum Gendarmen und erklärte: «Verstehen Sie, Monsieur, die ganze Nacht über hat er etwas von Norwegen gefaselt, von Schnee und Kälte, Wölfen und Feuer. Und von einem gewissen Rolier. ‹Rettet ihn, zieht ihn hoch!› hat er die ganze Zeit gerufen, und dabei drehte es sich wohl um diesen Rolier. Sie müssen Fieber gehabt haben, Monsieur Léon.»

Je mehr der Wirt erzählte, desto mehr kam auch Léon zu sich.

«Und jetzt bin ich in der Herberge ‹Henri IV.›?»

«Sehr gut, Léon. Nun ist es dann aber an der Zeit, unsere Obrigkeit zu begrüßen.»

Der uniformierte Mann beugte sich hinunter und reichte ihm die Hand. Léon hörte, wie er unter dem Bett die Hacken zusammenschlug: «Jacques Roussel, ich bin der Gendarm von St. Germain.»

«Was hat das zu bedeuten?»

«Natürlich können Sie das nicht verstehen, Léon, aber Monsieur Roussel wird es Ihnen erklären.»

Der Gendarm fuhr fort: «Ich wurde gestern morgen nach einer Nacht, wie wir sie in St. Germain noch nie erlebt hatten, vom Bürgermeister aufgesucht. Gestern sind zehn unserer Landsleute ganz willkürlich und ohne Vorwarnung von deutschen Soldaten verhaftet worden. Trotz meines inständigen Protestes wurden alle abgeführt und gleich anschließend erschossen.» Der Gendarm machte eine hilflose Grimasse. «Eine der Hingerichteten war meine Tante. Sie hat seit zwei Jahren ihr Haus nicht mehr verlassen.»

Léon spürte, wie ihm langsam übel wurde. Warum erzählte dieser Mann ihm das?

Roussel war aber noch nicht am Ende. «Aus den Papieren, die Monsieur Louis mir gezeigt hat, geht hervor, daß Sie Franc-Tireur sind, ja sogar einen speziellen Auftrag für die Regierung haben.»

Die gefährliche Indiskretion des Gendarmen ließ Léon vollends zu sich kommen und die Ohren spitzen. Er hob den Kopf und schaute sich vorsichtig um. Roussel klopfte ihm beruhigend auf die Schulter: «Wir haben Ihre speziellen Vollmachten gefunden, aber sonst nichts. Es geht uns auch nichts an.»

Schlagartig war Léon hellwach. Er unterdrückte Hunger, Übelkeit und Schmerzen, setzte sich im Bett auf und zischte: «Den Schlüssel, haben Sie den Schlüssel gefunden?»

Die zwei anderen schauten sich fragend an. «Einen Schlüssel?»

«Schnell, geben Sie mir die Jacke!»

Die zwei kamen Léons Wunsch nach und reichten ihm die verschlammte, stinkende Jacke, die dieser sofort zu untersuchen begann. Fieberhaft untersuchte er den einen Ärmel, griff mit voller Kraft ins Futter und sank dann beruhigt in seine Kissen zurück. Wirt und Gendarm schauten sich verwirrt an. Schließlich brach Louis das Schweigen: «Wir wissen, daß Sie noch nicht wieder gesund sind, Monsieur Bézier, aber wir können leider keinen Arzt auftreiben.»

«Der Krieg ist noch nicht verloren», murmelte Léon. «Ich muß weiter nach Paris, so schnell wie möglich!»

Die zwei anderen wechselten bekümmerte Blicke. «Es ist zur Zeit vollkommen unmöglich, in die Hauptstadt zu kommen. Es wimmelt hier nur so von Deutschen.»

«Ihr Problem ist jetzt erst einmal», sagte Louis, «wie Sie von St. Germain sicher zurück nach Evreux kommen!»

Die Stimme des Wirtes klang sehr ernst: «Sie müssen weg, Léon. Und das ist keine Bitte. Der Gendarm hat eine Fahrgelegenheit für Sie besorgt. Er riskiert damit sein eigenes Leben, aber es gibt andernfalls keine Möglichkeit für Sie, hier wegzukommen. In ein paar Stunden fährt ein Neffe von Monsieur Roussel mit einem Heuwagen nach Evreux. Er wird Sie mitnehmen, aber von dort müssen Sie sehen, wie Sie weiterkommen.»

«Evreux?» Léon war jetzt hellwach. «Das hieße ja Rückzug! Aber ich muß nach Paris! Und zwar so schnell wie möglich! Ich habe Gambetta persönlich versprochen, daß ich die deutschen Sperren durchbrechen werde.»

«Beruhigen Sie sich, Monsieur», ermahnte ihn der Gendarm mit autoritärer Stimme, «Sie sind ein tapferer Mann, aber wie dreist und gerissen Sie auch sind, Sie müssen einsehen, daß es unter den im Augenblick herrschenden Umständen völliger Wahnsinn ist, sich von hier aus der Stadtmauer zu nähern. Von Evreux können Sie nach Norden gehen und versuchen, von Pontoise aus nach Paris zu kommen. Aus der Gegend hat man noch nichts von Partisanenaktivität gehört, vielleicht sind die Deutschen dort nicht so auf der Hut.»

Léon sah ein, daß er nachgeben mußte, und versprach, sich vom Neffen des Gendarmen fahren zu lassen. «Wie sehr Sie mich doch umsorgen!» sagte er resigniert und wälzte sich mit einer häßlichen Grimasse aus dem Bett. Sein ganzer Körper schmerzte.

Inmitten des ganzen Heus war es angenehm warm, auch wenn es nicht immer leicht war, zu atmen. Es kitzelte in Nase und Rachen, und er mußte aufpassen, nicht zu husten oder zu niesen. Der Neffe des Gendarmen, ein freundlicher junger Mann namens Daniel, pfiff wehmütige Melodien vor sich hin, während er den Heuwagen langsam über die holprigen Gassen lenkte. Erfolglos kämpfte Léon gegen den Schlaf.

Einige Zeit später schreckte er auf. Der Karren stand still, und es war auch sonst kein Laut zu hören. Léon ahnte nichts Gutes. Vorsichtig wühlte er sich einen Weg durch das Heu, bis er die eine Längsseite des Wagens erreichte und durch die dicht nebeneinander stehenden Holzstäbe schauen konnte. Es war kein Mensch zu sehen, überall waren nur Bäume. Er hörte nicht einmal das Pferd.

«Na, aufgewacht?»

Léon zuckte zusammen, aber er erkannte sofort Daniels helle Stimme. Er fragte ihn, ob alles in Ordnung sei.

Daniel lachte: «Ja, ja, es ist alles in Ordnung, ich mußte nur meinen Tribut an die Natur zahlen.»

Léon mußte lächeln. Er kam sich so dumm vor, wie er da wie ein Affe hinter den Stäben des Wagens hockte. «Versprich mir eins, Daniel. Verlaß den Wagen nicht, ohne mir etwas zu sagen. Ich bekomme hier im Heu ja nichts mit.»

«In Ordnung. Ich laß dich nicht im Stich. Aber hier ist wirklich keine Menschenseele zu sehen. Versteck dich jetzt, wir haben noch die letzte Etappe vor uns. In drei, vier Stunden sind wir in Evreux.» Daniel kletterte auf den Bock und nahm die Zügel, und Léon versteckte sich wieder in der Mitte des Heus. Das Pferd war gerade erst zehn Schritte gegangen, als er Daniel zischen hörte: «Mist, Deutsche in Sicht! Lieg jetzt ganz still.»

Daniel gab dem Pferd mit den Zügeln ein Zeichen, und der Wagen rollte ruhig weiter. Er gab Léon noch ein paar weitere Hinweise: «Wenn wir angehalten werden, lasse ich die Zügel des Pferdes los. Wenn es notwendig ist, mußt du auf der Fahrt abspringen und so schnell wie möglich in den Wald rennen. Verstanden?»

«Aber was wird dann aus dir, Daniel?» flüsterte Léon.

«Ich sage einfach, ich hätte nichts von einem blinden Passagier gewußt. Still jetzt. Viel Glück!»

Irgend etwas stimmte nicht in Daniels Überlegungen. Warum sollte er das Pferd laufen lassen, wenn er nichts zu verbergen hatte? Wollte er sich einfach anhalten lassen und Léon den preußischen Bajonetten überlassen? Sicher würden sie von allen Seiten auf das Heu einstechen. Jetzt hörte er das Geklapper von Hufen, aber kein Geräusch von Wagenrädern. Es mußten mindestens drei Reiter sein. Reiter! Das hieß nicht einfach Bajonette, sondern Säbel, und damit konnten sie bis ins Innere des Heus gelangen! Plötzlich rief eine schrille Stimme «Halt!». Der Wagen hielt an. Léon krümmte sich zusammen. Sollte er abspringen, bevor es zu spät war? Die preußische Stimme kam näher und begann Daniel freundlich in fließendem Französisch auszufragen: «Guten Morgen, junger Mann. Wir machen nur eine einfache Routinekontrolle. Ihren Namen, bitte.»

Léon lauschte gespannt und hörte zu seiner Genugtuung Daniel mit einem falschen Namen antworten.

«Und Sie sind auf dem Weg nach Evreux, nehme ich an. Was wollen Sie dort?»

Léon traute seinen Ohren nicht, als er die unverschämte Antwort dieses jungen Hitzkopfs hörte: «Es wird ja wohl noch unser verdammtes französisches Recht sein, im eigenen Vaterland sein Viehfutter dahin zu bringen, wo man will! Bitte räumen Sie mit Ihren Soldaten jetzt die Straße, damit ich weiter kann!»

Jetzt war alles aus. Der Offizier gab ein paar knappe Anweisungen an seine Männer, ohne Daniel zu antworten. Einige Sekunden war es still. Dann hörte Léon das unverkennbare Geräusch von Säbeln, die aus der Scheide gezogen werden. Auch das nächste Geräusch war unverkennbar. Ein blanker Säbel wurde an seiner Schulter vorbeigestoßen. Sekunden später spürte er den kalten Stahl über sein Bein streichen. Jetzt war sein Tod nahe. Doch plötzlich machte der Wagen einen kräftigen Satz nach vorne. Jemand fluchte laut auf deutsch, ein Pferd wieherte, und Léon hörte, wie ein Säbel zu Boden fiel.

«Schießt, zum Teufel noch mal, schießt!» rief der Offizier wütend.

Der Wagen holperte in wilder Fahrt über die unebene Straße. Léon lag auf dem Bauch und wurde immer wieder hochgeworfen. Er hörte hinter sich Pferde in wildem Galopp und hoffte, daß es die reiterlosen Pferde waren, die die Verfolgung aufgenommen hatten, und nicht etwa die Soldaten. Daniel schrie: «Los, Rosa, lauf! Mein Mädchen, lauf!» Und dann schrie er: «Jetzt, Léon, spring! Nach links in den Wald, ich nehm die andere Richtung!»

Léon versuchte fieberhaft, auf die linke Seite des Wagens zu kommen und an den seitlichen Stäben hochzuklettern, während der Wagen weiterraste. Verzweifelt probierte er, sich über die Kante zu ziehen, wobei der Wagen durch sein Körpergewicht mehr und mehr Schlagseite bekam. Plötzlich kippte das ganze Fuhrwerk nach links um, und Léon wurde zusammen mit losem Heu und gesplittertem Holz zur Seite in den Straßengraben geworfen. Dort blieb er auf dem Rücken liegen. Seine Brust und einer seiner Füße schmerzten fürchterlich. Es gelang ihm, den Kopf zu heben, und er schaute sich verwirrt um. Das Pferd wurde von dem verdrehten Zaumzeug und dem Geschirr am Boden gehalten, und es wälzte sich hin und her und wieherte laut. Dann knallte ein Schuß.

Gleich darauf war Léon auf den Beinen und rannte. Er versuchte, ein kleines Wäldchen direkt vor sich zu erreichen, aber er bekam keine Luft. Plötzlich knickte ein Bein zusammen, er stürzte nach vorne und landete mit dem Gesicht im nassen Lehm. Kaum Sekunden später spürte er einen spitzen Gegenstand auf seinem Rücken, und eine siegessichere Stimme schrie ihn in fehlerfreiem Französisch an: «Bleib liegen, du elender Hund, sonst schlitz ich dich gleich hier an Ort und Stelle auf!»

Er lag mit klopfendem Herzen still am Boden. Würde der Soldat zustoßen? Nein, die Bajonettspitze blieb dort, wo sie war. Léon drehte seinen Kopf aus dem Schlamm. Weit hinten sah er Daniel in einem großen Wald verschwinden. Keiner der Soldaten hatte seine Verfolgung aufgenommen. Léon seufzte zufrieden.

Zum Tode verurteilt

Léon saß in dem halbdunklen Raum auf einem einfachen Holzstuhl und schlug mit den Armen um sich. Kalte Luft zog unter der Tür herein und verstärkte damit die Kälte, die der gefrorene Lehmboden ausströmte. Die Deutschen nutzten einen verfallenen Schuppen als Gefängnis. Die Tür hing morsch und schief in den Angeln, so daß man unter ihr hinausschauen konnte. Dort waren zwei Füße zu erkennen. Ganz ohne Zweifel gehörten diese zu einem preußischen Soldaten, der ihn bewachte. Léon hatte keine Ahnung, wieviel Zeit seit seiner Festnahme vergangen war, aber es mußten viele Stunden sein. Es war ein grauer Tag, so daß einem der Stand der Sonne nicht sonderlich weiterhelfen konnte. Die berittene Patrouille hatte ihm übel mitgespielt. Sie hatten ihn durchsucht und dabei die Papiere gefunden. Mit einem breiten Grinsen hatte ihn die deutsche Wache ins Loch gesteckt und dabei immer wieder das Wort «kaputt» gesagt.

Sie hatten ihn nicht gefesselt, und er hatte seine Kleider behalten dürfen, aber trotzdem war es ihm sehr bald kalt geworden. Der Schmerz in seiner Brust war schwächer, aber um seine Füße stand es schlecht. Nach den langen Märschen und den Strapazen im Fluß war seine Haut fast überall aufgescheuert, und seine Knöchel waren noch immer geschwollen. Er hinkte beim Gehen, aber trotzdem war er anfangs in seinem Gefängnis auf und ab gelaufen, um nicht so zu frieren.

Nach ein paar Stunden waren die Schmerzen aber stärker geworden, so daß er sich wieder hatte setzen müssen. Warum waren sie so großzügig gewesen und hatten ihm einen Stuhl gegeben?

War das die generöse Geste desjenigen, der über das Leben eines anderen bestimmen kann? Und damit der sichere Beweis dafür, daß er sterben mußte? Die vielen Stunden ohne jeden Sinneseindruck hatten dazu geführt, daß er schließlich an gar nichts mehr dachte. Manchmal versuchte er, mit aller Kraft nachzudenken, ob er an seiner Situation nicht doch noch etwas ändern konnte, aber es schien aussichtslos. Und wenn er versuchte, mit dem Soldaten vor der Tür Kontakt aufzunehmen? Aber die Verständnisprobleme? Und selbst wenn er Deutsch gekonnt hätte, was sollte er sagen? Er wies den Gedanken von sich.

Beim Wasserlassen bekam er unfreiwillig Kontakt mit dem Wachmann. Er ging selbstverständlich davon aus, daß wohl nicht die Rede davon sein konnte, zum Pinkeln hinauszugehen, weshalb er einfach in eine Ecke machte. Der Soldat hörte es plätschern, schlug mit dem Gewehrkolben an die Wand, rief ein paar Worte und lachte höhnisch. Léon reagierte nicht, doch kurz darauf bereute er schon, nichts geantwortet zu haben. Vielleicht hätte er über dieses triviale Geschehen mit dem Wachmann ins Gespräch kommen können? Ein Gespräch unter Männern? Léon schüttelte nur still den Kopf. Er hatte diese vulgären Männerfreundschaften noch nie gemocht.

Der Hunger wurde spürbar, und schließlich bemerkte er, daß es in dem Schuppen langsam dunkler wurde. Es mußte draußen dämmern. Er hörte, daß die Wache abgelöst wurde. Und wieder geschah lange nichts. Doch dann klangen entschlossene Schritte auf dem Hofplatz, und kurz darauf wurde die Tür aufgerissen. Es war draußen noch immer so hell, daß Léon zuerst nichts sehen konnte.

«Hände hoch», schrie der Preuße, doch Léon verstand ihn nicht.

Der Soldat schob ihm den Gewehrkolben ein paarmal in den Rücken und machte ihm so klar, daß er die Hände hoch über den Kopf heben und vorgehen sollte. Gleich neben dem Schuppen stand ein altes Wohnhaus, das jetzt anscheinend als Offiziersbaracke genutzt wurde. Dorthin wurde er geführt. Weiter entfernt lag eine Scheune, vor der eine lange Reihe Soldaten mit leeren

Eßnäpfen stand. Sie warteten auf die Essensausgabe, und plötzlich fiel Léon auf, wie gleichartig doch das Soldatenleben auf beiden Seiten der Front war. Er wurde im Haus in ein großes Zimmer geleitet. Ein Kamin brannte.

Der Wächter stellte sich neben die Tür. Am Fenster stand ein großer, blonder Offizier und schaute hinaus. Es war der gleiche, der ihn am Heuwagen festgenommen hatte. Der Offizier ging zu einem Tisch hinüber, schaute auf ein paar Papiere und sagte höflich: «Bitte setzen Sie sich, Herr Léonard Bézier.» Léon zuckte zusammen, als sein voller Name ausgesprochen wurde. «Ich hoffe, Sie sind jetzt kooperativer als heute vormittag. Es liegt in Ihrem eigenen Interesse, auf meine Fragen genau zu antworten.»

Die verschiedensten Gedanken schossen Léon durch den Kopf. Gestern sagten die Deutschen «du». Heute wurde er gesiezt. Konnte er das Formelle dieses Offiziers vielleicht ausnützen? Léon räusperte sich: «Ich bin selbst Offizier, Capitaine. Leutnant des in Paris stationierten Corps de Francs-Tireurs. Das verlangt von mir zu schweigen. Ich möchte mich des weiteren über die Strapazen beschweren, die ich als Kriegsgefangener heute erleiden mußte. Es war sehr kalt im Arrestraum. Auch die Preußen müssen sich an die internationalen Abmachungen halten.»

Der Blonde lächelte nachgiebig. «Zuerst muß ich eine Kleinigkeit richtigstellen, Herr Bézier. Mein Bataillon und ich kommen aus Bayern. Wir haben großen Respekt für den Einsatz unserer preußischen Freunde, aber mit aller Bescheidenheit möchte ich mir doch die Freiheit nehmen, darauf hinzuweisen, daß nicht nur Bismarck sich gegen die französische Aggression zu verteidigen hat. Dann zur Frage der Abmachungen zwischen kriegführenden Parteien, die Sie offensichtlich ansprechen. Wir bestimmen hier die Regeln, Bézier. Als inhaftierter Franc-Tireur haben Sie keinerlei Rechte. Sie wissen bestimmt, daß die Preußen die Franc-Tireure nie als Soldaten anerkannt haben. Ebensowenig Bayern. Ihr geltet schlichtweg als Banditen und Mörder und habt damit keinerlei Anspruch, als Kriegsgefangene behandelt zu werden oder sonst irgendwelche Vergünstigungen zu bekommen. Aber ich interessiere mich viel mehr für Ihren Auftrag, Herr Bézier.»

«Ich muß noch einmal darauf hinweisen, daß ich rechtmäßiger Offizier der französischen Armee bin, Capitaine.» Léon sah seine einzige Hoffnung darin, in seinem militärischen Rang anerkannt zu werden. Er wußte, die Preußen erschossen keine gefangengenommenen Offiziere. Andererseits waren ihm auch Bismarcks Drohungen bekannt, Franc-Tireure auf keinen Fall als Soldaten anzuerkennen.

«Wir brauchen nicht über Ihren Status als Franc-Tireur zu diskutieren, Herr Bézier.» Der junge Hauptmann lächelte höhnisch. «Wo Sie doch so auf die internationalen Konventionen pochen, was halten Sie davon, Soldaten durch die Lüfte zu schikken? Ich vermute, Sie kennen Fürst Bismarcks Einstellung über diese wenig ritterliche Praxis und seine Verheißungen für alle, die sich solcher Mittel bedienen.»

Fliess hatte eine Zeitung ergriffen und begann, in ihr zu blättern. Léon erkannte «Le Gironde» aus Bordeaux. Ihm schwante nichts Gutes. Auf was wollte der Mann hinaus?

«Soweit ich weiß, haben Sie, Herr Bézier, die letzten Tage hier irgendwo in den Wäldern verbracht. Es ist deshalb kaum verwunderlich, daß Sie nicht wissen, wovon ganz Frankreich heute spricht.»

Er warf dem Gefangenen die Zeitung zu und sagte triumphierend: «Meinen Glückwunsch für Ihre Berühmtheit, Herr Aeronaut Léon Bézier!»

Léon wurde beinahe schwarz vor den Augen. Er beugte sich hinunter und hob die Zeitung auf. Der Wachsoldat an der Tür starrte ihn mit weit aufgerissenen Augen voller Bewunderung an. Aber auch Schadenfreude lag darin. Er warf einen Blick auf die Reportage. Erster Teil eines täglichen Feuilletons, das eine Woche erscheinen würde: «Leutnant Béziers Rapport an seinen Kommandanten.» Léon spürte, wie ihm das Blut zu Kopfe stieg. Deschamps! Dieser Verräter!

«Da sehen Sie, wie schlecht es um Ihre Rechte steht, Herr Bézier. Aber wie gesagt, ich möchte viel lieber über Ihren Auftrag sprechen. Also: Woher kamen Sie, als wir Sie gefangengenommen haben? Aus Paris?»

Léon sah und hörte nichts mehr. Er war voll und ganz damit beschäftigt, nicht vor Verzweiflung zusammenzubrechen, und antwortete nicht.

«Bitte, Herr Bézier. Für so etwas haben wir keine Zeit. Sie sind sich doch wohl im klaren darüber, daß es noch andere Mittel und Wege gibt, Menschen zum Sprechen zu bringen, aber die sind wesentlich unangenehmer, auch für uns.»

Léon war plötzlich wieder hellwach. Sie wollten ihn also foltern! Er starrte Hauptmann Fliess ängstlich an, der eine arrogante Handbewegung machte und fortfuhr: «Aber, um ehrlich zu sein, wir interessieren uns eigentlich gar nicht für Sie. Sie haben gewiß eine spannende Ballonfahrt hinter sich, doch sind Sie kaum ein bedeutender Kurier. Und der Krieg ist außerdem so gut wie vorbei. Ich muß Sie enttäuschen, aber Paris ist unmittelbar davor, zu kapitulieren.»

Fliess winkte die Wache zu sich und gab ihr neue Befehle, die Léon aber nicht verstand. Sie zogen ihm die Stiefel aus und führten ihn auf Socken zurück in seinen Schuppen, und jetzt übernahm der erste Soldat wieder die Wache. Die zwei Bayern wechselten ein paar Worte, bevor Léon erneut eingesperrt wurde. Anscheinend unterrichtete der Abgelöste seinen Kollegen über Léons weiteres Schicksal, denn dieser riß die Augen auf und schaute Léon mit einer Mischung aus Entsetzen und Freude an. Und wieder sagte der Wachsoldat sein Lieblingswort. Er ging ganz nah an den Gefangenen heran, strich mit seinem Zeigefinger über Léons Hals und sagte boshaft: «Morgen früh – kaputt!»

Dieses Mal hatte Léon verstanden.

Die Flucht

Abermals standen ihm Stunden des Hungers und der Kälte bevor, nur mit dem Unterschied, daß er dieses Mal auch an den Füßen fror. Das Verhör und die düsteren Aussichten ließen jedoch neuen Schwung in seine Gedanken kommen. Es mußte doch eine Möglichkeit zur Flucht geben! Er hörte, wie die Wache regelmäßig zu einem etwas weiter entfernten Punkt hinüberging, und diese Abwesenheiten schienen, je später es wurde, länger zu dauern. Manchmal hörte er dann irgendwo entfernt Männerstimmen und gedämpftes Lachen. Offensichtlich suchten die Wachen ein wenig Gesellschaft.

Ein Funke Hoffnung keimte bei dem Gedanken auf, der Schuppen könne für Minuten unbewacht sein. Was aber würde bei einer neuerlichen Wachablösung geschehen? Was, wenn der nächste Soldat gewissenhafter war? Die Antwort sollte nicht allzulange auf sich warten lassen, denn bald hörte er zwei Stimmen vor dem Schuppen. Der Eisenbeschlag an der Tür knarrte, und Léon warf sich auf den Boden und tat so, als schlafe er, als die zwei zu ihm hineinschauten.

«Der Arme!» sagte einer der beiden, und dann wurde die Tür wieder verschlossen. Das Knirschen der Schritte des abgelösten Soldaten entfernte sich, und fünf Minuten später hörte Léon zu seiner Freude, wie sich auch die neue Wache vom Schuppen wegschlich.

Léon faßte aufs neue Hoffnung. Das Schloß hatte er im Laufe des Tages mehrmals genau studiert. Es war ein primitiver Mechanismus, der mit einem spitzen Gegenstand, einem Dorn oder einem Messer, leicht aus der Wand gehebelt werden konnte. Als es noch hell gewesen war, hatte er vergeblich in jedem noch so kleinen Winkel des Schuppens nach einem Gegenstand, den er als Waffe oder Werkzeug benützen konnte, Ausschau gehalten. Der Raum war, abgesehen von dem Holzstuhl, auf dem er saß, vollkommen leer. Ergebnislos hatte er an den Wänden nach losen Nägeln gespäht. Er untersuchte den Stuhl. Vielleicht konnte er ihn zerschlagen und einen der Splitter nutzen? Diesen Gedanken ließ er indes wieder fallen.

Auf einmal hatte er eine Idee. Er zerrte sich die Jacke vom Leib, öffnete vorsichtig das Futter im Ärmel und kramte den Schlüssel mit dem Mikrofilm für Trochu hervor. Er lauschte, ob er draußen etwas hören konnte, und weil alles still war, versuchte er den Schlüssel in den Spalt zwischen Rahmen und Schloß zu pressen. Es war zu eng, aber nur wenige Millimeter fehlten. Wenn er den Schlüssel als Feile oder Raspel benutzte, konnte es nicht lange dauern, den Spalt zu verbreitern. Wie laut würde das sein? Und was würde geschehen, wenn die Wache zurückkam, während er bei der Arbeit war? Er entschloß sich, zu warten, bis der Deutsche das nächste Mal wegging, doch es vergingen lange Minuten, bis dieser es überhaupt einmal wieder für nötig befand, am Schuppen nach dem Rechten zu sehen.

Léon ärgerte sich, so viel Zeit vergeudet zu haben, und die lasche Disziplin der Deutschen verwunderte ihn. Doch schließlich hörte er die Schritte des Soldaten. Léon warf sich auf den Boden, aber die Wache schaute nicht zu ihm herein. Dann bekam er mit, daß jemand hinter den Schuppen pinkelte, und schließlich roch er den süßlichen Duft von Tabak. Zehn Minuten später war der wenig pflichtbewußte Wachmann wieder auf dem Weg zu anderen Abwechslungen.

Léon ging ans Werk. Er holte den Schlüssel hervor und begann zu schaben und zu kratzen. Immer wieder machte er Pausen, um zu horchen, ob jemand kam. Seine Finger waren noch etwas steif von der eisigen Kälte der Seine, und sie schmerzten, aber dennoch kam er voran, und nach etwa fünf Minuten war der Spalt breit genug, um den Schlüssel hineinzupressen. Ohne weiter nachzudenken, hebelte er das Schloß aus dem Rahmen, doch die Tür kippte nach innen und schlug ihm gegen die Stirn. In diesem Moment hörte er etwas entfernt leise Stimmen. Die Wache war auf dem Weg zurück. Léon huschte schnell wieder in den Schuppen und schob die Tür zu, aber was sollte er machen, damit sie auch geschlossen blieb? Er konnte sie ja nicht abschließen. Schließlich lehnte er sich mit seinem Körpergewicht dagegen. Jetzt blieb ihm nur die Hoffnung, daß der Soldat nicht einen Blick in den Schuppen werfen wollte. Dann müßte er rasch handeln. Aber die Wache drehte nur pflichthalber eine Runde um den Schuppen und verschwand. Léon lauschte seinen Schritten, öffnete vorsichtig die Tür und sah den Wachsoldaten zur Scheune hinübergehen. Behutsam schob er sich durch den Türspalt. Was sollte er mit der Tür machen? Die aufgesprungene Schuppentür würde ihn sofort verraten. Er legte sich flach auf den Boden, suchte einen Stein und stellte diesen auf der Innenseite gegen die Tür. Dann zog er die Tür langsam zu und schob den Stein so weit wie möglich nach. Die ganze Zeit über schaute er zur hellerleuchteten Scheune hinüber – und plötzlich sahen sie ihn.

Das ganze Lager schien mit einem Mal zu explodieren. Er hörte Rufe und Schreie. Die Menschen stürzten aus den Baracken, manche nur mit Unterhosen bekleidet, und Säbel und Bajonette blitzten. Als der erste Schuß knallte, verschwand Léon hinter dem Schuppen und raste auf bloßen Socken ins Dunkel der Nacht. Noch eine ganze Weile hörte er Gewehrsalven. Höhnisch lachte er über dieses falsche Spiel, mit dem die Soldaten versuchten, ihren Vorgesetzten ihre Tatkraft zu beweisen. Gleichwohl war das nur ein schwacher Trost für ihn. Er hinkte weiter, und die Äste schlugen ihm ins Gesicht. Seine wunden Füße taten unbeschreiblich weh. Hinter ihm hatte man die Verfolgung aufgenommen. Sie hatten freilich keine Hunde, und so konnten sie ihn kaum finden. Das wußte er mittlerweile. Nach einer halben Stunde war von etwaigen Verfolgern nichts mehr zu hören, und er ruhte sich auf einem Baumstumpf aus.

Erst als er wieder zu frieren begann, ging er weiter. Er war noch nie zuvor in dieser Gegend des Landes gewesen und hatte keine Ahnung, wo genau er sich befand, glaubte aber, in Richtung Evreux zu gehen. Die Wolkendecke lockerte auf, und ein fast voller Mond hüllte die Landschaft in schwaches Licht. Mehr als ein Monat war vergangen, seit er sich das letzte Mal im Licht des Mondes vorangetastet hatte. Die Gestirne bestätigten, daß er die richtige Richtung eingeschlagen hatte. Langsam und gleichmäßig ging er weiter.

Als der Morgen dämmerte, setzte Léon sich auf eine Holzkiste am Wegesrand und schaute, während sich der Morgennebel langsam hob, über die gefrorenen, fast violett aussehenden, kahlen Äcker zu einem kleinen Städtchen hinüber, in dem langsam das Leben erwachte. Er war ausgehungert und total erschöpft. Die Kleider hingen ihm in Fetzen vom Körper. An den Socken klebten dicke Lehmklumpen. Vergeblich hatte er versucht, sie mit Stroh, das er auf einem Stoppelfeld zusammengeklaubt hatte, zu umwickeln, um seine Füße warm zu halten. Mittlerweile brannten seine wunden Zehen in den gefrorenen Socken dermaßen stark, daß er ernsthafte Erfrierungen befürchtete.

Ansonsten ließ ihn alles gleichgültig. Der deutsche Capitaine hatte ihn überzeugt, daß sein Auftrag nur noch von geringer Bedeutung war, und ohne Ausweise, Waffen und Stiefel fühlte er sich nicht gerade wie ein Soldat, eher wie ein einfacher Landstreicher.

Die ländliche Bevölkerung war nun ein ebenso großer Feind wie die Deutschen. Unvermittelt wurde ihm etwas in den Rücken gestoßen, und ein Mann zischte auf französisch: «Steh auf, du Lump! Dreh dich nicht um!»

Ein Gewehrlauf wurde zwischen seine Schulterblätter gedrückt. Er war ja selbst schuld, so wie er sich fast auf einem Präsentierteller feilgeboten hatte. Er schämte sich dermaßen, daß ihm übel wurde und er sich erbrechen mußte. Der Fremde beugte sich zur Seite und musterte ihn: «Bist du etwa auch noch krank, du Dieb? Sag, wo hast du dein Diebesgut versteckt, ich erschieß dich sonst hier auf der Stelle!»

«Nicht schießen, ich bin Franzose!»

«Das habe ich wohl mitbekommen, aber wag es nicht...»

Léon hörte, wie das Gewehr entsichert wurde. Dann hob der Fremde die Mündung des Gewehres bis an Léons Ohr. Jetzt ging es um sein Leben. Léon bewegte sich nicht, während ihn der andere durchsuchte. Dann sagte er höflich: «Seien Sie so gut und lassen Sie mich erklären. Mein Name ist Léon Bézier. Ich bin Leutnant der ersten Abteilung der Franc-Tireure in Paris.»

Der Fremde nahm abrupt das Gewehr von Léons Ohr, wich zwei Schritte zurück und befahl Léon, sich umzudrehen, wobei er auf seine Brust zielte.

«Machst du Witze?» Der Fremde sah aus, als habe er eine sensationelle Entdeckung gemacht. Wie benommen starrte er Léon an: «Sie sind Bézier, der Ballonfahrer?»

Léon sandte neuerlich einen Gedanken an Deschamps und nickte: «Richtig!»

Der Fremde, ein Landarbeiter in Léons Alter, ließ das Gewehr sinken und reichte ihm die Hand zum Gruß. Bézier schlug vorsichtig ein. Plötzlich begriff er, daß sich seine Lage schlagartig verändert hatte.

«Wie kann ich Ihnen glauben, daß Sie Léon Bézier sind, der Kurier aus der ‹Ville d'Orléans›?»

Léon schaute ihn verwirrt an. Ihm wurde warm. Konnte es sein, daß dieser einfache Landarbeiter aus der tiefsten französischen Provinz über ihn wie über einen im ganzen Land bekannten Würdenträger sprach?

«Hören Sie mir zu», sagte Léon, «es steht etwas von einem Unfall mit einem Schlepptau in der Zeitung, nicht wahr?»

«Ja, natürlich! Bézier hat sich die Hand verbrannt, als die Ballonfahrer das Schlepptau über Bord warfen!»

Léon streckte seine schmutzige rechte Hand aus und drehte sie um. Der Bauer wich ein Stück zurück. Dann öffnete Léon seine Faust, und eine lange, hellrote Narbe kam zum Vorschein. «Glauben Sie mir jetzt?»

«Tatsächlich! Sie sind Léon Bézier! Was für ein Glück! Kommen Sie mit mir! Es tut mir so leid! Oh, wie dumm ich mich aufgeführt habe! Sie müssen sich waschen und frisch machen. Und dann bekommen Sie Essen und warme Kleider. Mein Gott! Es ist kärglich und arm bei uns, aber das dürfen Sie mir nicht abschlagen! Bitte, gehen Sie zu niemand anderem, Monsieur Bézier! Bitte! Oh, was werden die Nachbarn für Augen machen!»

Der Bauer nahm seine Jagdflinte auf und zwei große, frisch geschossene Hasen, die er zu Boden geworfen hatte, als er Léon erblickte. Nachdenklich schaute er auf seine verbotene Jagdbeute, und dann ging sein Blick mit einem schiefen Lächeln hinüber zum Nationalhelden. Plötzlich schienen sich die Machtverhältnisse zwischen den beiden vollends umgedreht zu haben.

«Ja, Marquis Rimini muß mir verzeihen, er weiß ja nichts davon!»

Léon nickte verschwörerisch. Wilderer und Fälscher, mögen sie alle dem langen Arm des Gesetzes entgehen.

Der Rückzug

Schon wenige Stunden später war Léon weiter auf dem Weg nach Westen. Er hatte dem Bauern eindringlich seine Situation erklärt, und nachdem er etwas zu essen bekommen hatte und seine Wunden versorgt worden waren, war er, ausgerüstet mit einem Paar alter Stiefel, herzlich verabschiedet worden.

Wohin sollte er sich jetzt wenden? Einen Augenblick lang dachte er darüber nach, ob es nicht immer noch eine kleine Chance gab, die deutschen Reihen zu durchbrechen und nach Paris zu kommen. Anscheinend war der Belagerungsring in der Gegend, in der er sich hier befand, nicht sonderlich dicht. Er mußte irgendwo auf dem bewaldeten Höhenzug im Osten verlaufen. Bestimmt war es möglich, in diesem Bereich durchzubrechen. Aber war nicht ohnehin alles vorbei?

Er fühlte nach dem Schlüssel, der sorgsam wieder in sein Ärmelfutter eingenäht worden war. «Gambettas Kurier.» Die Worte hatten nicht mehr den gleichen Klang wie früher. Er faßte einen Beschluß, drehte Paris den Rücken zu und machte sich auf in Richtung Bordeaux. Sollten sie doch mit ihm machen, was sie wollten.

Nach einer strapaziösen, dreitägigen Reise stand er wieder am Atlantik und wollte sich bei Gambetta melden, um ihm Bericht zu erstatten. Er glaubte sicher, daß man ihm verzeihen würde. Aber in Bordeaux herrschte das blanke Chaos. Der Kriegsminister empfing ihn dieses Mal nicht, und Léon erfuhr, die Armee sei im Begriff, sich aufzulösen. Tausende von Soldaten und Offizieren waren einfach nach Hause gegangen, und Gambetta war mit einigen getreuen Bataillonen nach Osten aufgebrochen. Niemand wußte, an welche Front er wollte oder sonst etwas Genaueres, aber in einem Punkt waren sich alle einig: Gambetta würde niemals aufgeben.

In den Kasernen war viel Platz. Es fehlte aber an Bettzeug und Brennmaterial. Kalter Nebel kroch von der Garonne her in die graue Kaserne, in der Léon alleine in einem großen verlassenen Raum, nur die Jacke über sich gebreitet, die erste Nacht verbrachte.

Tags darauf ging er zum Stabsoffizier und verlangte zwei Wolldecken, Unterwäsche und einen Passierschein für die Offiziersmesse, der bis zum 15. Januar Gültigkeit hatte. Doch daran sollte er nicht viel Freude haben, denn seit Neujahr wurde nur mehr Kohlsuppe serviert.

Er versuchte den Menschen zu erzählen, wer er war. Viele kannten seinen Namen, doch es half ihm nicht viel.

«Bézier?» fragte ein alter Fischer, «warum haben Sie nicht diesen ganzen Haufen gottloser Redakteure und Advokaten in Ihren Korb geladen und zum Teufel gejagt? Dann wäre es den ehrlichen Christen in Paris vielleicht erspart geblieben, wie räudige Hunde in ihren eigenen Betten zu erfrieren!»

Léon wußte, es war wieder einmal an der Zeit, aufzubrechen.

Paris, im Juni 1871

Schon drei Tage irrte Léon wie ein Fremder durch die fieberheißen Straßen von Paris, doch noch immer war er beim Anblick der Zerstörungen außer sich vor Entsetzen. In der vom Bürgerkrieg verwüsteten Hauptstadt war es kaum auszuhalten. Flimmernde Hitze stieg von den aufgerissenen Straßen und ausgebrannten Häusern empor. Über der ganzen Stadt lag ein beißender Geruch von Verwesung und Kloake, der das Atmen schwer machte. Er hatte sich in den schicksalsträchtigen Wochen, in denen ganze Stadtteile von der neuen Regierung abgeschlachtet worden waren, außerhalb von Vitry aufgehalten. Léon verstand die Ideen der «Kommune» nicht. Trochu hatte Paris bereits im Januar den Deutschen übergeben, aber nach dem Friedensabkommen hatten die Pariser schon wieder zu murren begonnen. Man hatte Léon erklärt, die Jakobiner oder Sozialisten hätten in ihrer Naivität gefordert, eine gerechte Gesellschaftsordnung aufzubauen, um alle Ideale der Menschlichkeit verwirklichen zu können. Im Laufe des Frühlings aber war es den Revolutionären klargeworden, daß die neue Republik in ein ganz anderes Fahrwasser geriet. In ihrer Wut hatten sie begonnen, alle Symbole der alten bürgerlichen Gesellschaftsordnung zu bekämpfen. Sie hatten die Bischöfe hingerichtet, Statuen und Denkmäler umgeworfen und öffentliche Gebäude in Brand gesteckt.

Noch immer lagen Asche und Ruß der ausgebrannten Paläste in der Luft, und an den Straßenrändern türmten sich die Trümmer der umgestürzten Denkmäler. Selbst die riesige Statue an der Place de Vendôme hatten die Aufrührer umgeworfen. Viele

Straßen waren noch immer blockiert, und ganze Kompanien von Soldaten waren mit den Aufräumarbeiten beschäftigt. Auch geschah es noch, daß hitzige Nationalgardisten auf der Jagd nach den letzten Revolutionären durch die Straßen fegten, und erst vor ein paar Tagen hatte Léon mitten im Zentrum Schüsse gehört.

Aber Paris war auch zu einer Stadt der Verräter und Verleumder geworden. Es hatte nicht an Warnungen gemangelt, als Léon sich entschlossen hatte, nach Paris zurückzukehren. Niemand konnte sicher sein, nicht plötzlich als Kommunarde, Überläufer oder Sympathisant angegeben zu werden, und immer wieder sah man Gruppen von Soldaten, die junge Männer und Frauen aus den Häusern zerrten. Aber das halboffizielle Gemetzel war so gut wie vorüber. Der neue Präsident Thiers hatte reinen Tisch gemacht. Bis Ende Mai waren mehr als zwanzigtausend Pariser, meistens junge Arbeiter, ohne Gesetz und Richterspruch von den staatlichen Henkern hingerichtet worden.

Léon war bereits in seiner leeren Wohnung in der Rue Lamartine gewesen und hatte dort zwei Nächte verbracht. Einige der alten Nachbarn wohnten weiterhin in dem Haus, aber niemand konnte ihm sagen, wohin seine Frau mit den Kindern gegangen war. Noch immer hoffte er, daß sie am Leben waren und zurückkehren würden, aber mit jedem Tag, der verging, ohne daß etwas geschah, sank seine Hoffnung, sie jemals wiederzusehen. Wenn sie noch lebten, mußten sie ja mitbekommen haben, daß er durch die Ballonfahrt zu einem berühmten Mann geworden war. Und wenn sie trotzdem nicht zu dem gemeinsamen Heim zurückkehrten, mußte das ja wohl heißen, daß sie nichts mehr mit ihm zu tun haben wollten.

Er war auch zu der Kaserne der Franc-Tireure gegangen. Doch sie war verlassen und geplündert. Im Kriegsministerium wollte niemand mit ihm über Trochu, Gambetta oder Deschamps reden. Ja, ein jüngerer Funktionär hatte sogar so getan, als könne er mit diesen Namen überhaupt nichts anfangen. «Wenn ich Sie wäre, Monsieur Bézier, dann würde ich mich nicht nach diesen Herren erkundigen», empfahl ihm ein freundlicher Adjutant im Sekretariat des Kriegsministeriums. «Und wenn Sie eine offizielle Anfrage machen, können Sie unter Umständen selbst ins Rampenlicht geraten. Ich möchte Ihnen das nur mitteilen.»

«Aber ich weiß nicht, ob Sie meinen Namen verstanden haben, Monsieur. Ich bin Léon Bézier, Leutnant des Corps de Francs-Tireurs, Kurier in der berühmten ‹Ville d'Orléans›, dem Ballon.»

«Ach ja, diese amüsante Ballonfahrt. Das Corps de Francs-Tireurs ist schon seit langem aufgelöst, aber das wissen Sie ja sicher selber. Es tut mir leid, aber Sie gehören somit nicht mehr zum Militär, ich kann Ihnen also nicht weiterhelfen.»

Léon schaute den jungen Mann entsetzt an. Er begann zu begreifen, daß er von dem offiziellen Frankreich nichts Gutes erwarten konnte. Er wurde zornig, und seine Stimme hallte zwischen den großen Säulen der Halle wider: «Und was ist mit meinem Kriegseinsatz? Man hat mir versprochen, mich zu ehren! Und mein Offiziersgrad? Meine Pension? Man hat mir versprochen ...»

Die Menschen drehten sich neugierig zu ihm um. Ein älterer Mann beugte sich zu einem kleinen Jungen, und Léon schnappte die Worte «... in Schweden von Wölfen angegriffen ...» auf.

Der Adjutant blieb gelassen: «Lieber Bézier, ich sage es Ihnen zum letzten Mal. An Ihrer Stelle würde ich die Herren Trochu und Gambetta nicht mehr erwähnen, und auch nicht Deschamps. Sie sehen doch selbst, was hier zur Zeit in der Stadt passiert. Niemand kann sich sicher fühlen. Sie sollten mir glauben. Ich tue Ihnen damit nur einen Gefallen.»

«Einen Gefallen!? Sie legen meine Zukunft in Schutt und Asche!» schrie Léon.

Immer mehr Leute drängten sich in den Saal und hörten zu. Jetzt erhob sich der Funktionär hinter seinem Schreibtisch. Er winkte Léon näher zu sich und sagte leise: «Ich habe Ihre Akte gelesen, Bézier. Sie wurde bei dem Feuer im Ministerium gerettet. Ihr Kriegseinsatz ist wirklich imponierend, aber aus der Akte geht auch hervor, daß Sie noch eine Gefängnisstrafe für einen schweren Betrug abzusitzen haben, den Sie vor Kriegsausbruch begangen haben. An Ihrer Stelle würde ich zusehen, aus der Stadt zu kommen, ehe der zivile Rechtsapparat wieder in Gang kommt. Sonst haben Sie nicht mehr viel zu lachen.»

Léon starrte den jungen Mann wie gelähmt an. Jetzt bemerkte er auch all die Zuhörer, die sich im Laufe der Auseinandersetzung in das große, marmorne Vestibül gedrängt hatten. Er mußte unweigerlich an die Menschenaufläufe in Kongsberg, Drammen und Christiania denken. Oh, wie er alle diese begeisterten Norweger betrogen hatte. Konnte er das jemals wiedergutmachen? Am liebsten wäre er auf die Zuhörer zugegangen, um sie zu umarmen, aber die fremden, glotzenden Gesichter wichen vor dem verwirrten Mann ängstlich zurück. Verzweifelt rief er: «Rolier!»

Dann ging er schnell auf die Straße hinaus.

In einem kleinen Straßencafé unweit des Ministeriums setzte er sich in den Schatten eines Sonnenschirms. Er hatte noch ein klein wenig Geld und bestellte sich etwas Kaltes zu trinken. Nur langsam beruhigte er sich. Was war nur mit ihm los gewesen? Hatte er sich durch sein Geschrei selbst wieder Hindernisse in den Weg geräumt? Würden sie sich um ihn kümmern? Sein Fall war doch in Anbetracht all dessen, was in der letzten Zeit in der Stadt geschehen war, die reinste Lappalie.

Er konnte nicht glauben, daß mit diesem einen Gespräch die Sache für ihn gelaufen war, aber es sah schlecht aus. Und dennoch: Man konnte ihn doch nicht einfach vergessen! Besorgt begriff er, daß es ihm auch nicht weiterhelfen würde, wenn er Kontakt zu Gambetta oder Trochu bekam. Aber war es nicht denkbar, daß einer dieser beiden die Versprechung, ihn zu ehren und zu amnestieren, schriftlich hinterlegt hatte? Ein solches Dokument wäre doch noch immer rechtskräftig. Aber wo konnte er so etwas auftreiben?

Plötzlich fielen ihm zwei Männer auf der gegenüberliegenden Straßenseite auf, die er zu kennen glaubte. Je näher sie kamen, desto sicherer wurde er. Er sprang von seinem Tischchen auf, rannte über die Straße und sprach sie an, bevor sie im Ministerium verschwinden konnten.

«Entschuldigen Sie, meine Herren!» Er stellte sich direkt vor Steenackers, der entsetzt zurückwich, als fürchte er ein Attentat. «Sie erinnern sich doch an mich, Herr Postdirektor, nicht wahr, unsere Begegnung bei Gambetta. Bézier! Léon Bézier!»

Steenackers sammelte sich und nahm erneut seine distinguierte, fast überlegen wirkende Haltung ein. Er musterte Léon. «Entschuldigen Sie, aber mir ist nicht bekannt...»

Er suchte nach dem Zwicker, und Léon fuhr fort: «Leutnant Bézier, der Kurier in dem berühmtesten aller Ihrer Post-Aerostaten. Ich war zusammen mit Rolier, erinnern Sie sich nicht?»

«Oh, ja, natürlich, jetzt erinnere ich mich an Sie. Aber was machen Sie hier in der Stadt? Wissen Sie nicht, daß der Krieg längst vorbei ist?»

Steenackers' Gesichtsausdruck war eiskalt: «Sie haben doch wohl nicht an diesem schäbigen Aufstand teilgenommen? Denn dann...»

«Nein, nein, Herr Postdirektor. Ich bin gerade erst nach Paris gekommen, aber ich bin so überrascht. Vielleicht können Sie mir helfen? Nur eine kleine Bestätigung. Ob Sie meinen Kriegseinsatz bezeugen könnten? Ein Wort für mich einlegen, ich meine für meine Leistung. Es gibt doch sicher noch einen Platz für mich im Heer...»

Erst jetzt wurde Léon auf den anderen Mann aufmerksam, einen schlanken Aristokraten mit hoher Stirn und leicht gekrümmter Nase. Er trug trotz der glühenden Hitze einen sonderlichen, fremdartigen Staubmantel. Léon glaubte, den Fremden irgendwoher zu kennen, aber er wußte nicht, wo er ihn hinstecken sollte.

Ganz unerwartet griff Steenackers Léon am Arm und sagte leise: «Lassen Sie uns hier nicht in der Hitze stehen, kommen Sie, reden wir drinnen weiter.»

Der hochgewachsene Fremde folgte ihnen.

Im großen, kühlen Treppenhaus des Ministeriums holte Steenackers ein Taschentuch hervor, setzte den Hut ab und wischte sich den Schweiß von der Stirn. «Diese Hitze bringt mich noch um. So, womit sollte ich Ihnen behilflich sein, Monsieur Bézier?»

Léon erzählte kurz und nervös seine Situation und schloß mit den Worten: «Und jetzt stehe ich mit vollkommen leeren Händen da. Niemand scheint die Versprechungen von Gambetta oder Trochu bestätigen zu wollen. Können nicht Sie, Monsieur Steenackers, als einer meiner wichtigsten Auftraggeber im letzten November und Dezember, ein gutes Wort für mich beim Oberkommando einlegen?»

Steenackers zog seine Taschenuhr hervor. «Ich werde sehen, was ich für Sie tun kann, Bézier, aber jetzt im Moment sind Monsieur Herluison und ich auf dem Weg zu einer wichtigen Besprechung, die nicht warten kann.»

Der Fremde nickte ihm kurz zu. Herluison? Léon war plötzlich wie versteinert.

«Übrigens, Bézier, wo wohnen Sie? Für den Fall, daß man Ihnen eine Bestätigung schicken will.»

Léon erwachte aus seiner Benommenheit und rief förmlich seine Adresse: «Rue Lamartine 21, Herr Direktor.»

Steenackers notierte sich die Adresse: «Gut, Bézier, ich werde mich bei Ihnen melden, sobald ich mehr weiß. Leben Sie wohl und viel Glück.»

Die zwei Männer liefen mit schnellen Schritten die Treppe hinauf und verschwanden hinter einer Säulenreihe. Léon ging beschwingten Schrittes in die Sonne hinaus. Zufrieden kaufte er sich frisches Brot und zwei Flaschen billigen Wein und kehrte zurück zu seiner Wohnung. Es gab also doch noch Hoffnung. Wenn er Glück hatte, konnten ihm große Veränderungen ins Haus stehen. Aber Herluison! Welch ein merkwürdiges Zusammentreffen.

Er hatte noch kein Bettzeug auftreiben können, aber das alte Ehebett stand noch an seinem Platz. Léon legte sich mit seinen Kleidern aufs Bett und schlief mit einem Lächeln auf den Lippen ein. Wer weiß, vielleicht tauchte ja auch Geneviève bald wieder auf?

Erst gegen zehn Uhr am nächsten Morgen wachte er auf. Er war ausgeruht, fühlte sich aber dennoch nicht so richtig wohl. Er hatte noch ein wenig trockenes Brot, das er mit dem letzten Schluck Rotwein hinunterwürgte. Sollte er noch einmal zum Kriegsministerium gehen? Was konnte er sonst tun? Vielleicht konnte er die Entscheidung positiv beeinflussen, wenn er noch einmal anfragte, jetzt nachdem sich der Postdirektor für ihn eingesetzt hatte? Schaden würde es sicher nicht.

Unten im Hof veranlaßte ihn auf einmal etwas, sich umzudrehen und zu dem Fenster im dritten Stock hochzuschauen. Was wollte er dort oben sehen? Einen Augenblick meinte er gar, seine Frau und die Kinder erkennen zu können, die ihm zuwinkten. Er schüttelte den Kopf, ging auf das Trottoir hinaus und bog in Richtung Boulevard de Grenelle ab. Der ganzen Situation haftete etwas unangenehm Bekanntes an. Er mußte an seinen Vater denken, es schauderte ihn, und er begann schneller zu gehen. Im gleichen Moment wurde er von zwei Gendarmen eingeholt. Sie packten seine Arme. Léon sah, daß sie unbewaffnet waren, und er blickte schnell nach hinten. Blieb ihm noch eine Chance? Hinter ihnen gingen noch zwei Gendarmen.

Das Urteil

Léon konnte von seinem Zellenfenster aus die Guillotine nicht sehen, aber er hörte, wie das Fallbeil jedesmal im Rahmen kreischte. Auch der dumpfe Laut, der folgte, wenn das Beil den Hals der Verurteilten durchhackte, war ihm nur allzu bekannt. Die täglichen Hinrichtungen schienen kein Ende nehmen zu wollen. Und die Geräusche verfolgten ihn bis tief in die Nacht. Jetzt wurde es wieder hell, und Léon erwachte mit angezogenen Beinen wie ein Säugling auf der harten Holzpritsche. Die knappe Woche, die seit seiner Festnahme vergangen war, kam ihm schon wie lange Monate vor. Ein durchdringender Gestank von Urin und Erbrochenem hing in der Zelle, und obwohl es in Paris so lange warm gewesen war, fror er.

«Kopf hoch, mein Freund», rief ihm Michel, ein zwanzigjähriger notorischer Taschendieb, der oben am Montparnasse festgenommen worden war, zu. «Schau hier! Nimm dir eine Zigarette!» Er lachte. «Ich habe sie ehrlich und rechtschaffen gestohlen!»

Léon ärgerte sich ein bißchen über diese abgenutzte Phrase, aber gleichwohl griff er zu.

«Du mußt einfach ruhig bleiben», fuhr Michel fort, «dieses wahnsinnige Geköpfe dort draußen hat nichts mit uns zu tun. Das da draußen, das ist die große Politik!»

Léon wollte ihm nur allzugern glauben. Der junge Taschendieb war nicht dumm. Seit er vor drei Tagen in seine Zelle gekommen war, hatte er ihn immer wieder mit seiner verblüffenden Kenntnis über die Zustände in Paris überrascht. Auch wenn er auf Dauer ein bißchen anstrengend war, Michel war ein guter Junge. Seit er in der Zelle war, versuchte er seinen niedergeschlagenen Genossen aufzumuntern, wenn auch mit wenig Erfolg. Léon legte seine Arme um die Beine und zog die Knie bis ans Kinn.

«Ich wünschte, ich könnte verstehen, wie dich das so kaltlassen kann, Michel. Dort draußen herrscht blankes Chaos. Das habe ich ja mit eigenen Augen gesehen. Woher willst du wissen, was geschieht? Es wurde doch gesagt, das Strafmaß sei seit der Kapitulation für alles mögliche in die Höhe geschnellt. Und es ist noch gar nicht so lange her, daß man hier in Frankreich für Diebstahl mit dem Tode bestraft wurde. Vielleicht ist das ja wieder eingeführt worden?»

«Ach was! Der Aufruhr ist längst niedergeschlagen worden. Jetzt geht es der Obrigkeit nur noch darum, aufzuräumen. Und nicht einmal alle Kommunarden werden auf die Guillotine geschickt. Bis jetzt sind erst zwölftausend geköpft worden. Genauso viele hat man deportiert und irgendwo im Stillen Ozean auf eine Insel gebracht. Nein, die Guillotine ist nicht für solche wie uns, Léon. Denk doch an die Rangordnung, Mann. Ganz unten findest du da so lausige Kreaturen wie mich, die einzelne Kleinbürger um einen Louisdor erleichtern. Völlig ungefährlich für die große Gesellschaftsordnung, eher eine exotische kleine Abwechslung auf dem Sonntagsspaziergang. Eine Stufe höher kommst dann du, Léon, mit deinem flotten Coup gegen die oberen Zehntausend. Aber auch das war doch in völligem Einverständnis mit Gesellschaft und Verfassung. Ganz oben auf der Rangordnung sitzen die wirklich Gefährlichen, unsere jungen Freunde und Freundinnen vom Montmartre, die mit einem einzigen Federstreich den privaten Besitz verbieten wollen. Du und ich, wir haben doch nur die Brotkrumen vom Tisch der guten Gesellschaft stibitzt, während die Kommunarden ihnen alles haben nehmen wollen. Kennst du die Lieder, die in den roten Kneipen gesungen wurden? Aber du hast ja wahrscheinlich nie Kontakt zur ‹Kommune› gehabt, Léon?»

«Nein, laß mich damit in Frieden!» Léon schaute ängstlich zur

Zellentür und sagte dann leise: «An deiner Stelle wäre ich ein bißchen vorsichtiger. Du redest ja schon wie einer von diesen gebildeten Anführern der Revolte. Wenn dich jemand hören würde! Und wie kannst du nur so sicher sein? Glaubst du denn wirklich, daß sie so genau wissen, wer in welcher Zelle sitzt?»

«Nein, da sagst du was», amüsierte sich Michel. «Laß uns hoffen, daß sie ihre Papiere nicht in Unordnung bringen! Unsere Hälse vertragen keine Unordnung im Archiv, oder?» Er lachte hohl. «Nein, mein Gott, Léon, hör mal, so kleine Diebe und Betrüger wie wir werden nicht hingerichtet. Ich werde schlimmstenfalls auf so eine Insel geschickt, aber dir kann so etwas nicht passieren. Einem Kriegshelden! Du wirst bestimmt freigesprochen, und solltest du wirklich Pech haben und dich die Drecksäcke tatsächlich verurteilen, dann werden sich die Menschen draußen sicher für dich stark machen und fordern, den Ballonfahrer Léon Bézier nicht gemeinsam mit gemeinen Dieben in den Bau zu stecken.»

Léon richtete sich einen Augenblick lang auf, doch er sackte sofort wieder zusammen. «Ich glaube nur, die Pariser haben andere Sachen im Kopf, als sich für einen jämmerlichen Ballonfahrer einzusetzen. Hast du nicht diese traurigen Gesichter dort draußen gesehen? Die Angst in aller Augen, die verkohlten Gebäude? Und wenn sich die Obrigkeit wirklich nur für politische Aufrührer interessiert, warum sitzen wir dann überhaupt hier? Warum verschwenden sie ihren Platz und ihre Zeit mit uns? Wie haben sie uns überhaupt finden können?»

«Oh», antwortete Michel mit einem Schulterzucken, «verraten von irgend jemandem, der dir nichts Gutes wollte, einem Rivalen vielleicht, einer wütenden Hure. So viele haben sich in der letzten Zeit anstecken lassen.» Er grinste.

Léon schaute verwirrt auf. Tränen traten ihm in die Augen. Plötzlich stand er auf, packte die Gitterstäbe und rüttelte mit all seiner Kraft an ihnen, als kämpfe er mit einem Menschen.

«Mein Gott, wo stecken denn all meine Freunde? Präsident Trochu? Gambetta? Deschamps? Weißt du, was sie gesagt haben? ‹Frankreichs Schicksal ruht auf Ihren Schultern, Leutnant Bézier!› Sie versprachen, mir zu helfen. Und ich habe ihnen vertraut! Jetzt lassen sie mich in diesem Loch hier verfaulen!»

Draußen vor der Tür hörten sie schwere Stiefelschritte. Die Luke wurde geöffnet, und ein Wächter schaute herein: «Léonard Bézier! Bereiten Sie sich auf die Urteilsverkündung vor! Wir holen Sie in zehn Minuten.»

Léon sprang auf und rannte zur Tür, doch die Luke war bereits wieder verschlossen, und die Schritte entfernten sich. Verzweifelt schrie er auf: «Michel, was soll das heißen? Urteilsverkündung? Haben sie sich schon entschlossen? Man hat mir doch noch gar keinen Prozeß gemacht! Habe ich nicht Anspruch auf einen ordentlichen Prozeß?»

Michel war ebenfalls aufgesprungen und legte Léon die Hände auf die Schultern. «Versuche ruhig zu bleiben, lieber Freund. Seit Monaten gibt es schon keine richtigen Prozesse mehr. Aber du hast eine Chance. Es gibt noch immer freie Richter in Frankreich, vielleicht hat man denen deine Polizeiakte vorgelegt.»

«Weißt du, was mich am meisten quält, Michel? Ich kann verflucht noch mal gar nicht sicher sein, daß sie mich wegen des alten Betruges verurteilen wollen! Es kann sich um ganz andere Sachen drehen! Du weißt nicht alles über mich und meine Rolle in der Republik. Oh, zum Teufel, wie mir das alles stinkt!» Zum ersten Mal schaute er seinem jungen Zellengenossen tief in die Augen: «Ich bin so durcheinander, Michel. Als ich nach Frankreich zurückgekommen bin, habe ich meinem Kommandanten von gewissen Unregelmäßigkeiten im Zusammenhang mit der Ballonfahrt berichtet und über ein paar merkwürdige Vorgänge im Konsulat dort oben. Während der ganzen Fahrt hatte ich das Gefühl, die Preußen hätten irgendwie ihre Finger im Spiel, und in Christiania kam es mir dann so vor, als würde jeder unserer Schritte beobachtet, sogar im Konsulat! Aber davon wollte nicht einmal mein eigener Capitaine etwas wissen! Er riet mir, es für mich zu behalten, ja geradewegs die Klappe zu halten!»

«Aber hast du denn jemals deinen Vorgesetzten vertraut, Léon? Siehst du denn nicht, wie jeder, der sich für eine gerechte

Gesellschaft einsetzt, vernichtet wird? Wen, glaubst du, fürchtet Präsident Thiers am meisten? Bismarcks Soldaten oder die ärmlichen Revolutionäre in Paris? Weißt du denn nicht, daß die Preußen in der Stadt waren und dabei zugesehen haben, als unsere Regierung vor gerade erst zwei Monaten Tausende von Menschen, Erwachsene und Kinder, massakriert hat? Du hast doch wohl gelesen, was unser Vorgänger dort vorne in die Zellenwand geritzt hat?»

Léon hatte es schon einmal gelesen, aber es waren so viele Inschriften an der Wand.

Michel las es ihm noch einmal vor: «Wenn die Arbeiter gemeinsam aufstehen, verstummen alle internen Konflikte der Bürgerlichen, aller Zwist zwischen Liberalen und Konservativen, zwischen Deutschen und Franzosen.»

«Wer hat das geschrieben?»

«Ein Deutscher, der verbannt worden ist.»

«Oh, Michel, ich verstehe nicht, wovon du redest!» Léon starrte den anderen mit weit aufgerissenen Augen an. Draußen auf dem Gefängnishof schrie jemand «*Vive la Commune*», und dann hörten sie das Kreischen des Fallbeils.

«Keine Politik mehr, bitte! Du stürzt uns beide noch ins Unglück damit! Sag mir lieber, Michel, wie kann ich mich auf den Prozeß vorbereiten?»

«Es wird keinen Prozeß geben, nur eine Urteilsverkündung und dann die Begründung des Richters. Wenn er Zeit hat.»

Dieses Mal hatten sie die Schritte nicht gehört. Schlüssel klapperten, und in der Tür erschien der Wächter, begleitet von zwei Polizisten. Michel ergriff Léons Hand und lächelte ihm verschmitzt zu: «Viel Glück! Wir sehen uns draußen! Bald!»

Léon ließ sich von den Polizisten Handschellen anlegen und starrte mit leidendem Blick zurück zu seinem Zellengenossen, bevor er abgeführt wurde. Auf der Treppe hinunter zum Hof bemerkte Léon, daß er sich in der ganzen Zeit, seit Michel mit ihm die Zelle teilte, nicht einen einzigen Gedanken über das Schicksal seines Genossen gemacht hatte.

Er wurde auf den Gefängnishof geführt und erblickte zum ersten Mal die Guillotine. Seine Beine gaben nach, und die beiden Polizisten mußten ihn an den Oberarmen festhalten. Er war so sicher, auf der Stelle hingerichtet zu werden, daß es ihn vollkommen überraschte, an der frisch gezimmerten Tribüne vorbeigeführt zu werden. Glücklicherweise brauchte er keinen zum Tode Verurteilten zu sehen. Weder lebend noch tot. Doch da hörte er Pferdegetrappel und das Knirschen von eisenbeschlagenen Wagenrädern auf Kies. Ein Heuwagen voller Jugendlicher rollte durch das Gefängnisportal, gefolgt von vier Soldaten. In der Mitte der Schar sah er ein bleiches Mädchengesicht, das er sofort erkannte. Es war das Mädchen aus der Bretagne, das ihn angefleht hatte, im Ballon mitgenommen zu werden. Léon wandte sich ab, aber auch sie hatte ihn erkannt.

«Bézier», rief sie, «Bézier! Erinnern Sie sich nicht an mich?»

Der Wagen hielt direkt vor ihnen an, und der eine Polizist gab Léon ein Zeichen, daß er mit ihr sprechen dürfe. Doch er schaute noch immer weg und versuchte seine Wächter wegzuziehen. Das junge Mädchen ließ nicht locker. Sie wandte sich an die anderen Verurteilten. «Seht, da ist der berühmte Ballonfahrer, Léon Bézier. Er ist bis nach Schweden gekommen. Bézier! Sie waren zusammen mit Rolier! Ich habe am Gare du Nord im November mit Ihnen gesprochen! Erinnern Sie sich nicht an mich?»

Deutlich erkannte er den bretonischen Akzent. Die Polizisten schauten sich an, und der eine sagte: «So gib ihr doch Antwort!»

Léon schaute zu den Jugendlichen im Wagen hoch. Die Hände waren ihnen auf dem Rücken zusammengebunden worden. Er schüttelte den Kopf und sagte: «Ich habe diese Frau noch nie gesehen.»

Die Soldaten führten ihn weiter, während die Jugendlichen ausgeladen und zur Guillotine geführt wurden. Da rief ihm die Frau mit trotziger Stimme nach: «Bézier, ich war so stolz, Ihnen begegnet zu sein. Ich bin nie mehr nach Hause nach Brest gekommen, aber ich habe für die Kommune kämpfen dürfen.» Dann lächelte sie ihn an.

Léon schaute resigniert zu seinen Wächtern und schüttelte dann den Kopf. Als sie unter dem überdachten Portal durchkamen, gurrte über ihnen eine Taube. Es klang wie ein Hahnenschrei.

Léon stand in der Mitte eines großen, halbdunklen Saales. Auf einem Podium thronte ein Mann, bekleidet mit einem großen Umhang, mit hohem schwarzem Hut und weißer Halskrause. Vor diesem saßen zwei Gerichtsschreiber. Es waren keine Zuhörer im Gerichtssaal. Er wurde zur Anklagebank geführt, wo er mit ungeöffneten Handschellen zwischen zwei Wachen Platz nahm.

Routinemäßig las der schwarzgekleidete Richter Punkt für Punkt Léons Personalien und die Anklageschrift vor. Léon rechnete damit, jetzt gleich das Urteil zu erfahren, und wartete nervös. Unten im Vestibül hatte er mindestens zwanzig andere Angeklagte gesehen, die weitaus stärker bewacht waren als er. Die meisten waren wahrscheinlich Kommunarden und warteten auf ihr Todesurteil. Also würde das Gericht wohl kaum viel Zeit dafür verwenden, einen einfachen Schwindler wie ihn für ein oder zwei Jahre hinter Gitter zu bringen.

Aber das Urteil ließ auf sich warten. Verzweifelt starrte er zur Tribüne. Der Richter schien zwischen fünfzig und sechzig Jahre alt zu sein, und Léon fragte sich plötzlich, wie alt sein Vater jetzt wohl war. Er hatte ihn seit zwei Jahren nicht gesehen. Über seine tief auf der Nase sitzenden Brillengläser schaute der Richter zu Léon hinüber und sortierte dann verschiedene Papiere, bevor er sich über seinen großen Eichenschreibtisch lehnte und raunzte: «Léonard Bézier! Ich habe heute morgen schon zwölf junge Pariser zum Tode verurteilen müssen. Unter ihnen eine Frau. Alles deutet darauf hin, daß die Urteile bereits vollstreckt worden sind.» Er machte eine kurze Pause. «Und jetzt fragen Sie sich vielleicht, was diese Todesurteile mit Ihnen zu tun haben. Sehr wenig, Bézier. Aber ich will einen Augenblick bei der Frage verweilen, welche Beweggründe hinter den unseligen Taten dieser Unglücklichen liegen und hinter denen, die Sie begangen haben. Ich will diese verwirrten Seelen beileibe nicht in Schutz nehmen, und bei den Urteilen, die ich gefällt habe, gibt es wohl auch keinen Zweifel mehr, was ich über ihre Taten denke. Gemeinsam mit mehr als tausend anderen Parisern waren sie an den schrecklichen Brandstiftungen und dem kaltblütigen Mord unschuldiger Geiseln beteiligt. Aber sie taten es wegen ihrer Idee von einer besseren Gesellschaft, Bézier. Ein völliges Mißverständnis natürlich, aber nichtsdestotrotz bleiben es doch gänzlich uneigennützige Beweggründe. Ein Traum von einer glücklicheren und besseren Welt für viele. Das waren auch meine Gedanken, die ich zur Verteidigung dieser Menschen angeführt habe.»

Er räusperte sich. «Und was waren Ihre Beweggründe, Léonard Bézier? Was trieb Sie dazu, Monate Ihres Lebens und all Ihre jugendliche Phantasie dafür zu verwenden, einen alternden, leichtgläubigen Mann der alten Zeit zu betrügen? Gier, Bézier!» Die Stimme des Richters triumphierte jetzt beinahe: «All das Ersparte des Grafen sollte Ihrem Plan zufolge nur einem einzigen Zweck dienen, nämlich die Gier und die Maßlosigkeit eines einzelnen Mannes zu befriedigen, der sich nicht einmal in seinem Leben die Finger mit ehrlicher Arbeit schmutzig gemacht hat. Einzig Ihre Gier wollten Sie stillen, Bézier! Kann unsere Gesellschaft so etwas tolerieren? Und können wir, die wir Recht sprechen, die Augen vor den Erkenntnissen verschließen, die uns ein solcher Vergleich offenbart?»

In Léons Ohren begann es zu rauschen. Todesstrafe! Er hatte es gewußt. Die Stimme des Richters erreichte ihn nur noch wie durch einen dichten Nebel, und schließlich nahm er nur noch einzelne Wortfetzen wahr. Er hörte irgend etwas von Norwegen und seinem Einsatz im Krieg, von einem zynischen Profitieren von dem Leid im Vaterland, einem unrechtmäßigen Auftreten als Gesandter der Regierung, einem Ablenkmanöver von seinen eigenen Missetaten und von einem, der schmählich in einem Ballon aus der blutenden Hauptstadt geflüchtet sei, während seine Kameraden im heldenhaften Kampf gegen die fremden Angreifer ihr Leben lassen mußten. Von Gambetta war die Rede, der wie ein Hund weggelaufen sei und ihm jetzt nicht mehr helfen könne. Léon schüttelte den Kopf. Tränen quollen aus seinen Augen. Er versuchte seinen Blick zu schärfen, doch er sah und hörte nur einen alten rachsüchtigen Mann, der plötzlich die hohle Stimme seines Vaters hatte. Als der Richter ihn schließlich aufforderte, sich zu erheben, hörte Léon das nicht, und die beiden Polizisten mußten ihn hochziehen.

Das Urteil wurde verkündet. Zwei Jahre Gefängnis und fünftausend Franc Strafe. Der kräftige Hammerschlag des Richters klang wie ein Gewehrschuß.

Nachwort

Höchstwahrscheinlich wurde Léon noch vor Ende des Jahres 1873 aus dem Gefängnis entlassen. Seine Situation war trostlos. Er war jetzt 33 Jahre alt, gebrandmarkt als Strafgefangener, arbeitslos und ohne Berufsausbildung. Soweit wir wissen, hatte er zu seiner Frau und den drei Kindern keinen Kontakt mehr. Aber für Léon gab es noch etwas Schlimmeres: Er war als Nationalheld degradiert und von seinem ehemaligen Kompagnon aufs Übelste erniedrigt worden. Im Januar 1871 hatte Ingenieur Rolier, der sich inzwischen «Capitaine» nannte, seine Version der bekannten Luftfahrt herausgegeben, in der er Léon als einen verängstigten, handlungsunfähigen, zufälligen Passagier bezeichnete. Redakteur Émile Cartailhac, der Roliers Geschichte herausgab, schreibt in seiner Einleitung: «Monsieur Rolier wurde von einem gewissen Herrn D... begleitet, aber es darf in diesem Zusammenhang auf die Erwähnung des Namens verzichtet werden.»

Aber «Herr D...» gab nicht auf. Er lebte in einer Epoche, in der der Kapitalismus seinen großen Durchbruch erlebte und es auch Personen aus unteren Schichten möglich war, es zu etwas zu bringen. Er hatte gesehen, wie es in dieser abenteuerlichen Zeit ganz einfachen Menschen gelungen war, sich zu Wirtschaftsbaronen mit schwindelerregenden Einkünften aufzuschwingen, und so hielt Léon an seinen Träumen fest. Trotzdem stand wohl nie die reine Geldgier im Vordergrund, sondern sein beständiger Drang nach Anerkennung, gesellschaftlichem Rang und Achtung.

Bereits 1874 veröffentlichte er seine Pläne, in Christiania ein großes marmornes Monument zum Andenken an die Ballonfahrt zu errichten, das durch Sammlungen in Frankreich und Norwegen finanziert werden sollte. Aber dieses Projekt stieß nur auf Gleichgültigkeit und verlief im Sande. Wovon er in den Nachkriegsjahren lebte, wissen wir nicht, aber bekannt ist, daß er in regelmäßigen Abständen in den vornehmsten Ballonfahrerkreisen auftauchte, in Kreisen also, die von Adeligen und reichen Bürgerlichen dominiert wurden. Die meisten dieser Herrschaften begegneten dem ehemaligen Strafgefangenen mit größter Skepsis, aber einzelne, wie Hureau oder de Villeneuve, breiteten ihre schützenden Fittiche über ihn. Im Jahre 1890 glaubte Léon, die Zeit sei für einen neuen großen Plan gekommen. Jetzt taucht er als Direktor einer neugegründeten Französisch-Afrikanischen Gesellschaft auf, mit Hauptsitz in Bône in der französischen Kolonie Algerien. Offiziell mit dem Ziel, einen Beitrag für die Luftfahrer im Krieg zu leisten, ließ Léon in vertrauten Kreisen jedoch durchsickern, es gehe ihm eigentlich darum, ein Spielkasino und Seebad in Bône zu eröffnen. Ferner soll er erwähnt haben, die Gesellschaft solle auch Handel mit Waffen und militärischen Erfindungen treiben.

Léon scheint wirklich an diesen neuen Plan geglaubt zu haben, denn er reiste tatsächlich einmal nach Algerien. Dort nannte er sich «Explorer», ein Titel, der in dieser Zeit häufig von europäischen Abenteurern benutzt wurde. Aber auch das afrikanische Experiment scheiterte, und Léon stand wieder einmal mit leeren Händen da. Das Fiasko raubte ihm dennoch nicht den Mut, und es scheint auch seinem Ansehen nicht geschadet zu haben. 1894 wurde er schließlich als assoziiertes Mitglied in die renommierte und exklusive «Société Française de Navigation Aérienne», die französische Luftfahrtgesellschaft, aufgenommen.

Léon Bézier ist 54 Jahre alt, seine Gesundheit wird zunehmend schlechter, und seine finanzielle Lage ist konstant hoffnungslos. Es wird immer deutlicher, daß sich die Zeit unseres Freundes dem Ende zuneigt. In seiner Verzweiflung versucht er, im Trappistenkloster in Aignebelle, einem extrem asketischen

Orden, der unter anderem ein lebenslanges Schweigegelübde fordert, aufgenommen zu werden. Doch Abt Grégoire zweifelt an seiner Ernsthaftigkeit und nimmt ihn nicht auf. Ein weiteres Mal erbarmt sich sein Wohltäter de Villeneuve und verhilft Léon zu einer einfachen Stellung. Seine Aufgabe ist es, die Mitgliedslisten der Luftfahrtgesellschaft zu verwalten.

Der an Prostatakrebs erkrankte Léon wohnt jetzt einsam und verlassen in einem einfachen Zimmer im Hotel St. Jean in Paris, gleichwohl hat er nicht all seine Hoffnung aufgegeben. 1895 sind fünfundzwanzig Jahre seit der Luftfahrt vergangen, und Léon wird anläßlich des Jubiläums in einer üblen Spelunke in der Rue de la Verrerie von einem Journalisten der Zeitschrift «L'Éclair» interviewt. Plötzlich ist Béziers Name wiederum in ganz Frankreich bekannt. Das Interesse an seinen früheren Verdiensten wird so groß, daß die Zeitschrift «La France Aérienne» seine früheren Berichte aus dem Krieg erneut abdruckt, und dieses Mal nutzt Léon die Chance, mit Paul Rolier, der ihn 1871 so schmerzlich gedemütigt hatte, richtig abzurechnen. Die lobenden Erwähnungen und die neuerliche Aufmerksamkeit, die seiner Person entgegengebracht wurde, ließen Léon noch einmal zu Kräften kommen, und er beginnt sein letztes Abenteuer vorzubereiten. Die Zeitungen berichten, der furchtlose und kluge, aus vielen Expeditionen nach Afrika bekannte Entdecker Bézier solle «eine wissenschaftliche Ballonfahrt über den Schwarzen Kontinent leiten», und die Leser werden aufgefordert, Anteile zu je zweihundert Franc an dieser Expedition zu erwerben. Dieses Projekt ist aber so offensichtlich ein Bluff, daß ihm nun auch seine letzten Wohltäter den Rücken kehren.

Léon ist mittlerweile vom Tode gezeichnet, gibt aber noch nicht auf, immer neue Luftschlösser zu entwerfen. Er unternimmt vor allem in Aeronautenkreisen die hoffnungslosesten Versuche und Initiativen, so daß diese sich schließlich öffentlich von ihm distanzieren und ihn dem Spott preisgeben. Dies wird zuviel für ihn, und am 2. Dezember des folgenden Jahres stirbt Léonard Jules François Bézier in aller Stille nur siebenundfünfzigjährig in einem Krankenhaus in Bourdon «ohne Beruf, geboren in Vitry-sur-Seine, geschieden von Marie Geneviève Marot».

Dieser bemerkenswerte Mann, der im Jahre 1870 einige Tage lang das Schicksal Europas in den Händen hielt, wünschte sich sein Leben lang einzig und allein, in der vornehmen Bürgerschaft, die er zutiefst verehrte, von der er aber ignoriert wurde, einen Platz einnehmen zu können. Wie Ibsens Peer Gynt war er ein unzuverlässiger Abenteurer, ein Lügner und Prahlhans, der seine Nachkommen im Stich ließ, und wahrscheinlich verband ihn nicht nur seine Afrikareise und der geplante Waffenhandel mit der literarischen Karikatur aus dem Land, das er einmal so kurz besucht hatte!

Während Léon die Rolle des Schurken übernehmen mußte, wurde Paul Rolier ein respektierter Bürger und eine Stütze der Gesellschaft. Wir wissen nicht viel über sein Leben. Ein paar Jahre nach dem Krieg zog er mit seiner Frau in das kleine Städtchen Serquigny in der Normandie. Dort begründete er schließlich eine florierende Tapetenfabrik, und mit seinen Versionen der Luftfahrt verwaltete er die «Wahrheit» über die Geschehnisse in diesen dramatischen Tagen des Jahres 1870. Rolier hält auch den Kontakt zu Norwegen. So begibt er sich bereits 1871 erneut auf eine Reise dorthin und sonnt sich noch einmal in dem Glanz der unbeschreiblichen Begeisterung des norwegischen Volkes für die Fahrt der «Ville d'Orléans».

Bereits im Oktober 1872, während Bézier höchstwahrscheinlich hinter Schloß und Riegel saß, wurde Rolier für seinen heldenmütigen Einsatz während der Ballonfahrt zum Ritter der Ehrenlegion geschlagen, eine Würdigung, die seine spätere politische Karriere in Serquigny sicher unterstützte.

Erst im hohen Alter verteidigt sich Rolier gegen die Beschuldigungen, die Bézier 1895 veröffentlicht hatte, ohne allerdings zu wissen, daß Léon zu diesem Zeitpunkt bereits verstorben war. 1909 rechnet er in einem Interview in «Le Monde Illustré» endgültig mit seinem Reisegefährten ab und bezichtigt ihn, sich während der Ballonfahrt so wild aufgeführt zu haben, daß er selbst beinahe an der Arbeit gehindert worden sei. In dem gleichen Interview behauptet Rolier im Gegensatz zu früheren Äußerungen, niemals versucht zu haben, die «Ville d'Orléans» in die Luft zu sprengen. Er habe sich lediglich eine Zigarette anzünden wollen!

Es ist wohl der Stolz eines alternden Mannes oder ein generell nachlassendes Gedächtnis, das ihn antreibt, diese wenig glanzvollen Geschehnisse zu leugnen. Ganz offensichtlich versteigt sich Paul zu dieser Zeit zu einer Reihe merkwürdiger Erklärungen. So behauptet er zum Beispiel, das deutsche Schiff «Danzig» habe alle Post aus dem Meer aufgelesen.

Roliers Tapetenfabrik kommt schließlich in wirtschaftliche Bedrängnis, so daß er verkaufen muß. Trotzdem behält er bis 1912 den Posten als Direktor. Danach scheint er wieder nach Paris gezogen zu sein, und am Abend des 9. November 1918 stirbt er im Alter von vierundsiebzig Jahren. Wie der Zufall es wollte, tat er seinen letzten Atemzug in der Rue Notre-Dame-de Recouvrance, die nach ebenjener Heiligen benannt ist, zu der er und Léon vor beinahe fünfzig Jahren über der Nordsee ihr Stoßgebet geschickt hatten.

Mit dem Nationalhelden Paul Valérie Rolier, Ritter der Ehrenlegion, stirbt einer der letzten Aeronauten des Deutsch-Französischen Krieges. Mit ihm geriet auch die phantastische Geschichte über den Ballon «Ville d'Orléans» und seine Besatzung in Vergessenheit.

Welche historische Bedeutung hatte die Nordseeüberquerung der «Ville d'Orléans» im Jahre 1870? Sie war nicht nur die dramatischste, sondern wohl auch die schicksalsträchtigste Luftfahrt der französischen Geschichte. Viele Jahrzehnte später wurde in Frankreich noch einmal die Frage aufgegriffen, was möglich gewesen wäre, wenn die beiden Kuriere nicht auf Abwege geraten wären, sondern statt dessen die Depesche rechtzeitig hätten abliefern können. Bereits Ende 1871 hatte Léon Gambetta selbst diese Frage in der neugegründeten Nationalversammlung aufgegriffen und General Trochu vorgeworfen, die

Lage völlig verkannt zu haben, als er nur einen einzigen Kurier und nur einen Ballon mit diesem Auftrag betraut hatte. Noch im gleichen Jahr schrieb Gambettas Vizekriegsminister, der spätere Außenminister und Premierminister von Frankreich, Charles Louis de Saulces de Freycinet, diese Verspätung der Depesche habe ganz konkret das Schicksal des Landes beeinflußt. Diese Äußerung hat er auch 1912 noch einmal wiederholt.

Aber nicht alle teilten die Meinung, Frankreich hätte den Krieg gewinnen können, wenn es Bézier gelungen wäre, seinen Auftrag zu erfüllen. Mag sein, daß die unterschiedlichen Auffassungen der Parteien ihre jeweilige Rolle in dem Drama der «Ville d'Orléans» widerspiegeln. Aber unabhängig davon, wer von ihnen recht hatte – die Frage ist zum heutigen Zeitpunkt sicher nicht so wichtig –, so ist es doch verlockend, der Phantasie freien Lauf zu lassen: Was wäre geschehen, wenn Fürst Bismarck 1870 eine militärische Niederlage erlitten hätte? Hätte das die Bildung des imperialistischen Industriestaates Deutschland aufhalten können? Wohl kaum. Aber der Gedanke ist faszinierend.

Damals stellte außer Léon Bézier niemand die Frage, warum die «Ville d'Orléans» so auf Abwege geraten war. Auch wenn Paul Rolier ein unerfahrener Pilot war, so hätte er doch recht früh bemerken müssen, daß der Ballon vollkommen vom Kurs abgewichen war. Warum hatte er sich geweigert, auf Béziers Ratschläge zu landen zu hören, bevor es zu spät war? War Paul so voller jugendlicher Selbstgefälligkeit, daß er Léon, koste es, was es wolle, zeigen mußte, wer der Herr im Ballon war? Oder war seine Furcht, in die Hände der Feinde zu geraten, so groß, daß er die Landung deshalb hinauszögerte? Es ist bekannt, daß er am Morgen vor der Ballonfahrt sein Testament verfaßte.

Wir können aber nicht ausschließen, daß es einen Zusammenhang zwischen Roliers Manövrieren des Ballons und seinem unverständlichen Verhalten unmittelbar vor dem Abflug gab. Verschiedene Quellen erzählen, Paul habe unmittelbar vor dem Abflug am Gare du Nord eine «mystische Person» getroffen, aber um wen es sich dabei handelte, war niemandem bekannt.

War es, wie wir angedeutet haben, ein preußischer Agent, getarnt als hoher Beamter? Und wurde Paul von diesem Spion dazu gebracht, den Ballon auf Abwege zu bringen?

Solche Vermutungen mögen ungerechtfertigt wirken, aber es gab einen klaren Befehl, vor dem Abflug mit niemandem darüber zu sprechen. Während der Belagerungszeit wimmelte es in Paris nur so von deutschen Spionen, was die Pariser Bevölkerung nahezu in Hysterie versetzte. Graf d'Herrison, ein Ordonnanzoffizier von General Trochu, formulierte es folgendermaßen: «Man begann jedwede Person zu verdächtigen, die nicht lupenreines Französisch sprach... Stotterer wurden verhaftet, weil sie zu schnell sprachen, Taubstumme, weil sie gar nicht sprachen, und Taube, weil sie nichts zu verstehen schienen... Die deutschen Spione waren jedoch so zahlreich, daß sich tatsächlich hin und wieder auch einer unter den Festgenommenen befand.» Unbeantwortet bleibt auch, warum Rolier unmittelbar nach seinem Versuch, den Ballon zu sprengen, an einen gewissen Monsieur Herluison schrieb. War das die gleiche Person, die Rolier auf dem Gare du Nord getroffen hatte? Diese Spekulationen mögen zu weit gehen, aber der Brief, den Rolier über Bord warf, soll noch existieren, und er könnte vielleicht dazu beitragen, einige der Rätsel der Ballonfahrt zu lösen.

Es überraschte uns, wieso Rolier, der selbst glaubte, eine lebenswichtige Depesche bei sich zu tragen, es niemals eilig zu haben schien, zur französischen Botschaft nach Christiania zu kommen. Möglicherweise war der junge Bürgerliche so berauscht von den Ehrungen und dem Triumphzug durch Norwegen, daß ihm sein Auftrag dadurch nebensächlich wurde. Vergessen darf man aber auch nicht, daß er ja frisch verheiratet war. Pauls wichtigster Beweggrund, diese Ballonfahrt auf sich zu nehmen, war schließlich die Möglichkeit, seine Frau wiederzusehen. Nicht eine einzige Quelle deutet aber darauf hin, daß Rolier auch nur ein einziges Mal in Norwegen seine Frau erwähnt oder darauf gedrängt hätte, schnell nach Frankreich zurückzukehren.

Léon Bézier hingegen, der in Norwegen hartnäckig seinen

Decknamen benutzte, fühlte sich während seines Aufenthaltes in Norwegen bedroht, sah überall Spione. Vielleicht bereitete ihm insbesondere die Tatsache, daß die Namen der norwegischen Beamten alle so deutsch klangen, Sorgen. Viele Jahre später behauptete Bézier, das deutsche Konsulat in Christiania habe es auf ihn abgesehen gehabt, aber das entsprang wohl nur seiner Phantasie. Tatsache ist, daß Konsul Hepp zu Béziers großer Überraschung Plätze auf dem deutschen Schiff «Danzig» hatte buchen lassen. Dies ist aber wohl eher auf eine grobe Unachtsamkeit des Konsulats zurückzuführen als auf böse Absicht.

Ferner müssen die großen Unterschiede in der Loyalität zu der neuen «nationalen Verteidigungsregierung» innerhalb des etablierten französischen Staatsapparats berücksichtigt werden. Darüber hinaus wünschten starke Kräfte auch innerhalb der Regierung, den Krieg zu beenden. Nicht wenige haben schon recht früh den Glauben an Trochus «großen Plan» verloren. Einer von diesen war der Außenminister Jules Favre, der bereits Mitte November heimliche Friedensverhandlungen mit den Preußen führte, der gleiche Minister, der nur wenige Monate zuvor so markig erklärt hatte, Frankreich werde «niemals auch nur einen Fußbreit Erde oder ein einziges Steinchen seiner Festungen abtreten».

Wir haben keine Quellen gefunden, daß die «Ville d'Orléans» und ihre Besatzung Opfer einer Verschwörung wurde, aber unabhängig davon, was den Ballon vom Kurs hat abkommen lassen und welche Konsequenzen das für die französische Geschichte hatte, so ist die Luftfahrt von Leutnant Bézier und Ingenieur Rolier unserer Meinung nach bis heute die dramatischste Ballonfahrt. Bis zum damaligen Zeitpunkt hatte niemand eine so weite Reise durch die Luft unternommen. Die Ballonfahrt wurde in großen Teilen der westlichen Welt als Sensation gefeiert, und überall wurde der tapfere Kampf der beiden Aeronauten gegen die Naturgewalten bewundert. So recht konnte niemand verstehen, wie sie hatten überleben können.

Aber auch wenn die Luftfahrt im Winter des Jahres 1870 zwei neue Helden schuf, so wurde der kleine Franc-Tireur zurück in

Frankreich doch rasch wieder von seiner Vergangenheit eingeholt. Die bürgerliche Moral und die damalige Klassenjustiz waren ihm alles andere als gnädig. Diese Nation, die ihre berühmten und weniger berühmten Helden so bereitwillig ehrte, hatte für Léon Bézier aus dem Städtchen Vitry-sur-Seine nicht einmal eine winzige Plakette übrig.

Quellen

Ernst M. Cohns «The Flight of the Ville d'Orleans», Collectors Club of Chicago, 1978, ist ohne Zweifel das historische Standardwerk über die Luftfahrt im Jahre 1870. Neben einer ausführlichen Vorstellung von Bézier und Rolier und einer genauen Schilderung der eigentlichen Luftfahrt findet sich in diesem Buch auch eine detaillierte Beschreibung, was mit der Post an Bord des Ballons geschah. Cohn hat mit Zitaten alles genau belegt, was uns wiederum die Quellenrecherche erleichterte. Wir danken Ernst M. Cohn für seine guten Ratschläge während unserer Arbeit an «Gambettas Kurier» und dafür, daß er uns so selbstlos historisches Material zur Verfügung stellte.

Eine sehr ausführliche Übersicht über Quellen im Zusammenhang mit der Ballonfahrt findet sich in E. H. Schiøtz: «Utlendigers reiser i Norge», B. II Supplement 1986.

1968 gab Einar Østvedt das Geschichtsbuch «Den første luftferd over Norge» (Skien) heraus. Dieses Buch basiert in erster Linie auf Roliers eigenem Bericht über die Luftfahrt und die Geschehnisse in Norwegen. Im Zusammenhang mit dem Jubiläum der Fahrt 1995 wurde Østvedts Buch überarbeitet und durch ein neues Vorwort ergänzt, das einen Teil der historischen Fehler der Originalausgabe berichtigt.

Es dauerte nicht lange, bis die eigenen Berichte der beiden Ballonfahrer über ihre unglaublichen Erlebnisse gedruckt wurden. Nur wenige Tage nach ihrer Rückkehr nach Frankreich schrieb Bézier einen kurzen Rapport für Kommandant Deschamps. Deschamps ließ ihn in der in Bordeaux erscheinenden

Zeitung «La Gironde» zum Jahreswechsel 1870/71 unter dem Titel «Rapport d'un franc-tireur de la Seine à son commandant» abdrucken. Mehr als 25 Jahre später wurde Béziers Rapport noch einmal als Sonderdruck herausgegeben, diesmal unter dem Titel «Promenade en Norvège», ergänzt durch ein Vorwort von Deschamps. Neben einem generellen Lob der beiden tapferen Helden enthält dieses Vorwort auch eine Rechtfertigung für Béziers Gebrauch eines Decknamens in Norwegen. Doch bereits drei Jahre (1895) zuvor hatte Léon selbst die Geschichte «Une traversée périlleuse» als Feuilleton in der Zeitschrift «La France Aérienne», vol. 11, 1895, veröffentlicht.

Roliers Bericht über die Ballonfahrt wurde von Émile Cartailhac niedergeschrieben und erschien im Januar 1871 unter dem Titel «Voyage en ballon de Paris en Norvège du capitaine Paul Rolier» als Serie in der Zeitung «Journal de Toulouse». Diese Zeitungsartikel wurden kurze Zeit später in Norwegen als Buch mit dem Titel «Kaptein Roliers Ballonreise fra Paris til Norge» (Kristiania 1872) herausgegeben.

Weitere interessante Quellen über die Luftfahrt: «En ballon de Paris en Norvège», in «Le Monde Illustré», Nr. 16 und 17 (1872 und 1873); James Borchsenius: «Ballon-Franskmændene», in «Verdens Gang», 13. 11. 1904, und in *«Varden»*, 15. 11. 1904; Bendix Ebbell: «La première traversée aéronautique Paris–Norvège 24.–25. Nov. 1870», Skien 1937; Andreas Sandsdalen: «Det er ikke fugl alt som flyr», in «Varden», 19. 2. 1966; Erling Sem-Jacobsen: «En ballongseilas fra Paris over historiens første ‹luftbro›», in «Flynytt», Nr. 3, 1989; Frits Thaulow: «I kamp og fest», Kristiania 1908.

Details über den Deutsch-Französischen Krieg entnahmen wir: Graf d'Herrison: «Paris under beleiringen 1870–71», Kristiania 1895; N.P. Jensen: «Den fransk-tyske krig 1870–71», 1896; S.C. Hammer: «To franskmænd. Gambetta und Clemenceau», 1919.

Unsere Beschreibung von Roliers Mahlzeit stützt sich auf eine Speisekarte des Café Voisin während der Belagerung (abgedruckt in: «Stora franska kokboken», Uddevalla 1965).

Die internationalen Regeln der Kriegsführung sind in D. Schindlers «The Law of Armed Conflicts, Genf 1973, wiedergegeben. Wir danken in diesem Zusammenhang auch dem Direktor des Institutes für Friedensforschung in Oslo (PRIO), Dan Smith, für seinen fachlichen Rat und seine Unterstützung.

Weitere Quellen: Bernt Martin Bye: «Angaaende de franske Luftseileres Ankomst til Siljord», in «Morgenbladet», 13.12. 1870; Harald und Klaus (Strand-)Olsens: Leserbriefe in «Correspondenten», 20.12. 1870, und «De franske Luftseilere i Silgjord», in «Skilling Magazin» Nr. 47, 1871; Jan Eivind Myhre: «Oslo bys historie», 3, 1990; «Aschehougs Konversationsleksikon», Kristiania 1920.

Die Kapitel über Roliers und Béziers Aufenthalt in Drammen und Oslo sowie ihre Rückreise nach Frankreich basieren auf ihren eigenen Niederschriften sowie auf diversen Artikeln in norwegischen Zeitungen.

Gemäß E.M. Cohns Buch schrieb Bézier für Postdirektor Steenackers einen Bericht über den mißglückten Versuch, Paris zu erreichen. Dieser Rapport wurde 1883 von Steenackers selbst herausgegeben. Zwölf Jahre später erschien Béziers eigene, überarbeitete Fassung unter dem Titel «À travers les lignes prussiennes» als Feuilleton in «La France Aérienne», Sept. 1895–März 1896. Unsere Dramatisierung von Béziers Versuch, die preußischen Sperren zu durchbrechen, basiert auf Cohns gründlicher Aufarbeitung dieser Berichte. Darüber hinaus haben wir uns die Freiheit genommen, Béziers Geschichte ein wenig abzurunden. Nach Cohn hat Bézier mehr Durchbruchsversuche unternommen, als wir beschrieben haben. In vier Punkten weicht unsere Beschreibung von den Quellen ab. Bézier behauptet, er habe sich in St. Germain-en-Laye bei seinen Großeltern aufgehalten. Wir glauben nicht, daß er diese einem solchen Risiko ausgesetzt hätte. Der Gastwirt ist also erdichtet. Des weiteren gehen wir davon aus, daß Bézier bei Buzenval verraten worden ist. Er wurde dort zwar von Preußen entdeckt und verfolgt, erwähnt aber selbst nichts von Verrat. Der dritte Punkt bezieht sich auf den Ort, an dem Bézier von den Deutschen verhaftet wurde.

Dieser liegt in Wirklichkeit viel weiter östlich, als wir es beschreiben. Ferner steht in Béziers eigenem Bericht nichts von Heckenschützen. Schließlich und endlich sind die Namen der deutschen Offiziere, die Bézier arrestierten und verhörten, von uns frei erfunden.

Die Beschreibungen von Béziers Betrug und von dem Gerichtsprozeß basieren auf den Gerichtsprotokollen, die in der «London Illustrated News», 17. 12. 1872, und im «Morgenbladet», 25. 2. 1872, wiedergegeben wurden.

Zum Schluß möchten wir uns bei Anne Lognvik, Seljord, und Johnny Ulstein, Skien, für ihre Hilfe bedanken. Jill Lewis, Amherst, Massachusetts, Brighton und Oslo, gebührt ein herzlicher Dank dafür, daß sie uns auf die Fährte von Gambettas Kurier gebracht hat.